대통령의
마음

수백 번
눌러 삼켰을

대통령의
마음

문재인의
진심

최우규 지음

딜런
북

"울지 마세요. 기념식 끝나고
아버지 묘소에 참배하러 같이 갑시다."

2017년 5·18민주화운동 기념식에서
대통령 문재인

최우규와 저는 같은 사람을 보좌했습니다. 문재인 대통령입니다. 우리는 정부 초기 20여 개월 문재인 대통령과 함께 호흡했습니다. 긴박하고 초조하고 하루도 평범하지 않았던 시간이었습니다. 최우규는 참모로서, 그리고 기자 특유의 관찰자 시각으로 그 시간들을 잘도 기록했습니다.

기록은 소중합니다. 기록하지 않으면 잘한 것은 잊히고 잘못은 반복하기 마련입니다. 시행착오만 계속되고 제자리를 맴돌게 됩니다. 그래서 최우규의 책은 매우 소중한 기록입니다. 20년 기자 생활에 천상 글쟁이인 그는 청와대에서 홍보기획비서관과 연설기획비서관을 지냈습니다. 대통령과 가장 가까운 곳에 있었던 한 사람이고, 기록과 메모를 가장 많이 한 사람이라는 뜻입니다.

최우규의 기록은 사실에 충실합니다. 기억에 의존하고 짐작으로 채운 글이 아니라 철저히 기록과 메모로 써 내린 다큐멘터리입니다. 읽는 내내 당시의 장면들을 어떻게 이리도 생생하게 재생해 낼 수 있는지 감탄이 절로 났습니다.

그렇다고 딱딱한 백서를 떠올린다면 오산입니다. 최우규는 이야기를 재미있게 풀어갈 줄 아는 사람입니다. 이 책은 무엇보다 재미있습니다. 여의도 언저리의 책을 끝까지 읽은 기억이 많지 않습니다. 이 책은 일단 잡으면 마지막까지 읽게 됩니다. 2018년 평창동계올림픽부터 9·19 평양정상회담으로 이어지는 과정 등을 손에 잡힐 듯이 보여줍니다.

제가 아는 최우규는 놀라야 할 때 잘 놀라지 않습니다. 차분하고 과장하는 법이 없습니다. 베테랑 기자 습성인지, 원래 성격인지 모르겠습니다. 하지만 울어야 할 때는 남들보다 많이 웁니다. 따뜻합니다. 어떻게 기자 생활을 그렇게 오래 했는지 궁금합니다.

스스로에게 '익숙해지지 말라'고 다짐하는 그는 다른 사람에게서 듣지 못한 이야기를 자주 합니다. 남들이 놓친 각도에서 바라본 이야기는 늘 신선합니다. 그래서 자주 그에게 조언을 구하곤 합니다.

그래서일까요. 이 책은 간결하면서도 부족하지 않습니다. 공연 전의 준비 과정을 보여줌으로써 기획자의 고민과 의도를 이해하게 해줍니다. 이와 동시에 연출자의 시선으로 무대 뒤에서 공연을 보는 특별한 재미를 선물합니다.

그의 글을 따라가는 사이에 독자는 어느새 문재인을 다시 만나게 될 것입니다. 뜨겁고 설레던 시간, 아프고 아쉬웠던 순간을 모두 지나 차분하게 '문재인'을 다시 만나보는 것은 분명 의미 있는 일이라고 생각합니다.

이 책은 단순히 문재인 개인만을 기록하지 않았습니다. 대통령론을 들려주고, 리더십의 한 유형을 보여줍니다. 문재인은 인내하고 또 인내하며, 자신을 혹사하면서까지 일하는 사람입니다. 소통을 중시하고 잘못을 사과하는 사람입니다. 항상 상대방의 관점과 이익을 염두에 두고 말과 행동을 선택하는 사람입니다.

　모두 그처럼 할 수 없고 그것만이 정답도 아닙니다. 하지만 문재인 대통령과 그의 참모들이 2017년과 2018년 그 엄혹했던 시기를 어떻게 돌파했는지 최우규의 다큐멘터리를 따라 한 번 들여다보기를 바랍니다. 일을 도모하는 이들에게는 일종의 지침서로도 유용할 법합니다.

　문재인 대통령과 문재인 정부를 안으로 느껴 보고 싶다면 그냥 이 책 한 권 읽기를 권합니다.

임종석(전 대통령비서실장)

저자는《경향신문》기자 시절부터 저와 교유가 있었고, 문재인 정부 청와대에서는 늦어도 저녁 9시에 퇴근하는 '9데렐라'가 되자는 결의를 지키지 못하며 같이 일을 했던 사람입니다.

최우규 저자는 홍보기획비서관과 연설기획비서관으로 대통령의 말과 글을 준비하고 다듬었습니다. 이 책은 최우규 전 비서관이 정부 국정운영의 주요 과정마다 대통령을 위한 초안을 얼마나 고민하며 준비했는지, 그리고 문재인 대통령은 그 초안에 어떻게 '빨간줄'을 그으며 수정했는지 구체적으로 보여줍니다. 또한, 문 대통령이 집무에 어떤 자세로 임했는지, 주요 회의 전후에는 참모들에게 어떤 말을 했는지 등이 세세하게 기록되어 있습니다.

이 책을 읽는 독자들은 마치 당시 청와대 안에 들어가 현장을 목격하는 느낌을 받을 것입니다. 문재인 정부의 모든 것이 부정되고 전복되는 지금, 저자가 문 대통령의 말과 글을 복기하는 이유가 있습니다. 단지 인격자 문재인을 부각시키고자 함이 아닙니다. 퇴행과 역진이 있더라도 역사는 다시 앞으로 나아간다는 사실을 보여주기 위함입니다.

조국 (전 대통령비서실 민정수석 비서관, 법무부 장관)

2001년, 민주당 대통령 후보 경선이 본격적으로 시작되기 전입니다. 최우규 기자가 다른 언론사 기자 한 명과 함께 노무현 고문의 강연장을 찾아왔습니다. 이례적인 일이었습니다. 그 당시 노무현 고문은 유력 후보로 평가받지 못하고 있었습니다. 그런 후보를 통신사도 아닌 일간지에서 저녁 강연 일정까지 챙기다니. 비공개 강연임을 알려주자 그는 철수하기는커녕 한 글자라도 더 적기 위해 강연장 벽에 한쪽 귀를 밀착시켰습니다. '세상에 저런 기자가 다 있구나.'

참여정부 시절에는 저자를 대변인과 출입기자의 관계로 만났습니다. 그는 날카로운 질문들로 대변인을 곤혹스럽게 만드는 몇 안 되는 기자들 가운데 한 사람이었습니다. 눈망울은 더없이 선했지만 진실을 추구하는 눈빛은 그야말로 형형했습니다.

그로부터 23년이 되었습니다. 그때나 지금이나 세월의 부침에도 불구하고 그의 모습은 한결같습니다. 기자에서 문재인 정부 청와대 비서관으로, 그리고 지금 다시 작가로 변신 중이지만 그는 언제나 세상에 대한 치열한 열정과 인간에 대한 따뜻한 애정을 간직한 청년의 모습입니다. 더욱 한결같은 것은 그의 펜 끝에서 생산되어 온 숱한 글과 작품들입니다. 이 책에는 최우규가 살아숨쉬고 있습니다. 과장이나 거짓이 없는 담백한 팩트가 있고, 멋과 기교에 기대지 않는 힘 있는 문장이 있습니다. 잘못을 바로잡으려는 준엄한 비판도 있고, 언제 들어도 통쾌한 비유와 풍자도 있습니다. 무엇보다 인간과 세상에 대한 남다른 사랑이 깃들어 있습니다.

『대통령의 마음』에서 저자는 대통령의 말과 글이 어떻게 탄생되어 어디로 귀결되는지를 자세히 묘사합니다. 대통령 권력이 작용하는 시스템과 과정을 눈앞에서 보듯 생생하게 전달하고 있습니다. 피사체인 대통령에 대한 숨길 수 없는 애정도 곳곳에 묻어 있습니다. 이 책은 한 시대의 의미 있는 기록임과 동시에 오래도록 반추하고 음미해야 할 소중한 역사입니다. 저자의 깊은 통찰이 독자들에게 깊은 혜안을 선물합니다. 탁월한 관찰력과 꼼꼼한 메모를 바탕으로 전개되는 이 이야기를 여러분께 권합니다.

윤태영(전 대통령비서실 대변인, 연설기획비서관)

"최 비서관,
오늘부터 제 말과 글을
고민해 주세요"

청와대에만 존재하는 CCTV

2017년 5월 공무원이 됐다. 어쩌다가 그렇게 됐다. '어공'이다.

청와대 홍보기획비서관으로 내정됐다. 청와대 생활을 해본 선배들이 조언해 줬다. 한 선배 말이 특히 기억에 남았다. "비서관은 자기 방이 있어서 혼자 있을 수 있지. 그런데 거기에 CCTV(폐쇄회로 TV)가 설치돼 있다고 생각하라고. 최 비서관 언행이 언론사와 국회로 중계된다고 보면 돼."

그 비유를 듣고 "아!" 하는 소리가 절로 나왔다.

청와대 일은 정치권과 언론이 예의 주시한다. 소식이 금세 전해진다. 그만큼 언행에 주의하라는 뜻이다. 나도 기자 시절 청와대의 시시콜콜한 정보와 소식, 소문을 들은 바 있다.

아니나 다를까. 비서관으로 일하기 시작한 지 얼마 안 돼 내가 한 일과 말이 하루 이틀 뒤에 내 귀에 들어왔다. 지라시(소위 '정보지'), 기자들의 정보 보고, 전화 전언 등으로. 내 방에서 일하는 한 행정관이 나에 대해 뭐라고 했는지 소문도 들었다. 미담은 잘 안 알려진다. 악담은 광활한 네트워크의 세계에서 빛의 속도로 퍼진다. 일과 관련된 게 아니면 나는 못 들은 척했다.

홍보기획비서관 업무 중에는 방송 관련 기관 인사가 있다. 말도 많고 탈도 많다. 신중에 신중을 기했다. '방송 장악, 보은·낙하산 인사' 같은 말이 나오지 않도록 하기 위해서다.

여의도에 있는 후배에게서 연락이 왔다.

"청와대 들어가서 일을 하나도 안 한다면서? 당에 그렇게 소문 났어."

웃으며 답했다.

"다행이네, 그렇게 알려져서. '점령군입네, 전횡합네'라는 말보다 낫지."

묻는 사람은 없고 소문만 도니 답답했다. 별 방법이 없었다. 해명하고 싶은 마음도 꿀꺽 삼켰을 뿐이다.

방송사 인사는 내 방 모 행정관이 다 한다는 소문도 돌았다. 하루는 방송국 고위 관계자들과 점심을 했다. 그들이 면전에서 소문의 진위를 물었다. 내 직속 상사인 윤영찬 국민소통수석과 함께한 자리였다. 듣기 민망했다. 저간의 사정을 아는 윤 수석이 대신 답했다. "그렇지 않습니다. 어떻게 그렇게 되겠습니까?"

소문은 사실과 추측, 악담이 일정 비율로 배합돼 유통됐다. 90퍼센트쯤 맞는 것도 있고, 50퍼센트에 못 미치는 것도 있었다. 사실 여부는 본인만 안다.

1년 정도 홍보기획비서관 일을 하고 연설기획비서관으로 자리를 옮겼다. 청와대에 출입하는 막내 기자 몇몇이 저녁을 먹자고 했다. 식사하며 두런두런 이야기를 나눴다. 한 기자가 물었다. "연설기획비서관과 연설비서관은 어떻게 역할을 나눕니까?" 내가 답했다. "신동호 연설비서관은 3·1절, 8·15 등의 확정된 주요 연설을 맡고, 나는 대통령 주재 수석·보좌관회의, 국무회의 발언문을 써요. 메시지 기획도 해야 하고. 쉽게 말해서 일어서서 하는 연설은 신 비서관이, 앉아서 읽는 발언은 내가 쓰지요."

다음 날 낮에 누군가 내게 지라시를 보냈다. 전날 저녁 내가 한 발언이 담겨 있었다. 처음에는 그러려니 했다. 살펴보니 오해의 소지가 있었다. '신동호 비서관은 정해진 연설을 쓰고 최우규 비서관은 연설을 기획한다'라는 취지로 돼 있었다. 자칫 '대통령 연설을 내가 기획한다, 내가 신 비서관보다 상급자다'라고 말한 것처럼 오해를 살 수도 있었다.

그냥 넘어갈 수 없었다. 사실과 다르기 때문이다. 저녁을 먹었던 기자들에게 연락을 했다. "나도 정보 보고를 해봤고, 어제 말한 게 오프 더 레코드(비보도 요청)가 되리라고 기대하지 않았어요. 그래서 조심조심 말했는데 이런 식으로 나갔네. 내가 이런 취지로 말하지 않았다는 걸 알지 않습니까." 기자들은 "선배, 죄송해요. 이렇게 번질 줄 몰랐어요"라고 미안해했다.

이미 다 퍼졌을 터. 손쓰기도 어려웠다. 다만 내가 해명한 내용이 다시 정보 보고가 돼서 오해가 풀리길 바랐다.

기자들을 원망하지 않았다. 기자는 졸린 눈을 비비고서라도 취재원을 만나 워딩을 기억해 놓는다. 나중에 기사에 반영하거나 회사에 정보 보고를 한다. 그게 그들의 일이다. 나도 그렇게 20년 넘게 살았다.

그래도 그 일이 있고 나서 언행에 더 조심했다. "내 앞에 CCTV가 있구나" 하고.

청와대 생활은 그만큼 몸과 마음이 고되다. 조심하고 또 조심해야 한다.

"지금 제가 어디에 서 있는지 살피는 계기로 삼겠습니다"

연설 기획은 대통령 메시지를 매만지는 일이다.

문재인 대통령 메시지에는 2017년 대선 때 처음 관여했다. 엉겁

결에 벌어진 일이었다.

문재인 더불어민주당 후보는 2017년 4월 20일 강원대학교에서 최문순 강원지사를 만났다. 평창동계올림픽 문제를 논의했다. 2002년 부산아시안게임 때 온 북한 응원단 이야기가 오갔다.

최문순 지사가 말했다. "이번에도 (북한에) 미녀 응원단을 보내달라고 요청했습니다. 다음 정권 땐 남북 관계에 분명한 변화가 있길 바랍니다." 문재인 후보는 이렇게 답했다. "북한 응원단이 완전 자연 미인(이라고) 그랬거든요. 그런데 그 뒤에 나온 이야기(를 들어) 보면 북한에서도 성형수술도 하고 그런다는군요."

캠프 내에서 우려가 제기됐다. '여성 외모 중시, 외모 평가'라는 부적절한 언급으로 비칠 수 있었다. 석명釋明해야 한다고 의견이 모였다.

초안 잡는 일이 내게 떨어졌다. 나는 선거 캠프에 합류한 지 며칠 안 된 공보특보였다. 왜 내가 맡았는지 따져볼 겨를도 없었다. 연필로 급하게 메모했다.

'아까 북한에서도 세태가 변한다는 취지 말씀, 발언 듣고 불편해하시는 분이 있다면 죄송, 지금 제가 어디에 서 있는지 살피는 계기 돼야 ….'

이를 뼈대로 문구를 만들었다. 문 후보를 수행하던 김경수 의원에게 보냈다. 발언이 있고 두 시간 뒤 소셜미디어로 입장문이 나왔다.

오늘 최문순 지사와 간담회 중 북한 응원단과 관련한 발언은 북한에서도 세태가 변하고 있다는 취지였습니다. 발언 취지와 맥락을 떠나 제 발언으로 인해 불편함을 느끼셨을 여성분들께 죄송한 마음을 표합니다. 지금 제가 어디에 서 있는지 살피는 계기로 삼겠습니다.

나는 마지막 줄에 중점을 뒀다. 제대로 사과하려면 재발 방지 약속이 들어가야 한다. 그렇다고 '외모를 함부로 평가하지 않고 차별하는 발언하지 않겠다'라는 식의 직접 언급은 적절치 않아 보였다. 대통령 후보로서 모든 일에 주의하겠다는, 보편적 내용이 나을 듯했다. 마지막 문장은 그런 취지로 썼다.

만일 후보가 '이게 사과까지 할 일이냐'고 버텼다면 일이 엉클어질 수 있다. 문 후보는 위험을 인지했다. 평소 말과 글을 중시했기에 가능했다. 사건은 더 굴러가기 전에 진화됐다.

청와대가 꾸려진 이후 5년간 대통령 연설문과 기고문은 신동호 연설비서관이 썼다. 내가 처음에 맡은 홍보기획비서관은 남북정상회담 슬로건 '평화, 새로운 시작', 정부 슬로건 '나라답게 정의롭게' 같은 걸 제시하는 일을 주로 했다.

대통령 지시 사항이나 발언 중 중요한 내용은 윤영찬 수석과 협의해 발표문, 보도자료 형식으로 썼다. 《한겨레》 기자 출신 김의겸 대변인이 온 뒤에는 이 업무를 대변인실로 넘겼다.

청와대 들어간 지 1년 조금 지난 2018년 7월 중순이었다. 임종석 비서실장이 호출했다. 방에 갔더니 그가 대뜸 말했다. "우규 씨가 대통령 메시지비서관 일을 맡아줘야겠어."

그와는 2000년 새천년민주당 시절부터 출입기자와 의원으로 알고 지냈다. 사석에서는 서로 말을 놓으며 친구처럼 대했다. 청와대에서는 2인자인 비서실장과 40여 명 중 한 명인 비서관이지만.

비서실장으로서 지시였다. 날 배려해서인지 이유를 자세히 설명했다. 문재인 대통령이 메시지를 다듬는 데 너무 많은 시간을 쓴다. 업무가 끝나도 관저에 가서 밤늦게까지 일을 한다. 부담을 줄이기 위해 메시지를 다룰 비서관이 필요하다.

임 실장은 "여러 사람을 물색했는데 정무 감각, 정책 이해도 등에서 우규 씨를 꼽은 사람들이 있었어. 어제 대통령께 보고했더니 '오케이' 하셨고"라고 말했다.

나 듣기 좋으라고 한 말이 아니었다. 앞으로 할 일에서 정무 감각과 정책 이해도가 중요하다는 뜻이었다. 일이 더 어려워진다는 경고이기도 했다.

국무회의와 대통령 주재 수석·보좌관회의 모두冒頭 발언문 작성이 주요 임무였다. 대통령이 해야 할 발언이나 메시지를 기획해서 만들어야 한다. 원래 직책명은 메시지비서관이다. 우리말로 이름을 짓자고 해서 연설기획비서관으로 명했다. 노무현 대통령 시절 윤태영 대변인, 김경수 전 경남지사가 맡았던 직책이다.

청와대 일은 싫다고 안 할 수 없고, 하고 싶다고 다 할 수 없다. 비서이기 때문이다. "알겠습니다, 실장님."

발령받고 문 대통령과 마주 앉아 차를 마셨다. 누누이 말하지만, 그는 말과 글에 엄격한 사람이다. 주문도 복잡할까.

문재인 대통령은 조심스럽게 말할 때 특유의 표정을 짓는다. 눈이 부신 듯 약간 가늘게 뜨고 상대방을 빤히 바라본다. 상대방은 딴생각할 겨를 없이 문 대통령의 말에 집중하게 된다.

"최 비서관이 할 일은 내가 할 말과 쓸 글이 뭔지 고민하는 겁니다. 내 나이에 맞게요."

대필하거나 구술한 걸 정리하는 것이라면 못 할 일도 아니다. 말과 글을 기획해 육화肉化하는 일은 다른 차원의 문제다. 그것도 60대의 언어로. 속으로 '아이고' 하는 소리가 절로 났다.

더욱이 대통령의 말과 글이다. 대통령급으로 고민해야 하나. 불가능하다. 나는 남의 마음을 읽는 관심법觀心法을 터득하지 못했다.

취재하고 상상력을 동원해야 했다. 현안, 고민, 앞으로 예정된 행사와 일정, 지난해 이맘때 행보 등등.

대통령 발언은 모두 수첩에 메모했다. 말투와 자주 쓰는 단어도 머릿속에 입력했다. 과거 말과 글을 찾아봤다. 대통령이 쓴 책은 필수 교보재다.

연설기획비서관이 되면서 달라진 점이 있다. 대통령이 주재하는 다양한 회의에 거의 배석했다. 대통령의 생각과 말에 익숙해져야 했다.

대통령을 매일 보니까 좋으냐는 질문이 많았다. 나는 이렇게 말했다.

"사람은 진짜 좋은데 되게 깐깐한 사장님이 있어. 매일 오전 그 사람과 차를 마시며 회의해야 하는 부장이 있어. 다른 회의에도 거의 다 들어가. 근데 조금만 잘못하면 잘려. 그게 나야."

평일 오전 7시 40분쯤 현안 점검 회의가 열린다. 회의 참석자 일부가 오전 9시 10분쯤 대통령 티타임 탁자 앞에 앉는다. 비서실장, 민정·경제·정무·국민소통수석, 국정상황실장, 대변인, 제1부속실장, 나다. 문 대통령이 청와대 수석 시절 썼던 원탁에 빼곡히 둘러앉았다.

별의별 의제가 다 올라왔다. 정상회담, 고용 동향, 경제 정책 같은 굵직한 정책 사항은 물론이다. 태풍, 가뭄, 선박 사고, 화재, 크레인 붕괴 같은 안전사고, 어린이집 문제, 업무 추진비, 강정마을 갈등….

소소한 일도 논의했다. 내 수첩에는 이런 내용도 적혀 있다.

임: 기자들과 등산은 어떻게 하나?
大: 지금 상황이 좀 그러니, 다음에 하자.

당시 나는 수첩에 임종석 비서실장은 '임', 대통령은 '大'라고 표기했다.

　　　　　　　　　　　　　　들어가며

대통령의 마음을 읽는다는 것

연설기획비서관이 된 뒤 첫 두 달간 쓴맛을 골고루 맛봤다.

대통령 말씀 자료를 만들어 3층 집무실에 보고한다. 하루 이틀 뒤 몇 문장에 죽 긋고 수정한 내용이 내 사무실로 내려온다.

문 대통령은 주로 연필을 썼다. 대통령 봉황 인장이 상단에 찍힌 전용 메모지가 있다. 문 대통령은 연필로 이 메모지에 글을 썼다. 비서들은 대통령 책상에 노란색 연필 몇 자루를 깎아 놓았다. 돌려서 깎는 작은 연필깎이도 비치해 놓았다. 문 대통령은 샤프펜슬도 이따금 썼다. 급할 때는 플러스펜으로 프린터에서 빼낸 A4 용지에 쓰기도 했다.

문 대통령 소셜미디어에 많은 메시지가 떠 있다. 대부분 연설비서관실, 홍보기획비서관실, 뉴미디어비서관실 등에서 초안을 잡고 대통령 재가를 받아 올린 것이다. 메시지 중 유난히 짧고, 문체가 조금 다른 것도 있다. 문 대통령이 급하게 플러스펜으로 A4 용지에 쓴 글이다. 이는 1부속실에서 소셜미디어에 바로 올렸다. 문 대통령은 컴퓨터를 거의 사용하지 않았다.

1부속실에서 내려온 수정 사항을 반영해 원고를 새로 보고했다. 그러면 조한기 제1부속실장이 연락을 해왔다. "빨간 줄(고친 내용)이 너무 많아"라는 불만이다. 나는 "(연필로 그었으니) 검은 줄이야"라고 농담조로 대꾸했지만, 마음은 영 편하지 않았다. 원고가 많이 수정됐다면 대통령이 관저에서 많이 손봤다는 말이다. 내 역할을 제대로 못한 셈이다.

어떤 때는 말씀 자료를 세 꼭지 올렸다. 한 꼭지는 조금 수정됐고 한 꼭지는 3분의 1 정도 고쳐졌다. 나머지 하나는 채택되지 않았다.

방 식구들과 원고 수정 정도를 점수로 매겼다. 전체 문구를 100점으로 봤을 때 얼마나 원문장이 살아남느냐다. 60점대가 나오는 날도 있었다. 원고가 많이 고쳐지거나 한 꼭지가 빠졌을 때다. 방 식구들과 술잔을 앞에 두고 서로 위로했다.

차차 80점대까지 올라갔다. 단어 몇 개만 바꾸는, 90점대인 날도 있었다.

유독 맞추지 못한 부문이 있다. 남북문제다. 세 가지 이유가 있다고 본다.

우선 압도적 정보 차이다. 대통령이 아는 내용과 비서관, 더욱이 통일 담당이 아닌 비서관이 아는 바는 애초 견줄 수 없다.

어떤 발언이 현재에는 맞지만, 불과 몇 달 뒤엔 아닐 수 있다. 지금은 꿈같은 발언인데 조만간 실현될 일도 있다. 전체 맥락과 배경을 모르면 구분하기 어렵다.

임종석 비서실장은 이렇게 말했다. "처음에는 참모들이 맞춰갔는데, 갈수록 대통령과 격차가 벌어졌지. 모든 부문에서 그랬어. 대통령은 가장 핵심이 되는 정보를 모으고 상황을 파악해 종합적으로 사고하기 때문이지."

두 번째, 남북문제에는 보통 국정과제와는 다른 미묘함이 있다. 한 마디 한 마디가 조심스럽다. 대통령 발언은 북측에만 전달되지 않는다. 미국·일본·중국·러시아 등 한반도 4강이 주목한다. 야당도 지켜본다. 북한 듣기에만 좋은 말을 했다가는 동맹과 우방이 반발한다. 아찔한 일이다.

그러니 함부로 쓰지 못했다. 원칙과 기본에 충실한 문장을 쓸 수밖에 없었다. 내가 읽어봐도 밋밋했다.

세 번째는 부끄럽지만, 고민의 깊이 차이다. 문 대통령이 풀어야 할 대북 문제는 한반도 안팎에서 벌어지는 실제 상황이다. 내가 고민하는 대북 문제는 백지 위에 쓰는 인사말이다. 나 자신을 폄훼하는 말이 아니다. 그게 팩트fact다. 취재하고 상상력을 최대로 발휘해도 닿기 어려웠다.

가정은 소용없는 일이다. 그래도 조금 더 오래 청와대에 남아 있었다면 대통령 고민에 다가가지 않았을까 하고 생각해 본다.

고민은 나만의 일인 줄 알았다. 신동호 연설비서관은 더했다. 그는 2015년 2월 문 대통령이 새정치민주연합 당 대표 때 비서실 부실장이 됐다. 그 뒤 7년 동안 문 대표, 문 후보, 문 대통령 연설문과 글을 작성했다.

문 대통령이 "신 비서관이 나랑 싱크로율(들어맞는 정도)이 높다"라고 하는 말을 몇 번 들었다. 그런데도 신 비서관은 "힘이 든다"라고 말하곤 했다.

문재인 정부가 끝나고 신 비서관은 시집을 냈다. 이를 계기로 2022년 6월 15일 SBS「주영진의 뉴스브리핑」에 출연했다. 신 비서관은 이렇게 말했다.

대통령 생각을 좇아가다가 제가 한 가지 얻은 교훈이 있습니다. 미리 취재하면 실패합니다. 예를 들면 '열흘 후에 있을 행사를 어떻게 생각하십니까'라고 (대통령을) 취재한단 말입니다. 대통령은 고민을 시작도 안 하신 거죠. 대통령 얘기를 들으면 거기에 저는 얽매일 수밖에 없습니다. 행사가 다가올수록 대통령은 보고서도 받고 정책 내용도 받고 내용이 깊어지기 때문에 (미리) 취재한 내용에 매여서 초안을 만들어서 올리면 100퍼센트 실패를 하게 됩니다. 그래서 제가 선택한 방법은 어떤 얘기를 평소에 하시는지 어떤 글을 쓰시는지 무엇을 읽으시는지를 똑같이 가자, 그래서 대통령하고 생각을 아주 평행하게 갔을 때, 때로는 그것보다 고민을 좀 더 했을 때의 싱크로율이라고 할까요? (높아집니다.)

신 비서관 인터뷰를 듣고는 그의 고민과 고통에 공감했다. 나보다 몇 배는 깊이 문 대통령을 접한 신 비서관도 힘들어했다. 한편으론 '내 원고가 고쳐진 건 내가 부족해서가 아니라 보스가 까다로워서야'라는 터무니없는 안도감이 들었다. 돌이켜 보니 못났다.

이제야 문재인의 말과 글을 복기하는 이유

2019년 1월 31일 오후 2시 30분쯤. 내가 청와대를 나온 시각이다.

청와대에서는 보안이 필요한 일부만 제외하고 출입자와 시간이 기록된다. 기록된 출입자와 시간도 기밀이다.

마지막 날 청와대 들어갈 때 출입 확인 기기에 신분증을 태그했다. "삑" 하는 신호음과 함께 모니터에 내 얼굴과 '연설기획비서관 최우규'라는 글자가 떴다. 가방은 검색기를 통과했다. 공항 검색대 모습과 같다.

업무를 마치고 신분증을 반납했다. 고위공무원단 가급(1급) 비서관으로 청와대 연풍문을 들어갔다가 시민 최우규가 돼서 연풍문으로 나왔다.

'책을 써보라'는 권유를 받았다. 배운 게 도둑질이라고 글쓰기만 20년 넘게 했다. 못할 일도 아니었다. 안 썼다.

이유는 간단했다. 문재인 정부는 진행형이었다. 출범 20개월쯤이니 반환점도 안 돌았다.

정부는 정책으로 평가받는다. 결과가 나오지 않았고, 평가는 시작도 안 했다. 그 시점에서 쓴 글이 의미가 있을까 하고 생각했다.

2022년 문재인 정부가 끝났다. 야당이 집권했고, 새 정부가 들어섰다.

세력이 바뀌면, 특히 정권이 교체되면 전임 정부를 부인否認한다.

지난 정부 일은 옳지 않다고 치부된다. 못마땅해하다가 지우려고 한다. 소위 '살부殺父(patricide) 정치'다.

정권이 교체됐으니 '평가는 끝났다, 실패였다'는 견해가 있다. 그럴지도 모르겠다.

대선은 가채점이라고 생각한다. 물론 정치판에서는 무를 수 없는, 가장 중요한 점수임을 부인하지 않겠다.

정치권에는 이런 통설이 있다. 선거 종류별로 평가 대상이 다르다. 총선은 과거를 평가하고, 대선은 미래를 선택한다.

대선 후보들은 앞으로 뭘 하겠다는 점을 내세운다. 그러다 보니 현 정부에 대해서는 잘못한 일, 나쁜 일 위주로 공방이 진행된다. 가장 종합적 변수인 경제지표가 우상향 곡선을 그리지 않으면 그럴 수밖에 없다.

여권은 방어에 치중한다. 잘한 점을 내세웠다가는 역풍을 맞는다. '백성은 도탄에 빠졌는데 딴소리한다'고 비판받는다. 역대 모든 선거에서 그랬다.

여당 후보도 현직 대통령을 옹호만 하지 않는다. 선거에 유리하지 않다.

정부에 대한 본격 평가는 선거 포연砲煙이 잦아든 한참 뒤에나 시작된다.

김영삼 대통령ys은 정권을 재창출하지 못했다. 15대 대선과 정권 교체 직후 측근 비리와 외환위기 등 실정만 두드러져 보였다. 그러나 문민정부는 한국 현대사에서 부인할 수 없는 공을 세웠다. 군정 종식과 평화적 정권 교체, 금융실명제 실시, 하나회 척결 등이다. 하나하나가 혁명에 가까운 조치다. 다른 대통령이었다면 그이만큼 좌고우면 없이 밀어붙일 수 있었을까.

김대중 대통령DJ도 자제, 측근 비리로 힘겨워했다. 총재직을 내놓고 탈당까지 했다. '3김 시대'의 구시대 정치인으로 평가받았다. 그러나 국민의정부는 한국의 도약 기반을 닦았다는 평가를 받는다. 군부독재 잔재 청산 노력, 외환위기 극복, 햇볕정책 등 남북 평화 진전, 사회보험 제도 개편, 정보기술IT 산업 토대 확보 등이다. 1000만 원의 수술비가 나와도 100만 원만 내도록 만든 이가 그다. 안 그랬다면 당신은 잘린 손가락 3개 중 어느 것을 붙일지 고민해야 할지도 모른다. 물론 양극화, 신자유주의 도입의 부작용 등은 여전히 논쟁 주제다.

노무현 대통령의 참여정부만큼 가채점과 본채점 점수가 다른 정부도 드물다. 정권 교체 직후 모든 걸 부정당했다. ABR Anything But Roh(노무현 정부가 했던 정책만 빼고 뭐든 다 괜찮다). 같은 당에서도 그 분위기에 편승하는 이들이 있었다.

15년이 지났다. 노무현 대통령이 반칙과 특권 없는 세상, 지역주의 극복을 위해 굽히지 않고 싸웠다는 점은 여든 야든 부인하지 않는다. 권위주의 타파, 권력기관 개편, 국민 참여 증대도 업적으로 꼽는다. 정치적 반대파들이 문재인 대통령을 공격하기 위해 과거에 물어뜯던 노무현 대통령이 얼마나 훌륭했는지 설파하는 장면을 목도한다. 역사의 아이러니다.

본채점은 가채점과 비슷할 수도, 180도 다를 수도 있다. 다른 정부도 마찬가지다. 문재인 정부도, 그리고 윤석열 정부도 그럴 것이다.

정책 진단과 분석은 객관적이어야 한다. 비판적이고 객관적인 잣대와 실력을 겸비한 분들 몫이다. 시야가 하루나 한 달 단위가 아니라 몇 년, 한 세대쯤 되는 분들 말이다. 내 능력 밖의 일이다.

그래도 조밀한 평가가 시작되는 즈음이다. 포연이 남아 있지만, 선거 직후만큼 자욱하지는 않다. 이맘때 내 경험 몇 조각을 내놓아도 괜찮겠다는 생각이 들었다. 역사는 기록하고 기억하는 자의 것이다. 이 책을 쓴 계기다.

대통령 뜻은 말과 글로 전달된다. 토론을 거치고 정책으로 수립해 시행한다. 홍보기획비서관 때 대통령이 주재하는 공식 회의에 대부분 참석했다. 연설기획비서관 때는 여기에 더해 아침마다 열린 티타임에서 대통령 이야기를 귀에 담았다. 대통령 말과 글이 어떻게 국정에 반영됐는지 남보다는 조금 더 접한 셈이다.

이 글은 누군가를 찬양하는 위인전이나 삶을 반추하는 평전이 아니다. 서울 종로구 세종로 1번지, 이젠 관광지처럼 변해 임시 화장실이 설치된 청와대에서 보낸 20개월의 기록이다.

넓게 보면 인물 관찰기다. 대통령이라는 헌법기관의 말과 글을 담았다. 국정 기록의 일부다. 전체 그림을 조망하기에 약간의 도움은 될 듯하다.

빛 샐 틈 없이 객관적으로 썼다고 주장하진 않겠다. 내가 비서로서 보좌한 인물을 다룬 글이다. 감정 일체를 배제한 채 그를 연필깎이나 커피잔처럼 바라볼 수는 없는 일이다. 그건 내 한계로 치자.

객관적으로 비치지도 않을 듯하다. 나도 '살부' 작업에 뛰어들지 않는 한, 세 번 그를 모른다고 하지 않는 한.

혹자는 문재인 참모들이 왜 반성하지 않느냐고 질타한다. '뻔뻔스럽다'고도 한다.

나는 반성한다. 영어 가정법 과거분사 표현인데 그 자리에 있을 때 더 잘해야 했다. 더 잘하지 못했다. 내 몫뿐만 아니라 전체 정부의 일부분으로서도 반성하고 있다. 국정에 잠시나마 참여했던 이들이라면 그래야 한다.

왜냐? 잘하는 게 기본이다. 국정은 연습이 아니다. '체험, 삶의 현장'도 아니다. 무조건 잘해야 한다. 국민, 유권자는 그러라고 정권을 준다.

다만 '네 죄를 고하라'거나 '문 대통령을 비난하라'는 식의 요구는 사양하겠다. 십자가 밟기라고 생각한다. 남에게 요구할 생각도, 강요당할 생각도 없다.

정치에는 뉴턴의 운동 제3법칙이 적용된다. '모든 작용에 대해 크기는 같고 방향은 반대인 반작용이 존재한다.'

문 대통령은 퇴임 후 잊히고 싶어 했다. 그의 뜻대로 됐다면 현

정부가 잘한다고 봐야 한다. 태평성대太平聖代를 맞아 함포고복含哺鼓腹한다면 흘러간 대통령이 무에 상관이겠나.

문 대통령을 거론하는 일이 많다면 그 반대다. '이게 모두 전 정부 탓'이라거나 '당신이 정권을 넘겨줘 이렇게 됐잖소' 하는 비판도, '당신이 그립다'는 목소리도 같은 상황에서 비롯된다. 작용과 반작용이다.

청와대에 들어가면서 '개인, 시민 문재인'보다는 '헌법기관 대통령 문재인'에 주목했다. 그래야 한다고 생각했다. 이 글도 '대통령'에 주목한다.

제19대 문재인 대통령을 '문재인 대통령'으로 표기했다. 제20대 대통령을 부정하는 의미가 아니다. 그때 일을 생생하게 전달하기 위해서다. 문재인 전前 대통령, 문 전 대통령, 문재인 당시當時 대통령, 문 당시 대통령으로 쓰면 몰입감이 떨어진다. 읽는 데 걸리적거린다. 다른 이들도 대체로 그때 현직으로 표시했다. 독자 제현의 양해를 구한다.

2023년 12월

차례

2장 합심合心
마지막 한 톨까지 꼭꼭 씹어 전하려 했던

3장　진심眞心

언제나 누구에게나 한결같았던

본심
本心

끝까지 모든 것을
책임지려 했던

알 수 없습니다.

"저는
마지막 결정을 하는
사람입니다"

고구마 대통령

문재인 대통령은 어떤 사람인가. 내가 한때 청와대 비서관이었다고 말하면 첫 번째로 받는 질문이다. 내 답은 대체로 이렇다.

"20개월 보좌했을 뿐이고 바로 옆에 있지 않았습니다. 어떤 사람인지 잘 알지 못합니다. 어떤 대통령이냐고 물으면 답할 수 있습니다. 정말 열심히 일합니다. 요즘 친구들 말로 '찐으로' 일합니다."

대부분 "에이" 하고 실망감을 드러냈다. 뭔가 뒷이야기를 기대했을 터. 그런데 거기까지다. 문 대통령은 남을 재미있게 해주는 사람이 아니다. 더 가까이서 보좌한 이들은 생각이 다르려나.

2017년 5월 청와대가 꾸려지고 조금 시간이 흘렀다. 하루는 제1부속실에서 연락이 왔다.

"비서관님, ×일 점심 약속 있어요?"

"없는데요."

"그날 점심은 비워두세요."

왜냐고 묻지 않았다. 제1부속실은 대통령을 가장 가까이서 보좌하는 곳이다. 보나 마나 대통령과 점심 식사다.

당일 몇몇 비서관이 모였다. 문 대통령은 일정이 없으면 집무실 옆 회의실에서 점심을 들었다. 대통령 주재 수석·보좌관회의가 열리는 곳이다.

근무에 어려움은 없느냐는 등 소소한 대화가 오갔다. 그러다 내 예전 버릇이 나왔다. 기자는 질문한다.

"대통령님, 스트레스를 많이 받으실 텐데 어떻게 푸시나요?"

다른 비서관들도 궁금했나 보다. 다들 대통령 입을 쳐다봤다. 고민하지 않고 바로 대답이 나왔다.

"참지요."

재미없는 답변. 다들 소리 내지 않고 입매로만 웃었다.

다시 이런저런 이야기가 오갔다. 시간이 흐른 뒤 나는 또 물었다.

"참아도 스트레스가 안 풀리면 어떻게 하세요?"

문 대통령은 이번엔 잠시 고민하는 듯했다.

"그래도 참지요."

살짝 웃음소리가 났다.

문 대통령은 여성 비서관들에게 일과 가정의 양립 문제를 물었다. 식사가 끝나갔다. 다시 물었다.

"대통령님, 그래도 스트레스가 남으면요?"

문 대통령은 나를 잠시 쳐다봤다. 지청구라도 들으려나?

"뭐…."

답이 나오려나 보다. 술, 등산, 독서, 수다?

"참지요."

재미없는 답변. 거듭된 질문에도 같은 답을 줬다. 문 대통령은 스트레스를 받아도 참는다.

문재인 대통령은 술을 마신다. 예전에는 명절 때 귀향해서 친구들과 밤새 통음했다고 한다. 등산과 독서는 마니아 수준이다. 대통령이 되고 나서 양껏 해보지 못할 게 뻔했다. 그래서 질문했다. 그는 스트레스 해소 대안을 찾지 못한 듯했다.

5년 뒤 문 대통령은 임기를 마쳤다. 경상남도 양산시 하북면 평산마을로 갔다. 2023년 1월 중순 인사차 사저를 찾았다. 김정숙 여사가 청와대 시절을 회고하다가 관저에 일감을 가져갔던 이야기가 나왔다. 일에 시달리던 때였다.

"저 양반이 (관저에서) 가끔 와인이나 한잔하지 술도 안 마셨어요. 다음 날 일정 있으면 와인도 안 하고요."

임기 초반에는 그저 참았지만, 나중에는 스트레스 해소법을 찾은 듯했다. 임종석 비서실장은 소셜미디어에 "문재인에게 위로는 자연과 동물이다"라고 썼다. 문 대통령은 관저에서 개·고양이를 키우고 청와대에 심어진 꽃과 나무를 관상觀賞했다.

청와대 일이 제 궤도를 찾은 뒤 문 대통령은 주말에 이따금 산에 올랐다. 청와대 담장과 철책 안쪽으로 북악산을 한 바퀴 돌면 한 시간 반이 걸린다. 바깥으로 돌면 코스에 따라 두 시간 반에서 세 시간 정도 걸린다.

바깥 코스에서 이따금 시민과 마주칠 때가 있었다. 땀에 흠뻑 젖은 문 대통령 모습을 본 시민들은 깜짝 놀라곤 했다. 경호관 두어 명과 비서 한 명을 데리고 산을 오갈 줄 예상하지 못했기 때문이다.

앞서 비서관들과 식사 장면에서 엿볼 수 있듯이 문재인 대통령은 진중하다. 농담도 별로 하지 않는다. 반말은 거의 하지 않는다.

한두 번 얼굴을 봤다고 반말하는 이들이 많다. 초면에도 나이가 열 살 이상 적어 보이면 바로 말을 놓는 사람도 있다. 나도 국회 출입 기자 시절 처음 보는 한 중진 의원이 대뜸 반말하기에 놀란 적이 있다.

문 대통령은 직급과 나이에 상관하지 않고 높임말을 썼다. 오래 알고 지낸 이에게도 반말하지 않는다. 그가 반말하는 이들이 몇 있다. 가족과 친지, 고향 친구들이다. 한국인 대부분이 그럴 것이다.

여기에 약간 명을 보탤 수 있다. 이호철 전 청와대 민정수석 등 부산에서부터 인연을 이어온 이들이다. 정계 입문한 그를 가까이서 보좌해 온 이들도 있다. 윤건영, 송인배, 탁현민, 신동호 청와대

비서관 등이다. 문 대통령은 이들에게도 "누구야"라고 부르지 않고 "누구 씨"라고 부른다. 첫 제1부속실장을 한 송인배 비서관에게는 "인배, 그것 어떻게 됐어?"라는 식으로 말했다.

문 대통령은 13살 나이가 적은 임종석 비서실장 등에게도 존댓말을 했다. 사석에서나 경어와 반말을 섞어 썼다. "임 실장, 이건 문제 아닌가? 다시 알아봐요." 이런 식이다.

대통령과 매일 아침 9시 10분쯤 하는 티타임 회의에서도 문 대통령은 높임말을 썼고, 반말을 이따금 섞었다.

문 대통령과 친함을 과시하고 싶어 하는 이들은 그의 존댓말이 섭섭했을 것이다. 하지만 그게 사람을 대하는 그의 태도였다.

'고구마 화법.' 문재인 대통령에게 쏟아진 지적이다.

정치인으로서는 장점보다 단점으로 부각된다. '신중하고 처신이 무겁다'보다 '느리고 답답하다'로 받아들여진다. 일과 삶의 리듬이 과거보다 급해진 요즘 세태에서는 더욱 그렇다.

화끈하게 말하는 정치인이 돋보인다. 제기된 이슈에는 소리를 높여야 한다. 그래야 돌아본다. 주의·주장이 선명해 보인다.

문 대통령은 내세울 주장이 생겨도, 자신을 향한 부정적 의제가 제기돼도 재빨리 대응하지 않았다. 남이 보기에는 답을 묵히는 듯했다. 상대가 지칠 때쯤 반응하는 때도 있었다.

2016년 12월 2일 「김어준의 뉴스공장」에 출연했을 때 일이다. 김어준 씨가 "문재인은 느리고 모호하고 답답하다"라며 "문재인은 고구마가 아닌가?"라고 물었다.

문재인 대통령은 이를 장점으로 치환하려고 했다. "나는 많은 요소들을 고려한다. 특히 당하고 보조를 맞출 필요도 있고. 그만큼 책임이 더 무겁다고 생각한다"라고 설명했다. 그러고는 "사이다는 금방 목이 마른다. 탄산음료는 밥이 아니다. 고구마는 배가 든든하다"라고 덧붙였다.

당 대표를 지냈던 그다. 언행은 개인이 아닌, 당과 같은 궤여야 한다는 뜻이다.

고구마 같은 화법은 대통령 때도 달라지지 않았다. 본인 말마따나 무거운 책임 때문이다. 결정은 신중하게 한다. 말했으면 책임을 진다. 약속은 지킨다.

문 대통령은 아침에 눈이 충혈돼 출근한 적이 많았다. 새벽까지 보고서를 읽은 날이다.

사람 능력은 무한대가 아니다. 시간, 체력, 정신력을 배분해야 한다. 참모들은 대통령이 밤마다 서류에 매달리는 걸 걱정했다. 한번은 문 대통령에게 이렇게 물어본 적이 있다.

"대통령님, 관저에서 밤새 보고서를 읽으신다던데…."

문 대통령은 이 이야기를 골백번 들은 듯했다. 무슨 이야기인지 안다는 투로 말했다.

저는 마지막 결정을 합니다. 여러분이 결정한 건 다른 사람이 바꿀 수 있지요. 수석(비서관)이나 장관이 한 것은 제가 바꿀 수 있고

요. 그런데 제 결정은 그렇게 못 합니다. 대통령이 한 결정은 바꿀 수 없어요. 돌이키기 힘듭니다. 그러니 결정하는 게 힘들지요.

대통령은 행정에 관해 최종 결정을 내린다. 식언은 금물이다. 그러니 노심초사하고 밤늦게까지 보고서를 읽게 된다는 것이다.

자신을 "문재인 친구"라고 했던 고故 노무현 대통령 말이 떠올랐다. 노 대통령은 자서전 『운명이다』에 이렇게 썼다.

비가 오지 않아도, 비가 너무 많이 내려도 다 내 책임인 것 같았다. 아홉 시 뉴스를 보고 있으면 어느 것 하나 대통령 책임 아닌 것이 없었다.

최종 책임, 무한 책임을 말했다. 친구라서 닮은 건지, 닮아서 친구가 된 건지.

너도나도 그에게 답답하다는 이야기를 한 듯하다. '왜 빨리 처리하지 않느냐?' 문 대통령은 계속 답답하게 하겠다는 의지를 내보였다. 2019년 1월 2일 기해년 신년회에서다.

촛불은 더 많이 함께할 때까지 인내하는 성숙한 문화로 세상을 바꿨습니다. 같은 방법으로 경제를 바꿔나가야 한다고 생각합니다.

더 많은 국민이 공감할 때까지 인내할 것입니다. 더디더라도 민주적 절차를 존중하고 끝까지 지킬 것입니다. 어려움을 국민께 설명해드리고 이해당사자들에게 양보와 타협을 구할 것입니다. 그렇게 해서 반드시 우리 모두의 오늘이 행복할 수 있도록 만들어낼 것입니다.

'The buck stops here'

문 대통령은 퇴임을 앞두고 국영방송 KTV와 인터뷰했다. 2022년 5월 6일 방송됐다. 그는 "대통령은 퇴근 후부터 오히려 본격적인 일이 시작된다. 그럴 수밖에, (그 외에는) 방법이 없다"라며 "대통령의 업무 시간은 24시간, 매일 계속될 수밖에 없다"라고 말했다.

책임과 권한은 동전의 양면이다. 무게가 같다. 장하성 청와대 정책실장 사연을 전해 들으면서 느낀 바다.

고려대학교 명예교수였던 장하성 실장은 제18대 대선에서 안철수 국민의당 후보를 도왔다. 4년 뒤 제19대 대선에서 문재인 후보가 그에게 손을 내밀었다. 측근을 보내 민주당 비상대책위원장을 맡아달라고 설득했다. 장 교수는 "도의가 아니다"라고 고개를 저었다.

대선이 끝나고 문재인 대통령은 청와대 정책실장을 맡을 인물을 물색했다. 하루는 김상조 한성대학교 교수가 임종석 비서실장에게 전화했다. 김 교수는 1999년 참여연대 재벌개혁감시단장을 맡아 장 교수와 함께 소액주주운동을 이끌었다. 김 교수가 전날 상가에서 장 교수를 만났다고 한다. 장하성 교수는 김상조 교수에게 이렇게 말했다. "이 정부가 들어선 이후 이뤄진 인사들을 보면서 감동했어. 이럴 줄 알았으면 (대선 때) 같이 했을 텐데."

임 실장은 김 교수에게 "장하성 교수에게 정책실장을 한다는 확약을 받아주십시오. 그러면 대통령과 전화 연결을 하겠습니다"라고 요구했다. 장하성 교수는 정책실장직을 수락했다.

장하성 실장은 당시를 이렇게 회고했다.

임종석 비서실장이 전화를 걸어왔어. "임종석입니다. 잠시만 기다리세요" 하더니 문 대통령과 전화를 연결해 줬지. 한참 이야기를 나눴어. 문 대통령은 "예, 예"라고만 했어. 그런데 말미에 그러더라고. "예, 대체로 실장님이 알아서 하시고요. 그리고 의견이 다르면 제 의견이 먼저입니다"라고. 나중에 만나서 환담하는데, 그 이야기를 또 하더라고.

문 대통령은 최종 결정 권한은 자신에게 있다고 못 박았다. 이 말이 동전 앞면이라면 뒷면은 이렇다. '최종 책임은 제가 집니다.'

사람이 좋다고 좋은 리더가 되지 않는다. 선을 명확하게 그을 줄 알아야 한다. 그래야 권한과 책임이 제대로 행사된다. 조직도 제대로 돌아가고.

문재인 대통령은 언론에 공개되는 행사를 부담스러워했다. 2019년 1월 티타임에서 그 이유를 듣게 됐다.

당시 새해 부처 업무보고가 안건으로 올라왔다. 문 대통령이 입술을 삐죽 내밀었다. 뭔가 탐탁지 않을 때 나오는 버릇이다.

임종석 비서실장이 물었다. "업무보고를 줄일까요?" 문 대통령이 대답했다. "장관 업무보고가 부담되지는 않아요. 제일 큰 부담은 카메라 앞에 서는 (다른) 행사지."

의아했다. 3·1절, 8·15 광복절, 정상회담, 유엔 연설 등 대형 행사가 아니라 규모도 작고 시간도 길지 않는 행사가 부담스럽다? 보고받고 덕담하고 사진 촬영에 응하는 게 무슨 대수라고.

그게 아니었다. 문 대통령은 소규모 행사를 이렇게 준비한다고 말했다.

가서 (행사를) 보기만 하는 게 아니에요. 메시지를 준비해야 하는데, 많은 부담이 가요. 신동호 (연설) 비서관이 (써준 인사말과 내 말이) '싱크로율'이 높은 편이지만 다소간 손을 봐야 하고, (행사) 콘셉트를 잡으면 전반을 봐야 하고. 또 (보고서) 글을 뒷받침하는 여러 자료를 보고. 내 평소에 아는 분야도 있지만, 모르는 분야는 지식도 없고 자료로 공부해야 합니다.

역대 정부에서 이렇게 많이 (행사를) 한 적이 없어요. 행사 참여가 필요한 부분, 돌파해야 하는 것도 있죠. 국민께 직접 호소하고 (국민과) 접촉면을 늘리려고 참모들도 자꾸 대통령이 찾아가는 현장을 만들려고 하고.

그게 장기적으로 옳은가? 대통령만 보이고 '청와대 정부'라는 말이 들리는데, 행사를 지금처럼 가야 하는지 길게 (봤을 때) 의문입니다. 갑자기 줄일 수는 없지만.

충혈된 눈으로 출근하는 또 다른 이유가 밝혀지는 순간이었다. 국정과제가 아닌 잠깐 만나는 행사, 큰 행사들 사이에 낀 작은 일

1장 본심

정, 권세가나 유명인이 아닌 평범한 시민을 만나는 일도 내용을 세세하게 파악하고 참석했다. 그런 자리에서 할 이야기도 허투루 여기지 않는다.

이유는 이렇다. 부처나 기관, 청와대 담당자는 대통령 발언을 메모하고 기억한다. 고치거나 개선할 내용, 폐기할 점을 찾아내 후속 작업을 한다. 대통령이 따로 지시하지 않더라도.

기업이나 조직도 마찬가지다. 오너나 기관장이 지나가면서 한마디 한다.

"직원들 복장이 왜 저 모양이야?", "사무실 분위기가 왜 이렇게 어수선해?", "저 사람 아직도 저기 있어?"

보스가 나간 뒤 야단법석이 난다. 소식은 금세 전체에 퍼진다. 지나가는 투의 말이라도 조심해야 하는 이유다.

'The buck stops here.' 미국 33대 대통령 해리 트루먼이 집무실 책상 위에 올려놓은 문구다. '내가 책임진다'라는 뜻이다. 포커 게임에서 패를 공정하게 돌릴 책임을 지는 딜러에게 사슴뿔 손잡이 칼buckhorn knife을 넘겼다. 여기서 문구가 유래했다는 설이 있다.

문 대통령은 자기 앞에 수사슴buck이 멈추어 선다고 여긴 듯했다. 그가 발설한 말은 정부 전체에 인장印章으로 작용했다. '그가 한 말은 관철된다.' 자신의 발언에 스스로 맸기 때문이다.

말을 뒤집게 됐을 땐 전후 사정을 설명하며 양해를 구했다. 필요하면 사과도 했다.

취임 초기부터 추진한 개헌이 국회 문턱을 넘지 못했다. 국회에 제출했지만, 시한 내 처리되지 않았다. 2018년 5월 25일 문 대통령은 안타까움과 송구스러움을 소셜미디어에 이렇게 표현했다.

촛불 민심을 헌법에 담기 위한 개헌이 끝내 무산됐습니다.

국민과의 약속을 지키지 못해 매우 송구스럽고 안타깝습니다.

국회는 대통령이 발의한 개헌안의 가부可否를 헌법이 정한 기간 안에 의결하지 않고 투표 불성립으로 무산시켰습니다. 국회는 헌법을 위반했고, 국민은 찬반을 선택할 기회조차 갖지 못하게 됐습니다. 국회가 개헌안을 따로 발의하지도 않았습니다.

많은 정치인이 개헌을 말하고 약속했지만, 진심으로 의지를 가지고 노력한 분은 적었습니다. 이번 국회에서 개헌이 가능하리라고 믿었던 기대를 내려놓습니다. 언젠가 국민께서 개헌의 동력을 다시 모아주시기를 바랍니다.

진심이 없는 정치의 모습에 실망하셨을 국민께 다시 한번 송구스럽다는 말씀을 드립니다.

어떤 사람은 떠밀리듯 정치판에 선다

2003년에 문재인 대통령을 처음 대면했다. 그가 참여정부 민정수석 비서관일 때였다. 난 청와대를 들락거리는 기자였다.

대통령 해외 순방 때 청와대 출입 기자 중 선배가 공군 1호기에 탑승한다. 후배는 청와대에 남는다. 순방을 따라가지 않은 수석비서관들이 돌아가면서 남은 기자들에게 점심을 샀다. 얼굴도 익히고 취재도 하는 자리다.

민정수석은 업무 특성상 기자와 접촉이 많지 않다. 보안 때문이다. 그가 밥을 산다니 청와대에 남은 기자들 대부분이 점심 자리에 갔다.

나는 문 수석 앞 왼쪽 45도쯤에 앉았다. 제대 군인처럼 깎은 그의 머리에는 새치가 살짝 섞여 있었다. 다소 굳은 표정이었다.

그때까지만 해도 점심에 술을 꽤 마셨다. 잘나가는 고위직들은 '양폭'을 마셨다. 17년산 스카치위스키와 맥주를 섞은 양주 폭탄주다.

노무현 대통령이 "내 친구"라고 한 청와대 수석, 권력기관을 담당하는 민정수석. 고위직 중의 고위직이다. 그런 그가 내는 점심이었다. '소폭'이 나왔다. 소주와 맥주를 섞은 소주 폭탄주.

한 기자가 물었다.

"수석님은 양폭 안 하십니까?"

뭐라고 답할지 궁금했다.

"예, 전 안 합니다."

그게 다였다. 이유도 없었다. 물어본 사람이 머쓱해졌다. 나중에 청와대 관계자가 이렇게 말했다.

"노동, 인권 분야에서 주로 활동한 변호사잖아. 부산, 경남 쪽 시국사건을 도맡다시피 하고. 양주는 자기에게 안 어울린다고 생각하는 듯하던데. '나는 소주야' 뭐 그런 식이지."

또 다른 자리에서 누군가 문재인 수석에게 총선 출마 의향이 있는지 물었다.

"전 정치 안 합니다."

"지금 청와대에 계신데 그게 정치 아닙니까?"

"청와대에 두 종류의 일이 있는데 하나는 정치이고, 하나는 행정입니다. 전 행정을 하고 있습니다. 정치라고 생각 안 합니다."

아, 정치를 싫어하나, 아니면 정치는 못 한다고 생각하나. 그런 느낌이었다.

앞서 그는 노무현 대통령이 제의한 청와대 민정수석직을 수락하면서 두 가지 조건을 내세웠다. "민정수석으로 끝내겠습니다. 정치하라고 하지 마십시오."

생각대로만 되지 않는다. 그는 나중에 대통령 비서실장을 했다. 정치 안 한다더니 정치에 '입문당했다'.

노무현 대통령 퇴임 이후 그도 야인으로 돌아갔다. 그러나 오래가지 못했다. 2009년 5월 23일 TV를 통해 전 국민이 그의 발표를 들었다.

대단히 충격적이고 슬픈 일입니다. 노무현 전 대통령님께서 오늘 오전 9시 30분경 이곳 양산 부산대병원에서 돌아가셨습니다. 대통

령님께서는 오늘 오전 5시 45분경 사저에서 나와 봉화산을 등산하던 중 오전 6시 40분쯤에 봉화산 바위에서 뛰어내리신 것으로 보입니다. 당시 경호관 한 명이 수행을 하고 있었습니다. 발견 즉시 가까운 병원으로 이송했고, 상태가 위독해 부산대병원으로 옮겼으나 조금 전 9시 30분경 돌아가셨습니다. 대통령님께서는 가족들 앞으로 짧은 유서를 남기셨습니다.

어쩌면 그 사건과 그 발표가 없었으면 그는 부산에서 변호사 일을 계속했을 수도 있다.

노 대통령은 그렇게 서거했다. 문 대통령은 뒷일을 처리해야 했다. 책 『문재인의 운명』에서 "내 생애 가장 긴 하루였다. 그날만큼 내가 마지막 비서실장을 했던 게 후회된 적이 없다"라며 "나 혼자 있지도 못하고 울지도 못했다"라고 적었다.

여의도로 가서 국회의원과 당 대표를 했다.

2012년 대선에 나서며 그는 『사람이 먼저다』라는 책을 냈다. 정치, 대권 도전에 대한 단상을 이렇게 썼다.

이른바 직업 정치에 관해서는 거리를 두고 싶었던 것이 사실입니다. 정치를 혐오한 것은 아니었습니다. 우리 한 사람 한 사람의 삶을 본질적으로 규정하는 것이 정치입니다. 그렇지만 시민으로서 참여할 수 있는 정치의 영역도 무궁무진하게 많이 있는데, 꼭 직업 정치만이 답은 아니라고 생각했습니다. (…)

시민을 혐오하고 무시하는 정부의 철학과 가치를 여전히 공유하는 집단이 또다시 정권을 잡는다면 더 이상 시민의 정치는 설 자리가 없고, 권력의 일방통행만이 있을 것입니다. 이런 엄중한 상황을 바라보면서 결국은 현실 정치 속으로 들어가야 한다는 결심에 이르게 되었습니다(20~21쪽).

이 대선에서 패배했고 권토중래捲土重來했다. 2017년 정치 정점인 대통령이 됐다.

정치라는 게 그래서 어렵다. 누구는 아등바등 노력하지만, 발도 못 디딘다. 이런 사람이 대다수다.

누구는 떠밀리듯 서게 된다. 숙명과 소명 의식에 접점이 생겼을 때, '하필 그렇게 될 때' 등판하게 된다.

"여러분,
제주에 봄이
오고 있습니다"

문재인의 말과 글

문 대통령은 담백하고 직관적인 표현을 좋아했다. 거창한 담론이나 책 한 귀퉁이에서 찾아낸 구절은 잘 쓰지 않았다. '이건 몰랐지?'라는 식으로 청자·독자를 시험하는 표현은 걷어냈다.

내 실패담 한 토막. 내 책꽂이에는 명문당에서 나온 『원문 역주 후한서 4』가 꽂혀 있다. 전체 열 권 중 이 한 권만 갖고 있다.

2018년 가을이었다. 공직자들에게 적극 행정을 주문하는 발언문을 쓰고 있었다. 다른 칼럼에서 읽은 기억을 되살렸다. '옛말에 고니를 그리다가 이루지 못하면 오리가 되고, 호랑이를 그리다 안 되면 개라도 된다고 했습니다. 고니와 호랑이를 그리는 노력을 해주십시오'라고 썼다.

문재인 대통령께 보고하려고 3층 집무실에 들어섰다. 이미 원고를 받아서 읽은 문 대통령은 이 부분을 짚으며 "이게 맞나요?"라고 물었다.

나는 "『후한서』에 나오는 내용입니다"라고 설명했다. 그러면서도 맞는지 자신 있게 답하지 못했다. 원전原典을 확인하지 않고 기억과 온라인 글에 의존해 원고를 쓴 자신을 책망했다. "확인해서 다시 보고드리겠습니다"라고 말하고 나왔다.

그 즉시 서울 광화문에 있는 교보문고로 향했다. 『원문 역주 후한서 4』를 샀다. 확인해 보니 틀렸다.

내용은 이렇다. 후한後漢 복파장군伏波將軍 마원馬援은 두 조카를 걱정해 훈계하는 편지를 보냈다.

용백고龍伯高를 본받다가 못하면 그래도 점잖은 사람이 될 것이니, 이는 고니를 그리다가 잘못되면 오리처럼 되는 것(刻鵠類鶩·각곡유목)과 같다. 그러나 두계량杜季良을 본받다가 못하면 천하에 경박한 자가 될 것이니, 호랑이를 그리다 잘못 그리면 개가 되는 것(畫虎類狗·화호유구)과 같다.

두 사자성어 뜻은 반대였다. 고니와 오리는 좋은 예, 호랑이와 개는 나쁜 예다.

이런 내용을 정리해서 집무실로 올라갔다. 앞선 보고와 뒤의 보고 사이 짬이 났다. 그 틈에 보고서를 드렸다. 문 대통령이 물었다. "이게 그거죠?" 티가 났는지 모르지만, 얼굴은 화끈했다.

문재인 대통령이 의구심을 표하지 않았으면 원고를 그대로 썼을 것이다. 모두 발언문에 잘못된 인용을 썼다면 그런 망신이 없었을 것이다. 언론 비판, 야당 논평, 지식인들의 소셜미디어 지적, 신난 유튜버들, 공무원들의 쑥덕거림까지. 좀 과하게 상상한 것일까. 지금도 그때 일을 떠올리면 아찔하다.

문 대통령은 본인이 잘 알고 사람들이 헷갈리지 않을 내용을 말과 글에 담았다. 귀로만 듣고 이해해야 하는 인사말이나 연설에서는 헷갈릴 법한 부분을 발라냈다. '고니와 호랑이' 고사 실수를 피할 수 있었던 것도 그 때문이다. 긍정적 부산물도 있다. 글투나 말투가 담백하고 친근했다.

문재인 대통령이 글을 어떻게 고치는지 공개된 적이 있다. 2017년 12월 17일 청와대 소셜미디어 방송 '라이브 11시 50분 청와대입니다'에 직전 중국 방문 수행원들이 출연했다. 윤영찬 국민소통수석 등 청와대 참모들이다. 이들은 중국 마지막 일정 '충칭 한국인 대표와 간담회' 연설문을 내보였다. 문 대통령이 직접 볼펜으로 수정한 흔적이 남아 있었다.

'중국 중심부에 위치한 도시, 충칭은'을 '충칭은 중국 중심부에 위치한 도시이고,'로 고쳤다. 듣기에 편하다. '견인해 나갈'은 '이끌'이라는 쉬운 말로 바꿨다. '유라시아와 유럽까지 경제 영토'는 '유라시아와 유럽까지 경제 영역'이라고 수정했다. '김구 선생님'이라는 표현은 '백범 김구 선생'으로 했다. 문장 구조, 말 순서, 단어 하나 하나 직접 읽어보고 입말에 맞게 고친 것이다.

외교 관련 연설문의 마지막 관문은 정의용 국가안보실장이다. 일흔이 넘은 정 실장은 순방 때 자정 넘어까지 연설문을 고쳐 문 대통령에게 전달했다. 문 대통령은 새벽에도 연설문을 읽어보고 일일이 고쳤다.

2018년 10월 29일 대통령 주재 수석·보좌관회의 때 보육 문제가 의제였다. 문 대통령 모두 발언은 "보육과 돌봄 정책은 국민의 생애주기 초반을 책임지는 국가 핵심 과제"라고 시작했다. 이어 "한 아이를 키우는 데 한 마을이 필요하다는 아프리카 속담처럼 아이들은 부모와 학교, 지역사회, 국가가 함께 돌보고, 교육해야 행복한 삶을 시작할 수 있습니다"라며 "정부가 추진하는 포용국가의 핵심 과제도 보육과 돌봄의 공공성 강화에서 출발합니다"라고 말했다.

이 아프리카 속담은 잘 알려져 있다. 아동 보육 정책의 기본을 담았다. 고매한 교육철학이나 복잡한 정책을 언급할 필요 없이 속담만으로 족하다. 그래서 원고에 속담을 넣었다. 이 부분은 수정되지 않고 대통령 육성으로 나갔다.

건조하기만 한 것은 아니다. 외려 시적이고 감성이 담긴 표현이 꼭 한두 군데에 들어갔다. 이 또한 화려하기보다는 어디서 들어본 듯한 친숙한 글귀다.

'문재인' 하면 떠오르는 연설은 무엇일까. 각자 처지에 따라 다르겠지만, 취임사의 이 구절을 떠올리는 이들이 많을 것이다.

문재인과 더불어민주당 정부에서 기회는 평등할 것입니다.
과정은 공정할 것입니다.
결과는 정의로울 것입니다.

'기회와 평등, 과정과 공정, 결과와 정의'라는 반복과 대비가 귀에 쏙 들어온다. '것입니다'로 끝나는 운율로 메시지를 강조했다. 노래나 구호 같다. 청자의 귀를 잡는 효과적인 방편이다. 윤태영 전 청와대 대변인 작품이다. 그는 선대위에서 메시지 특보로 활동했다.

제주 4·3 은 우리 현대사의 깊은 생채기다. 숱한 희생자가 났고, 유가족은 숨죽여 살아왔다. 문 대통령은 2018년 제70주년 4·3 희생자 추념식에서 희생자, 유가족은 물론 제주도민 모두를 연설로 보듬었다.

4·3 생존희생자와 유가족 여러분, 제주도민 여러분!
돌담 하나, 떨어진 동백꽃 한 송이, 통곡의 세월을 간직한 제주에서 이 땅에 봄은 있느냐, 여러분은 70년 동안 물었습니다. 저는 오늘 여러분께 제주의 봄을 알리고 싶습니다. 비극은 길었고 바람만 불어도 눈물이 날 만큼 아픔은 깊었지만, 유채꽃처럼 만발하게 제주의 봄은 피어날 것입니다. 여러분이 4·3을 잊지 않았고 여러분과 함께 아파한 분들이 있어 오늘 우리는 침묵의 세월을 딛고 이렇게 모일 수 있었습니다.

혼신의 힘을 다해 4·3의 통한과 고통, 진실을 알려온 생존희생자와 유가족, 제주도민들께 대통령으로서 깊은 위로와 감사의 말씀을 드립니다. (…)

이제 우리는 아픈 역사를 직시할 수 있어야 합니다. 불행한 역사를 직시하는 것은 나라와 나라 사이에서만 필요한 일이 아닙니다. 우리 스스로 4·3을 직시할 수 있어야 합니다. 낡은 이념의 틀에 생각을 가두는 것에서 벗어나야 합니다. (…)

오늘의 추념식이 4·3 영령들과 희생자들에게 위안이 되고, 우리 국민에게는 새로운 역사의 출발점이 되길 기원합니다.

여러분, 제주에 봄이 오고 있습니다.

4월은 꽃 피는 봄이다. 제주에서는 온 동네가 슬픔에 잠긴다. 희생자 제사를 같은 날 곳곳에서 지낸다. 봄일 리가 없다.

문재인 대통령은 제주에 봄을 불러들이겠다는 의지를 연설에 담았다. 동백꽃, 돌담, 유채꽃처럼 남쪽 바다와 제주의 봄을 상징하는 단어로.

2018년 4월 27일 첫 남북정상회담 만찬사도 비슷했다. 문재인 대통령은 "영변의 진달래는 해마다 봄이면 만발할 것이고 남쪽 바다의 동백꽃도 걱정 없이 피어날 것입니다"라고 말했다. 저 구절을 들으면 김소월 시 「진달래꽃」 한 구절인 '영변에 약산 진달래꽃'

을 떠올릴 것이다. '얼마나 울었던가 동백 아가씨'라는 이미자 노래 「동백 아가씨」도 연상된다. 친근함을 무기로 연설을 극화劇化했다.

첫째, 둘째, 셋째…

문 대통령은 넘버링을 즐겨 썼다. '첫째, 둘째, 셋째' 하는 식이다.

재미있고 중요한 내용이라도 순서나 구분을 짓지 않으면 두서없어 보인다. 말투가 빠르면 어수선하게 들린다.

넘버링을 하면 내용이 정돈된다. 화자가 상황을 장악했다는 인상을 준다. 권위를 부여한다. 남발하지 않으면 좋은 장치다.

문재인 대통령은 2017년 8월 9일 서울성모병원을 방문해 '건강보험 보장성 강화 정책'을 발표했다. 그 자리에서 이렇게 말했다.

어떤 질병도 안심하고 치료받을 수 있는 나라를 만들어가겠습니다.

첫째, 치료비의 많은 부분을 차지하는 비급여 문제를 해결하겠습니다. 지금까지는 명백한 보험 적용 대상이 아니면 모두 비급여로 분류해서 비용 전액을 환자가 부담했습니다. (…)

둘째, 고액 의료비 때문에 가계가 파탄 나는 일이 없도록 만들겠습니다. 당장 내년부터 연간 본인 부담 상한액을 대폭 낮추겠습니다. (…)

셋째, 절박한 상황에 처한 환자를 한 명도 빠뜨리는 일이 없도록 의료 안전망을 촘촘하게 짜겠습니다. 4대 중증 질환에 한정되었던

의료비 지원 제도를 모든 중증 질환으로 확대하고, 소득 하위 50퍼센트 환자는 최대 2000만 원까지 의료비를 지원받을 수 있게 하겠습니다. (...)

주요 내용을 셋으로 정리했다. 같은 내용을 넘버링하지 않았다면 이랬을 것이다.

어떤 질병도 안심하고 치료받을 수 있는 나라를 만들어 가겠습니다. 치료비의 많은 부분을 차지하는 비급여 문제를 해결하겠습니다. 지금까지는 명백한 보험 적용 대상이 아니면 모두 비급여로 분류해서 비용 전액을 환자가 부담했습니다. (…) 고액 의료비 때문에 가계가 파탄 나는 일이 없도록 만들겠습니다. 당장 내년부터 연간 본인 부담 상한액을 대폭 낮추겠습니다. (…) 절박한 상황에 처한 환자를 한 명도 빠뜨리는 일이 없도록 의료 안전망을 촘촘하게 짜겠습니다. 4대 중증 질환에 한정되었던 의료비 지원 제도를 모든 중증 질환으로 확대하고, 소득 하위 50퍼센트 환자는 최대 2000만 원까지 의료비를 지원받을 수 있게 하겠습니다. (…)

두 글을 소리 내 읽어보면 어떤 게 내용이 제대로 전달되는지 알 수 있다. 눈으로 읽어도 마찬가지다.

그해 10월 20일은 제72주년 경찰의 날이었다. 기념식에서 문 대통령은 "첫째, 환골탈태換骨奪胎의 노력으로 국민의 경찰로 거듭나기, 둘째, 국민 안전을 책임지는 유능한 민생 경찰로 거듭나기, 셋째, 테러 대응 능력을 획기적으로 강화하기" 세 가지를 주문했다.

12월 5일 제54회 무역의 날 기념식에서는 무역 정책 변화를 요구했다. "첫째, 수출을 통해 더 많은 일자리를 만들어야 한다. 둘째, 4차 산업혁명에 대응해 수출산업을 고도화해야 한다. 셋째, 대기업과 중소기업 간 상생 협력 무역이 이뤄져야 한다"라고 말했다.

넘버링이 8까지 간 날도 있었다. 2017년 12월 13일 한·중 비즈니스 포럼 때다. 문 대통령은 "중국에서 8이 '부富'를 얻는다'라는 의미가 있어 사랑받는 숫자라고 들었습니다. 한중 협력이 서로에게 도움이 되기를 바라는 의미에서 8대 협력 방향을 생각해 봤습니다"라고 밝혔다.

중국인의 숫자 '8' 사랑은 유별나다. 베이징올림픽 개막식은 2008년 8월 8일 오후 8시 정각에 시작했다. 자동차 번호 '8888'은 한국 돈 가치로 억대에 팔린다.

해음諧音 때문이다. 두 글자가 같거나 비슷한 발음이어서 서로 연상케 하는 현상이다. 8은 '빠'라고 소리 낸다. 돈을 번다는 '发财(파차이)와 발음이 비슷하다.

문 대통령이 내놓은 8대 협력 방안은 이렇다. ① 안정적인 경제 협력을 위해 제도적 기반 구축 ② 교역 분야 다양화와 디지털 무역으로 양국 교역의 질적 성장 도모 ③ 4차 산업혁명에 대응한 미래 신산업 협력 강화 ④ 벤처 및 창업 분야 협력 확대 ⑤ 에너지 분야 협력 강화 ⑥ 환경 분야 협력 ⑦ 인프라 산업의 제3국 공동 진출 ⑧ 사람 중심의 민간 교류·협력 활성화다.

말장난이라고 느낄 수도 있다. 중국통 공무원과 기업 관계자들이 머리를 짜내 만들어낸 협력안이다. 단 한 조각이라도 상대 마음을 얻기 위해서다. 그 정성과 노고를 생각하면 웃을 수만은 없는 일이다.

문 대통령은 심지어 2018년 3월 26일 아랍에미리트의 원전 근로자 격려 오찬 간담회에서도 넘버링을 했다. "바라카Baraka 원전은 여러 가지 면에서 아주 특별합니다. 첫째, 우리나라가 처음으로 수출한 원전입니다. 둘째, UAE 최초이자 중동 최초의 원전이라는 점에서도 매우 중요한 의미가 있습니다. 셋째, 양국 협력의 새로운 지평을 열고 있습니다." '문재인답다'는 생각이 들었다.

이처럼 상황과 메시지에 따라 여러 기법을 동원했다. 단, 자신이 소화해 내용을 철저하게 파악했다는 전제하에.

문 대통령이 말과 글에 얼마나 민감한지 엿볼 기회가 있었다. 2018년 12월 28일 김상환 대법관 임명장 수여식 때다. 문 대통령은 김명수 대법원장에게 "저는 판사는 못 해보고 시보試補만 했습니다"라고 말했다. 윤관 전 대법원장이 서울중앙지방법원 북부 지원장 시절이다.

문 대통령이 털어놓은 사연은 이랬다. "지도부장이라고 시보를 담당하는 부장(판사)이 있었습니다. 그런데 윤관 대법원장 그분이

특이한 게 자신이 다 판결문을 봐줬지요. 각별한 호의를 느낄 정도로 잘 고쳐줬습니다. 쓱싹쓱싹하고 고치면 내가 보기에도 글이 달라졌지요. 약간 사소한 것이라도 고치면 전체 글이 살아나고 내가 말하는 뜻도 살고, 정말 신기합니다."

단어 배열, 조사나 수식어를 바꾸는 작은 변화로도 문장은 달라진다. 작가는 범인凡人이 따라가지 못할 문장을 쓰고 글을 짓는다. 그 힘은 문 대통령 말처럼 '사소함'의 차이에서 나온다.

한번은 문 대통령에게 유머를 권한 적이 있다. 환담을 부드럽게 시작할 때 날씨 이야기만 할 수 없는 노릇이다. 점잖은 농담이라면 좋지 않을까.

내가 물었다. "대화를 풀어나갈 때 유머 한마디씩 하시면 어떨까요. 점잖은 유머집이 있는데 말씀 자료에 포함할까요?" 문 대통령은 오래 생각하지 않고 답했다. "됐습니다."

남이 써준 유머는 내가 소화한 게 아니어서 탐탁지 않아 한 게 아닐까. 짐작만 하고 있다.

가벼운 대화를 할 때 문 대통령은 과거 인연이나 경험을 주로 말했다. 그 정도로도 분위기는 충분히 부드러워졌다. 뭐, 대통령이니까.

문재인 대통령은 서사敍事의 힘을 믿었다. 복잡한 이론과 정교한 설명보다 맥락이 있는 이야기가 진심을 전하는 더 좋은 도구라고 생각하는 듯했다. 그의 말과 글에는 이야기가 자주 등장했다.

2017년 8월 15일 취임 후 첫 광복절 경축식 기념사를 낭독했다. '독립운동을 하면 3대가 빌어먹고, 친일을 하면 3대가 떵떵거린다'라는 말이 있다. 이 말이 현실임을 증거로 들려줬다.

경북 안동에 임청각臨淸閣이라는 유서 깊은 집이 있습니다. 임청각은 일제 강점기 전 가산家産을 처분하고 만주로 망명하여 신흥무관학교를 세우고 무장 독립운동의 토대를 만든 석주 이상룡 선생의 본가입니다. 무려 아홉 분의 독립투사를 배출한 독립운동의 산실이고, 대한민국 노블레스 오블리주Noblesse Oblige를 상징하는 공간입니다. 그에 대한 보복으로 일제는 그 집을 관통하도록 철도를 놓았습니다. 아흔아홉 칸 저택이었던 임청각은 지금도 반 토막이 난 모습 그대로입니다. 이상룡 선생의 손자·손녀는 해방 후 대한민국에서 고아원 생활을 하기도 했습니다.

임청각 모습이 바로 우리가 되돌아봐야 할 대한민국의 현실입니다. 일제와 친일의 잔재를 제대로 청산하지 못했고 민족정기를 바로 세우지 못했습니다.

역사를 잃으면 뿌리를 잃는 것입니다. 독립운동가들을 더 이상 잊힌 영웅으로 남겨두지 말아야 합니다. 명예뿐인 보훈에 머물지도 말아야 합니다. '독립운동을 하면 3대가 망한다'는 말이 사라져야 합니다. 친일 부역자와 독립운동가의 처지가 해방 후에도 달라지지 않더라는 경험이 불의와의 타협을 정당화하는 왜곡된 가치관을 만들었습니다.

독립운동가들을 모시는 국가의 자세를 완전히 새롭게 하겠습니다. 최고의 존경과 예의로 보답하겠습니다. 독립운동가의 3대까지 예우하고 자녀와 손자녀 전원의 생활 안정을 지원해서, 국가에 헌신하면 3대까지 대접받는다는 인식을 심겠습니다. 독립운동 공적을 후손들이 기억하기 위해 임시정부기념관을 건립하겠습니다. 임청각처럼 독립운동을 기억할 수 있는 유적지는 모두 찾아내겠습니다. 잊힌 독립운동가를 끝까지 발굴하고 해외 독립운동 유적지를 보전하겠습니다.

생생한 실례가 관념, 개념보다 백배 낫다. 말로 전달하는 연설, 설명, 프레젠테이션에서는 더욱 그렇다.

2018년 2월 9일 평창동계올림픽 개회식 사전 리셉션 때다. 문 대통령 연설에는 두 개의 감동적 이야기가 들어 있다.

여러분께 30년 전 1988년 서울올림픽의 한 장면을 말씀드리고 싶습니다.

그 대회 요트 경기가 내가 자란 부산의 바다에서 열렸습니다. 경기 중 갑자기 불어온 강풍으로 싱가포르 선수들이 바다에 빠지고 말았습니다. 그때 선두에서 2위를 달리고 있던 캐나다의 로렌스 르뮤는 주저하지 않고 그 선수들에게 향했습니다.

물에 빠진 선수들을 구한 그는 결국 22위로 시합을 마쳤습니다. 그의 목에 메달은 걸리지 않았지만 세계는 그에게 스포츠맨십이라는 위대한 메달을 수여했습니다.

1964년 인스부르크동계올림픽에서는 공정한 경쟁에 대한 소중한 답을 보았습니다. 이탈리아 봅슬레이 팀의 주장 에우제니오 몬티는 강력한 경쟁 상대였던 영국 팀에게 봅슬레이 썰매의 부품을 빌려주었습니다. 썰매를 고칠 수 있었던 영국 팀은 금메달을 목에 걸었습니다.

경기 후 영국 팀 우승에 대한 소감을 묻는 언론에게 에우제니오 몬티는 이렇게 말했습니다.

"내가 부품을 빌려준 덕에 우승한 것이 아니다. 영국 팀이 가장 빨리 달렸기 때문에 우승했을 뿐이다."

그는 국제페어플레이위원회가 수여하는 피에르 드 쿠베르탱 페어플레이 메달을 받은 최초의 선수가 되었습니다. (…)

우리는 평창의 눈과 얼음 위에서 위험에 처한 선수를 도운 또 다른 로렌스 르뮤, 경쟁 팀이 자신과 같은 조건에서 시합할 수 있게 도운 또 다른 에우제니오 몬티를 만날 것이라 믿습니다.

그가 지향하는 스포츠 정신이 무엇인지 잘 예시해 준다. 비단 경기뿐 아니라 삶의 자세이기도 하다.

"평범한 힘이 난세를 극복한다"

개인적으로 문 대통령 재임 기간에 나온 글 중 최고로 꼽는 게 있다. 2019년 5월 7일 독일 일간지 《프랑크푸르터 알게마이네 차이퉁》 기고문이다. '평범함의 위대함, 새로운 세계 질서를 생각하며'라는 제목을 달고 있다.

문 대통령은 3·1만세운동부터 독립운동, 5·18민주화운동, 촛불혁명 등 우리 근현대사를 소개하며 문재인 정부가 그 맥을 잇고 있다고 밝혔다. 지난한 과정은 보통 사람들의 분투와 노고로 이뤄졌다고 강조했다.

한국의 근현대사는 도전의 역사였습니다. 식민지와 분단, 전쟁과 가난을 넘어 민주주의와 경제발전을 향해 전진해 왔습니다. 그 역사의 물결을 만든 이는 평범한 사람들이었습니다. (…)

민주주의는 평범한 사람들에 의해 존중되고 보완되며 확장되고 있습니다. 제도적이고 형식적인 완성을 넘어 개인의 삶에서 일터, 사회에 이르기까지 실질적인 민주주의로 실천되고 있습니다. 평범함의 힘이고, 평범함이 쌓여 이룬 발전입니다.

남북이 새로운 질서를 꾀하고 있다는 점도 천명했다. 그는 "한반도 전역에 오랜 시간 고착된 냉전적 갈등·분열·다툼의 체제가 근본적으로 해체돼 평화·공존·협력·번영의 신질서로 대체될 것을 목표로 합니다. 이를 신新 한반도 체제라고 합니다"라고 적었다.

이어 "제가 안타깝게 생각했던 일은 한국민이 휴전선 그 너머를 더는 상상하지 않는 것"이라며 "평범한 사람의 상상력이 넓어진다는 것은 이념에서 해방된다는 뜻으로, 국민의 상상력도, 삶의 영역도, 생각의 범위도 훨씬 더 넓어져 그간 아프게 감내해야 했던 분단의 상처를 치유할 수 있습니다"라고 했다.

또한 "북미대화가 완전한 비핵화와 북미 수교를 이뤄내고 정전협정이 평화협정으로 대체되면 냉전 체계는 무너지고 한반도에 새로운 평화 체계가 들어설 것"이라고 기대했다.

200자 원고지 80매 분량 글에서 문 대통령은 어렵거나 복잡한 개념을 제시하지 않는다. 누구든 알 수 있는 내용을 끌어다 썼다. 중국 고전 『사기』 같은 것이다.

중국의 고전 『사기』의 '손자오기열전'에 이런 구절이 있습니다. "人曰, 子卒也, 而將軍自吮其疽, 何哭爲(인왈, 자졸야, 이장군자연기저, 하곡위)" 사람들이 말하기를 "아들이 졸병인데 장군이 몸소 아들의 종기를 입으로 빨아주었소. 어째서 우는 것입니까?" 울 필요가 없는데 왜 우느냐는 뜻입니다. 어머니는 아들이 장군의 행동에 감격해 전쟁터에서 죽기 살기로 싸우다가 죽을까 봐 운 것입니다. 『사기』에는 그 어머니의 남편 또한 똑같은 일을 겪고 죽기 살기로 싸우다가 죽었다고 나옵니다.

『사기』의 저자 사마천은 장군 오기의 훌륭한 행동을 이야기하려는 것이지만, 이 이야기에는 남편을 잃은 부인의 안타까운 처지가 행간에 숨어 있습니다. 우리가 좋아하는 영웅담에는 항상 스스로 운명을 빼앗긴 평범한 사람들의 비극이 감춰져 있습니다.

한국 분단의 역사에도 평범한 사람들의 눈물과 피가 얼룩져 있습니다. 분단은 개인의 삶과 생각을 반목으로 길들였습니다. 분단은 기득권을 지키는 방법으로, 정치적 반대자를 매장하는 방법으로, 특권과 반칙을 허용하는 방법으로 이용됐습니다. 평범한 사람들은 분단이라는 '난세' 동안 자기 운명을 스스로 결정하지 못했습니다. 사상과 표현, 양심의 자유를 억압받았습니다. 자기검열을 당연시했고, 부조리에 익숙해졌습니다.

이 오래되고 모순된 상황을 바꿔보고자 하는 열망은 한국인들이 촛불을 든 이유 중 하나였습니다. 민주주의를 지켜냄으로써 평화를 불러오고자 했습니다. 촛불이 평화로 가는 길을 밝히지 않았다면 한국은 아직도 평화를 향해 한 걸음도 내딛지 못했을 것입니다. 촛불혁명의 영웅은 지극히 평범한 사람들의 집단적 힘이었습니다. "난세에 영웅이 난다"라는 동양의 옛말은 "평범한 힘이 난세를 극복한다"라는 말로 바뀌어야 할 것입니다.

잘 아는 고사를 뒤집어 들려줬다. 그로써 한국인의 아픔과 극복을 역설했다.

기고문 첫 독자는 독일 국민이다. 글을 독일 대문호 괴테 시구절을 인용해 맺는다.

결국 우리는 세계를 지키고 서로의 것을 나누면서, 평화의 방법으로 세계를 조금씩 변화시킬 수 있게 될 것입니다. 평범한 사람들의 일상이 그러하듯, 괴테가 남긴 경구처럼 '서두르지 않고 그러나 쉬지도 않고.'

평범함의 위대함을 설파하는 대목에서 떠오른 영화가 있다. 「호빗: 뜻밖의 여정」이다. 존 로널드 루엘 톨킨John Ronald Reuel Tolkien의 소설을 피터 잭슨 감독이 영화화했다.

호빗 종족은 영웅상과 거리가 멀다. 키는 사람 어린이만 하다. 맨발로 다닌다. 굴 집을 예쁘게 꾸미고 술과 담배를 즐긴다. 채집과 목축으로 살아간다. 자기 구역을 벗어나려고 하지 않는다. 주인공 빌보 배긴스는 여정 중 고향 집 거실을 그리워한다.

작품에는 전사, 장군과 왕, 마법사, 요정 등 출중한 능력과 고귀한 이상을 가진 영웅이 등장한다. 그런데 왜 호빗이 주인공일까. 왜 그에게 임무를 맡겼을까. 현자이며 선한 마법사인 간달프는 나중에 악한 마법사가 되는 사루만의 말을 인용해 이렇게 말한다.

Saruman believes it is only great power that can hold evil in check. But that is not what I found. I have found that it is the small everyday deed of ordinary folks that keep the darkness at bay. Simple acts of kindness and love. Why Bilbo Baggins? Perhaps because I am afraid, and he gives me courage.

사루만은 오직 위대한 힘만이 악을 억지할 수 있다고 믿습니다. 제가 아는 바로는 그렇지 않습니다. 평범한 사람의 일상적인 소소한 행동이 악을 막아내더군요. 친절과 사랑 같은 소박한 행동 말이죠. 왜 빌보 배긴스를 선택했느냐고요? 제가 두려움에 떨 때 그가 용기를 주기 때문일 겁니다.

적극 공감했다. 그러다 문 대통령이 2012년에 쓴 『1219 끝이 시작이다』를 읽게 됐다. 바로 저 대목을 발견했다. 문 대통령 글은 위에 적힌 간달프 발언을 인용한다. 그리고 이렇게 이어졌다.

영화 「호빗: 뜻밖의 여정」에 나오는 간달프의 대사입니다. 그렇습니다. 김대중 대통령처럼 카리스마 있는 정치 지도자의 시대는 지나갔습니다.

영웅이나 위대한 힘이 역사를 바꾸는 것이 아닙니다. 시민들의 작은 선의가 모여서 역사를 바꿉니다. 시민들의 작은 선의들이 담쟁이처럼 얽혀서 벽을 타 넘을 때 비로소 새로운 시대를 맞이할 수 있습니다.

시민들 속에서 답을 찾아야 합니다. 시민들과 함께하고, 시민들의 소리에 귀를 기울이고, 시민들이 간절히 원하는 것을 말해야 합니다. 그것이 우리가 해야 할 준비일 것입니다.

《프랑크푸르터 알게마이네 차이퉁》 기고 골자는 2019년 5월 문 대통령이 문득 떠올린 것이 아니다. 적어도 2012년 이후로 생각해온 바다.

포털에서 '문재인 대통령 《프랑크푸르터 알게마이네 차이퉁》 기고문 전문'이라고 검색하면 나온다. 한번 읽어보시길 권한다.

"승리의 기쁨은
오늘,
이 순간까지만입니다"

춘풍추상

문재인 대통령은 자신에게 엄했다. 스스로를 채찍질해 가며 일했다. 좋아하던 일에 쏟던 시간을 없애다시피 하고 일에 집중했다.

대통령은 바쁘다. 일중독이 아닌 이는 버티기 힘들 정도다.

고위직으로 갈수록 백조같이 일한다. 수면에 우아하게 떠 있지만, 갈퀴 달린 발을 쉬지 않고 젓는다. 대통령은 그런 직위의 꼭짓점에 있다.

문 대통령은 저녁형 인간이었다. 새벽보다 밤이 늦도록 일했다.

기상 시간은 대체로 오전 7시 30분쯤이다. 밥과 국, 찌개 등 한식을 먹는다. 요거트에 블루베리를 얹어 간단히 때우기도 했다. 이때 조간신문을 읽었다. 그래서 식사 시간이 제법 걸렸다.

여민1관 3층 집무실에 오전 8시 50분쯤 도착했다. 티타임 회의는 오전 9시 10분에 시작했다. 종일 일정을 소화한 뒤 오후 6시에 퇴근했다. 차를 탈 때도 있지만, 날이 좋으면 관저까지 걸어갔다. 10~15분 거리다.

저녁 식사는 오후 6시 30분쯤 했다. 주방 근무자 퇴근 시간을 맞춰주기 위해 되도록 시간을 지켰다. 그 뒤 방송 뉴스와 보고서를 봤다. 오후 10시쯤에는 제1부속실 비서 중 당직 근무자가 퇴근했다. 다음 날 중요한 연설이 있을 때 문 대통령은 당직 근무자에게 "오늘은 조금 기다리라"라고 지시했다. 당직자는 올라온 연설문을 대통령에게 드리고, 대통령이 준 연설문 수정사항을 연설비서관실로 보냈다. 문서가 두세 번 오가면 밤 11시를 넘길 때도 있었다.

그 뒤에도 대통령 서재 불은 잘 꺼지지 않았다. 골치 아픈 일이나 중시하는 일의 보고서를 읽을 때다. 이게 '직장인 문재인'의 일과였다.

보스가 자리를 지키고 있으면 밑의 직원들은 줄줄이 대기해야한다. 문 대통령은 집무실 근무시간을 지키려고 했다. 일이 끝나면 가라는 취지다. 그러나 청와대 일이라는 게 끊이지 않아 일과시간은 잘 지켜지지 않았다.

언론 보도만 보면 대통령은 하루 두세 개 행사에 얼굴을 내보이는 정도로 보인다. 그랬으면 대통령은 당선되기가 어렵지, 멋지면서 쉬운 직업이다. 현실은 전혀 다르다.

2018년 10월 25일 공개된 하루 일정은 이렇다. 오전 9시 대통령 집무실 티타임에서 일일 보고를 받는다. 이어 정책실과 안보실 보고가 있다.

쌀 목표 가격 변경 계획이 보고됐다. 한국 사회에서 쌀값만큼 민감한 가격은 드물다. 물가에 미치는 영향이 크다. 무엇보다 농심農心이 걸려 있다. 라면 회사 말고 농가 민심 말이다.

한국 정치인 중에 농민을 가볍게 볼 이는 아무도 없다. 논밭이 없는 수도권 중심지가 지역구라도 그렇다. 농심에 역행하는 언행을 하면 당 전체에 충격이 간다.

뙤약볕에서 허리 굽혀 일한 농민을 생각하면 위정자들은 쌀값을 많이 쳐주려고 한다. 현실은 받쳐주지 못한다. 한국이 기축통화를 발행할 능력을 갖추지 않는 한, 제7광구에서 유전이 터지지 않는 한 재정은 쪼들린다.

그렇다고 쌀 가격을 시장 원리대로 낮추면 '식량 자원이 위기다, 나라 근본이 흔들린다'라는 기사가 나온다. 여야를 막론하고 비난이 날아온다. 난제 중의 난제다.

점심 식사를 마친 뒤 서울 용산 백범기념관으로 가서 제73주년 경찰의 날 기념식에 참석했다.

집무실로 돌아와 경제사회노동위원회(경사노위) 문성현 위원장의 보고를 받았다. 안건은 사회적 대화를 통한 노동 현안 추진 전략이었다.

노동 문제는 쌀값 문제 못지않게 해법 찾기가 어렵다. 민주화 이후 역대 대통령, 특히 민주당 계열 대통령은 북유럽 국가가 이룬 사회적 대타협을 꿈꿨다. 현실은? 여전히 고르디우스 매듭처럼 꼬여 있다.

노동계와 산업계 줄다리기에서 대통령은 심판 역할만 할 수 없다. 양쪽 모두를 만족시켜야 한다. 황희 정승이라도 손을 내저을 일이다.

인권 변호사 출신인 문재인 대통령에게 노동계는 기대가 컸다. 문 대통령도 이를 알고 있다.

2017년 6월 21일 일자리위원회에서 문 대통령은 이렇게 하소연했다.

특별히 좀 당부 말씀을 드리면, 노동계는 지난 두 정부에서 배제되고 소외됐습니다. 문재인 정부는 다릅니다. 경영계와 마찬가지로 국정의 주요 파트너로 인정하고 대접하겠습니다. 노동계는 지난 두 정부에서 워낙 억눌려왔기 때문에 아마 새 정부에 요구하고 싶은 내용들이 아주 많을 것입니다. 그러나 시간이 필요합니다. 적어도 1년 정도는 시간을 주면서 지켜봐주셨으면 좋겠습니다.

경사노위의 주요 파트너인 민주노총은 참여를 거부했다. 문 대통령 구상과 민주노총 구상이 맞아떨어지지 않았다. 협의는 지지부진했다. 경사노위 출범식 및 1차 회의에서 문성현 위원장은 속상함에 눈물까지 훔쳤다.

경사노위 보고에 이어 비서실 현안 보고도 있다. 생활 밀착형 이슈도 다룬다. 라돈 매트리스, 발암물질 생리대 같은 일이다. 무엇하나 "알아서 잘 해결하라"라고 넘길 수 없다.

10월 25일만 특별히 바쁜 날이었을까. 10월 29일에도 일정이 여덟 개였다. 하루 확정된 일정만 대여섯 개가 기본이다. 중간에 수석이나 비서들이 긴급하게 보고하러 집무실 문을 두드렸다.

너무 일정이 많았다. 참모들 사이에서 우려가 나왔다. 제1부속실에서는 하루에 단 한 시간만이라도 일정을 비우려고 했다. 문 대통령이 오롯이 혼자 생각을 가다듬는 시간을 확보하자는 취지였다.

그렇게 안 됐다. 일은 몰아닥쳤고 일정은 넘쳤다. 잠깐 휴식 시간에도 예정에 없던 보고 건이 끼어들었다.

대통령에게 보고하는 사안은 둘 중 하나다. 하나는 칭찬받을 일이다. 생색나는 일이다. 보고자 얼굴만 봐도 안다. 발걸음도 가볍다. 안타깝게도 이는 많지 않다.

대부분은 골치 아픈 일, 결단하고 책임질 일, 욕먹을 일이다. 보고자와 배석자 이마는 구겨져 있다. 한숨을 쉬고 걸음도 무겁다. 최종 의사결정과 책임은 대통령 몫이다. 이런저런 이유를 댈 수야 있지만 결국 대통령이 "제가 잘못 판단했습니다"라고 말해야 한다. 그 자리는 그런 자리다.

각기 다른 대통령 측근이던 두 명으로부터 들은 이야기다. "대통령은 당선된 날과 그다음 날 딱 하루 반나절 좋아. 그다음부터는 중재와 싸움의 연속이야."

유능, 도덕성, 태도

문 대통령은 술고래는 아니다. 그렇다고 안 마시지도 않았다. 즐기는 편이다. 대통령이 된 뒤에는 술을 거의 줄였다. 일정이 많거나 중요한 회의를 앞두면 공식 행사 건배도 포도 주스로 했다. 술을 마시는 사람들은 안다. 금주 혹은 절주는 제법 힘든 일이다. 그 정도로 일이 많았다.

손에 들어오는 보고서는 통독했다. 김수현 정책실장은 "어떤 내용을 보고해도 미리 보고서를 읽어 내용을 다 파악하고 있었다. 직업이 대통령이었다"라고 회고했다.

임종석 비서실장은 청와대를 떠난 뒤 자신의 소셜미디어에 "문재인은 주어진 상황을 받아들이고 죽어라 일을 한다. 후회가 남지 않도록 몸을 혹사한다. 옆에서 보기 안쓰럽고 죄송할 따름"이라고 썼다.

술이든 골프든 좋아하는 일을 양껏 하고 쉴만큼 쉬다가 일 터졌을 때 아랫사람을 닦달하는 보스는 꽤 있다. 책임을 밑에 떠넘기고 사람을 잘라 실패를 마무리하는 리더도 있다. 종일 책상에 붙어 있기만 하고 아무 결정도 안 내리는 대표도 있다. 그런 지도자

말이 밑에 통할 리가 없다. 문재인 대통령은 자신을 혹사하다시피 하면서 직원을 독려했다. 말을 안 들을 도리가 없었다.

2018년 2월 방마다 액자가 하나씩 걸렸다. 신영복체로 쓴 사자성어 '춘풍추상春風秋霜'. 그 밑에 뜻풀이가 돼 있다.

대인춘풍 지기추상
待人春風 持己秋霜

**남을 대하기는 춘풍처럼 관대하고
자기를 지키기는 추상같이 엄격해야 합니다.**

참여정부 때 고故 신영복 선생이 노무현 대통령에게 선물한 글귀다. 문 대통령은 취임한 뒤 그 글을 찾아보라고 지시했다. 제1부속실은 신영복 선생의 '더불어숲' 재단에 문의해 사본을 전달받았다.

문 대통령은 2월 5일 수석·보좌관회의에서 이렇게 말했다. "우리 정부가 2년 차에 접어들면서 기강이 해이해질 수 있는데, 초심을 잃지 말자는 취지에서 액자를 선물하게 됐습니다. 공직자가 다른 사람을 대할 때는 봄바람같이 해야 하지만, 업무 성격에 따라 남을 대할 때도 추상과 같이 해야 할 경우가 있습니다. 검찰, 감사원 등이 그렇고 청와대도 마찬가지입니다. 추상을 넘어 한겨울 고드름처럼 자신을 대해야 합니다."

문 대통령은 직원들이 느슨해질 것 같으면 고삐를 당겼다. 2018년 6월 지방선거에서 여당이 압승했다. 그달 18일 대통령 주재 수석·보좌관회의 때다. 청와대 직원 모두 볼 수 있게 회의를 내부망으로 중계했다. 당부는 이랬다.

청와대 비서실도 선거 결과에 자부심을 가지고 기뻐해도 된다고 생각합니다. 그러나 그것은 오늘, 이 순간까지입니다. 지난번 우리가 받았던 높은 지지는 한편으로 굉장히 두려운 일입니다. 어깨가 매우 무거워지는, 등골이 서늘해지는 두려움이라고 생각합니다. 지지가 높았다는 것은 그만큼 기대가 크다는 뜻입니다. 부족한 점이 많지만, 더 잘하라는 주마가편走馬加鞭 같은 채찍질이었다고 생각합니다. 그 지지에 답하지 못하고 높은 기대를 충족하지 못하면 기대는 금세 실망으로 바뀔 수 있습니다. 그리고 기대가 높았던 만큼 실망의 골도 깊어질 수 있습니다. 정치사를 보더라도 앞의 선거의 승리가 그다음 선거에서 아주 냉엄한 심판으로 돌아왔던 경험들을 우리는 많이 알고 있습니다.

청와대에는 정치권 선수들이 모인다. 선거에 나가려는 이도 있다. 실제로 제21대 총선에서 청와대 출신 후보들이 교섭단체(20명)를 꾸리고 남을 만큼 당선됐다.

그러니 지방선거 압승으로 들뜰 수 있다. 이를 우려했다.

문재인 대통령은 '앞 선거 승리 이후 냉엄한 심판'을 언급했다. 이는 예지력을 발휘해서 한 말이 아니다. 독재국가가 아니면 늘 벌어

추상을 넘어
한겨울 고드름처럼 자신을 대해야 합니다.

2017년 2월 5일, 수석·보좌관회의

지는 일이다. 투표가 4대 원칙(보통선거, 평등선거, 직접선거, 비밀선거)에 어긋나지 않게 진행된다면 말이다.

크게 이긴 선거 이후에는 위기가 도래했다. 참여정부 시절 열린우리당은 과반 의석을 획득했다. 그 이후 벌어진 혼란상을 당시 당과 청와대에 있던 이들은 기억하고 있었다. 문 대통령은 이런 점을 경계한 것이다.

당부를 이어나갔다. '첫째, 둘째, 셋째'라고 세세하게 설명했다. 생각나는 대로 하는 말이 아니라, 작심하고 만들어 온 문장이다.

첫 번째 유능해야 합니다. 공직에 근무하는 사람의 기본은 유능함이라고 생각합니다. 청와대는 대한민국 국정을 이끄는 곳입니다. 국정을 이끄는 중추이자 두뇌라고 본다면 청와대야말로 정말 유능해야 합니다. 모두 1년의 경험을 가졌기에 지금부터 국민에게 유능함을 보여야 합니다.

두 번째로 늘 강조하다시피 도덕성입니다. 여소야대 가운데 우리가 국정을 제대로 이끌 힘은 국민의 지지밖에 없고 그러기 위해 꼭 필요한 것은 높은 도덕성입니다. 그러나 국민이 우리에게 거는 기대가 더 높습니다. 특히 우리 정부 과제가 적폐 청산이고, 그 중심에 부정부패 청산이 있는데 스스로 도덕적이지 못하면 국민이 바라는 중요한 국정 과업을 제대로 해낼 수 없을 것입니다.

세 번째로 강조하고 싶은 건 태도입니다. 우리나라 정치와 공직에서 지금 가장 중요한 것은 태도가 아닐까 생각합니다. 국민을 대하는 태도, 다른 사람의 말을 듣는 태도, 다른 사람에게 말을 하는 태도, 사용하는 언어, 표현 방법, 태도들이 무엇보다 중요하다고 생각합니다. 결코 형식이 아닙니다. 태도는 거의 본질이라고 생각합니다. 왜 본질인가 하면, 국민을 모시는 존재가 정치인들이고 공직자라면 본질이 태도에서 표현되는 것입니다.

유능, 도덕성, 태도. 문 대통령이 생각하는 좋은 공직자상이다. 유능하고 도덕적으로 결함이 없어야 한다는 말은 당연한 것이다. '태도'는 좀 결이 다른 당부다.

대통령 앞에 앉은 이들은 대부분 똑똑하다는 소리를 듣는다. 최고 학부를 나와 그 어렵다는 고시로 입신한 이들이 대부분이다. 주로 지시를 내리는 일을 했다. 혹은 해당 분야에서 두각을 드러냈기에 청와대에 닿을 수 있었다. 전문 분야든, 정치든 마찬가지다.

이들에게 태도를 주의토록 했다. 엘리트주의를 경계하며 공복公僕으로서 소명 의식을 가져야 한다고.

문 대통령 스스로 절제하고 당부를 멈추지 않으니, 직원들은 긴장할 수밖에 없었다. 김수현 정책실장이 재미있는 단어를 만들었다. '9데렐라.'

대통령 취임 1주년 즈음해서 어느 날 업무가 끝난 뒤 청와대 안에서 조촐한 기념 모임이 열렸다. 과자와 맥주를 곁들여 한담하는 자리였다. 당시 사회수석이던 김수현 실장이 마이크를 잡았다. 그는 "여러분, 힘들고 스트레스 많이 받으시죠? 죽겠죠? 저녁에 한잔하기도 할 겁니다. 그래도 '9데렐라'가 됩시다"라고 말했다.

신데렐라는 무도회에서 춤을 추다 자정에 마법이 풀리자 달아난다. 9데렐라는 밤 9시에 마법이 풀린다. 늦어도 밤 9시에는 일어나 귀가해서 재충전하라는 뜻이다.

일이 많은, 현안이 터진 사무실에서 밤 9시 퇴근은 오히려 청와대 직원의 바람이었다. 일은 야근으로 이어져 밤 10시, 11시를 넘기기가 다반사였다.

적극 행정, "공직자는 평론가가 아닙니다"

문 대통령은 적극 행정을 누누이 강조했다. 국민에게 봄바람이 되려면 공무원들이 더 적극적인 태도로 섬겨야 한다는 지시였다.

방어적이고 복지부동하는 공무원은 분명히 있다. 부처를 가리지 않는다. 어렵거나 곤란한 지시에는 사무四無를 들이댄다. '인원·예산·규정·전례가 없다.'

실제로 그럴 수 있다. 일할 사람과 예산은 늘 부족했다. 그런데 그런 이유로 공무원이 도장을 찍어주지 않으면 국민이 힘들어진다. 일이 돌아가지 않는다.

문 대통령은 규정과 전례 탓을 이해하려 하지 않았다. 왜 안 찾아보느냐는 것이다.

2017년 12월 22일 대통령 주재 수석·보좌관회의에서는 "규제 개혁 측면에서도 보면 드론 부대, 드론 방역단 등 드론에 보이지 않는 규제도 적극적으로 해석해서 정부 권한으로 확 푸는 모습을 보여야 한다"라고 말했다. 그는 "공무원이 행정해석 할 때 금지가 안 돼 있는 것은 허용해야 한다"라고 말했다.

2018년 1월 22일 대통령이 주재하는 규제혁신 토론회가 열렸다. 인사말은 이랬다.

각 부처 일선에서 일하는 공무원이 규정을 해석하고 적용하면서 기업의 도전을 돕는다는 자세를 먼저 가져야 합니다. 실제로 국무조정실에서 현장 규제 개선 과제를 분석해 보니 법령이나 제도개선 없이 부처의 적극적인 해석만으로도 풀 수 있는 규제가 32퍼센트에 달했다는 통계가 있습니다. 공무원이 신산업 현장의 어려움을 해소하기 위해 적극적으로 업무를 추진하다가 발생한 문제에 대해서는 사후에 감사나 결과 책임으로 불이익을 받지 않도록 보장해 주는 것이 중요하다고 봅니다. 또한 적극적인 행정으로 성과를 창출하는 공무원에게는 파격적으로 보상하는 등 업무 수행 방식의 변화를 적극적으로 장려하는 방안도 생각해 주기를 바랍니다.

머뭇거리는 공직 사회를 나아가게 하려는 행정 수반으로서 하소연이자 지시였다.

2018년 9월 한 티타임에서 특정 분야의 동향이 보고됐다. 보고자는 다양한 관측과 분석을 담아 발언했다. 문 대통령은 정색하며 이렇게 말했다.

저는 생각이 조금 다릅니다. 우리가 주체입니다. 평론가가 아니지요. "우리가 이런 점에 중점을 두고 이렇게 하겠다, 의도대로 된 부분은 성과이고 한편으로 충분히 헤아리지 못하고 어려운 부분이 있다", 그렇게 나가야지(해야지), 관전평을 하듯이 하면 안 됩니다. 무책임해 보입니다.

보고자가 당황했음은 물론이다.

2018년 내내 미세먼지가 국민을 힘들게 했다. 10월 10일 대통령 주재 수석·보좌관회의에서 미세먼지 관리 종합대책 보완 방안이 보고됐다. 문재인 대통령이 물었다. "경유차 대책은 왜 (시행하지) 못 합니까?"

경유차에 쓰는 디젤은 다른 연료보다 미세먼지를 더 뿜는다. 디젤을 덜 쓰게 하려면 가격을 올려야 한다. 소비자 반대가 심하다. 정치적 부담이다.

문 대통령은 "이런 식의 보고는 지난해에도 했는데 왜 이렇게 되풀이되는 것입니까?"라고 다시 물었다. 회의장 공기가 압축되듯 긴장감이 돌았다. 다들 보고자를 돌아봤다.

문 대통령은 서울시 행정을 예로 들었다. "서울시를 보면 의무적으로 차량 이부제를 해서 대중교통을 이용하게 하고 과감한 대책을 사용합니다. 실효성 논란으로 비판받기도 하는데 여러 부담을 무릅쓰고 강력한 대책을 모색하고요. (중앙) 정부는 오히려 대체로

안이한 듯합니다."

적극 행정은 눈에 띄게 진척되지 않았다. 그러니 계속 강조했다.

해를 넘겨 2019년 1월 15일 청와대에서 기업인과 대화 행사가 열렸다. 대한상공회의소 중견 기업위원장 이종태 퍼시스 회장이 말했다. "기업 규제를 왜 풀어야 하는지 입증하는 현재 방식보다 공무원이 왜 규제를 유지해야 하는지 입증하고, 입증에 실패하면 규제를 폐지해야 합니다."

문 대통령은 "옳은 말씀입니다. (홍남기 부총리 겸 기획재정부 장관이) 집중적으로 노력해 주십시오"라고 즉석에서 지시했다.

일주일 뒤 1월 22일 국무회의에서도 지시가 이어졌다. "적극 행정을 해달라고 누누이 강조했고, 감사원은 면책 방침을 밝히고 소극 행정을 문책하겠다고 밝혔습니다. 기업인들은 체감상 달라진 바 없다고 합니다. 법, 제도는 국회를 거쳐야 하지만 적극 행정은 공직자가 마음만 먹으면 가능한 일입니다. 규제 규정이 없는 한 가능하다고 생각해 주세요. 결과적으로 실패했으나 선의의 행정이었다면 문책을 안 받게 해주세요. 이는 오히려 경험을 축적하는 것입니다."

내가 청와대를 나온 뒤 2019년 3월 적극 행정 면책제도가 시행됐다. 공무원이 적극적으로 행정을 하다가 실수해도 책임을 지우지 않는 제도다.

이에 더해 감사원은 감사 사전 조치인 사전 컨설팅 제도도 시작

결과적으로 실패했으나

선의의 행정이었다면

문책을 안 받게 해주세요.

이는 오히려 경험을 축적하는 것입니다.

2019년 1월 22일, 국무회의

했다. 지금은 국민의힘 소속인 최재형 의원이 당시 감사원장이었다. 행정 현장에서 느끼는 불확실성과 감사 불안을 미리 해소하자는 취지였다.

규제입증 책임제도 도입됐다. 규제 필요성을 공무원이 입증토록했다. 2019년 3월 중앙부처가 도입했고, 9월부터 지방자치단체도 시작했다.

일례로, 제주도에서 광고물을 표시할 수 있는 교통수단은 사업용 자동차 등 세 가지로 한정돼 있었다. 푸드트럭에는 광고물을 표시할 수 없었다. 이 규제는 2020년 6월 조례 개정으로 폐지됐다.

규제 때문에 힘들다는 하소연은 여전하다. 생명, 환경, 안전, 균형 등 지켜야 할 규제가 있다. 우리 미래의 버팀목들이다. 강화해야 한다.

관행에 따른 규제, 기득권 때문에 유지되는 규제는 폐지 혹은 개선돼야 한다. 이 마땅한 일이 안 된다. 그만큼 관행과 기득권이 강하다. 어떤 정부에서도 쉽지 않다. 아무것도 하지 않으려는 의지가 가장 강한 의지일지도 모르겠다.

"울지 마세요,
아버지 묘소에
참배하러 갑시다"

최고 위로 책임자

국민이 대통령에게 가장 바라는 게 무엇일까. 부국강병? 요람에서 무덤까지 복지? 작은 정부, 최대 방임? 복수 혈전? 우중愚衆을 이끌 독재? 자신이 으뜸으로 삼는 가치에 따라 다를 것이다.

소시민과 약자의 눈에서 보면 어떨까. 국가 원수, 통수권자 Commander-in-Chief보다는 함께 슬퍼하고 눈물을 닦아주는 최고 위로 책임자Chief Comfort Officer, CCO이길 바라지 않을까. 세월호와 이태원 참사 등 애끊는 현장을 생중계로 목도하고, "국가는 어디에 있나"하며 절규해 본 국민이라면 더욱 그럴 것이다.

문재인 대통령은 최고 위로 책임자 역할에 충실했고, 잘했다. 의전팀이나 행사 담당자의 의식 수준을 넘어섰다. 의도한 행동이 아니었다. 속에서 우러나왔기에 가능했을 듯하다.

후보 시절 일이다. 대선 선거운동 개시를 하루 앞둔 2017년 4월 16일 유세 차량이 사고를 냈다. 상대 오토바이 운전자가 숨졌다.

선거 캠프에 주름살이 그어졌다. 악재였다. 어떻게 위로하고 대응할지 고민이 쌓였다.

후보 비서실에서 연락이 왔다. 문 후보가 조문을 간다고 했다.

우려가 가시지 않았다. 위로는커녕 문전박대당할 수도 있다. 리스크가 컸다.

문 후보는 다음 날 지역 일정을 취소하고 밤에 서울 송파 경찰병원에 마련된 빈소를 찾았다. 비공개로 방문했다. 취재진이 몰려 유족에게 불편을 끼칠까 우려해서다.

문 후보는 애도의 뜻을 표하고 위로의 말을 건넸다. 책임을 회피하지 않기 위해 멱살잡이를 각오하고 달려간 자리다. 유족 몇몇은 항의했다. 당연한 일이다. 문 후보는 "공당으로서 책임질 일이 있다면 책임을 다하겠다"라고 약속했다.

노동절인 5월 1일 참사가 발생했다. 삼성중공업 거제조선소에서 800톤급 골리앗 크레인이 쓰러졌다. 직원 여섯 명이 숨지고 스물다섯 명이 다쳤다.

문재인 후보는 또 비공개로 현장을 찾았다. 거제시 병원 빈소를 찾아 조문했다. 40여 분 면담에서 유가족을 위로했다. 인형을 들고 우는 한 소녀를 품에 안고 눈물을 흘리는 사진이 나중에 공개됐다.

그는 "사고 원인부터 책임에 대한 규명은 물론이고 사후에 필요한 문책이라든지 보상이라든지 그런 것도 삼성이 적극 나서서 하게끔 해드릴 것"이라고 약속했다. 이어 "하청 업체에서 근무하는 분들의 산재 사망률이 정규직보다 훨씬 높다. 잘못된 현실을 바로잡겠다. 휴일을 제대로 사용하는 것까지 제대로 해나가겠다"라고 덧붙였다. 그는 부상자 병동에도 찾아가 부상자들을 위로했다.

문 대통령은 크레인 사고에 늘 신경을 썼다. 2017년 7월 3일 제50회 산업안전보건의 날 기념식에 이런 영상 축사를 보냈다.

지난 5월 1일과 22일 거제와 남양주에서 발생한 크레인 사고로 아홉 분의 고귀한 생명이 희생되었습니다. 다친 분도 무려 스물일곱 분에 달합니다. 산업 재해는 한 사람의 노동자만이 아니라 가족과 동료, 지역공동체의 삶까지 파괴하는 사회적 재난입니다.

그는 네 가지 개선 방안을 모색하겠다고 밝혔다. ① 산업 현장의 위험을 유발하는 원청과 발주자에게 책임을 지운다. ② 현장에서 일하는 모든 사람이 예외 없이 안전의 대상이 되도록 해 파견이나 용역 노동자라는 이유로 안전에서 소외되는 일이 없도록 한다 ③ 사망 사고가 발생한 사업장은 안전이 확보될 때까지 모든 작업을 중지하고, 안전이 확보되었는지 현장 근로자 의견을 듣고 확인토록 한다. ④ 대형 인명 사고의 경우 국민이 직접 참여하는 조사위원회를 구성하고, 국민이 충분히 납득할 때까지 사고 원인을 투명하고 철저하게 조사하도록 한다.

그해 10월 16일 수석·보좌관회의를 주재하면서 타워크레인의 주체별 안전관리 책임을 강화하고, 설비 안전성을 확보하는 방안을 마련하라고 지시했다. 국무총리실 주관으로 타워크레인 중대재해 예방대책을 마련토록 했다.

사고 방지 방안을 여러 차례 보고받고 보완책을 지시했다. 이는 나중에 중대재해 처벌 등에 관한 법률에 반영됐다. 이 법은 국회를 통과해 시행되고 있다.

CCO로서 면모가 가장 잘 드러난 행사라면, 2017년 5·18민주화운동 기념식을 꼽고 싶다.

민주화운동 유족 김소형 씨가 '아버지께 드리는 편지'를 낭독했다. 김 씨의 선대인先大人 재평 씨는 완도 수협에서 근무했다. 딸이 태어났다는 소식을 듣고 광주로 왔다. 자택에서 계엄군이 쏜 총탄에 목숨을 잃었다.

철없었을 때는 이런 생각도 했습니다. 때로는 내가 태어나지 않았다면 아빠와 엄마는 지금도 참 행복하게 살아 있었을 텐데. 하지만 한 번도 당신을 보지 못한 이제, 당신보다 더 큰 아이가 되고 나서 비로소 당신을 이렇게 부를 수 있게 됐습니다, 아버지. 당신이 제게 사랑이었음을, 당신을 비롯한 37년 전의 모든 아버지들이 우리가 행복하게 걸어갈 내일의 밝은 길을 열어주셨음을. 사랑합니다, 아버지.

김 씨는 오열하며 편지를 읽었다. 문 대통령은 묵묵히 들었다. 그러다 안경을 벗고 손수건으로 눈물을 훔쳤다.

낭독을 마친 김 씨가 자리로 돌아가려고 돌아섰다. 문 대통령은 연단에 올라가 김 씨의 두 손을 맞잡은 뒤 포옹했다. 문 대통령은 목 놓아 우는 김 씨에게 "울지 마세요. 기념식 끝나고 아버지 묘소에 참배하러 같이 갑시다"라며 다독였다. 문 대통령은 기념식이 끝난 뒤 유족과 함께 참배했다.

그날 기사에 달린 댓글 중 하나가 기억에 남는다. '내가 정부 행사를 보면서 울 것이라고는 상상도 못 했다.'

대통령과 네 번의 사진 촬영

임명장 수여식에서도 위로를 건넸다. 대통령이 임명장을 주는 자리는 해당 분야 최고위직이다. 능력을 인정받아 정점에 올랐음을 증명한다. 영광스러운 자리인데, 위로라니. 어딘가 들어맞지 않는다고 느낄 수도 있다.

아니다. 잘 들어맞는다. 누군가의 영광은 다른 누군가의 희생과 인내를 발판으로 삼는다. 뒷바라지한 부모나 배우자의 피·땀·눈물 말이다.

임명장 수여식 때 세 차례 공식 사진을 찍는다. 대통령이 임명장을 주는 옆모습 한 장, 대통령과 피임명자가 카메라를 정면으로 바라보는 기념사진 한 장을 찍는다. 그리고 피임명자와 함께 온 가족 한 명을 불러내 정면 기념사진을 찍는다. 세 명이 촬영할 때 대통령은 가운데 선다.

동행하는 가족은 대체로 배우자였다. 문재인 대통령은 늘 "이 자리에 오기까지는 배우자 역할이 컸지요" 하며 노고를 위로했다.

간혹 부모, 시부모와 오는 피임명자도 있다. 그러면 문 대통령은 사진을 넉 장 찍었다. 공식 사진 석 장을 찍은 뒤 부모나 시부모 한 분을 가운데 모시고 기념사진을 찍었다. 어르신들은 처음에는 어리둥절해하다가 이내 미소를 지었다. 대통령을 옆에 거느리고 사진을 찍는 이가 한국에서 몇이나 될까. 그 집 거실에는 사진 넉 장 중 어떤 게 걸릴까.

2017년 6월 15일 김외숙 법제처장 임명장 수여식 때 그랬다. 문재인 대통령은 사양하는 김 처장 어머니를 가운데 모시고 사진을 찍었다.

2018년 10월 2일 유은혜 사회부총리 겸 교육부 장관 임명 때도 마찬가지였다. 유 부총리는 시어머니를 모시고 왔다. 공식 사진 석 장, 시어머니를 가운데 모시고 대통령과 부총리가 양옆에 선 사진 한 장. 문 대통령은 "임명장 수여식 때 가족을 함께 모시는데 시어머님을 모시고 온 것은 처음인 것 같습니다. 어머님께도 축하 말씀을 드립니다"라고 했다.

유 부총리가 퇴임한 뒤 안부 전화를 했다. 임명장 수여식 때 일이 생각나서 시어머니를 모시고 온 이유를 물었다. 이런 답이 돌아왔다.

30여 년간 시어머니와 살고 있는데, 내 든든한 후원자이셔. 새벽밥해 주시고 응원해 주셨어. 애들 밥도 다 어머니께서 차려주셨고. 시어머니가 계시기에 내가 소신을 지키고 있지. 시어머니가 문 대통령 팬이셔. 남편에게 말했더니 자기가 양보하겠다고 해서 시어머니를 수여식에 모시고 갔지.

문 대통령은 2017년 8월 20일 국방부에서 열린 합참의장 이·취임식에 참석했다. 이순진 대장이 이임하는 자리였다.

문 대통령은 "대인춘풍 지기추상, 자신에겐 엄격하면서 부하들에게선 늘 순진 형님으로 불린 부하 사랑 모습은 자식을 군대에 보낸 부모님들이 바라는 참군인의 표상"이라고 말했다. 이어 "조국은 작은 거인 이순진 대장이 걸어온 42년 애국의 길을 기억할 것"이라고 밝혔다.

문 대통령은 이 사연을 소셜미디어에 이렇게 올렸다. 기사 한 꼭지로도 손색이 없다.

합참의장 이·취임식에 대통령이 참석한 것은 건군 이래 처음이라고 들었습니다. 합참의장 이·취임은 이·취임뿐 아니라 평생을 군에

몸 바치고 최고 지휘관이 된 최고 군인의 전역식을 겸하는 것이어서 더욱 명예로운 자리로 만들어주고 싶었습니다.

이임하는 이순진 대장은 3사 출신 최초의 합참의장이었는데, 42년간의 군 생활 동안 마흔다섯 번 이사를 했다고 합니다.

공관 생활을 할 때 공관 조리병을 원대 복귀시키고 부인이 직접 음식 준비를 하면서 공관병을 한 명만 두었다는 이야기도 유명합니다. 제가 그 사실을 칭찬했더니 부인은 "제가 직접 음식 준비를 하지 않으면 마음이 안 놓여서요"라고 했고, 이순진 대장은 "제가 입이 짧아서 집사람이 해주는 음식을 좋아합니다"라며 쑥스러워했습니다.

이순진 대장은 전역사에서 아내의 고생을 말하며 눈물을 흘렸고, 부인은 전역사를 마치고 내려온 남편을 따뜻하게 포옹해 주었습니다. 참으로 보기 좋은 모습이었습니다.

군 생활을 하는 동안 아내와 해외여행을 한 번도 못 했다는 말을 듣고, 따님이 있는 캐나다라도 한번 다녀오시라고 캐나다행 항공권 두 매를 대통령의 특별한 전역 선물로 드렸습니다.

앞서 7월 18일 문 대통령은 군 수뇌부 청와대 오찬 간담회에서 이순진 의장의 사연을 접했다. 이 의장은 "42년간 마흔다섯 번 이사했고, 동생들 결혼식에도 한 번도 참석 못 했다. 분단 조국을 지키는 대한민국 군인의 숙명"이라고 말했다.

실무자들은 이순진 대장 딸이 캐나다에 있다는 사연을 아들 이석 대위로부터 전해 들었다. 군 최고 통수권자가 직접 선물한 항공권. 푸른 제복에 청춘을 바친 전역 군인에게 최고의 위로가 아니었을까.

예측 가능한 사람

문재인 대통령이 특별히, 그리고 간절히 만나고 싶어 한 사람이 있었다. 고故 김용균 씨 어머니 김미숙 씨다.

김용균 씨(당시 24세)는 2018년 12월 11일 새벽 태안 화력발전소에서 숨졌다. 석탄 운송설비 컨베이어벨트에 끼었다. 입사 3개월 만이다. 여기까지는 차가운 팩트의 나열이다. 그의 부모에게는 어땠을까. 함께 삶이 타버린 용암 지옥이었으리라.

위험한 일은 하도급 업체에 맡긴, 전형적인 위험의 외주화 사고다. 한국 사회는 충격을 받았다. 안전하게 일할 권리를 요구하는 목소리가 커졌다.

문 대통령은 12월 14일 이용선 청와대 시민사회수석에게 유족을 위로하라고 지시했다. 이 수석은 빈소를 찾았다. 전국민주노동조합총연맹(민주노총) 조합원들이 항의했다. 이들은 김용균 씨가 생전에 '문재인 대통령, 비정규직과 만납시다'라고 적힌 손 팻말을 들고 찍은 사진을 들어 보였다. 이 수석은 발길을 돌렸다.

문 대통령은 12월 17일 수석·보좌관회의에서 위로를 전했다.

태안 화력발전소에 입사한 지 석 달도 안 된 24세 청년이 참담한 사고로 세상을 떠났습니다. 희망을 펼쳐보지도 못한 채 영면한 고故 김용균 씨 명복을 빕니다. 자식을 가슴에 묻어야 하는 아픔으로 망연자실하고 계실 부모님께 가장 깊은 애도의 뜻을 표합니다. 동료들께도 심심한 위로의 말씀을 드립니다. 부모님이 사준 새 양복을 입고 웃는 모습, 손 팻말을 든 사진, 남겨진 컵라면이 우리 국민 모두의 마음을 아프게 했습니다. (…)

정부는 위험의 외주화를 방지하기 위해 「산업안전보건법」 개정안을 정부 입법으로 지난 11월 국회에 송부했습니다. 개정안은 도급인이 자신의 사업장에서 작업하는 모든 근로자의 안전·보건 조치 의무를 부담하도록 규정하고 있습니다. 도급인의 책임 범위 확대, 유해 작업의 도급 금지, 위험성 평가 시 작업장 노동자 참여 보장 등 위험의 외주화 방지 방안도 담고 있습니다. 당·정·청은 적극 협력해 이 법안이 조속히 국회에서 처리되도록 노력해 주기를 바랍니다.

이 발언 초고는 연설기획비서관이던 내가 썼다. 애초 첫 문단 마지막 문장을 '부모님이 사준 새 양복을 입고 웃는 모습, 손 팻말을 든 사진, 남겨진 컵라면이 제 마음을 아프게 합니다'라고 썼다. 문 대통령은 '제 마음을 아프게 합니다'를 '우리 국민 모두의 마음을 아프게 했습니다'로 고쳤다. 얼굴이 화끈거렸다. 맞다. '대통령의 아픔'이 아니라 '국민의 아픔'이어야 했다.

김 씨 어머니와의 만남에 앞서 풀 일이 있었다. 산업안전보건법,

소위 '김용균법'이 국회에서 통과되어야 했다. 이조차 해결하지 못하고 어머니를 만날 수는 없었다.

하필 조국 민정수석의 국회 출석을 놓고 여야 간 줄다리기가 벌어졌다. 자유한국당(국민의힘 전신)은 청와대 특감반 김태우 수사관의 첩보 주장과 관련해 조 수석을 국회 운영위로 불러내 따져야 한다고 주장했다. 조 수석이 출석하면 산업안전보건법 등 처리에 동의하겠다고 밝혔다.

김태우 씨는 공무상 취득한 비밀을 언론에 폭로했다. 나중에 국민의힘에 들어가 서울 강서구청장에 당선됐다. 2023년 5월 대법원에서 공무상 비밀누설 혐의에 유죄 판결을 받아 구청장 직위를 잃었다. 석 달 뒤 윤석열 대통령은 그를 사면 복권했다. 국민의힘은 그를 10월 강서구청장 재·보궐 선거에 재공천했지만 패했다.

문 대통령은 12월 27일 티타임에서 조 수석의 국회 출석을 지시했다. 문 대통령은 "특감반 관련 수사가 시작돼 피고발인 신분의 민정수석이 국회에 출석하는 것은 바람직하지 않아요"라고 말했다. 수사에 앞서 국회에서 공방이 진행된다면 주장과 사실이 섞일 수 있다. 자칫 수사가 정쟁으로 미리 오염될 수 있다.

민정수석의 국회 출석은 여권에는 부담이다. 한번 나가게 되면 계속 출석하라고 요구한다. 민감한 정보를 다루는데, 국회에서 답변 거부만 할 수도 없는 노릇이다.

문 대통령은 "그러나 제 2·3의 김용균이 나오는 것을 막기 위해서는 산업안전보건법이 연내에 반드시 처리돼야 합니다"라고 말했다. 조 수석이 "제가 나가겠습니다"라고 답했다.

문 대통령은 "국회에서 질의응답이 벌어지면 상대방 주장을 끝까지 들으세요. 의원이 자기 할 말만 하느라 질의 시간을 다 쓰는 때가 있는데 (상임위원장에게) 답변할 시간을 달라고 요청하시고요" 등 '족집게 과외'를 해줬다. 법안은 그날 저녁 국회 본회의에서 처리됐다.

다음 날 티타임에서 문 대통령은 "김 씨 어머니를 만나고 싶다는 뜻을 전하세요"라고 지시했다. 유족은 재차 만남을 거부했다.

김미숙 씨는 12월 29일 서울 광화문광장에서 열린 추모제 단상에 섰다. "용균이의 억울한 죽음에 대한 진상이 밝혀지지 않고 책임자 처벌이 이뤄지지 않으면 저는 문재인 대통령을 만나지 않겠습니다."

한 달 뒤 나는 청와대를 나왔다. 문 대통령은 김용균 씨 유족을 만나 위로하기 위해 계속 노력하리라고 생각했다. 얼마 있지 않아 청와대 브리핑이 나왔다.

故 김용균 씨 유가족 면담 관련 서면 브리핑

문재인 대통령은 오늘 오후 4시 30분부터 5시 15분까지 45분 동안 故 김용균 유가족과 면담을 했습니다.

문재인 대통령은 모두 말씀을 통해 다음과 같이 말했습니다.

"스물네 살 꽃다운 나이의 김용균 씨의 안타까운 사고 소식을 듣고 가슴이 아팠다. 특히 첫 출근을 앞두고 양복을 입어보면서 희망에 차 있는 동영상을 보고 더 그랬다. 모든 국민들이 마음 아파했을 것이다. 그래도 자식 잃은 부모의 아픔을 다 헤아릴 수는 없을 것이다. 간접적으로 애도의 마음을 전했지만, 이 자리를 빌려서 진심으로 애도의 뜻을 표한다. 사고 이후 조사와 사후 대책이 늦어지면서 부모님의 맘고생이 더 심했으나 다행히 대책위와 당정이 잘 협의해 좋은 합의를 이끌어내서 다행이다. 대책위 여러분 수고가 많았다. 앞으로 더 안전한 작업장, 차별 없는 신분보장을 이루는 큰 계기가 되길 바란다. 꼭 그리되도록 최선의 노력을 다하겠다."

김용균 씨의 아버지 김해기 씨는 "대통령이 용균이의 억울한 죽음을 다 알고 계셔서 너무 고맙다. 진상규명과 책임자 처벌이 이뤄져서 더 이상 동료들이 억울한 죽음을 당하지 않도록 해달라. 절대 꽃다운 나이에 목숨을 잃지 않도록 해달라"라고 말했습니다.

김용균 씨의 어머니 김미숙 씨는 "우리 용균이가 너무나 열악한 환경에서 죽음을 당해 너무 억울하고 가슴에 큰 불덩이가 생겼다. 진상조사만큼은 제대로 이뤄질 수 있도록 대통령이 꼼꼼하게 챙겨주길 바란다. 책임자도 처벌할 수 있도록 중대재해기업처벌법을 만들어 생사의 기로에 서 있는 용균이 동료들이 더 이상 죽음을 당하지 않도록 해달라"고 말했습니다.

문재인 대통령은 면담을 마치며 다음과 같이 말했습니다.

"어머니 말처럼 용균이의 죽음이 헛되지 않도록 하기 위해서는 우리 모두가 노력을 해야 한다. 작년과 재작년에 타워크레인 사고가 빈발해 꽤 많은 사람들이 희생됐다. 그러나 집중 대책을 세우니 사고는 나더라도 사망자는 발생하지 않고 있다. 생명과 안전을 이익보다 중시하도록 제도를 만들어야 한다. 공공기관 평가 때도 생명과 안전이 제1의 평가 기준이 되도록 하겠다. 비정규직의 정규직 전환에도 속도를 내겠다. 대책위와 합의된 사항에 대해서는 당도 잘 이행되도록 끝까지 챙겨달라. 그렇게 해야 용균이가 하늘나라에서 '내가 그래도 좀 도움이 됐구나' 생각할 수 있지 않겠나."

문재인 대통령은 면담이 끝난 뒤 본관 앞 현관까지 유가족들을 배웅했으며, 차가 떠나는 모습을 끝까지 지켜봤습니다.

2019년 2월 18일

청와대 대변인 김의겸

문 대통령은 이 사고를 접한 뒤 김 씨 어머니를 만나지 않고는 못 배겼을 듯하다. 살아온 길이 그를 그렇게 만들었다. 그는 예측 가능한 사람이다.

문 대통령은 위로가 필요한 이들을 찾아 손을 내밀었다. 세월호 참사, 제주 4·3, 일제 강점기 피해자 등이다. 위인偉人과 투사鬪士뿐만 아니라 고난의 세월을 살아낸 장삼이사張三李四, 그들 후손 모두에게 위로를 건넸다. 문 대통령 연설이 듣는 이들에게 위안을 주는 이유가 여기 있다.

다음은 2017년 6월 6일 제62회 현충일 추념식 연설이다.

1달러의 외화가 아쉬웠던 시절 이역만리 낯선 땅 독일에서 조국 근대화의 역군이 되어준 분들이 계셨습니다. 뜨거운 막장에서 탄가루와 땀으로 범벅이 된 채 석탄을 캔 파독派獨 광부, 병원의 온갖 궂은일까지 견뎌낸 파독 간호사. 그분들의 헌신과 희생이 조국 경제에 디딤돌을 놓았습니다. 그것이 애국입니다.

청계천 변 다락방 작업장, 천장이 낮아 허리조차 펼 수 없었던 그곳에서 젊음을 바친 여성 노동자들의 희생과 헌신에도 감사드립니다. 재봉틀을 돌리며 눈이 침침해지고, 실밥을 뜯으며 손끝이 갈라진 그분들입니다. 애국자 대신 여공이라고 불렸던 그분들이 한강의 기적을 일으켰습니다. 그것이 애국입니다.

이제는 노인이 되어 가난했던 조국을 온몸으로 감당했던 시절을 회상하는 그분들께 저는 오늘 정부를 대표해서 마음의 훈장을 달아드립니다.

광부, 간호사, 재봉사를 적시했다. 한국의 서민들이다. 그들은 내 조부모, 부모, 형제·자매, 그리고 나다. 듣는 모두에게 위로를 건넨 셈이다.

2018년 제99주년 3·1절 기념식에서도 마찬가지였다. 보통 사람을 열거했다.

3·1운동의 힘이 약해질 때 주권자인 국민이 다시 일어났습니다. 독립운동은 애국지사들만의 몫이 아니었습니다. 상인들은 철시撤市 운동을 벌였습니다. 나무꾼·기생·맹인·광부들, 이름도 없이 살던 우리의 아버지·어머니·누이들까지 앞장섰습니다. 국민주권과 자유와 평등, 평화를 향한 열망이 한 사람 한 사람의 삶 속으로 들어왔습니다. 계층·지역·성별·종교의 장벽을 뛰어넘어 한 사람 한 사람 당당한 국민이 되었습니다. 이렇게 대한민국을 국민이 주인인 민주공화국으로 만든 것이 바로 3·1운동입니다.

'우리 선조'라는 표현은 익명匿名과 같다. '들에 핀 이름 모를 꽃'이나 마찬가지다. 누군가이지만, 그 누구도 아니다.

문 대통령은 상인과 나무꾼·기생·맹인·광부, 아버지·어머니·누이들을 콕 집어 말했다. 그들은 무명씨라는 껍질을 벗고 내 살붙이로 지명됐다.

위의 연설 모두 등단 시인 신동호 연설비서관 작품이다. 물론 낭독한 '대통령 문재인'의 연설이다. 듣고 위로받은 국민 모두의 연설이기도 하다.

문재인 대통령은 의원 시절인 2014년 8월 세월호 참사 진상규명을 요구하며 단식했다. 대통령 취임 이후 2017년 8월 16일 피해자 가족을 청와대 영빈관으로 초청했다. 인사말이다.

분명한 것은, 그 원인이 무엇이든 정부는 참사를 막아내지 못했

다는 것입니다. 선체 침몰을 눈앞에서 뻔히 지켜보면서도 선체 안의 승객을 단 한 명도 구조하지 못했을 정도로 대응에 있어서 무능하고 무책임했습니다. 유가족을 따뜻하게 보듬어주지도 못했고, 오히려 국민을 편 가르면서 유가족에게 더 큰 상처를 안겨주었습니다. 정부의 당연한 책무인 진실 규명마저 회피하고 가로막는 비정한 모습을 보였습니다.

늦었지만 정부를 대표해 머리 숙여 사과와 위로 말씀을 드립니다. 국민 한 사람 한 사람의 생명과 안전을 무엇보다 귀하게 여기는 나라다운 나라를 반드시 만들어서 세월호 참사의 희생이 결코 헛되지 않도록 하겠습니다. 오늘 여기 오기까지 너무나 많은 시간이 걸렸습니다. 늦게나마 마련된 이 자리가 여러분에게 위로가 되고 희망을 주는 자리가 되었으면 좋겠습니다.

대통령 면담, 공식 사과, 진상규명 약속… 유가족이 줄기차게 요구해 왔던 사항이다. 이날 한 번에 실현됐다. 해녀들이 물 위로 올라와 참았던 숨을 몰아쉬는 '숨비소리' 같은 위로가 아니었을까.

문재인 대통령은 사건·사고 현장에 가려고 했다. 2018년 1월 27일 경남 밀양시 세종병원에서 불이 났다. 마흔일곱 명이 숨졌다. 문 대통령은 상복을 입고 길을 나섰다. 밀양문화체육관 합동분향소를 찾았다. "국민의 생명과 안전을 지키는 나라다운 나라를 만들겠다고 국민과 노력하는 가운데 화재 참사가 연이어 발생해 안타깝고 죄송함을 금할 길이 없습니다."

희생자 영정 앞에 헌화, 분향한 뒤 묵념했다. 영정을 하나하나 살펴봤다. 유족에게 다가가 한 사람씩 손을 잡고 위로를 건넸다. 일부 유족은 울음을 터뜨리며 문 대통령을 안았다.

문 대통령 위로 방식을 '쇼통(쇼+소통)'이라고 비난하는 이들도 있다. 남에게 잘 보이기 위한 쇼라는 지적이다.

쇼라고 치자. 정치는 국민이라는 관객을 상대로 하는 거대한 쇼가 아닌가. 배우는 진정성 있는 연기를 펼쳐 관객의 마음을 사야 하고, 정치인은 시대 흐름에 맞춰 국민의 마음을 사야 한다. 앞에 있는 대상(관객과 국민)과 함께 울고 웃는다는 점에서 배우와 정치인 역할은 다를 바 없다.

오히려 이렇게 반문하고 싶다. 앞에 넘어져 우는 사람이 있다. 어떻게 해야 할까?

한심하다는 듯 쳐다보며 혀를 "쯧쯧" 차나? 왜 넘어졌는지 냉철하게 원인을 분석해 잘잘못을 따지나? 놀부처럼 째진 데 소금을 뿌리나? 아니면 다가가 손을 내밀어 일으켜 세우나? 함께 아파하고 무슨 약을 바를지 고민하나?

국민은 누굴 원할까? 이건 분명하다. 함께 아파하며 눈물짓는 사람에게 "쇼하지 말라"고 욕하는 사람을 원하지는 않을 것이다. 냉소는 지옥의 가장 차가운 장소에 있지 않을까.

"담론이 아닌
구체적 방안을
내세요"

집요한 신문

대통령 주재 수석·보좌관회의 시간이 월요일 오후 2시로 정해졌다. 문재인 대통령 지시 사항이다. 2017년 5월 25일 대통령이 수석·보좌관회의에서 이렇게 말했다.

회의 시간은 논의해 보시죠. 실무진의 준비까지 감안해 주십시오. 너무 이른 시간에 회의가 열리면 실무진이 새벽부터 일하게 되고, 특히 월요일 회의를 일찍 하게 되면 실무진은 일요일에 휴일 근무를 하게 될 것입니다. 그런 것까지 감안해서 시간을 정해주시는데, 제 생각에는 오늘 같은 금요일 회의는 오전 10시 반쯤 여유 있게 시작해도 좋고, 월요일 회의는 아예 오후에 하는 것이 좋지 않을까 생각하는데 적절하게 논의해 주십시오.

실제 그렇게 됐다. 몇 시간 늦추는 게 무슨 대수라고? 그렇지 않다.

많은 조직에서 월요일 오전에 보스가 회의를 주재한다. 청와대에서 월요일 오전 10시쯤 회의를 열려면 보고서, 회의 자료를 새벽까지 완성해야 한다. 비서관, 수석, 중요한 내용이면 실장까지 확인하고 결재해 최종본이 대통령에게 제출되는 시간을 역산逆算하면 그렇다.

정본 보고서는 하루 이틀 전에 대통령 손에 들어갔다. 그러나 국정 상황은 분초 단위로 변한다. 보고서에는 최종 상태를 담아야 한다. 작은 변화라도 있으면 내용을 업데이트해야 한다.

설령 일이 안 생겨도 보고 체계 선상에 있는 이들은 마지막까지 모니터링을 해야 한다. 실무자는 일요일 근무는 물론 야근도 해야 한다. 상황이 복잡하거나 유동적이면 월화수목금금금 일한다.

문 대통령은 이런 사정을 알았다. 그래서 참모들, 특히 실무자가 일요일 밤늦게 일하지 않도록 회의 시간을 반나절 늦춘 셈이다.

문 대통령은 휴식을 강조했다. 수석·보좌관회의에서 이렇게 말했다. "직원들 연차 휴가를 안 보내는 비서관은 인사 평점을 깎겠습니다."

충분한 휴식을 누릴 수는 없었다. 일 자체가 많았다. 다양한 의제, 어찌 보면 한국과 관련된 모든 일을 다루다 보면 야근을 밥 먹듯 했다. 노무현 대통령 말처럼 국민은 "비가 오지 않아도, 비가 너무 많이 내려도" 청와대가 컨트롤 타워 역할을 하길 기대한다.

내가 있을 때 청와대 직원 중 호풍환우呼風喚雨하는 사람은 없어 보였다. 천생 맡은 일을 꼼꼼하게 챙기고 대책을 마련해 시행하는 방법 외에 뾰족한 수가 없었다.

저녁에 청와대 인근 삼청동 식당을 가보면 야근하느라 끼니를 때우는 다른 팀과 마주쳤다. 사무실에는 밤늦게까지 불이 꺼지지 않았다. 나쁜 마음을 먹지 않은, 좋은 공무원이 바쁘면 국민은 그만큼 편하다. 어찌 불만이 없었겠나. 겉으로 내색하지 않았을 뿐이리라.

늘공(늘 공무원인 사람, 직업 공무원)이든, 어공(어쩌다 공무원이 된 이들)이든 청와대 근무를 원하는 이들은 쎄고 쎘다. 잘난 척하고 싶은 욕망, 선거용 경력 쌓기, 의무감, 자아실현 등 어떤 이유에서든.

아무리 연줄이 튼튼해도 자기 분야에서 인정받아야 올 수 있었다. 역량 있는 이들이 오고 기대에 걸맞게 성실했다. 그러니 피로를 달고 살았다.

문 대통령은 비용과 차량이 잘 지원되는지도 꼭 챙겼다. 수석·보좌관회의를 주재하는 자리에서 여러 번 "예정에 없던 비용을 자비로 치르면 총무비서관실에 가서 꼭 받으세요"라고 했다. 차량 지원 문제도 이정도 총무비서관에게 거듭 지시했다.

참여정부에서 청와대 수석과 비서실장으로 일하던 시절 고생했던 기억 때문이다. 자서전 『문재인의 운명』에 "(청와대 수석 시절인

2003년) 첫 1년 동안 치아를 열 개쯤 뽑았다. 나뿐 아니라 이호철 비서관과 양인석 비서관을 비롯해 민정수석실 여러 사람이 치아를 여러 개씩 뺐다'라고 썼다. 이어 "웃기는 것은 우연히도 나부터 시작해서 직급이 높을수록 뺀 치아 수가 많았다'라며 "우리는 이 사실이야말로 (치아 건강에) 직무 연관성이 있다는 확실한 증거라고 우스갯소리를 했다'라고 적었다.

임종석 비서실장도 면역력이 저하돼 생기는 '한포진'에 걸렸고 임플란트를 했다. 시간이 흐를수록 대상포진에 걸린 이들이 늘었다. 그래서는 안 되지만, 임플란트와 대상포진이 근면의 상징처럼 돼버렸다. 조국 민정수석도 공직에서 물러난 뒤 3년 동안 치아와 잇몸 치료를 받았다. 문 대통령 말마따나 치아 건강과 직무 연관성이 있는지도 모르겠다.

중국 역사서나 소설에는 전쟁이 등장한다. 치열한 전투가 끝나면 이겼어도 지친다. 그럴 때 지휘자가 호궤犒饋를 한다. 犒는 '맛 좋은 음식', 饋는 '(음식을) 보내다, 먹이다'라는 뜻이다. 군사들에게 음식을 주어 위로한다는 의미다.

판소리 「적벽가」에 이런 구절이 나온다.

말 달려 창 쓰기며 활 쏘아 총 놓기 십팔기 사습私習 허기 백만 군중이 요란할 제 조조 진중에 술 많이 빚고 떡도 치고 밥도 짓고 우양牛羊을 많이 잡어 장졸을 호궤犒饋 헐제 동산월색은 여동백일如東白日이요 장

강 일대는 여횡소련如橫素鍊이라.

조조는 물론 유비, 송강, 강태공도 한바탕 전투가 끝나면 호궤
했다.

영화 「웰컴 투 동막골」에 비슷한 장면이 등장한다. 인민군 리수
화는 마을 촌장에게 "영도력의 비결이 뭡니까?"라고 묻는다. 촌장
은 "글쎄… 뭐를 많이 멕에이지(먹이지)"라고 답한다.

먹고사는 문제를 해결하는 일은 리더로서의 책무다. 배를 곯리
지 않게 하는 걸 넘어 일하는 이에게 자긍심을 불어넣는다. 문 대
통령이 비용과 차량 문제를 해결해 주려고 한 이유다. 멀리서 출근
하는 직원들을 위해서는 청와대가 보유한 숙소를 이용할 수 있도
록 했다.

공은 직원에게 돌렸다. 자긍심을 세워주는 최고의 방편이다.

정부 출범 1주년쯤이었다. 한국갤럽 2018년 5월 첫째 주 조사에
서 '대통령이 잘한다'는 응답은 83퍼센트였다. 이 업체 조사가 시작
된 이후 가장 높았다(이 조사는 전화조사원 인터뷰 형식으로 진행됐
다. 표본오차는 95퍼센트 신뢰수준에서 ±3.1퍼센트포인트다. 응답률
은 18퍼센트다. 자세한 내용은 한국갤럽 또는 중앙선거여론조사심의
위원회 홈페이지에 있다). 같은 조사 결과를 들여다보면 노태우 대
통령 45퍼센트(1989년 1월), 김영삼 대통령 55퍼센트(1994년 1월),
김대중 대통령 60퍼센트(1999년 3월), 노무현 대통령 25퍼센트

(2004년 3월), 이명박 대통령 34퍼센트(2009년 2월), 박근혜 대통령 56퍼센트(2014년 2월)였다.

5월 14일 수석·보좌관회의가 열렸다. 문 대통령은 "정부가 출범한 지 1년이다. 국정운영이 잘됐다고 평가받으면 총리를 중심으로 한 내각이 잘한 것이고, 비서실장 중심으로 비서실이 잘한 것"이라고 말했다. 이어 "실제로 총리 등 내각 평가가 과거 어느 때보다 높다. 의전 총리가 아니라 실제 중요한 국정의 축이다. 비서실도 비서실장 등이 내가 보기에도 평가가 좋지 않으냐"라고 했다.

한 달 뒤 지방선거에서 여당이 이겼다. 6월 18일 문 대통령은 수석·보좌관회의를 주재했다. 그는 "일부에서 '대통령 지지율이 높은 덕분이다, 대통령 개인기가 그런 결과를 만들어냈다'라고 말씀하시는 분도 있지만, 온당치 못한 이야기"라고 했다. 이어 "대통령이 혼자서 잘할 수가 없다. 대통령이 뭔가 잘한 것으로 평가받았다면 함께한 청와대 비서실과 문재인 정부 내각이 잘했다는 뜻"이라고 밝혔다.

문 대통령 말은 참모들 얼굴에 잠깐이나마 미소를 자아냈다. 여기까지만 보면 마냥 사람 좋은 회사 대표를 떠올릴 수 있겠다. 진짜 이야기는 다음부터다.

추상이 아닌 구상으로

직원들에게 잘해준 이유가 있었다. 시쳇말로 '빡세게' 부려 먹으려고 그랬다. '불편함이 없게 해줄 테니 힘내라, 공은 다 당신들 몫이다.' 잘해줄 때 알아봤어야 했다.

대통령을 가장 가까이서 보좌한 이들이 제1부속실장이다. 임기 초반 송인배, 조한기 부속실장이 곁을 지켰다. 이들은 한숨과 함께 "뭐 하나 그냥 지나치는 법이 없다"라고 말하곤 했다.

문재인 대통령은 담론談論을 배격했다. 구체적인 정책과 제도를 요구했다. 보고서를 올리면 관련 자료를 찾아 올리라는 지시가 수시로 떨어졌다. 정확한 수치와 통계, 배경, 경과 등 세부 사항을 확인했다.

대통령이 추상抽象이 아닌 구상具象을 요구하자 참모와 공무원들도 그 방향에 맞춰 일을 했다. 이는 스케치 작업과 설계 도면 작성만큼이나 차이가 났다. 스케치야 조금 삐뚤어도 덧칠해서 맞추면 된다. 설계 도면은 눈금 하나만 잘못 그려도 전체가 엉클어진다. 일은 많아지고 힘들어졌다.

송인배 부속실장은 이렇게 푸념하기도 했다. "(어떤 일이) 제대로 안 되면 (대통령이) 막 뭐라고 그런다니까. 그럼, 그 이야기를 해당 수석실에 전해줘. 그런데 '왜 내가 혼나지?'라는 생각도 들어."

대통령 주재 수석·보좌관회의 때 벌어진 한 사건은 청와대 참모들을 긴장케 했다.

어음 제도 개선책이 보고됐다. 중소기업과 소상공인을 위한 대선 공약 중 하나다.

보고는 10분 만에 끝났다. 좋은 취지고, 내용도 나쁘지 않았다. 그렇다고 뾰족한 수를 내지도 않았다.

문재인 대통령이 질문을 던지기 시작했다. 담당자가 답변하면 두 번째, 세 번째 질문을 또 던졌다. 어찌나 집요하던지 재판정의 신문訊問 같았다. 상황은 20여 분간 지속됐다.

회의장 분위기는 차츰 얼어붙었다. 두 사람 간 질의응답 말고는 속기사 두 명이 두드리는 자판 소리만 들렸다.

어음은 기업이 자금을 융통하는 수단이다. 대금을 즉시 주지 않고 수개월 뒤 지급한다는 내용의 증서를 준다. 약자인 납품·하도급 업체는 울며 겨자 먹기 식으로 받아야 한다.

문 대통령은 변호사 시절부터 소상공인과 하도급 업체의 하소연을 들었다. 대선 공약으로 채택했다. 현장에서 벌어지는 문제점과 제도의 허점을 파악하고 있었다.

담당 비서관은 그렇지 않았다. 맡았던 여러 정책, 지원책 중 하나였다. 그렇다고 어음 전면 폐지 같은 격한 내용을 담지는 못한다. 개선안을 조심스럽게 내는 정도에 그친다. 정책 차원에서 접근했기에 현장 일에는 밝지 못했다. 만족스러운 답을 내지 못했다. 다시 보고하도록 했다.

이날 일로 청와대 전체의 긴장도가 올라갔다. '좋은 취지와 방향'으로 준비하던 보고를 '구체적 목표와 대책'으로 바꿔야 했다. 구체성이 중시됐다. 실제 국민에게 끼치는 영향이 뭔지 구체적으로 답해야 했다.

2017년 7월 25일 국무회의 때다. 서민 부담 경감 대책이 보고됐다. 문재인 대통령은 "담론보다 구체적 방안이 중요하다"라고 말했다. 이어 "중산층과 서민 소득을 높이고 필수 생계비를 낮추는 구체적 방안을 마련해야 한다"라면서 "(보고서에 있는) 도시가스 요금 1~9퍼센트 인하, 이런 게 아주 도움이 되는 구체적 방안"이라고 말했다.

보고서 내용 중 한 줄을 짚어냈다. '앞으로 이렇게 보고하라'는 예시다.

2017년 12월 22일 대통령 주재 수석·보좌관회의 때도 비슷했다. 어린이집 부족 문제가 의제였다. 언론에 나온 내용에서 벗어나지 않은 보고가 올라왔다.

문재인 대통령은 "정책을 내세우는 게 중요한 것이 아니고 구체적으로 어떻게 되는지가 중요하다"라며 "국공립 어린이집을 확대하겠다고만 하지 말고 여유가 있는 교실 몇 개를 어린이집으로 바꾸겠다, 이렇게 구체적으로 내세워야 한다"라고 말했다.

문재인 대통령은 팩트, 수치, 통계를 요구했다. 나도 경험한 바다.

2019년 1월 28일 대통령 주재 수석·보좌관회의를 앞뒀다. 인사

말 원고를 준비하며 설 명절을 소재로 삼았다. 명절 자동차 사고 경각심을 높일 발언을 골랐다. 문 대통령은 크레인 사고, 교통사고, 자살 등 인명과 관련된 일에 각별한 관심을 뒀다.

말씀 자료를 올렸더니 피드백이 왔다. 원래 원고에서 '사고가 줄었지만'이라는 대목에 연필로 줄이 그어져 있었다. 문 대통령은 그 위에 물음표(?)를 그려놓았다. 아차 싶었다.

국토교통비서관실에 문의해서 수치를 확보했다. 원고를 고쳐 다시 보고했다. 문 대통령 실제 발언은 이랬다.

설 연휴를 앞두고 특별히 당부하고 싶은 것은 안전 문제입니다. 교통사고, 화재, 산재 등 3대 안전사고 사망자가 한 명도 없는 설 명절이 되기를 간절히 바랍니다.

특히 강조하고 싶은 것은 교통안전입니다. 우리 정부 들어 2017년과 2018년 연이어 연간 교통사고 사망자 수가 많이 줄고 있고, 설 연휴 기간 교통사고 사망자 수도 2016년 60명, 2017년 43명, 2018년 37명으로 크게 줄었지만, 아직도 적은 숫자가 아닙니다.

올해 설 연휴 이동 인원은 매일 700만 명, 특별 교통 대책 기간 7일 동안 5000만 명에 육박할 것으로 예측되고 있습니다.

숫자를 넣자 위험이 구체화됐다. 왜 조심해야 하는지 피부에 닿았다. 교통 당국과 경찰 및 소방에도 명확한 목표가 제시됐다. '안전을 도모하라'가 아니라 '사망자를 줄이라'로.

'보고서를 쓰기 위해 회의를 하고 회의하기 위해 보고서를 쓴다'

라는 말도 있다. 공직 사회뿐 아니라 큰 조직에서 벌어지는 일이다. 그만큼 회의와 보고서 작성이 중시된다. 이는 또한 회의와 보고서 작성 자체를 위해 일한다는 자조적인 말이기도 하다.

리더는 큰 그림뿐만 아니라 팩트, 통계, 구체적 명세까지 적절한 범위 안에서 챙겨야 한다. 그래야 보고서를 위한 보고서가 아니라 일을 위한 보고서를 쓴다. 기획, 순서, 진로도 달라진다.

문재인 대통령은 연설에서도 추상과 관념보다 실례實例를 짚어 냈다. 2017년 9월 20일 방미 때다. '평화올림픽을 위한 메트로폴리탄 평창의 밤'이 열렸다. 남북 대치 등으로 불안감이 가시지 않을 때였다. '제대로 치를지'에도 물음표가 찍혀 있었다.

문 대통령은 왜 한국이 안전한지, 왜 행사를 제대로 치를 수 있는지 이렇게 설명했다.

한국은 충분한 경험과 역량을 축적하고 있습니다. 냉전 시대에 치러진 1988년 서울올림픽, 2002년 한일월드컵, 2003년 대구하계유니버시아드, 2010년 G20 정상회의, 2011년 대구 세계육상선수권대회 등 수많은 대규모 국제행사를 완벽한 안전 속에서 성공적으로 치러냈습니다. 평창동계올림픽은 대회 안전과 운영 등 모든 면에서 가장 모범적인 올림픽이 될 것입니다. 이만하면 평창동계올림픽의 성공이 확실하다고 생각하는데, 여러분도 그렇게 생각하십니까?

하지만 가장 확실한 근거 하나가 더 남았습니다. 바로 대한민국

국민입니다. 여러분 모두 2002년 한일월드컵 때 거리를 가득 메운 붉은악마의 응원 열기를 보셨을 것입니다. 지난겨울 촛불혁명은 또 어땠습니까? 무려 반년 동안 1700만 명이 시위에 나섰지만, 단 한 명도 다치거나 체포되지 않았습니다. 그야말로 평화 축제였습니다. 우리 국민의 놀라운 응집력과 열정, 높고 성숙한 민주 의식, 나는 이런 국민이 있기 때문에 평창동계올림픽은 성공할 수밖에 없다고 확신합니다.

팩트와 수치, 통계로 상대를 설득하려고 했다. 만일 '한국은 잘 치를 수 있다, 안전하다, 믿어달라'고만 했다면 상대방이 "참~ 그렇기도 하겠네"라고 했을지도 모른다.

조국 민정수석도 일화를 소개했다. 문 대통령이 당 대표를 할 때다. 대학 교수이던 조 수석은 문 대표와 만나는 자리에서 책 한 권을 선물했다. 조 수석은 "책을 선물하면 안 읽는 분도 있는데, 문 대표는 얼마 있다가 내게 편지를 보내왔더군요"라고 말했다.

문 대통령은 편지에 "책 몇 페이지에 나오는 통계가 틀립니다. 또 몇 페이지에 이런 예를 들었는데 그보다는 다른 적절한 예가 있습니다"라고 써 보냈다.

조 수석은 "그새 그 책을 꼼꼼하게 읽고 당신이 봤을 때 잘못된 내용은 다 체크해서 보냈습니다. 청와대 수석과 비서실장을 하면서 알게 된 내용인 듯했어요. 그리고 '책을 다시 찍을 때 고치는 게 좋겠다'고 썼더라고요"라고 전했다.

문재인 대통령에게는 일중독 말고 또 다른 중독 증세가 있다. '활자 중독'이다. 자신의 책 『문재인의 운명』에서 "책 읽기를 좋아한 다. 아니 좋아하는 차원을 넘어, 어떨 땐 (내가) 활자 중독처럼 느 껴진다"라고 밝혔을 정도다. 책이든 서류든 활자에서 눈을 떼지 않 는다.

대화 중간에도 책 이야기를 불쑥 꺼냈다. 2018년 8월 22일 티타 임 회의였다. 교육부에서 추진하는 초등학교 저학년 영어 방과후 학교 과정 문제가 보고됐다. 문 대통령은 이렇게 말했다. "『우리는 미래에 조금 먼저 도착했습니다』라는 책이 있습니다. 핀란드 기자 출신 작가(아누 파르타넨)가 미국 남자와 결혼해서 미국에서 살면 서 미국과 노르딕 모델 차이를 이해하기 쉽게 썼지요. 피사<small>PISA</small>(국 제 학생 평가 프로그램) 평가에서 노르딕 국가와 한국은 최상위 그 룹이지만 교육에 대한 접근 방법이 전혀 다릅니다. 우리는 들들 볶 아서 공부시키고 사교육을 하지요. 어찌 됐든 우리 성과는 대단합 니다. 결과는 인정합니다."

안타까움도 덧붙였다. "노르딕에서는 아이는 무조건 놀라고 하 고 교육에 뒤처지는 아이들을 위한 교육에 신경을 씁니다. 초등학 생까지는 예체능만 하게 하고 싶습니다. 그래서 선행학습금지법 이 나왔지만, 현실과 안 닿습니다. 이상과 현실 차이가 워낙 크니 까요."

문 대통령은 퇴임 후 양산 평산마을로 갔다. 청와대에서 맺힌 한을 풀기라도 하듯 책을 탐독했다.

그는 내친김에 사저 옆에 책방을 열었다.

2023년 1월 문재인 대통령 사저를 방문해 이런저런 이야기를 하다가 독서 이야기가 나왔다. 문 대통령이 말했다. "고시든, 전공이든 자기 분야 공부는 열심히 하죠. 그런데 그걸 마치고 독서를 끊으면 바보가 됩디다." 잘나가는 사람 몇이 머릿속에 떠올랐다. 나 또한 뜨끔했다.

"안 그러려면 어떻게 해야 합니까?"라고 물었다. 문 대통령은 망설임 없이 답했다. "사회과학 서적을 읽어야 합니다."

문 대통령이 퇴임 후 추천한 책 가운데 사회과학 분야가 상당한 비중을 차지한다. 사회과학 서적은 인간 사회의 다양한 현상을 과학적으로 파헤친다. 인문학이 마음을 살찌운다면 사회과학은 머리를 일깨운다. 우리 사회를 제대로 보고 목소리를 잘 내려면 사회의 실체와 작동 원리를 알아야 한다. 사회과학 서적 읽기가 좋은 방편이다.

"잘 몰라도
황당하게 여겨지는 이야기까지
하셔야 합니다"

삼무三無회의

문재인 대통령은 토론을 중시했다. 변호사, 청와대 수석과 비서실장, 국회의원, 당 대표, 대통령 후보를 거쳤다. 모두 토론이 중요한, 어쩌면 필수적인 직업이다.

철학자 칼 포퍼는 이렇게 말했다. "The aim of argument should not be victory, but progress(토론의 목적은 승리가 아니라 진전이어야 한다)." 말로 남을 이겨먹는 게 아니라 조금이라도 나은 결과물을 내기 위해 토론한다. 입씨름해서 이기려고만 드는 사람도 있다. 논쟁이 취미거나, 생계 수단이거나, 둘 다.

여럿이서 일해본 사람은 토론과 합의 도출이 얼마나 중요한 줄 안다. 조직을 이끌기 위해서는 언로를 잘 터야 한다.

문제는 기성세대다. 토론 문화에 익숙하지 않다. 장·차관, 실·국장, 수석 비서관, 나를 포함한 비서관 모두 기성세대다. 자칫 대통령 혼자, 혹은 대통령과 주무 장관만 이야기하고 나머지는 꿀 먹은 벙어리처럼 받아쓰기만 하는 일도 벌어진다.

메모 정도라면 몰라도, 말을 다 받아 적을 필요는 없다. 국무회의나 수석·보좌관회의, 대통령 면담은 기록으로 남는다. 요청하면 정본이 아니어도 임시본을 한두 시간 만에도 받아 볼 수 있다. 정말 중요한 사안이라면 머릿속에 남기 마련이다. 사견私見인데 대통령 주재 회의에서 하는 받아쓰기는 대통령이나 언론에 잘 보이려는 쇼다. 대변인이나 기록담당자는 빼고. 핵심은 얼마나 주제에 접근해 활발하게 생각과 말을 주고받느냐다.

2017년 5월 25일 오전 10시 30분 청와대 여민1관 3층 소회의실. 문재인 대통령이 처음 수석·보좌관회의를 주재했다. 모두 발언이다.

수석·보좌관회의는 대통령 지시 사항을 전달하는 회의가 아닙니다. 다 함께 공유하고 토론을 통해서 결정하는 회의입니다. 물론 대통령이 수석·보좌관회의에서 지시 사항을 전달하는 것을 하나의 방법으로 활용할 수는 있습니다.

그러나 그것은 하나의 방법일 뿐이고, 원칙적으로 수석·보좌관회의는 공유하고 토론하고 결정하는 회의입니다. 나중의 회의에서 결론이 난 사항을 대변인이 발표할 때도 대통령 지시 사항과 수석·

보좌관회의에서 결정된 사항을 구분해서 발표하면 됩니다. 수석·보좌관회의에서 결정되는 사항은 "수석·보좌관회의에서 이렇게 결정했다"라고 발표하면 되고, 그와 별개로 대통령 지시가 있으면 그건 그대로 해주시면 됩니다.

임종석 비서실장이 물었다. "대통령님 지시 사항에 이견을 말씀드릴 수 있습니까?" 문 대통령이 답했다. "이 회의에서 받아쓰기는 필요 없습니다. 대통령 지시 사항에도 이견이 있어야 합니다. 수석·보좌관회의는 잘못된 방향을 바로잡을 수 있는 최초의 계기입니다. 여기서 격의 없는 토론이 이뤄지지 않으면 다시는 그렇게 못합니다."

전병헌 정무수석이 질문했다. "소수의견이 있었다고 바깥에 (소식이) 나가도 됩니까?" 문 대통령이 답했다. "반대의견이 있었다는 것도 함께 나가도 좋습니다. 격의 없는 토론이 필요한데 미리 정해진 결론은 없지요."

문 대통령은 덧붙였다. "잘 모르면서 황당하게 여겨지는 얘기까지 하셔야 합니다. 뭔가 그 문제에 대해 잘 모르지만 느낌이 좀 이상하지 않으냐, 상식적으로 안 맞지 않느냐 이런 얘기를 자유롭게 해주셔야 합니다."

잘 모르면서 황당하게 여겨지는 이야기라도 해라? 대통령이 주재하고 전문가들이 그득한 자리다. 괜히 말을 잘못해서 망신당할까, 자리에서 쫓겨날까 걱정할 수도 있다.

이 회의에서 받아쓰기는 필요 없습니다.

대통령 지시 사항에도 이견이 있어야 합니다.

(…)

잘 모르면서 황당하게 여겨지는

얘기까지 하셔야 합니다.

2017년 5월 25일, 수석·보좌관회의

그래서 대통령이 나선 것이다. 토론 한계를 설정하지 말고 활발하게 의견을 내달라는 당부다. 특히 전문가 견해가 아니라 보통 사람의 지식, 시민의 상식이 토론에 꼭 필요하다는 이유에서다.

회의 뒤에 브리핑 내용을 논의했다. '문재인 정부 회의 방식은 사전결론, 받아쓰기, 계급장 없는 삼무三無 회의'라고 브리핑했다. 큼지막하게 기사화됐다.

문재인 정부 시절 수석·보좌관회의의 풍경

토론식 회의는 금세 자리를 잡았다. 국회와 정당에 몸담았던 어공(어쩌다 공무원이 된 사람)은 토론에 익숙했다. 교수 출신도 마찬가지다.

익숙하지 않은 이들도 있다. 늘공(늘 공무원인 사람)이다. 처음에는 답변만 했다. 그러다 회의 분위기가 보고와 지시가 아니라 토론 위주로 돌아가는 걸 체감하게 됐다. 차차 의견 개진이 늘었다.

청와대에는 큰 회의체가 두 개 있다. 대통령 주재 수석·보좌관회의와 비서실장 주재 수석·보좌관회의다. 대통령 앞에서 수석과 비서관 사이에 질의응답이 벌어졌다. 대통령도 보고 내용에 질문과 의견을 내놓았다. 때로는 집요하게 캐물었다. 대통령이 낸 의견을 놓고도 답변과 지적이 오갔다.

조현옥 인사수석과 문미옥 과학기술보좌관은 의견을 많이 냈다. 두 참모는 여성과 시민사회 관점도 제공했다. 전병헌 정무수석은 '레드팀' 역할을 했다. 나쁜 시나리오를 상정하고 나쁜 결과를 예측해 가며 공격적으로 물었다. 정태호 정책기획비서관, 한병도 정무비서관, 진성준 정무기획비서관, 윤건영 국정상황실장 등 국회와 당 출신 비서관들도 의견을 냈다.

비서실장이 주재하는 회의에서는 토론이 활발해졌다. 부장님 없는 회식 자리가 더 떠들썩한 것과 같다.

한번은 논의가 좀처럼 진척되지 않았다. 앞뒤 사정을 잘 몰라서다. 한 행정요원(6~9급 실무자)이 손을 들고 "그 건은 제가 국회에서 겪어봐서 압니다"라며 말했다. 임종석 비서실장이 "설명해 보십시오"라고 말했다. 행정요원이 야무지게 설명했다. 그 덕에 토론이 재개됐다.

회의가 끝난 뒤 정부에서 온 비서관이 놀라워했다. 그는 "아무리 자유로운 토론이라고 해도…"라며 다음 말을 잇지 못했다. 장·차관급과 1, 2급 고위공무원이 즐비한 자리다. 늘공이 보기에 까마득하게 낮은 급수 직원이 손을 들고 나서 발언하는 모습이 낯설었나 보다.

토론 잘한다고 일이 잘 풀리지는 않는다. '말 많은 놈은 빨갱이'라거나 '나토 No Action Talk Only(말만 하고 일은 하지 않음) 정권'이라는 말도 있다. 토론의 나쁜 면만 부각한다. 권위주의적 조직이나 인물이 언로를 장악하려고 내놓는 언사다.

토론은 정보 정체나 부족으로 인한 실수를 줄인다. 새로운 변수와 함정을 다각도에서 검토할 수 있게 해준다. 일을 조금이라도 개선한다.

반대파에게는 이의를 제기하고 해명할 기회를 준다. 이 기회조차 없으면 반대파는 승복하지 않는다.

문 대통령은 장관들에게도 같은 당부를 했다. 6월 27일 첫 국무회의에서 이렇게 말했다.

국무회의는 활발한 토론이 생명입니다. 대통령이나 총리 지시를 하달하거나 준비된 안건을 이의 없이 통과시키는 국무회의는 살아 있는 국무회의가 아닙니다.

그러기 위해서 여러분이 부처 장관이 아니라 국무회의 구성원인 국무위원이라는 것에 대한 분명한 인식이 꼭 필요하다고 생각합니다. 그래서 자기 부처에 관한 안건이라도 객관적인 관점으로 보면서 논의할 수 있어야 합니다. 다른 부처에 관한 안건이라고 해서 '이게 내 일이 아니다'라고 생각하셔서도 안 됩니다. (…)

국무회의 논의에서 필요한 것은 꼭 전문적인 관점이 아니더라도 상식의 관점으로 논의해 주는 것입니다. 잘 모르는 일에 괜히 나설 필요가 없다고 지레 생각하지 마시고 어떤 의견이든 말할 수 있어야 살아 있는 토론이 될 수 있습니다.

대통령과 총리 의견도 늘 옳다는 보장이 없습니다. 그러니 대통

령과 총리의 의견에도 언제든지 이의를 말씀해 주시기를 바랍니다. 엉뚱한 의견도 언제든지 환영하겠습니다.

부처를 대표하는 장관이 아니라 국정을 심의하는 국무위원으로서의 역할을 강조한 바다. 이때도 '엉뚱한 의견'을 내도 된다고 강조했다.

교수 출신인 김판석 인사혁신처장이 기억에 남는다. 김 처장은 차관급이다. 국무위원과 같은 테이블이 아니라 한 줄 뒤에 마련된 배석 테이블에 앉았다. 그래도 대통령이 의견을 구하면 발언을 주저하지 않았다.

김부겸, 유은혜, 김현미, 김영춘 등 정치권 출신 장관도 의견을 많이 냈다.

늘공 출신 장관들은 나온 질문에 답변하는 정도였다. 그러자 문 대통령이 질문을 많이 했다. 장관들에게 의견을 물었다. 토론을 활성화하기 위해서다.

대통령과 참모의 대화는 임금과 신하와는 다르다. 달라야 한다. 대통령은 잘 봐줘도 국민이 낸 세금으로 월급을 받는 공무원이다. 군주와 같을 수는 없다. 종신직도 아니고 신료들이 목숨을 내맡기지도 않는다. 백성이 무조건 떠받들지 않는다. 대통령이 제왕처럼 굴면 망가진다. 자신은 물론 나라도.

그래도 군신 간의 치열한 토론에서 배울 게 있다. 이세민李世民이 대표적이다. 당 태종 말이다. 그에게는 위징魏徵이라는 신하가 있었다.

위징은 이세민 형인 황태자 이건성 편이었다. 이건성에게 세민을 죽일 계교를 마련해야 한다고 권했다. 이세민은 자신을 해하려는 형 건성과 동생 원길을 죽인다. 옥좌에 오른 뒤 적이던 위징을 등용한다. 이 둘의 대화가 당나라 사관 오긍이 쓴 『정관정요』에 담겨 있다.

태종이 말했다. "위징은 지난날 사실 나의 원수였지만, 자신이 섬기는 주군을 위해 마음을 다했으니 가상하게 여길 만한 사람이오. 짐이 이제 능히 그를 발탁하여 등용할 수 있게 되었는데, 이것이 옛사람들의 사적에 비추어 무슨 부끄러움이 있겠소? 위징은 매번 나의 안색을 범하면서까지 간절하게 간언을 올리며 내가 잘못을 저지르지 못하도록 하고 있소. 이 점이 내가 그를 중시하는 까닭이오."
위징이 재배하며 말했다. "폐하께서 신을 이끌어 말을 하게 하시니 신이 감히 말씀을 올릴 수 있었던 것입니다. 폐하께서 신의 말을 받아들이지 않으셨다면 신이 어찌 감히 역린을 범하며 금기를 건드릴 수 있겠습니까?"(오긍, 김영문 옮김, 『정관정요』, 글항아리, 2017년, 96쪽)

위징은 태종에게 이런 말도 한다.

"폐하께서 신을 양신良臣으로 삼아주시고, 충신忠臣으로는 삼지 마시길 바랍니다."

태종이 말했다. "양신과 충신은 다르오?"

위징이 말했다. "양신은 자신도 아름다운 이름을 얻고, 임금도 영예로운 호칭으로 불리게 하며 그것을 자손만대에까지 전해 끝이 없는 복록을 누리게 합니다. 충신은 자신도 주살을 당하고 임금도 악의 구렁텅이에 떨어지게 하여 가문과 국가를 모두 망하게 한 뒤 홀로 명성을 누립니다. 이런 점에 근거하여 말해보더라도 이 두 유의 신하는 서로 거리가 퍽 멀다고 할 수 있습니다."

태종이 말했다. "공도 다만 이 말을 어기지 마시오. 나도 반드시 사직을 위한 계책을 잊지 않을 것이오."

이에 명주 200필을 하사했다(오긍, 김영문 옮김, 『정관정요』, 글항아리, 2017년, 155~156쪽).

태종이 위징을 마냥 좋아하지만은 않았다. 사사건건 쓴소리를 해대니 그럴 만하다. 『구당서』와 『신당서』에 「문덕황후전」이 있다. 문덕황후는 태종 부인이다. 성은 장손이다.

하루는 조회를 마치고 내전으로 돌아온 태종의 표정이 험악하게 일그러져 있었다. 장손황후가 조심스럽게 묻자, 태종이 말했다. "그 시골 촌놈이 조회에서 또 짐에게 대들었소. 그를 죽이지 않으면 마음속의 한을 풀 방법이 없을 것 같소."

그러자 장손황후는 내실로 들어가 조복朝服으로 갈아입고 돌아와서는 태종에게 절을 하며 축하했다. 태종이 당혹스러워하며 이유를 묻자 이렇게 답했다. "사서에 보면 군주가 성군이면 신하도 충신이라고 했습니다. 지금 폐하가 성군으로 계시는 까닭에 위징 같은 신하가 직언을 하는 것이 아니겠습니까? 천하가 이런 성군을 얻었으니, 폐하 곁에 있는 첩으로서 어찌 이를 축하하지 않을 수 있겠습니까?"

태종이 크게 기뻐하며 이내 노기를 가라앉혔다(신동준, 『정관정요, 부족함을 안다는 것』, 위즈덤하우스, 2013년, 156쪽).

그런 위징이 죽었을 때 태종은 몹시 슬퍼했다. 태종은 이렇게 말했다.

대저 동銅으로 거울을 만들면 나의 의관을 단정히 할 수 있고, 옛 역사를 거울로 삼으면 나라의 흥망성쇠를 알 수 있고, 사람을 거울로 삼으면 나의 잘잘못을 밝게 비춰볼 수 있소. 짐은 항상 이 세 가지 거울을 보존하며 스스로 잘못을 예방하려 했소. 이제 위징이 세상을 떠나서 마침내 거울 하나를 잃게 되었소(오긍, 김영문 옮김, 『정관정요』, 글항아리, 2017년, 98쪽).

당 태종은 신하와 이렇게 대화했다. 토론한 내용을 실천했다. 그랬기에 정관지치貞觀之治라고 부르는 태평성대를 이끈다. 요즘 태종을 따라 할 수는 없다. 그러나 그 정신과 지향은 놓지 말아야 하지 않을까 싶다.

'군기 뺀' 대통령 업무보고

문 대통령은 부처 업무보고도 토론 형식으로 바꾸었다. 대통령 취임 때, 또 새해가 되면 부처 업무보고가 줄을 잇는다. 기존에는 이랬다. 장관이 보고 내용을 죽 읊는다. 여당 당직자, 관련 기관 고위직들이 의견을 보탠다. 대통령이 마지막으로 코멘트하고 회의를 마친다.

문재인 대통령은 이를 '핵심 정책 토의' 방식으로 바꿨다. 부처별 보고 시간은 최소화하고 쟁점 토론 위주로 진행토록 했다.

박수현 청와대 대변인은 이렇게 브리핑했다.

과거 정권교체 이후 대통령직인수위원회 시절 이뤄지는 부처별 업무보고가 일종의 군기 잡기 형태로 이뤄지는 관행을 탈피하겠다는 의지입니다. 부처별 핵심과제를 정리·점검해 국정 이슈의 주도적 관리와 신임 장관들의 업무 파악 및 정기국회 준비 의미도 포함하고 있습니다.

연관된 부처 두세 개씩 묶어서 스물두 개 부처를 아홉 그룹으로 나눴다. 유관 부처가 핵심 정책을 함께 토론함으로써 상호 이해와 협업을 촉진하려는 의도였다.

첫 업무보고 부처는 2017년 8월 22일 과학기술정보통신부(과기정통부)와 방송통신위원회(방통위)였다. 과기정통부는 연구자 중심의 자율적·창의적 연구·개발R&D 지원체계 혁신, 4차 산업혁명 기반 구축으로 신산업과 일자리 창출 방안을 보고했다. 방통위는 방송의 자유와 독립, 표현의 자유 신장, 국민 중심의 방송통신 상생 환경 조성안을 내놓았다.

문 대통령은 과기정통부 발표 내용을 듣다가 이렇게 말했다. "2012년 대선 때부터 연구자들이 날 만날 때마다 연구자 중심으로 지원해 달라고 귀에 딱지가 앉게 말했는데 숙원이 안 이루어졌습니다. 프로젝트 기반으로 연구를 평가하고 산업에 도움이 되는지를 따지기 때문이지요. 연구자 중심으로 더 긴 호흡으로 봐야 합니다."

가려운 데를 긁어주자 토론은 아연 활기를 띠었다. 의견이 쏟아져 나왔다.

시간이 다 돼갔다. 문재인 대통령이 말했다. "보고가 끝나기 전에 말씀드릴 게 있습니다. 학생 연구원의 근로계약을 체결해야 합니다. 연구소 사고가 생겼을 때 산업재해 처리도 되고, 실업 보험 등 신분보장 방법도 강구해야 하고요." 인권 변호사 관점이다.

그는 또 이렇게 말을 이었다. "정부가 바뀌었다고 기왕 하던 투자를 중단하면 기술 투자가 낭비로 끝납니다. 이왕의 국가 과제 사업은 매듭짓는 것이 필요합니다. 스마트 시티 등 지난 정부에서 하던 사업은 단절 없이 하도록 정비하겠습니다."

공무원은 물론 토론에 참여한 연구자들 얼굴에도 안도감이 떠올랐다.

문재인 정부가 출범한 2017년 국가 R&D 예산은 19조 5000억 원이었다. 임기 마지막 해 2022년에는 29조 7770억 원으로 늘었다.

비슷한 의제가 창조경제혁신센터였다. 박근혜 정부 시절 2014년에 설립됐다. 시도별로 만들었다. 지역 창업 활성화와 기업가 정신 고취를 위한 추진 과제 발굴 및 운영을 목표로 하고 있다. 예비 창업자와 창업기업 역량을 강화할 지원도 했다.

국정농단 사태가 불거졌다. 창조경제혁신센터를 향한 시선은 곱지 않았다. 민·관합동 창조경제추진단의 두 단장 중 차은택 씨는 구속됐다. 이승철 전국경제인연합회 부회장도 수사받았다. 하나의 대기업이 한 센터를 전담하는 운영 방식도 '기업 팔 비틀기'라는 비판을 받았다.

문재인 정부가 들어서면서 창조경제혁신센터 폐지를 점치는 견해가 우세했다. 청와대 한 회의에서 이 문제가 제기됐다. 문제점과 함께 지역 연계, 일자리 창출 등 긍정적인 면도 보고됐다. 문재인 대통령은 "지난 정부 것이라도 다 없애서는 안 된다. 좋은 것은 살려야 한다"라고 정리했다. 창조경제혁신센터는 그렇게 살아남았다.

정부가 바뀌었다고

기왕 하던 투자를 중단하면

기술 투자가 낭비로 끝납니다.

이왕의 국가 과제 사업은

매듭짓는 것이 필요합니다.

2017년 8월 22일, 과학기술정보통신부·방송통신위원회 업무보고

2018년 봄 집권 2년 차였다. 우리 방에서 마련한 새 홍보 방안을 문재인 대통령이 주재하는 수석·보좌관회의에 보고했다. 다양한 콘텐츠 생산, 주도적이고 선제적인 메시지 제공, 뉴미디어와 기존 미디어의 양 날개 소통, 언론 대응 강화 등이다.

나는 두 가지 포인트에 힘을 줬다. "열 홍보도 좋은 정책 하나를 못 이깁니다. 국민에게 좋은 정책은 홍보에도 신경을 써주시길 바랍니다. 우리 방과 꼭 사전에 상의해 주세요. 또 누구라도 알기 쉬운 '국민 보도자료'를 만드는 게 중요합니다."

홍보라면 누구나 한마디씩 거들 수 있는 의제다. 마침 대통령도 토론을 강조한 바다. 의견이 많이 나왔다. 평소보다 배는 많았다. 정책실장, 국민소통수석, 의전비서관, 인사수석, 안보실 2차장, 경제수석, 경호처장이 차례로 마이크를 잡았다.

임종석 비서실장은 "행정부는 홍보가 약합니다. 부처를 보면 일에 90, 홍보에 10 정도 힘을 씁니다. 근본적 인식 변화가 필요합니다"라고 말했다.

문재인 대통령도 "언론에 부정적 측면만 부각되는데, 일일이 대응하기는 쉽지 않습니다"라고 안타까워했다. 그러면서 "실제로 관계에 대한 정보를 국민께 정확하고 빠르게 제공하는 것이 매우 중요합니다"라고 강조했다.

예정 시간을 훌쩍 넘겼다. 우리 방 식구들은 "관심을 촉발해 토론에 불을 붙였다. 흥행에는 성공했네"라고 자평했다.

어떻게든 '진전'을 얻으려는 토론이 낳은 풍경들이 아닐지 싶다.

토론을 강조한 대통령, 대통령 앞에서 이의를 제기하는 비서실 장, 난상토론을 불사하는 정책실장. 문재인 정부 청와대 1기의 분 위기다. 이러니 청와대 직원들도 대통령에게 다가가기 어려워하지 않았다. 대통령이 해외 순방을 마치고 귀국 중일 때 일이다. 1호기 탑승 직전 한 말이 논란이 돼 부정적 기사가 나오기 시작했다. 대 통령 발언의 진위와 취지를 확인해야 했다.

공군 1호기가 서울공항에 도착하려면 몇 시간이 남았다. 대통 령 수행 비서 중 한 명이 위성 전화를 갖고 다닌다는 사실이 떠올 랐다. 번호를 수소문해서 전화를 걸었다.

"대통령께서 이렇게 말씀하셨다고 부정적인 기사가 나가고 있어 요. 무슨 취지인지 좀 여쭤봐 주셔요."

"지금 좀 쉬시는데요."

"빨리 해명을 안 하면 기사가 커질 것 같아요."

몇십 분 뒤 그로부터 전화가 걸려왔다. 기사와 문 대통령이 말한 뉘앙스가 달랐다.

바로 해명 자료를 냈다. 부정적으로 쓴 언론사에 기사를 내리도 록 하지는 못했다. 대신 기사 끝부분에 청와대 해명을 넣을 수 있 었다. 나중에 기사를 올린 언론사들은 부정적 해석과 청와대 해명 을 비슷한 크기로 실었다. 빠른 조처 덕에 가능했다.

문 대통령은 소셜미디어에 자주 접속했다. 중간 필터 없는 국민과의 접점이라고 생각했다. 문재인 대통령 명의로 여러 계정을 보유했다.

이따금 문제가 발생했다. 기사나 게시물에 '좋아요'를 누른 게 포착됐다. 특히 야당 지도부나 여당 내 비당권파를 비판하는 기사에 누른 '좋아요'는 정무적으로 큰 리스크다. 대통령이 한쪽 편을 든 셈이니.

이런 일은 뉴미디어 비서관실이 빨리 발견했다. 윤영찬 국민소통수석을 통하거나, 그가 대통령과 떨어져 있을 때는 수행하는 비서들에게 연락해 물었다. 문 대통령은 "기사를 읽다가 잘못 누른 것 같다"라고 답했다.

즉시 '좋아요'를 취소하고 언론에 해명했다. 상황 파악부터 질문, '좋아요' 취소, 해명 자료 배포까지 두어 시간 내 끝냈다.

대통령에게 물어보기를 두려워하면 안 된다. '감히, 고작 그런 일로 대통령을 귀찮게 해서는 안 된다.' '이거 물어봤다가 나만 잘리는 것 아니야?' 이런 분위기면 대처가 늦어진다.

대통령 발언을 본인에게 확인해서 해명 자료를 내는 데 반나절 넘게 걸린다면 문제다. 허위 정보라도 반나절만 방치하면 독자나 시청자들은 "뭔가 있구나"라면서 진실이라고 믿게 된다. 늦어지는 정도면 그나마 낫다. 만회할 기회라도 있다. 대처하지 않으면 더 문제다.

대통령과 국민 사이를 잇는 소통 통로가 그래서 중요하다. 통로를 넓고 평탄하게 만들 유일한 인물은 대통령이다. 그가 눈, 귀, 마음을 열어야 통로가 열린다. 그래야 직원들이 질문과 직언을 한다.

쓴소리하거나 질문하는 이는 내치고 꿀 바른 소리 하는 이들만 주위에 둔다? 역사책에 나온다. 혼군昏君, 암군暗君이라고 한다.

"저는 구닥다리라
그런 말
모릅니다"

언어에 대한 집착

문재인 대통령은 언어를 대하는 태도가 남달랐다. 치열했다. 자신이 쓰는 말은 고르고 골랐다. 무잡한 언어, 은어隱語 같은 말은 가시 발라내듯 걷어냈다.

변호사 시절부터 그랬다. 그 이유가 있다.

독재 정권 시절 인권 변호사에게 뒷배나 '빽'이 있을 리 없다. 준비서면과 답변서, 법정 공방 능력만이 무기다. 치밀한 법리, 엄정하게 고른 팩트로 무장해야 한다. 말과 글이 관건이다.

그는 공직자들이 사용하는 언어에 깐깐하게 굴었다. 문 대통령이 "국민께 소상히 알리고 이해를 구하라"라고 되뇐 이유 중 하나다. 공직자들의 일방통행식 태도가 문제였다.

2018년 3월 13일 국무회의 때다. 문 대통령은 "대통령이 주재하는 회의 석상에서도 영어를 많이 쓴다"라며 "과학기술부 같은 경우 매일 새로운 용어를 쓴다"라고 지적했다. 문 대통령은 "뜻을 해석하는 데 시간이 걸린다. 가능한 한 우리말을 써달라"라고 주문했다.

2018년 3월 19일 제1회 정부혁신 전략회의가 열렸다. 같은 취지 발언을 했다. 문 대통령은 "어려운 한자어나 일본식, 외래어로 된 법령 용어와 행정 용어 때문에 법령과 행정 행위 해석을 공무원과 전문가가 독점하는 권위적인 행정도 시정돼야 한다"라고 말했다. 그는 "모든 국민이 법령과 행정 행위를 쉽게 이해할 수 있게 하는 일이야말로 국민을 위한 행정의 중요한 출발이 될 것"이라고 강조했다.

중세 시대에는 글을 읽을 줄 아는 성직자가 신의 말씀 해석을 독점했다. 그로써 신자, 더 나아가 백성 위에 군림했다. 아직도 그런 행태가 벌어지고 있음을 지적한 말이다.

지시가 현장에 스며들 때까지 지체 현상이 벌어진다. 안 먹힐 때도 있다.

2018년 5월 29일 국무회의에서 벌어진 일이다. 도종환 문화체육관광부 장관이 공공언어 개선 추진 방안을 보고했다. 보고가 끝났다. 문 대통령이 탁상 위 마이크의 '켬' 단추를 눌렀다. 대뜸 "모니터에 좀 띄워주세요"라고 말했다. 국무회의가 열리는 세종실 벽에

스크린이 내려왔다. 그 위에 프로젝터로 사진 한 장을 띄웠다. 미리 지시한 듯했다.

청와대 안에 있는 침류각 안내 문구를 찍은 사진이다. 침류각은 1900년대 초에 지은 전통 가옥이다. 서울 유형문화재다. 문 대통령은 도종환 장관을 바라보았다.

이게 공공언어의 한 유형인데, 보시다시피 세벌대기단, 굴도리집, 겹처마, 팔작지붕, 오량가구, 불발기를 두고 있고 상하에 띠살, 교살, 딱지소, 굴도리…. 용어 자체가 어렵죠. 한글로 바꾸기만 하면 되느냐, 그게 아니라는 거죠. 혹시 도 장관님, 뜻을 한번 설명하실 수 있겠습니까?

5량 가교, 그게 다섯 개가 있는 구조라든지 이런 것이 전통 가옥 연구자에게는 관심사일지 몰라도 일반 국민은 무슨 관심이 있겠습니까. 제가 느끼는 궁금증은 '이게 무슨 용도로 만들어졌을까? 언제? 왜 이게 지금 청와대 안에 이 자리에 있지'(인데,) 그런 의문에 대해서는 한마디도 없습니다.

국민이 원하는 게 아닌 정보가 엄청나게 어려운 용어로 표시가 되어 있습니다. 좋은 우리 한글로 바꿔야 할 뿐만 아니라, 실제 국민이 알고 싶어 하는 정보가 담겨야 합니다.

친절한 행정이라고 하지만, 공원, 수목원, 등산로, 탐방로 등 표지판을 보면, 전부 무슨 목, 무슨 과, 무슨 원산지, 이런 식으로 국민이 크게 관심을 가지지 않는 내용이 들어 있습니다. 이 나무 용도가

1장 본심

뭐고, 왜 이런 이름이 지어졌을까, 이왕 친절하게 하는 김에 국민에게 정겹게 잘 알려주는 식으로 소개할 수 있습니다. 그럼 많은 것을 해야 합니다. 작심하고 해주십시오.

도 장관은 우리말을 꽃잎 다루듯 하는 시인詩人이다. 문 대통령의 이 발언이 그런 도 장관만을 질책하기 위해서였겠나. 공직 사회 전체를 향한 말이었다.

문 대통령은 그런데도 문체부 질타로만 받아들여질지 우려한 듯했다. 다른 국무위원을 둘러보고는 말을 이어갔다.

저는 구닥다리라 요즘 새롭게 나오는 영어 용어, 여러 가지 조어를 보면 도대체 알 수 없습니다. 대통령 보고서를 인터넷으로 조회해 검색해야 합니다. 그런 불친절한 보고서를 국민이 어떻게 알겠습니까. 최대한 우리 한글로, 쉬운 용어로 표현하는 작업을 하고, 만일 미처 그런 용어를 마련하지 못하거나 우리말에 없는 것을 원어 그대로 쓸 때 하다못해 각주라도 달아주면 훨씬 수월하게 볼 수 있을 것입니다. 그게 국민에게 친절한 행정이 됩니다.

인터넷을 검색해 보고서를 이해한다는 말을 듣고 뜨끔 했을 장관들이 꽤 있었을 것이다.

2018년 4월 2일 대통령 주재 수석·보좌관회의 때였다. 베트남과 아랍에미리트UAE 순방을 다녀온 직후다. 보고서에 '경제영토 확장'이라는 표현이 들어가 있다. 이명박 정부 때부터 쓰던 말이다.

문 대통령은 "이런 표현은 좋지 않다. 듣는 쪽이 기분 나쁠 듯하다"라고 말했다. 한 국가가 영토를 확장하면 상대는 그만큼 침략 당한 꼴이다. 베트남이나 UAE가 그 보고서를 봤으면 기분 나빴을 수 있다. 문 대통령은 "경제활동 영역 확대가 낫다"라고 대안을 냈다.

좀스럽게 교정이나 보고 있다고 탓할 일이 아니다. 그만큼 말과 글이 중요하다.

독일 철학자 마르틴 하이데거의 유명한 격언이 있다. "언어는 존재의 집이다." 사람은 자신이 쓰는 말 속에서 살아간다. 언어는 단지 의사소통 도구가 아니라 사람의 생각까지 지배한다. 입에 욕을 달고 사는 사람과 고아한 말을 쓰는 이는 다른 존재다. 중시할 만하지 않나?

EITC와 근로장려세제

2018년 9월 한 티타임에서 윤종원 경제수석이 현안을 보고했다. 보고서에는 외래어와 영어 어휘 첫 철자를 모아서 만든 두문자어acronym가 몇 개 들어 있었다. 국제통화기금을 영문명 International Monetary Fund의 앞 글자를 따서 IMF라고 부르는 식이다.

문 대통령은 "이 용어가… 뭐든 국민 눈높이에 맞춰서 해야 합니다. 앞으로 계속 사용될 것인데…"라고 지적했다. 풀어 쓰거나 우리말로 고치라는 취지다.

국민이 쓰는 말과 유리되거나 잘못 정의된 용어를 공직자들은 무심결에 썼다. 굳이 잘 알려야 한다는 필요성을 느끼지 않아서다. 어렵게 이야기하거나 잘못 말해도 기자들이 알아서 풀어 써준다. 언론에 기대는 소통 방식이다.

청와대 내외부에는 다양한 층위의 회의가 있다. 매주 목요일 정부종합청사에서 차관회의가 열렸다. 장관급인 국무조정실장이 주재했다. 그 직후 정부 홍보 회의가 이어졌다. 이 홍보 회의에 청와대 '기획' 자가 붙은 비서관들이 참석했다. 나도 그중 한 명이었다.

2018년 여름 불법 카메라 촬영이 사회 문제가 됐다. 정부 합동 대책 홍보 방안을 논의했다. 한 차관이 보고하면서 불법으로 설치된 카메라를 "몰래카메라", "몰카"라고 말했다. 다른 부처 차관도 의견을 내면서 몰카라고 했다. 늘 쓰던 단어라 문제의식 없이 사용했다.

'안 되겠다' 싶어 손을 들어 발언권을 얻었다.

"몰래카메라, 몰카는 남모르게 카메라를 설치해 촬영했다는 뜻입니다. 우리 사회에서는 장난으로 받아들여집니다. 방송 예능 프로그램에서 다른 출연자를 놀릴 때는 맞는 말이죠. 지금 회의에서는 장난이 아니라 심각한 피해를 부르는 범죄를 다루고 있습니다. 불법이고 범죄임을 명확히 하기 위해 불법 촬영이라고 해야 맞지 않을까 하고 생각합니다."

홍남기 국무조정실장이 말했다. "전적으로 공감합니다. 앞으로 정부는 몰래카메라, 몰카라는 말 대신 불법 촬영으로 쓰겠습니다." 정부 문서에서 몰카라는 용어는 불법 촬영, 불법 촬영물로 바뀌었다.

청와대 내부에도 정책 홍보 회의가 있었다. 다음 주, 혹은 그다음 주에 발표할 주요 정부 정책을 점검했다. 정책기획비서관이 주재하고 주무 비서관, 실무자가 참여했다. 회의에 올라오는 보고서와 보도자료에는 관급 용어와 외래어가 가득했다.

2018년도 근로장려금 개선안을 준비할 때다. 생활이 어려운 노동자에게 국가가 현금을 지원하는 근로 연계형 소득지원 제도다. 정부 발표안을 살펴봤다. 첫 장 제목부터 덜컥 목에 걸리는 느낌이었다. 'EITC 개선안.' 첫 문장도 '다음 회계연도부터 EITC를….'

실무자인 행정관에게 물었다. 정부에서 청와대로 파견된 고위 공무원이다.

"국장님, 이게 노동자에게 돈을 지원하는 거죠? 그런데 꼭 이 용어를 써야 하나요? 너무 어려운데요."

"기재부 기자들은 잘 압니다. 현장에서 설명도 할 겁니다."

"요즘 국민은 뉴스뿐만 아니라 홈페이지나 소셜미디어를 통해 보도자료를 직접 살펴봅니다. 그런 분들을 위해 쉽게 풀어 쓰는 게 좋지 않을까요?"

참석자들 대부분 고개를 끄덕였다. 그 행정관도 수긍했다.

"그럼, 풀어 쓰죠. 'Earned Income Tax Credit', 근로장려세제로 하겠습니다."

내 말뜻을 못 알아들었다. 다시 설명했다.

"정책 공급자인 정부가 아니라 받는 국민 쪽에서 봐야 한다는 말씀입니다. 제도가 어떤지가 아니라 돈을 받는다는 사실이 중요하지요. 근로장려세제 개선이 아니라 근로장려금 지급 확대로 하는 게 취지에 더 맞을 것 같습니다."

표현은 근로장려금 지급 확대로 바뀌었다. 이날 일은 그 행정관이 못나서 벌어진 일이 아니다. 그는 인정받는 실력자다. 원래 부처로 복귀했다가 정권이 바뀐 뒤에도 영전榮轉했다.

하던 대로 했을 뿐이다. 공급자 시각에서 바라보는 관성대로. 그는 그 이후 표현이나 문구에도 신경을 쓰는 눈치였다. 그 잠깐의 주의로 그는 더 훌륭한 공직자가 됐다고 나는 확신한다.

"문샤인 말고 다른 말 없나?"

외교에서는 문샤인 폴리시Moonshine Policy, 달빛 정책이라는 용어가 문제였다. 문재인 정부 대북 정책에 잠시 이 별칭이 붙은 적이 있다. 정부 출범 초기였다.

김대중 대통령 대북 정책 별칭은 선샤인 폴리시Sunshine Policy, 햇볕 정책이다. 거센 바람이 아니라 따뜻한 햇볕이 나그네 겉옷을 벗겼다는『이솝우화』에서 유래했다. 외신은 문재인 대통령 대북 정책이 DJ 햇볕 정책을 이어받는다면서 '문샤인 정책'이라고 명명했다. 대통령 성씨 '문'에다 '선샤인'에서 따온 '샤인'을 합쳤다. 미국 보수지《월스트리트 저널》은 '남한이 달빛 시대로 접어들었다'라는 칼럼을 썼다.

문제가 있다. moonshine 뜻이 고약하다. '밀주密酒, 헛소리'다.

밀주라는 뜻은 20세기 초 미국에서 유래했다. 제1차 세계대전 여파로 곡물이 부족했다. 미국은 1920년에 금주법Prohibition Law을 시행했다. 곡물을 사용하는 술 제조·판매·운반·수출입을 금지하는 내용이다.

길든 욕망을 아예 막을 수는 없었다. 밀수와 밀조가 성행했다. 마피아만 노났다. 밀주 제조업자들은 밤에 술을 담갔다. 눈에 띨지 몰라서 조명을 켜지 않았다. 달빛이 환할 때 주로 일했다. 그렇게 moonshine에 밀주라는 뜻이 스며들었다.

걱정이 쏟아졌다. 정세현 전 통일부 장관은 2016년 5월 15일 라디오 프로그램에 출연했다. "뜻이 몹시 나쁩니다. 정부가 빨리 대처해야 합니다. 고착되도록 놔두면 햇볕 정책을 계승한다는 문 대통령의 선샤인 폴리시가 마치 달빛 정책인 것처럼 굳어질 가능성이 있습니다."

누차 밝혔듯 문재인 대통령은 말과 글에 엄격했다. 뜻이 맞지 않는 말, 잘못된 명칭은 고치도록 했다. 2017년 5월 22일 윤영찬 국민소통수석이 회의를 마치고 와서 나를 찾았다. "대통령 지시인데, 문샤인 말고 다른 이름을 찾아봐."

전문가들에게 문의했다. 뾰족한 수가 나오지 않았다.

문샤인 이름은 외신에서 붙였다. 외신에 수정을 요청해도 대꾸나 할지 의문이었다. 괜히 부정적 기삿거리만 제공하는 게 아닌가 하는 걱정이 들었다. '청와대가 기사에 쓴 용어를 문제 삼았다. 표현의 자유 침해다'라고.

홍보기획비서관실에서 몇 가지 이름을 검토했다. '신 한반도 정책, 신 대북 정책, 문재인 대북 정책' 등이다. 입에 잘 붙지 않았다.

청와대에서 대북 정책은 국가안보실이 담당했다. 안보실은 '문샤인 용어를 쓰지 않는다, 기존 명칭을 유지한다'로 가닥을 잡았다.

문 대통령 대북 정책의 공식 명칭은 '한반도 평화 프로세스'다. 2012년 10월 공약을 발표하면서 붙였다. 유서 있는 이름이다. 2017년 대선 때에도 썼고 취임 후에도 썼다.

특정 정부를 연상케 하는 이름이 들어가지 않은 이유가 있다. 대북 정책은 정부를 따라 부침을 거듭했다. 정권이 교체되면 이전 정책은 폐기되는 일이 많다. 이에 한반도 평화를 구현하는 과정과 방법이라는 뜻의 한반도 평화 프로세스로 이름 지었다. 고유명사보다는 보통명사화한 셈이다.

박창수 청와대 통일정책비서관의 설명은 이랬다. "앞서 대북 정책 명칭은 정세 변화에 따라 한계를 드러냈어요. 한반도 평화 프로세스는 명칭이 포괄적이고 평화의 중요성을 강조합니다. 또 익숙하기 때문에 자연스럽게 정식 명칭으로 자리 잡았습니다."

청와대와 통일부, 외교부는 '문샤인'을 입에 올리지 않았다. 한반도 평화 프로세스라는 용어만 썼다. 대북 명칭은 당국자들이 고수한 용어로 통일됐다.

언론은 편하고 입에 잘 붙는 용어를 선호한다. 정부가 딱딱한 이름을 붙여도 독자를 위해 친근하고 재미있게 바꾼다. 의도를 갖고 이름을 붙이기도 한다.

정부 당국자가 언론에 등장하는 이름을 따라 부르면 공식 명칭은 뒷전으로 밀린다. 앞선 장에서 썼던 '몰카'가 그렇다. 불법 촬영물이 공식 명칭인데, 정부에서도 몰카라고 부르면 어느새 몰카가 정식 명칭처럼 된다.

코로나 바이러스 명칭도 비슷한 과정을 겪었다. 일부 언론은 중국 책임을 부각하기 위해 발병지 이름을 따 '우한 바이러스'라고 썼다. 당국자 다수가 그 명칭을 따라 썼으면 우한 바이러스가 공식 문서에 등장했을 수도 있다. 질병 이름에 국가나 지역의 이름을 붙이면 혐오와 차별의 낙인을 찍을 수 있다. 의도를 가진 몇몇 언론을 빼고는 코로나 바이러스라고 불렀고 그 이름이 정착됐다.

2023년 8월 24일 일본 후쿠시마 제1원자력발전소에서 배출하기 시작한 물 이름을 놓고 힘겨루기가 벌어졌다. 야당과 비판적 시민사회에서는 기존 명칭대로 '오염수'라고 불렀다. 정부와 여당은 일본에서 쓰듯 '처리수' 혹은 '오염처리수'라는 쪽으로 기울었다.

결과는 민심의 향배에 따라 결정되기 마련이다. 국민이 "과학적으로 따지면 처리수가 맞다"라고 하면 처리수로, "눈 가리고 아웅하기냐"라고 반발하면 오염수로 쓰게 돼 있다. 방류는 30년간 계속된다니 두고 볼 일이다.

2017년 9월 22일 미국 뉴욕을 방문한
문재인 대통령이 유엔 본부 사무실에서
종일 이어진 접견 사이에 짬이 나자 보고서를 살펴보고 있다.
대통령이라는 직업은 보고와 고민, 결정 사이를
끊임없이 오가야 하는 극한직업이다.

합심
合心

마지막 한 톨까지
꼭꼭 씹어 전하려 했던

우리자에 한듯으켜 저정걸이데나
나동에 데러 거창다 비르한노네
시라께 붏꽃많는 옇흐레
흔거에난 눅내한건. 저흘복기
재라고 붉꽃해야.
다로 라께거로 얼청정으로
흫 잏써버 보고는 더붙같네
딸앗 비꼽게흫네 해로
거절해롱받 안 나나흫
의께담께나 외러정 께낳
흫기네.
세벙에 끼벙기엾으 오늑
저정해롱. 저중흫 그께
나께흫찌 에버써 붉꽃밭끼
허버헝그 벋른 봬덜건.

"하소연을
들어주기만 해도
분이 절반은 풀립니다"

국민 청원 게시판 개설부터 폐쇄까지

청와대 국민 청원. 이것만큼 주목받고 시끌벅적했던 국정과제가 있었을까.

문 대통령은 온라인 국민 청원 게시판 운용에 적극적이었다. 국민과 직접 소통을 꾀했다. 오죽했으면 홍보수석실을 국민소통수석실로 바꿨을까.

마침 유경험자가 있다. 포털 네이버 출신 윤영찬 국민소통수석 비서관이다. 대선 때 그는 문재인 후보 캠프 국민주권선거대책위원회 사회관계망서비스SNS 공동본부장이었다. 윤 수석이 청원 게시판을 개설해 운용할 담당자로 염두에 둔 인물이 있었다. 정혜승 다음카카오 커뮤니케이션정책실 부사장이다.

정혜승 부사장이 내게 전화를 해왔다. 그와는 기자 초년병 때부터 알고 지냈다. "윤 선배(수석)가 나에게 청와대에 들어오라는데, 어떻게 해야 해?" 나는 청와대 사정을 알려줬다. 그리고 "솔직히 뭐라고 조언해야 할지 모르겠네. 마음 가는 대로 하소"라고 답했다.

정혜승 씨는 청와대 뉴미디어비서관으로 들어왔다. 윤 수석, 정 비서관은 각각 《동아일보》, 《문화일보》 기자 출신이다. 두 사람 모두 신구新舊 미디어를 경험했다.

정 비서관에게 놀리듯 물었다. "고민하더니 왜 들어왔어?" 그가 답했다. "윤 수석이 '가슴 뛰는 일을 해보고 싶지 않으냐'라고 하더라. 거기에 넘어갔지."

두 사람은 걱정이 태산 같았다. 포털사에서 우여곡절을 겪은 터다. 청와대 정무 라인에서도 우려를 표시했다. 그럴 만도 했다. 가만히 있어도 청와대 게시판이 난리가 날 텐데 멍석을 깔아주라니….

정부와 국회에도 청원제도가 있다. 활성화하지 않았다. 문턱이 높다. 답변 내용도 피부에 와닿지 않았다. '규정이 이러저러하다, 그래서 못 한다'는 식의 답변이 대부분이었다.

민간 부문인 포털 네이버와 다음 게시판이 활발하게 운용됐다. 이용자들끼리 묻고 답하고 찬반을 표시했다. 특히 다음 게시판 '아고라'에 폭발력 있는 사연이 많이 올라왔다. 공공부문, 언론이 해야 할 의제 설정 기능을 톡톡히 해냈다. 이런 식이다.

억울한 사연이 아고라에 올라간다 → 주목받는다 → 찬반 격론이 벌어진다 → 이슈로 부각된다 → 언론에 보도된다 → 당국자에게 압력이 가해진다 → 일이 풀린다 → 언론에 보도된다.

부작용도 만만치 않았다. 욕설, 도배(비슷하거나 같은 내용으로 여러 차례 올린 글), 가짜뉴스, 편 가르기가 일상으로 벌어졌다.

민간에서 그럴진대 청와대 게시판에는 정치 요소까지 더해진다. 여론의 장이 아니라 여론의 쓰레기장이 될 우려가 있었다. 대통령 탄핵, 계엄선포, 국회 해산 같은 극한 청원이 올라올 게 뻔했다. 혐오 표현과 사생활 침해, 명예훼손 등은 어떠하고. 키보드 워리어는 넘쳐나는데.

대통령 의지는 강했다. 어쨌든 열어야 했다.

뉴미디어비서관실에서 국내외 사례를 연구했다. 미국 백악관이 비슷한 제도를 운용했다. 청원사이트 위더피플We the people이다. 게재된 청원에 5000명이 동의한다고 서명하면 당국자가 답했다. 나중에는 동의 기준을 10만 명으로 올렸다.

다른 건 차치하고 기술상의 어려움이 컸다. 민간 정보기술 기업에서는 게시판 하나를 여는 데 전문 인력 수십 명이 수개월부터 반년까지 달라붙어 일한다. 청와대에서는 뉴미디어비서관실 열 명 안팎의 인원이 3개월 만에 해내야 했다. 다른 일도 병행하면서.

야근과 밤샘 작업이 계속됐다. 정혜승 비서관은 답답해했다. 우스갯소리로 "취업 사기 수준"이라고 말했다. 연봉이 왕창 깎여 왔는데 일할 사람은 안 주고 하는 일마다 딴지를 건다고 토로했다. 인력 부족과 청와대 보안 규정이 뉴미디어비서관실 업무에 어려움을 더했다. 민간 기업과 정부의 일하는 방식이 그만큼이나 달랐다. 일이 잘 안 풀려 힘들다는 건 정 비서관이 시킨 일만 하지 않고 어려운 일에 도전한다는 말과 같았다.

나는 정 비서관을 위로했다. "능력이 출중하니 그 연봉 정도 일을 잡는 것은 어렵지 않겠지만, 나랏일은 언제 해보겠어." 또 "규정 문제는 나도 알아봐 줄게"라고 거들었다.

보안 문제와 전산망이 특히 뉴미디어비서관실 식구를 힘들게 했다. 청와대 보안은 국내 최고 수준이다. 인물, 청와대 구조, 문건 등은 대부분 비밀, 대외비였다.

상시 출입자는 보안 애플리케이션을 스마트폰에 깔았다. 청와대 내부는 물론 담장 밖 일정 거리까지 녹음과 카메라 기능이 작동하지 않았다. 일시 방문자, 관람객도 스마트폰 카메라 렌즈로 촬영하지 못하도록 검은 필름을 붙였다. 청와대에서 오래 근무한 이들도 내부에서 찍은 사진이 적었다. 가족을 경내로 초청하는 어린이날 행사장 주변에서나 카메라가 작동됐다.

전산망도 문제였다. 청와대 내부 전산망은 아예 바깥에서 접근할 수 없다. 포털 사이트나 메신저 접속은 소수의 지정된 단말기로만 가능했다. 망을 깐 지 오래됐다. 느리고 자주 끊겼다. 오죽했으면 정혜승 비서관이 국민 청원 내용을 보고하는 대통령 주재 수석·보좌관회의에서 청와대를 '디지털 섬'이라고 표현했을까. 청와대 살림을 맡아 하는 이정도 총무비서관 얼굴이 굳어졌다.

이런 망만으로는 일을 할 수 없었다. 포털 내 게시물과 뉴스를 모니터링하려면 자리에서 상시로 접속해야 했다. 찍어놓은 영상물을 렌더링(변환 작업)하는 데 부지하세월不知何歲月이었다. 느리기가 폴더폰만도 못했다.

청와대 경내에서 주요 인사를 인터뷰한 '청와대 사람들' 콘텐츠를 내보내려고 해도 보안이 가장 큰 문제였다. 콘텐츠의 화면 곳곳에 대외비가 찍혔다. 이를 피하느라 고생했다.

뉴미디어비서관실 식구들은 경호처, 총무비서관실을 수시로 들락거리며 풀어나가야 했다. 나도 이들을 모아놓고 회의하며 중재안을 찾았다.

국민에게 발언을 양보하다

우당탕하면서 시간이 갔다. 취임 100일을 계기로 8월 19일 청원 게시판이 문을 열었다. '국민이 물으면 정부가 답한다.' 국민 소통 취지다.

뉴미디어비서관실은 그 어려운 일을 해내고도 감격스러워할 틈도 없었다. 청원이 쓰나미처럼 몰려왔다. 한국은 온라인 활동이 어떤 나라 못지않게 활발하다. 답변 기준을 낮게 잡았다가는 청원 답변만 하다가 세월을 보낼 판이다. 동의 기준을 20만 명으로 정했다.

청원 게시판 개설 초반 모든 언론이 주시했다. 관심을 끄는 내용이나 동의자가 많은 청원은 대부분 기사화됐다. 청원 게시판은 더욱 붐볐다. 그곳에 억울한 일을 올리면 거들떠보지 않던 공무원들도 신경 쓴다는 소문이 났기 때문이다. 실제로 그랬다.

게시판이 열리고 3개월이 지났다. 문 대통령은 2017년 11월 20일 수석·보좌관회의를 주재했다. 그는 "청원에 현행 법·제도로는 수정이 불가능해 곤혹스러운 일도 올라와 있습니다. 어떤 의견이든 국민께서 의견을 표출할 곳이 필요합니다"라고 말했다. 청원 게시판에 들어가서 직접 모니터한 것이다.

문 대통령은 말을 이었다. "당장 해결할 수 없는 청원이라도 장기적으로 법·제도를 개선할 때 참고가 될 것입니다. 어떤 의견이든 참여 인원 기준이 넘은 청원은 청와대와 정부 부처가 성의 있게 답변해 주기를 바랍니다. 참여 인원이 기준보다 적은 경우에도 관련 조치가 이뤄지면 그 결과를 성실하고 상세하게 알려드리기를 바랍니다." 기준에서 벗어나면 손을 놓는 공직 사회 관행을 경계한 말이다.

문 대통령은 청원 게시판 운용에 뿌듯함을 표시했다. 2018년 5월 14일 수석·보좌관회의에서 "청원 업무를 맡은 분들에게 수고가 가중돼 대단히 미안한 느낌"이라면서도 "국민에게 꼭 필요한 제도"라고 말했다. 이어 "당장 해결이 안 되더라도 하소연할 곳에다 청원하고 공감하면 그것으로 분이 반은 풀립니다. 유지 발전시켜야 합니다"라고도 했다.

들어주기만 해도 분이 풀리더라는 말은 여러 자리에서 했다. 그렇게 경청의 의미를 짚었다.

대통령은 청원 게시판을 자주 들여다봤다. 늘 강조하던 국민 직접 소통의 장이었으니까. 2018년 10월 10일 수석·보좌관회의 때다.

지금 청와대 국민청원 게시판에 음주운전 교통사고에 대한 엄중한 처벌을 요구하는 청원이 25만 명이 넘는 추천을 받아 올라와 있습니다. 그 청원이 말하는 대로 음주운전 사고는 실수가 아니라 살인 행위가 되기도 하고 다른 사람의 삶을 완전히 무너뜨리는 행위가 되기도 합니다. 지난 10년간 전체 교통사고 사망자 수는 30퍼센트가량 감소했고 음주운전 교통사고 사망자 수도 50퍼센트 넘게 줄어들었습니다. 이렇게 꾸준히 좋아지고는 있지만 음주운전 사고는 여전히 매우 많습니다.

지난 한 해 음주운전 사고는 2만 건에 가깝고 그로 인한 사망자 수가 439명, 부상자 수는 3만 3364명에 달합니다. 특히 주목할 점은 음주운전은 재범률이 매우 높습니다. (…)

이제는 음주운전을 실수로 인식하는 문화를 끝내야 할 때입니다. 정부는 동승자에 대한 적극적 형사처벌, 상습 음주 운전자에 대한 차량 압수와 처벌 강화, 단속기준을 현행 혈중 알코올 농도 0.05퍼센트에서 0.03퍼센트로 강화하는 방안 등을 추진 중이지만 이것만으로 실효성 있는 대책이 될 수 있을지는 되짚어 봐야겠습니다.

특히 재범 가능성이 높은 음주운전의 특성상 초범이라 할지라도 처벌을 강화하고 사후 교육 시간을 늘리는 등 재범 방지를 위한 대책을 마련해 주기 바랍니다.

앞서 9월 25일 부산에서 음주운전 차량이 신호를 기다리던 보행자 두 명을 치고 담장을 들이받았다. 이 사고로 보행자 중 한 명인 윤창호 씨(당시 22세)가 뇌사 상태에 빠졌다. 국민은 이 사건에 분노했다.

그 청원 답변은 박상기 법무부 장관이 했다. 음주운전 같은 생활 범죄 문제를 법무부 장관이 답하는 일은 이전에 없던 일이다. 박 장관은 10월 21일 청와대 소셜미디어 방송에 출연했다. 그는 "상습 음주운전 사범과 사망, 중상해 교통사고를 일으킨 음주 운전자는 구속영장을 청구하고 양형 기준 내에서 최고형을 구형하겠다"라고 밝혔다.

정부는 음주운전으로 인명 피해를 낸 운전자 처벌 수위를 높이고 음주운전 기준을 강화했다. 특정범죄 가중처벌 등에 관한 법률과 도로교통법을 개정한 '윤창호 1, 2법'이 각각 2018년 12월 18일과 2019년 6월 25일 시행됐다.

임기 첫해 마지막 날 12월 31일 때마침 대통령 주재 수석·보좌

당장 해결이 안 되더라도

하소연할 곳에다 청원하고 공감하면

그것으로 분이 반은 풀립니다.

2018년 5월 14일, 수석·보좌관회의

관회의가 열렸다. 정혜승 뉴미디어비서관이 국민 청원 개편 방안을 보고했다. 게시판을 도배하거나 비방하는 문제점을 어떻게 풀까. 사전 동의 100명, 부적절한 청원 '숨김 처리' 같은 방안이 나왔다.

보고가 끝나자 문 대통령이 입을 열었다. "청원은 많은 붐이 일어나 성공했습니다. 큰일이 되었습니다. 감당하기 어려운 부작용도 있어 개편이 불가피한데 국민 공모도 하고 개편도 해보세요. 100퍼센트 기계적으로 (적용)할 것은 아니라고 봅니다. 답변 기준을 못 채워도 개인적으로 당사자가 절실하고 국민이 공감이 가는 것 등은 한 번 더 청와대에서 살펴볼 필요가 있습니다. 인력이 부족해 감당하기 어렵겠지만, 직무 분석을 해서 필요한 일이면 인력을 배치해야 합니다." 아쉽게도 인력은 늘지 않았다.

4년 9개월, 111만 건, 5억 2000만 명

우려하는 일은 대부분 벌어진다. 세상 이치다. 내가 청와대를 나온 이듬해인 2020년 봄 문재인 대통령 탄핵 촉구 청원이 올라왔다. 답변 시점이던 4월 24일 147만 명이 찬성에 서명했다.

이런 청원에는 정해진 답이 있다. 법과 제도가 어떤지 설명하면 된다. 대통령이 "나를 탄핵해 달라"라고 할 수는 없다. 청원을 올린 이, 서명 동의한 이들도 거기까지 기대하지 않는다. 어떻게 대처하

2장 합심

는지 매의 눈으로 지켜본다. 반격을 준비하며.

문제는 톤 앤드 매너tone and manner다. 어떤 말투와 태도냐. 딱딱하고 짧게만 답변하면 무성의해 보인다. 간곡함이 지나치면 비굴하다는 인상을 준다. 중용中庸이 중요하다.

누가 말하느냐도 중요하다. 대통령 본인이 할지, 수석이나 비서관이 할지.

청와대를 떠났지만, 논의가 어땠을지 눈에 선했다. 답변 방법도 예상됐다. 법과 제도를 설명하고 양해를 구한다.

답변자는 강정수 청와대 디지털소통센터장이었다. 정혜승 비서관 후임이다. 강 센터장은 "헌법 제65조는 대통령 등 공무원이 직무 집행에 있어서 헌법이나 법률을 위배한 때 국회는 탄핵 소추를 의결할 수 있다고 규정했다. 국회 재적의원 3분의 2 이상 찬성으로 탄핵 소추를 의결하면 헌법재판소가 탄핵 당부를 결정한다"라고 설명했다. 이어 "절차 개시 여부는 국회 권한이라 답변이 어려운 점, 국민 여러분의 양해를 구한다"라고 말했다.

대통령 지지자들은 대통령 응원 청원으로 맞불을 놨다. 탄핵 답변 시점 때 150만 명이 응원 청원에 동의했다. 게시판상의 세 대결이다.

강정수 센터장은 "이번 청원들은 정부 정책에 대한 국민의 다양한 뜻"이라며 "어느 의견도 허투루 듣지 않고 겸허히 받아들이겠다"라고 답했다.

5년, 60개월 대통령 임기가 끝나갔다. 국민 청원 마지막 답변자로 문재인 대통령이 나섰다. 퇴임 일주일 전 2022년 4월 29일이었다. 한꺼번에 청원 일곱 개에 답했다.

　　문 대통령은 우선 국민 청원의 의미를 강조했다. "국민의 적극적 참여와 이웃의 호소에 대한 뜨거운 공감은 우리가 미처 돌아보지 못했던 문제들을 발견하는 계기가 되었고, 법과 제도 개선의 동력이 되어 우리 사회를 바꾸는 힘이 되었습니다."

　　실례로 아동보호 국가책임, 디지털 성범죄 근절과 피해자 보호 대책, 소방공무원 국가직 전환, 수술실 CCTV 설치, 경비원 근로환경 개선 등을 들었다. 청원으로 사회의 주목을 끈 의제다. 정부나 국회에서 기존 방식의 계통을 밟았다면 도입이 더뎠을 수도 있다.

　　이명박 대통령 사면 반대 청원도 20만 명 넘게 동의했다. 문 대통령은 "사법 정의와 국민 공감대를 잘 살펴서 판단하겠습니다"라고 말했다. 사실상 거부다. 7개월 뒤 2022년 12월 27일 윤석열 대통령이 이명박 대통령을 사면·복권했다. 이 대통령은 사흘 뒤 출소했다.

　　반려동물 관련 이슈가 청원에 많이 올라왔다. 문 대통령 부부가 키우는 개와 고양이 덕이다. 마지막 청원에도 동물 학대범 강력 처벌과 동물보호 강화 요구가 있었다. 문 대통령은 "엄정한 수사와 재판을 통해 합당한 처벌을 받게 되기를 바라며, 모든 생명이 존중받는 사회로 나아갈 수 있도록 계속 노력해 나가길 바랍니다"라고 촉구했다.

'문재인 대통령님 사랑합니다' 청원도 있었다. 문 대통령 답변은 이러했다. "대한민국은 지난 70년간 세계에서 가장 성공한 나라로 평가받고 있습니다. 놀라운 국가적 성취는 모두 국민께서 이룬 것이기 때문에 이제는 우리 모두 자부심을 느껴야 합니다."

이어 "5년 동안 과분한 사랑과 지지를 보내주셨고, 위기와 고비를 맞이할 때마다 정부를 믿고 힘을 모아주셨습니다. 퇴임 이후에도 국민 성원을 잊지 않겠습니다"라는 감사 인사도 잊지 않았다.

국민 청원은 4년 9개월의 대장정을 마무리했다. 청와대 발표를 보면 제기된 청원은 111만 건이다. 방문자는 누계 5억 2000만 명, 동의 수는 2억 3000만 건이다.

정부 답변은 284건이다. 텔레그램 N번방 등 범죄·사고 청원이 127건으로 가장 많았다. 정책·제도 71건, 정치 46건, 방송·언론 16건, 동물보호 요구 15건이다. 심신미약 감형 의무를 폐지한 김성수 법도 청원 게시판에서 싹이 텄다.

정부가 바뀌고 청와대는 문을 닫았다. 홈페이지도, 국민 청원 게시판도 폐쇄됐다.

대신 용산 대통령실이 운영하는 홈페이지에 국민 제안 코너가 마련됐다. 실명 인증해야 글을 쓸 수 있고 내용은 비공개된다.

국민 청원과 비슷한 코너가 '국민 참여 토론'이다. 국민 제안 홈페이지에 접수된 제안 중 일부 과제를 놓고 토론한다. 국민제안심사위원회에서 공론화가 필요하다고 검토한 안건이다. 문턱이 높다. '대통령실 입맛대로 고른 안건으로 여론 몰이 한다'는 우려도 나온다.

국민이 맘 놓고 하소연할 수 있는 창구가 사라지고 나니, 국회 국민동의청원 게시판이 활성화하는 듯하다. 한 곳을 누르면 다른 곳이 커지는 '풍선 효과'다.

조선시대에 궁궐 밖에 매단 북을 울리는 신문고申聞鼓나 임금 행차 때 징이나 꽹과리를 울려 억울함을 하소연하는 격쟁擊錚이 있었다. 임금에게 직접 하소연하는 장치다. 들어주기만 해도 분이 반은 풀리는…. 청와대 국민 청원이 유용했다면 이런 직접 소통 역할을 했기 때문이 아닐까. 이제 우리는 어디에서 북을 쳐야 할까.

"그들의 뜻을
계승하고
발전시키겠습니다"

대통령 문재인의 구성 성분

대통령은 어떤 기관인가. 제왕? 상머슴? 욕받이? 조직 우두머리?
정치배? 무얼 고르든 유권자 자신의 렌즈에 비친 모습이다. 그러니
답은 천차만별이다.

다행히 정답이 헌법 66조에 나와 있다.

제66조

① 대통령은 국가의 원수이며, 외국에 대하여 국가를 대표한다.

② 대통령은 국가의 독립, 영토의 보전, 국가의 계속성과 헌법을 수호
   할 책무를 진다.

③ 대통령은 조국의 평화적 통일을 위한 성실한 의무를 진다.

④ 행정권은 대통령을 수반으로 하는 정부에 속한다.

대통령은 국가 의전 서열 1위다. 그 앞에 설 수 있는 사람은 안내자뿐이다.

국민만이 상사上司인 최고위 공직자다. 책임도 가장 무겁게 진다. 3부 중 입법부, 사법부와 달리 행정부에서는 모든 책임이 대통령에게 돌아간다. 외국 국가수반과 달리 한국 대통령은 통일 의무를 진다.

대통령이 할 수 있는 일도 헌법이 정해놓았다. 국민투표 부의, 조약 체결 및 비준, 선전포고와 강화, 국군 통수, 대통령령 발령, 계엄선포, 공무원 임면, 사면·감형 또는 복권, 대법원장·헌법재판소장·대법관·헌법재판관 임명…. 사형도 대통령이 서명해야 집행한다. 옛날식 표현으로 생살여탈권生殺與奪權을 쥐었다.

개인이 감당하기엔 임무가 막중하다. '500여 명 + α'로 구성된 비서실이 돕는다. 그래도 고뇌와 결단의 굴레를 벗지 못한다.

대통령 문재인은 어떤 기관이었을까. 20개월간 그의 곁에서 일한 내게 열쇳말 두 개가 떠오른다. '인권 변호사, 촛불.' 그를 구성하는 필수 성분이다. 사이토신·구아닌·아데닌·티민 등 네 종류의 유기 분자가 이중 나선구조로 얽혀 DNA가 되듯.

젊은 시절 몰두한 일이 대부분 그 사람의 알맹이가 된다. 젊어서 대장장이였으면 그는 대체로 대장장이로 산다. 풀무질을 그만둬도 속내는 대장장이다.

난 기자로 24년을 보냈다. 여태 기자로 산다. 기자는 티가 난다고 한다.

검사들처럼 정체성이 확고한 사람들이 있을까. 무슨 향우회, 어떤 전우회, 어느 동문회가 잘 뭉친다고 한다. '프로 동지회'만 할까. 검사들은 자칭 타칭 프로라고 한다. 'prosecutor(검사)' 약자인 듯하다.

물론 중년이 지나 인생 항로를 180도 바꾸는 사람도 있다. 드물다. 항로를 바꾸고 알맹이까지 바꾸는 이도 있다. 극히 드물다. 그런 사람을 전향자轉向者 혹은 변절자라고 한다.

문재인 대통령은 변하지 않는 쪽이다. 1972년 대학에 들어간 그는 학생운동을 했다. 구속과 강제 징집을 경험했다.

1982년 사법연수원 동기 박정규 변호사 소개로 노무현 변호사를 만났다. 노무현·문재인 법률사무소를 만들었다. 그 후 인권 변호사 길을 걸었다.

어쩌면 그를 정치로 이끈 책 『문재인의 운명』에 이렇게 썼다.

평생 변호사로 살았다. 돈에서만 조금 자유로울 수 있다면 변호사는 참 좋은 직업이다. 어려운 처지에 놓인 사람들을 도울 수 있으니 말이다. 자신이 갖고 있는 능력의 일부를 공익이나 공동선善을 위해 내놓는다는 생각을 가져도 좋겠다. 그런 자세는 무엇보다 자기 자신에게 보람과 자긍심을 갖게 해준다. (…)

특별검사로 사건을 처리하는 와중에도 '변론 사유'가 자꾸 눈에 띄었다. 나는 어쩔 수 없는 변호사 체질이라는 생각이 들었다. (…)

그 시절 인권 변호 활동은 그 자체로서 독재에 저항하는 운동이었고, 변호사가 할 수 있는 민주화운동이었다. '변호사는 그런 맛에 하는 것'이라고 후배 변호사들에게 말해주고 싶다(442~444쪽).

그는 자신을 어떻게 생각할까. 청와대에서 그가 가진 생각의 한 조각을 엿볼 기회가 있었다. 2018년 11월 22일 경제사회노동위원회(경사노위) 1차 회의가 열렸다. 경사노위는 사회적 대타협 기구다. 노동자, 사용자, 정부가 함께 고용 노동 정책 등 경제·사회정책을 협의한다. 대통령에게 정책 자문을 한다.

첫 회의를 문재인 대통령이 청와대에서 주재했다. 힘을 실어주기 위해서다. 공익위원으로 참석한 김진 변호사가 인사말을 했다.

제가 3, 4년 전 부당노동 쟁의행위 관련 손해배상 사건을 분석해 보니 차령산맥 이북은 모두 김선수 변호사가, 차령산맥 이남은 모두 문재인 변호사가 담당했더군요. 이런 분이 대통령이고, 평생을 노동운동에 바친 문성현 위원장이 경사노위를 이끌고 있습니다.

경사노위 순항을 기대하는 말이다. 차령산맥은 남한을 위, 아래로 나눈다. 문 대통령은 김 변호사 말을 들으며 미소 지었다.

문 대통령은 공익위원들에게 두루 덕담했다. 김진 변호사에게 말할 차례가 됐다.

"김진 변호사님이 차령산맥 이남 이야기를 하던데 다른 분들께도 그 이야기 많이 해주세요."

가벼운 웃음이 나왔다. 문 대통령은 농담 반 진담 반으로 말했지만, 자부심이었다. 한국 노동 사건의 절반을 커버했다는…. 김선수 변호사는 그해 대법관으로 임명됐다.

문 대통령은 부산 지역 민주화운동에도 앞장섰다. 1987년 6월 항쟁에서 부산 민주헌법쟁취 국민운동본부 상임집행위원을 했다. 민주사회를 위한 변호사모임 창립회원, 부마 민주항쟁 기념사업회 이사, 노동자를 위한 연대 노동사무소장, 천주교 인권위원회 이사를 지냈다. 돈은 덜 벌리고 고달픈 일이다.

문재인 대통령은 2017년 5월 10일 취임식 연설에서 이렇게 다짐했다. "오늘부터 저는 국민 모두의 대통령이 되겠습니다." 그래도 그의 시선은 모든 국민 가운데 소수, 약자, 서민에 더 자주 오래 머물렀던 게 아닌가 싶다.

변호사 출신 대통령 문재인

굼벵이는 구르고 원숭이는 나무를 타며 숭어는 헤엄친다. 사람도 자기만의 노하우를 지니고 있다. 대통령이라고 다를까.

김영삼 대통령은 뛰어난 정치 감각과 화끈한 결단으로 장애물을 돌파했다. 김대중 대통령은 치밀한 준비와 정교한 셈법으로 절묘한 수를 찾아냈다. 노무현 대통령은 한계를 긋지 않고 끊임없이 도전과 응전을 했다.

문재인 대통령은 리갈 마인드legal mind를 오른손에, 심사숙고深思熟考를 왼손에 쥐고 일했다. 법령에 맞느냐를 중시했다는 뜻이 아니다. 논리와 법리를 따졌다. 균형을 잡고 판단하려고 했다. 숙고에 숙고를 거듭했다. 물 없이 고구마 먹듯 신중하게 꼭꼭 씹어가며.

법과 제도가 잘못됐다고 보면 개선 방법을 찾게 했다. 법이 약자를 가혹하게 탄압했던 시절을 몸소 겪었기 때문이다. 그래서 그냥 '변호사'가 아니라 '인권 변호사'다.

정책을 놓고 토론할 때가 있다. 대통령은 어떤 땐 공격을, 어떤 땐 수비를 했다. 선의의 비판자Devil's Advocate 역할도 자임했다. 그럴 땐 천생 변호사구나 하는 생각이 들었다.

이낙연 국무총리 방명록 논란이 불거진 일이 있다. 이 총리는 2018년 9월 베트남에 갔다. 쩐 다이 꽝 전 국가주석 장례식에 참석했다. 이 총리는 호찌민 베트남 초대 주석 집을 찾아가 방명록에 이런 글을 남겼다.

위대했으나 검소하셨고, 검소했으나 위대하셨던,

백성을 사랑하셨으며 백성의 사랑을 받으신

주석 님의 삶 앞에서, 한없이 작아지고 부끄러워집니다.

2018. 9. 26.

대한민국 국무총리 이낙연

극우 유튜버들은 방명록 사진을 주목했다. 이 총리가 북한 지도자에게 충성을 맹세했다는 가짜뉴스를 만들었다. 한국에서 '주석'이라는 단어는, 특히 연배가 있는 이들에게 '북한 김일성 주석'을 떠오르게 한다. 유튜버들은 방명록과 북한을 그런 식으로 연결 지었다.

가짜뉴스는 온라인에 유통됐다. 둑 터진 강 같았다.

문재인 대통령은 이 문제를 여러 번 거론했다. 2018년 10월 4일 티타임 때다. "이낙연 총리 건은 명예훼손이냐 아니냐가 아니라 너무나 명백해 사실 심의도 필요 없습니다. 자명합니다. 표현의 자유 문제가 아니라 오히려 알권리를 마비시키고 침해합니다."

이렇게 말을 이었다. "명예훼손으로 (이 문제를 접근)하면 어려운 부분이 많습니다. (가해자가 명예훼손이라는) 인식이 없거나 공익성이 있거나 그러면 무죄입니다. 베트남 호찌민 주석에게 한 말을 북한에 한 것처럼 하면 그건 공익 목적도 아니고 논란의 여지도 없지요." 정치인이 아니라 변호사식 접근법이다.

유력 언론은 이 총리 서명 논란을 소동으로 여겨 큰 뉴스로 취급하지 않았다. 가짜뉴스라는 게 명백했기 때문이다. 반면 극우 유튜버들은 가짜뉴스 유통을 멈추지 않았다.

나흘 뒤 국무회의에 '범정부 허위 조작 정보 근절을 위한 제도 개선 방안'이 보고됐다. 방송통신위원회와 법무·행정안전부 등이 함께 만들었다. 방통위는 자율규제 위주로 보고했다.

문 대통령이 물었다. "이 총리 건에 어떻게 대응하고 있습니까?" 팩트 체크fact check 하는 언론기관이 사실관계를 확인해 발표했다는 답변이 나왔다.

문 대통령은 "피해가 이미 발생했습니다. 사람들은 믿고 싶은 것만 믿는 경향이 있습니다. 팩트 체크만으로 되겠습니까?"라고 재차 물었다. 또 정보통신망법에 허위 조작 정보 차단 조치가 있다는 점을 이렇게 설명했다.

이낙연 총리 건은 너무나 현저하고 자명한 것이 넘쳐나지 않습니까? 사진을 조작해서 북한에 갖다 붙인 건 자명합니다. 객관적으로 팩트가 확립돼 있습니다. 이런 정도는 정보통신망법을 활용해 내용을 차단하고 처벌 등 여러 가지가 가능하지 않습니까?

표현의 자유 침해 소지가 있고 남용해서는 안 되지만, 국민이 확실히 공감대를 가진 사안에는 정보통신망법을 적극적으로 활용해야 합니다.

명예훼손 처벌이 늘었는데 이 문제는 그런 대응으로 해결이 안 될만큼 심각합니다.

문 대통령은 법 규정과 적용례까지 함께 검토한 듯했다. 명예훼손이 아니라 정보통신망법으로 다뤄야 한다고 봤다. 정보통신망 이용촉진 및 정보보호 등에 관한 법률 제44조 2(정보의 삭제 요청 등) 취지는 이렇다.

- 사생활 침해나 명예훼손 등 타인의 권리가 침해됐으면 침해를 받은 자는 해당 정보를 처리한 정보통신 서비스 제공자에게 침해 사실을 소명해 정보 삭제 또는 반박 내용 게재를 요청할 수 있다.
- 정보통신 서비스 제공자는 요청받으면 바로 삭제, 임시 조치 등 필요한 조치를 해야 한다.
- 권리 침해 여부를 판단하기 어렵거나 이해당사자 간에 다툼이 예상되면 해당 정보에 대한 접근을 임시로 차단하는 조치를 할 수 있다.

이날 문재인 대통령은 자신을 예시로 들었다. "내가 금괴 200톤을 갖고 있다는 식의, 그런 주장은 사실 규명이 필요합니다." 자신이 금괴를 갖고 있지 않다는 사실을 누구보다 잘 알면서도 왜 이런 발언을 했을까? 터무니없는 주장이라도 쟁점이 있다면 규명해야 한다는 뜻이다. 율사律士가 아니면 하기 힘든 발상이다.

이 엉뚱한 예에 국무회의장에서는 폭소가 터졌다. 정치권 바깥에 있던 장관들은 곡절을 몰라 어리둥절해했다. 문 대통령은 2012년 대선 때부터 금괴 200톤, 2017년 대통령 취임 이후 암호화폐

200톤을 보유했다는 의혹에 시달려왔다. 이 건은 뒤에 다시 다루겠다.

문 대통령은 이렇게 평가했다. "내 건과 이 총리 건은 다릅니다. 이 총리 건은 국가를 이간하고 기본 질서를 해하려는 것입니다."

이날 부처 합동 '허위 조작 정보 근절을 위한 제도 개선안'은 정부안으로 채택되지 않았다.

문 대통령의 변호사 관점은 다른 때에도 발휘됐다. 2018년 10월 7일 화재 하나가 주목받았다. 경기 고양시에 있는 대한송유관공사 경인지사 저유소에서 불이 났다.

스리랑카 출신 이주 노동자가 날아온 풍등을 주웠다. 호기심에 불을 붙여 날렸다. 불이 났다.

저유탱크 4기와 비축 휘발유 등 110억 원 상당의 재산 피해가 났다. 일부 극우 사이트에서는 외국인 혐오 표현을 써가며 엄벌을 주장하는 목소리가 나왔다.

10월 10일 티타임에서 문재인 대통령이 이 문제를 꺼내 들었다. "변호사 관점에서 보면 악의가 없었고, 인근에 단지가 있었는지 몰랐고, 알았더라도 위험 초래를 인식했을 가능성이 없다면 행위 자체의 악의가 없어 보여 구속하는 건 별로 공감을 얻지 못할 것은데…."

문 대통령은 말을 이었다. "송유관 쪽에 큰 과오가 있어 보입니다. 보도만 봐서 정확히 알 수는 없지만 문제가 많아 보여요. 방재

부문이 많이 발달해서 이런 시설에는 화재 감지장치, 질소 분사 장치 등 고도의 안전장치를 설치할 수 있고 불이 번지지 않게 하는 장치도 있고, 탱크가 발열로 폭발하지 않도록 지붕 일부분이 날아가 압력을 줄이는 장치도 있는데 이건 지붕이 통으로 날아갔어요. 풍등 문제만 볼 게 아니라 시설도 봐야 합니다. 주택가였다면 큰 피해를 줄 수 있었죠."

불을 낸 외국인 노동자는 1·2심에서 벌금 1000만 원을 선고받았다. 그는 코리안드림을 접었다. 상고를 포기하고 모국으로 갔다. 정부는 저유소 등 관련 시설 안전 점검을 하고 대책도 세웠다.

'인권 변호사'는 문 대통령의 직업적 알맹이다. 변호사 일을 그만두었어도 그대로다. 세월호, 일제 강점기, 5·18민주화운동, 제주 4·3, 위험의 외주화 등 인권이 벼랑 끝에 섰거나 떨어져 버린 피해자와 희생자, 그 유가족에게서 눈을 떼지 않았다. 지금도 그의 마인드셋(마음가짐)은 인권 변호사가 아닐까.

촛불, 거대한 자산이자 무거운 책임

'촛불'은 무엇일까. 갚지 않으면 안 되는, 너무나 압도적인 부채負債다. 그리고 나침반이다.

국정농단 사태에 시민들은 분노했다. 달걀로 바위를 치듯 촛불시위를 시작했다. 시위는 겨울을 지나 봄으로 이어졌다. 칩거하는 동시에 군림하던 대통령이 권좌에서 쫓겨났다.

촛불은 2002년 효순이·미선이 사건, 2008년 광우병 소고기 수입 반대 시위 때 시민이 들었다. 2016년 국정 농단 사건을 거치면서 새로운 가치가 부여됐다. 초에 켠 불이라는 뜻의 보통명사에서 '시민, 저항, 집회, 혁명' 단어와 연결된 고유명사가 됐다.

시민 문재인은 촛불집회 현장에 나갔다. 정치인 문재인은 촛불로 말미암은 조기 대선에 도전했다. 대통령 문재인은 촛불 민심에 부응해야 한다고 늘 말했다.

2017년 5월 10일 취임 연설이다.

지난 몇 달간 우리는 유례없는 정치적 격변기를 보냈습니다. 정치는 혼란했지만, 국민은 위대했습니다. 현직 대통령의 탄핵과 구속 앞에서도 국민께서 대한민국의 앞길을 열어주셨습니다. 우리 국민은 좌절하지 않고 오히려 전화위복의 계기로 삼아 마침내 오늘 새로운 세상을 열었습니다. 대한민국의 위대함은 국민의 위대함입니다. 그리고 이번 대통령 선거에서 우리 국민은 또 하나의 역사를 만들어 주셨습니다.

새로운 역사를 만든 이는 광장에서 촛불을 든, 또 그들에게 마음을 보탠 국민이었다는 고백이다.

대통령 취임 후 첫 공식 행사는 제37주년 5·18민주화운동 기념식이었다. 광주는 한 세대 넘게 폄훼되고 질시를 받았다. 그 광주

시민 앞에 문재인 대통령이 섰다. 1980년 광주 시민과 2016년 촛불 시민은 다르지 않다고 강조했다. 이렇게.

마침내 5월 광주는 지난겨울 전국을 밝힌 위대한 촛불혁명으로 부활했습니다. 불의에 타협하지 않는 분노와 정의가 그곳에 있었습니다. 나라의 주인은 국민임을 확인하는 함성이 그곳에 있었습니다. 나라를 나라답게 만들자는 치열한 열정과 하나 된 마음이 그곳에 있었습니다.

2017년 6월 미국을 방문했다. 첫 순방이다. 6월 30일 미국 국제전략문제연구소csis 전문가 초청 만찬 인사말이다.

촛불혁명은 대통령으로서 나의 출발점입니다. 한국은 지금보다 민주적인 나라, 더욱 공정하고 정의로운 나라로 나아가기 위한 변화를 실천하고 있습니다. 이것은 촛불혁명을 통해 국민이 요구한 것이고, 그 요구에 화답하는 것이 대통령으로서 나의 책무입니다.

석 달 뒤다. 2017년 9월 21일 문재인 대통령은 유엔 총회 기조연설을 했다. 도입부를 '촛불'로 장식했다. 자신을 그 연단에 세운 원동력이 촛불이었음을 잊지 않았다.

나는 지난겨울 대한민국의 촛불혁명이야말로 유엔 정신이 빛나는 성취를 이룬 역사의 현장이었다고 생각합니다. 촛불혁명은 협력과 연대의 힘으로 도전에 맞서며 인류가 미래를 향해 나아갔습니다. 아마 미디어를 통해 목격했던 촛불혁명의 풍경을 기억하는 분들도 계실 겁니다. 거리를 가득 메운 수십만, 수백만의 불빛, 노래와 춤과 그림이 어우러진 거리 곳곳에서 저마다 자유롭게 발언하고 평등하게 토론하는 사람들, 아이들과 손잡고 집회장을 찾는 부모들의 환한 표정, 집회가 끝난 거리에서 쓰레기를 치우는 청년들에게서 느껴지는 긍지. 그 모든 장면이 바로 민주주의였고 평화였습니다.

대한민국의 촛불혁명은 민주주의와 헌법을 회복하고자 하는 열망이 시민의 집단지성으로 이어진 광장이었습니다. 유력한 대통령 후보였던 나 자신도 오직 시민의 한 사람으로 그 광장에 참여했습니다. 대한민국의 국민은 가장 평화롭고 아름다운 방법으로 민주주의를 성취했습니다. 민주주의 실체인 국민주권의 힘을 증명했고, 폭력보다 평화의 힘이 세상을 더 크게 바꿀 수 있다는 것을 증명했습니다.

대한민국의 새 정부는 촛불혁명이 만든 정부입니다. 민주적 선거라는 의미를 뛰어넘어 국민의 주인의식, 참여와 열망이 출범시킨 정부라는 뜻입니다. 나는 지금 그 정부를 대표해 이 자리에 서 있습니다. 나는 대한민국의 민주주의가 시작은 늦었지만 세계 민주주의에 새로운 희망을 보여줬다는 사실이 매우 기쁘고 자랑스럽습니다. 이제 대한민국은 그 힘으로 국제사회가 당면한 현안을 해결하는 데 선도적 역할을 하고자 합니다.

세계 지도자들 앞에서 '촛불혁명'이라고 명명했다. 촛불이 유엔의 정신이며 역사의 현장이라고 공표했다.

2018년 10월 28일은 촛불집회 1년이었다. 문 대통령은 소셜미디어에 소감을 내놓았다.

오늘, 촛불집회 1년을 기억하며 촛불의 의미를 되새겨 봅니다.

촛불은 위대했습니다.

민주주의와 헌법의 가치를 실현했습니다.

정치 변화를 시민이 주도했습니다.

새로운 대한민국의 방향을 제시했습니다.

촛불은 새로웠습니다.

뜻은 단호했지만 평화적이었습니다.

이념과 지역과 계층과 세대로 편 가르지 않았습니다.

나라다운 나라, 정의로운 대한민국을 요구하는 통합된 힘이었습니다.

촛불은 끝나지 않은 우리의 미래입니다.

국민과 함께 가야 이룰 수 있는 미래입니다.

끈질기고 지치지 않아야 도달할 수 있는 미래입니다.

촛불의 열망과 기대, 잊지 않겠습니다.

국민의 뜻을 앞세우겠습니다.

국민과 끝까지 함께 가겠습니다.

촛불은 미래이며, 자신의 당선으로도 촛불이 완성되지 않았다는 점을 역설했다. 갈 길이 멀다는 하소연이다.

그 뒤 사람을 만날 때마다, 직원들을 독려하거나 질책할 때마다 '촛불'을 이야기했다. 5년간 지속했다. 2022년 5월 9일 퇴임 연설에까지 이어진다.

국정농단 사건으로 헌정질서가 무너졌을 때 우리 국민은 가장 평화적이고 문화적인 촛불집회를 통해, 그리고 헌법과 법률이 정한 탄핵이라는 적법절차에 따라, 정부를 교체하고 민주주의를 다시 일으켜 세웠습니다. 전 세계가 한국 국민들의 성숙함에 찬탄을 보냈습니다.

자, 이제 이런 질문이 뒤따를 것이다. 문재인 정부는 촛불 민심에 부응했나? 제대로 못 했기에 정권을 넘겨주지 않았나?

국정은 올림픽과 다르다. 참가와 노력, 선의에만 의의를 두지 않는다. 결과를 내놔야 한다. 모두 알듯 '정권이 경쟁 세력에게 넘어갔다'가 결과다. 지지자 기대에 미치지 못했다. 그 후과後果가 벌어지고 있다.

'촛불 시민의 열망을 말아먹은, 실패한 정부'인가? 앞서 밝힌 바대로 평가가 진행될 것이다. 역사가 판단하리라는 말을 나는 하지 않겠다. 지지율이 떨어진, 회복 기미가 없어 보이는 정치인들이 하는 소리다. "일희일비하지 않겠다. 국민만 보고 가겠다. 역사가 평가할 것이다." 옳은 말이지만, 때론 잘못이나 실패를 감추려는 변명이기도 하다.

평가는 시작됐다. 왜? 비교 대상이 생겼으니. 당장 현 정부 정책, 제도, 정치와 비교되고 있다. 2024년 4월 22대 국회의원 선거 즈음에 이전 정부와 현 정부 간 성적표가 비교될 수도 있다. 총선은 과거를 평가한다. 문재인 정부를 잇겠다는 주장이 나올 수도, 손절損切하겠다는 선언이 나올 수도 있다.

문재인 대통령은 김대중, 노무현 정부를 잇겠다고 말했다. 2017년 5월 10일 취임 연설에 못 박았다.

새롭게 출범한 문재인 정부는 5·18민주화운동의 연장선 위에 서 있습니다. 1987년 6월 민주항쟁과 국민의정부, 참여정부의 맥을 잇고 있습니다.

문 대통령은 재임 기간 노무현 대통령 서거 추도식에 딱 한 번 갔다. 취임 첫해인 2017년 5월 23일 서거 8주기 때다. 이렇게 연설했다.

노무현 대통령님도 오늘만큼은 여기 어디에선가 우리 가운데서, 모든 분께 고마워하면서, "야, 기분 좋다!" 하실 것 같습니다. (…)

노무현의 꿈은 '깨어 있는 시민의 힘'으로 부활했습니다. 우리가 함께 꾼 꿈이 우리를 여기까지 오게 했습니다. 이제 우리는 다시 실패하지 않을 것입니다. 우리는 이명박·박근혜 정부뿐 아니라 국민의정부와 참여정부까지 지난 20년 전체를 성찰하며 성공의 길로 나아갈 것입니다. (…)

문재인 정부가 못다 한 일은 다음 민주 정부가 이어 나갈 수 있도록 단단하게 개혁해 나가겠습니다.

몇 마디만 들어도 노무현 대통령을 떠올리게 하는 발언이 있다. 그는 대선 후보 출마 연설에서 "권력에 맞서서 당당하게 권력을 한

번 쟁취하는 우리의 역사가 이루어져야만이 이제 비로소 우리 젊은이들이 떳떳하게 정의를 이야기할 수 있고, 떳떳하게 불의에 맞설 수 있는 새로운 역사를 만들어낼 수 있습니다"라고 외쳤다. 대선 경선 과정에서 장인의 좌익활동이 논란이 되자 "아내를 제가 버려야 합니까?"라고 되묻는다.

노무현 대통령은 임기를 마친 날 귀향했다. 그는 "야, 기분 좋다"라고 말했다. 노 대통령 지지자들, 그를 지키지 못했다는 상실감과 부채 의식을 가진 이들이라면 결코 잊지 못할 감탄사다. 문 대통령은 추도 연설을 바로 이 "야, 기분 좋다"로 시작했다. 연설은 노무현의 꿈을 잇겠다는 다짐으로 연결됐다.

2017년 6월 15일 6·15남북공동선언 17주년 기념식 연설은 이렇다.

김대중 대통령님은 한반도 문제의 주인은 우리 자신이라는 것을 몸소 실천해 보여주셨습니다. 분단 후 최초의 남북정상회담으로 남북 관계의 대전환을 끌어냈습니다. 남과 북의 평화통일이 가능하다는 사실을 처음으로 확인시켜 주셨습니다. 우리가 운전석에 앉아 주변국과의 협력을 바탕으로 한반도 문제를 이끌어갈 수 있음을 보여주셨습니다. IMF 외환위기 속에서 남북 화해와 협력의 새로운 장을 열었고 IMF 외환위기까지 극복하였습니다. (…)

김대중 대통령님의 화해·협력 정책과 노무현 대통령님의 평화·번영 정책을 오늘에 맞게 계승하고 발전시키는 일을 이 자리에 계신

여러분, 그리고 국민 여러분과 함께해 나겠습니다.

정치 세력은 계승과 극복, 발전을 말해야 한다. 그런 곳에라야 과거와 현재, 미래가 있다.

한국에서 군사독재 정권을 계승하겠다는 세력은 미미하다. 그들 때문에 국민은 불행했다. 정치사에서 맥이 끊기다시피 했다. 일부 소란과 노욕만 남았다.

계승, 발전을 떳떳하게 천명하지 못하는 정치 세력은 뿌리 없는 이익집단에 불과하다. 선거 때가 오면 사람과 색깔을 바꾼다. 정권을 얻더라도 '떳다방' 정부나 다름없다. 그들이 할 수 있는 일은 다툼과 탐닉밖에 없다.

"국민이 앞서가면
더 속도를 내고,
국민이 늦추면 설득하겠습니다"

국민소통수석실 설치

문재인 대통령이 청와대와 부처에 가장 많이 한 이야기가 뭘까. "국민께 소상히 알리고 이해를 구하라." 좋은 정책과 제도도 국민이 받아들이지 않으면 소용없다.

왜 그렇게까지 했을까. '개떡같이 말해도 찰떡같이 알아듣는다'라는 속담이 있다. 지시를 제대로 못 해도 잘 헤아려 일을 한다는 뜻이다. 그런 일은 드물다. 이를 강요하면 상사의 갑질이나 진배없다. 명료하게 지시해야 일이 될까 말까다. 중요한 메시지는 반복하고 반복하며 반복해야 한다.

김대중, 노무현 대통령 연설문을 쓴 강원국 작가의 『대통령의 글쓰기』에 나오는 대목이다.

김대중 대통령도 반복할 것을 주문했다. 다 알아듣는 것 같아도 기억하는 사람은 많지 않다. 말하는 사람은 여러 번 해도 듣는 사람은 한 번이라고 했다.

2002년 한일월드컵 당시, 전국에서 열 개 경기장이 순차적으로 개장 행사를 가졌고, 대통령은 매번 참석했다. 이때 월드컵 개최의 의미와 파급효과에 대해 모든 연설문을 똑같이 썼다. 연설비서실에서는 좀 다르게 바꿔봤지만, 대통령은 항상 같은 내용으로 다시 원위치시켰다. 그러면서 아래와 같은 코멘트도 함께 내려보냈다.

"나는 같은 말을 반복하지만, 듣는 사람은 처음 듣는 것입니다. 설사 같은 말을 다시 듣는 사람이 있다고 할지라도 상관없습니다. 한번 말해서는 머릿속에 잘 기억되지를 않습니다. 그러니 반복하세요."

국민의정부 청와대 출입 기자들도 비슷하게 기억하고 있다. 중요한 주제는 여러 행사에서 반복해서 연설하게 된다. 김대중 대통령은 같은 내용을 말했다. 여러 차례 들으면 주요한 내용과 줄거리도 기억하게 된다. 기자들은 그날 달라진 부분, 특이한 내용만 기사화했다. 점차 같은 내용만 나오게 돼 나중에는 기사가 작아졌다.

여기에 두 가지 요점이 있다. 현장 연설, 장소를 달리하는 프레젠테이션을 할 때 비슷한 내용의 반복은 유의미하다. 받아들이는 사람들은 처음 접하는 메시지이기 때문이다.

언론을 통해 국민 모두에게 계속 알려야 할 때는 접근을 달리해야 한다. 주요한 내용은 반복하되 새로운 이야깃거리나 관점을 제시해야 한다. 그래야 언론의 시선을 계속 끌 수 있다. 언중에게도 계속 기사로 다가갈 수 있다.

국민께 소상히 알리고 이해를 구하려면 접근 방법이 달라져야 했다. 정치권에서 국민은 '그 누구, 혹은 아무나'라는 속뜻을 품는다. 모두이지만, 아무도 아닐 수 있다. 그간 정부 홍보는 집단으로 뭉뚱그린 국민에게 일방적으로 메시지를 보내는 식이었다. 길거리에 지나가는, 관심 없는 사람을 향해 "벽을 파란색에서 노란색으로 바꾸겠습니다"라고 외치는 일과 같다. 어떤 때에는 '궁금해하지 마세요'라는 속마음을 품고.

이해관계가 있는 국민이 알아들을 때까지 알리고 뜻이 있는 국민 목소리에 귀 기울이는 쌍방 통행이 필요했다. 그들에게 왜 벽색깔을 바꾸는지, 왜 하필 노란색인지를 설명해야 한다. 국민이 이의를 제기하면 듣고, 반영할 게 있으면 반영해야 한다.

홍보수석실을 이름부터 기능까지 바꿨다. 그렇게 국민소통수석실이 만들어졌다.

'라이브 11시 50분 청와대입니다'

국민소통수석실 구호는 "문통, 소통!"이다. '문재인 대통령과 국민의 소통'을 줄인 말이다. 우스갯소리 같지만, 국민소통수석실 사람들은 진심이었다.

국민소통수석실 구성원은 다른 수석실보다 출신이 다양했다. 전직 국회의원, 정부 파견 공무원, 국회의원 보좌진, 당직자 출신은 기본이다. 기업 임원, 변호사, 기자, 아나운서, 작가, 다큐멘터리 감독, 영상 편집자, 통역사, 사업가도 있었다.

민간 방식을 거부감 없이 적극 도입했다. 대통령이나 수석, 장관이 국정과제를 프레젠테이션 하듯 발표하게 했다. 청와대가 직접 내부 소식과 반론을 생중계하는 '라이브 11시 50분 청와대입니다', 국민이 올린 질문에 당국자가 답하는 국민 청원도 도입했다.

임기 초 대통령이나 청와대가 주어인 기사가 쏟아졌다. 잘못된 정보가 자리 잡히기 전에 팩트 체크를 해서 해명과 반박을 할 필요가 있었다. 이미지가 한번 굳어지면 잘 고쳐지지 않는다. '라이브 11시 50분 청와대입니다'라는 콘텐츠의 주요 내용이 그것이다.

허구한 날 언론과 각을 세울 수는 없는 일이다. 아이템을 다양화했다. 방송 앞쪽에는 심각한 문제의 해명과 반박 두어 개를 배치했다. 기존 언론이 중시하지 않지만, 청와대나 정부로서는 무게 있게 다뤄졌으면 하는 뉴스는 중간에 넣었다.

경성硬性 뉴스만 편성해서는 안 된다. 청와대에서 벌어지는 이모저모도 짧게 한두 꼭지 배치했다. 대통령 반려견 토리, 반려묘 찡찡이 소식은 늘 인기였다.

문 대통령은 국민소통수석실에 목소리를 더 내라고 채근했다. 문 대통령은 "라이브 방송을 한다면 좀 더 논쟁적으로 대담하게 했으면 좋겠다"라며 "말을 모범적으로 그렇게 하는 것만 생각하지 말고 논쟁을 불사해야 한다"라고 말했다.

디지털 소통 시대에도 정부 부처는 아날로그 방식을 고수했다. 기자단에 보도자료를 내고 설명회를 하는 정도로 만족했다. 국민은 저만큼 달려가는데 따라가지 못하는 형국이었다. 어공이 보기에 늘공은 따라갈 생각이 없어 보였다.

타개책을 마련했다. 각 부처에 디지털 부대변인을 두고 실시간 소통과 소셜미디어를 전담토록 했다. 윤곽은 뉴미디어비서관실이 짰다. 디지털 플랫폼 소통은 그들의 전공이다.

각 부처에 인원을 늘리려면 선행 과제 두 개를 풀어야 했다. 공무원 직제와 정원을 다루는 행정안전부가 증원을 허용해야 한다. 기획재정부는 인건비 등 예산을 배정해야 한다. 제아무리 대통령 지시 사항이라도 양 부처가 틀면 못 한다.

홍보 책임자인 윤영찬 수석 비서관과 선임 비서관인 내가 풀 일이었다. 대통령 결재는 떨어졌다. 잘 진척되지 않았다. 국무회의 때 윤 수석은 마주치는 장관들에게 하소연했다. 나는 관련 부처 국·실장에게 전화했다. 답변이 다양했다. "아직 결재가 안 나서", "보고를 드렸는데 답변이 없어서", "우리는 다 됐는데 다른 부처와 협의가 안 끝나서".

민간 분야, 타이밍과 마감을 중시하는 신문과 포털업계에서 일해 온 우리 둘은 답답했다. 윤 수석과 내가 전화통을 붙잡는 시간은 잦아지고 길어졌다. 국·실장이 아니라 과장, 계장들에게도 연락했다. 이들이 검토보고서와 시행안을 만들어 결재를 올려야 장관이 승인한다. 마침내 장관들 결재가 떨어졌다.

디지털 부대변인은 주요 부처에 우선 도입됐다. 개방형 직위로 많이 뽑았다. 민간 외부 인사가 들어가 손을 대면서 부처 소통 방식은 민첩해지고 유연해졌다. 다 그러지는 않았다.

국민소통수석실은 청와대와 정부 소식을 직접 취재하고 편집해 내보냈다. 공식 브리핑 이외 '낙수 거리(자잘하지만 재미있는 뉴스라는 뜻의 언론계 은어)'도 청와대 홈페이지와 소셜미디어로 내보냈다.

대통령이 주재하는 회의에 참석한 윤영찬 수석이 이야깃거리를 들고 와 나를 부를 때가 있었다. 그것을 기사체 보도자료나 발표문으로 만들었다. 이를 박수현 대변인이 발표하거나, 고민정 부대변인이 영상으로 제작했다.

의원 출신인 박수현 대변인은 기자들의 날카로운 질문에 능란하게 대처했다. 말실수해도 기자단에 읍소해서 수정했다. 새벽 5시부터 기자 전화를 받고 밤늦게까지 응대하는 성실함 덕분이다.

고민정 부대변인은 아나운서로도 에이스였다. 원고를 소화하는 솜씨 말고도 애드리브를 발휘하는 걸 보면 감탄스러웠다. 원고는

4, 5분 분량이지만 10여 분 넘게 무리 없이 진행했다.

기자 시각으로 보면 기삿거리가 널려 있었다. 정부와 청와대에서 비공개로 진행되는 일, 우여곡절, 부처 간 대립, 대통령의 사생활 등. 기자 시절 알았으면 1면 톱이나 정치면에 두툼한 박스 기사로 쓸 소재다.

절제가 필요했다. 당과 국회에서 일해본 행정관들이 역할을 했다. "이번에 이런 기사 나가면 다음에는 더 강한 걸 내보내야 하는데요"라고 만류했다. 그들 말이 맞았다.

2017년 11월 7일 도널드 트럼프 미국 대통령이 처음 방한했다. 박수현 대변인에게 카메라 성능이 좋은 스마트폰과 함께 임무가 맡겨졌다. 미군 기지 캠프 험프리스 안에서 트럼프 대통령을 근접 촬영했다. 한국 언론은 접근할 수 없는 곳이었다.

박 대변인이 보내온 재료를 뉴미디어비서관실이 요리해서 홈페이지에 내보냈다. 언론 개념으로 단독 기사, 특종이었다.

해외 순방 때도 그랬다. 장관이나 수석들이 정상회담 뒷이야기를 찍은 영상과 사진을 보내왔다. 이를 기사처럼 만들어 내보냈다. '청와대 B컷'이라고 불렀다. 공식 대통령기록물은 A컷, 즉 정찬 같은 것이다. B컷은 비공식 기록물이다. 일종의 디저트다. 강경화 외교부 장관이 컵라면을 먹는 모습 등이다.

공식 석상에서 볼 수 없는 장면들이 화제가 됐다. 국민은 정치권, 정부의 뒷이야기를 보며 재미있어했다. 정책이나 제도, 정부 일에 대한 관심도 높아졌다.

예상 밖의 이슈가 생겼다. 기자들 불만이 쌓였다. 방송과 신문 카메라 기자들이 "청와대 내부자가 이렇게 특종 보도를 하면 어떻게 하느냐?"라며 못마땅해했다. 청와대 직원을 경쟁자로 생각하는 듯했다. 생각지도 못한 일이다.

몇몇 기자가 점심을 먹자고 나를 불렀다. 그들은 뉴미디어비서관실 좀 말려달라고 했다. 나는 이렇게 말했다.

"뉴미디어비서관실 직원은 기자가 아닙니다. 청와대 직원입니다. 그들이 내보내는 콘텐츠는 특종 기사가 아니라 청와대가 언론과 국민에게 제공하는 자료입니다. 그걸 받아서 보도하면 됩니다. 삼성전자도 뉴스룸 홈페이지에 보도자료, 사진, 동영상을 내놓지만 항의하는 기자는 없지 않습니까?"

갈등은 쉬 가라앉지 않았다. 그래도 직접 소통한다는 원칙에서 물러날 수 없었다. 문재인 대통령 의지가 그 누구보다 강했다. 문 대통령은 2017년 5월 23일 노무현 대통령 서거 8주기 추도사에서 이렇게 말했다.

무엇보다 중요한 것은 국민의 손을 놓지 않고 국민과 함께 가는 것입니다. 개혁도 '저 문재인의 신념이기 때문에' 또는 '옳은 길이기 때문에' 하는 것이 아니라 국민과 눈을 맞추면서 국민이 원하고, 국민에게 이익이기 때문에 하는 것이라는 마음가짐으로 해나가겠습니다. 국민이 앞서가면 더 속도를 내고, 국민이 늦추면 소통하면서 설득하겠습니다.

직접 소통이 왜 필요한지 설명한 대목이다. 국정과제를 성공시키려면 국민이 동의해야 한다. 국민 마음을 얻기 위해 소통하고 설득해야 한다.

계절이 두 번 바뀌었다. 기자들이 청와대 소통 방식에 익숙해졌다. 청와대도 자체 콘텐츠를 언론 보도 시점에 맞춰 내보내는 등 타협책을 제시했다. 청와대 정보 독점 논란은 가라앉았다.

소상히 알리고 이해를 구하라는 문 대통령 지시는 시도 때도 없었다. 임기 전반부 회의 두세 번 중 한 번은 국민 소통을 언급했다.

국무위원에게도 직접 소통을 요구했다. 2017년 8월 달걀에서 유독성 살충제 성분이 검출됐다. 국민이 불안에 떨었다. 문 대통령은 8월 16일 이낙연 국무총리에게 전화를 걸었다. 문 대통령은 이렇게 당부했다. "이번 건의 주무 부처가 농림식품부와 식약처로 이원화돼 중복발표가 되는 상황입니다. 총리가 범정부적으로 종합 관리해 주십시오. 현재 진행되는 전수조사 결과를 국민에게 소상하게 알리고 필요한 모든 조처를 해주세요."

문 대통령은 그달 21일 제1회 을지 국무회의에서 달걀 문제를 언급했다.

먹거리 안전 문제는 국민의 건강과 직결되는 문제입니다. 국민께서 더 이상 불안해하지 않도록 전수조사에 대한 보완 등 해결 과정을 소상히 알려 신뢰가 회복될 수 있도록 해주기를 바랍니다. (…)

2장 합심

이와 더불어 중요한 것은 유사 사태 발생 시 원인부터 진행 상황, 정부 대응 등 전 과정에 대한 정보를 국민께 신속하고 투명하게 알려드리는 것입니다.

그렇게까지 직접 소통을 강조해야 하나. 배경이 있다. 언론 보도의 문제점, 그리고 앞에서 언급했던 공직자들의 일방통행식 태도 때문이다. 문 대통령이 하루 이틀 만에 떠올린, 혹은 머릿속에만 있는 관념적인 사안이 아니다. 그가 피부로 절감하던 현실이었다. 이 두 가지는 그가, 청와대 전체가 임기 내내 부딪쳐야 할 도전이었다.

처음으로 PPT가 도입된 대통령 시정연설

문재인 대통령이 취임한 지 한 달이 지날 때쯤이다. 국회에 추가경정예산(추경)안을 제출했다. 추경은 본예산이 확정된 뒤 생긴 사유로 인해 정부가 내용을 고친 예산이다. 돈을 더 쓰겠다는 내용이 대부분이다.

국정에 활력을 불어넣어야 했다. 11조 2000억 원 규모였다. 소방·경찰·사회복지 등 공공부문 일자리 예산 5조 4000억 원이 가장 큰 덩어리다. 일자리 확대는 대통령 공약이다. 침체한 경기를 끌어올리고 사회 분위기를 일신하는 데 일자리 창출만 한 게 없다.

정부가 예산안을 국회에 제출할 때 국가원수나 정부 수반이 시정연설施政演說을 한다. 본예산 때에는 대통령이 직접 국회 본회의 장 연단에 선다. 추경안은 대부분 국무총리가 대독代讀한다.

이번에는 추경이지만 정부가 바뀌고 처음 제출한 예산안이다. 새 국정철학에 따라 달라진 예산을 국민께 보고할 필요가 있었다. 대통령이 시정연설을 하기로 했다.

첫 국회 연설이다. 단단히 준비해야 했다. 6월 1일 문 대통령은 수석·보좌관회의에서 이렇게 당부했다. "국민께 일자리 추경이 왜 필요한지, 그 예산으로 어떤 일을 하려고 하는지, 또 일자리를 만들어내는 게 어떤 효과가 있는지 등을 설명하는 작업을 청와대 비서실에서 열심히 해주시면 좋겠습니다."

각 비서관실은 시정연설에 담아야 할 내용을 제출했다. 연설비서관실에서 취합해 연설문을 작성했다. 대통령 수정을 거쳐 어느 정도 윤곽이 마련되면 직접 읽으면서 한 줄 한 줄 심의하는 독회讀會를 한다.

연설문은 30분 분량이다. 내용을 놓고 토론하다 보면 오전에 시작한 회의가 점심시간을 훌쩍 넘겼다. 배달 도시락을 먹으며 회의했다. 문 대통령이 주재한 마지막 독회에서도 내용과 용어를 놓고 토론이 벌어졌다. 30분짜리 연설에 들이는 공이 그 정도다.

토론을 거쳐 다소 엉뚱해 보이는 일을 현실화한 일도 있다. 톡톡 튀는 아이디어를 내는 뉴미디어비서관실은 시정연설 형식에 주목했다. PPT(파워포인트) 프레젠테이션을 도입하면 어떻겠느냐는 아이디어를 냈다. 세계적 기업은 주요 사업이나 제품 설명회에 PPT를 동원한다. 스티브 잡스의 프레젠테이션이 대표적이다. 한국 청와대와 정부, 국회에는 없던 일이다.

시정연설의 주된 내용은 사업과 돈 이야기다. 딱딱하고 수용성이 떨어진다. 한마디로 재미가 없다. 이럴 때 PPT를 얹으면 이해하기가 한결 낫다.

'쓸데없는 일'이라고 일축할 수도 있었다. 일만 많고 효과를 못 볼 수도 있다. 이전까지 하지 않은 이유가 그래서였을 것이다.

국민께 친절하게 보고하기에 그만한 방법이 없다. 다른 수석실도 좋다고 했다. 윤영찬 국민소통수석이 문 대통령에게 보고했다. 결재가 떨어졌다.

뉴미디어비서관실에는 '황금손'을 가진 직원들이 있다. 이들이 완성도 높은 PPT를 만들었다. 직원들은 며칠 야근을 했다. 국회방송, 메인 중계 방송사와 협의하느라 동분서주했다.

TV 화면을 나눠 한쪽에는 대통령, 한쪽에는 PPT가 뜨도록 해야 한다. 연설과 맞지 않는 내용이 뜨거나 화면이 멈추면 사고다. 경위서 제출로만 끝나지 않을 수도 있다.

준비는 철저했다. 운명은 변덕스럽다. 다행히 그날 운명은 다른 일로 바빴거나 너그러웠나 보다. 대통령이 시정연설을 하는 동안 국회의장석 양옆 대형 화면에 PPT가 떴다. TV 화면도 맞춤하게 흘러갔다.

국민과 눈을 맞추면서

국민이 원하고, 국민에게 이익이기 때문에

하는 것이라는 마음가짐으로 해나가겠습니다.

국민이 앞서가면 더 속도를 내고,

국민이 늦추면 소통하면서

설득하겠습니다.

2017년 5월 23일, 노무현 대통령 서거 8주기 추도사

추경안 설명에 이런 이야기를 넣었다.

역대 가장 빠른 시기의 시정연설이자 사상 최초의 (대통령) 추경 시정연설이라고 들었습니다. 국회와 더 긴밀하게 소통하고 협치하고자 하는 저의 노력으로 받아들여 주십시오. 그러나 그보다 더 주목해 주시기를 바라는 것은 일자리 추경의 절박성과 시급성입니다.

한 청년이 있습니다. 열심히 공부해서 대학에 입학했고, 입시보다 몇 배 더 노력하며 취업을 준비했습니다. 그런데 청년은 이렇게 말합니다.

"제발 면접이라도 한번 봤으면 좋겠어요."

그 청년만이 아닙니다. 우리의 수많은 아들딸이 이력서 백 장은 기본이라고, 이제는 오히려 담담하게 말하고 있습니다.

실직과 카드 빚으로 근심하던 한 청년은 부모에게 보낸 마지막 문자에 이렇게 썼습니다.

'다음 생에는 공부를 잘할게요.'

그 보도를 보며 가슴이 먹먹했던 것은 모든 의원님들이 마찬가지였을 것입니다.

의원과 국민 모두의 감성에 호소하기 위해 넣은 대목이다.

사고 없이 시정연설이 끝났다. 가슴 졸이던 국민소통수석실 식구들은 안도의 한숨을 내쉬었다. 언론도 호평했다.

문재인 대통령은 매년 예산안 시정연설을 직접 했다. 한국 헌정 사상 최초로 5년 연속이다. 2021년 10월 25일 마지막 시정연설에서도 PPT가 함께 나갔다.

'삼겹살 기름을 모아 발전용으로 쓴다고?'

아무리 일을 열심히 해도 결과물이 국민에게 제대로 닿지 않으면 소용이 없다. 그런데 옆에서 지켜봤더니 공직 사회에는 보이지 않는 선線이 있다. 정책 생산과 시행에는 애쓴다. 거기까지다. 그 선을 넘는 홍보와 마케팅에는 시큰둥해한다. 자기 일이 아닌 듯 취급한다. 그게 국민과 소통하는 일인데도.

청와대에 파견된 이들도 정책을 만들고 고치는 데 힘을 다했다. 그 이후 공정에는 관심이 덜했다. 홍보나 마케팅은 공보실, 대변인실이 할 일이라고 보는 듯했다. 홍보에 힘쓰는 당국자를 못마땅해하는 시선마저 느껴졌다. '생색내기, 잘난 척, 윗선에 잘 보이기'로 보는 식이다.

문 대통령은 걱정했다. 2018년 1월 30일 장·차관 워크숍에서의 발언이다.

모든 정책은 수요자인 국민의 관점에서 추진되어야 합니다. 정책의 당위와 명분이 있다고 하더라도 현장의 목소리를 듣지 않고 일방적으로 추진한다면 첫 단추를 잘못 끼운 결과가 되기 십상입니다. 정책 수요자가 외면하는 정책 공급자 중심의 사고는 국민이 주인인 나라에서 더 이상 통용될 수 없습니다.

정부 부처의 업무 수행 방식도 달라져야 합니다. 전문가의 용역 보고서나 토론회 등 형식적 절차를 거쳤다고 정책의 정당성을 확보하는 것이 아닙니다. 국민이 요구하는 것이 무엇이고, 현장에서 어떻게 받아들일 것인지를 섬세하게 살피면서 모든 정책을 추진해야 할 것입니다. 특히 부처 간 입장이 다르고 국민의 이해가 엇갈리는 정책의 경우 충분한 설득과 공감의 과정이 선행되어야 한다는 것을 각별히 명심해 주시기를 바랍니다.

공직 사회의 관행을 꼬집었다. 명분과 절차만 충족되면 국민 동의 없이도 정책을 시행해 왔다는 질타다.

특히 문 대통령은 홍보의 중요성을 강조했다.

홍보는 상품의 단순한 포장지가 아니라 친절하고 섬세한 안내서가 되어야 합니다. 정책은 만드는 데서 끝나는 것이 아니라 홍보로 비로소 완성된다는 사실을 잊지 말아야 할 것입니다. 그리고 한 걸음 더 나아가 오늘날 홍보는 일방적인 것이 아니라 서로 주고받는 소통을 통해 이루어진다는 것을 잊지 말아야 할 것입니다.

문재인 대통령이 보도자료를 놓고 질책한 적이 있다. 드문 일이었다. 2018년 9월 12일 티타임이 끝나갈 무렵이다. 다들 자료를 주섬주섬 챙기고 의자에서 엉덩이를 떼던 참이다. 문 대통령이 입을 열었다.

"아침에 보도를 보니까 환경부인가 산업부인가에서 자료를 냈던

　　　　　　　　　　　　　　　2장 합심

데요. 동물 기름, 바이오 유, 폐식용유를 석유 대체 연료로 활용하는 시범 사업을 늘리는 내용으로. 어차피 폐기되는데 발전용으로 쓴다고요. 그러면 미세먼지도 준다는 내용을 넣었던데요."

다들 자리에 앉았다. 잘했다는 건가, 문제가 있다는 건가.

문 대통령이 물었다. "이걸 보고 지나가던 돼지가 웃는다고 하지 않습니까? 이건 잘못이라고 봅니다. 삼겹살 기름을 어떻게 모아서 (발전소 연료를) 대체하겠습니까?"

이틀 전 산업통상자원부가 보도자료를 냈다. 바이오 중유를 이듬해부터 전면 보급한다는 내용이다. 미세먼지, 온실가스 감축 등 환경 개선과 에너지 전환에 이바지하는 게 목표다. 음식점에서 나오는 삼겹살, 닭튀김 기름이나 폐 음식물에서 나오는 기름이 대상이다. 이를 화력발전소 중유를 대체하는 연료로 사용하겠다고 밝혔다.

자유한국당 배현진 대변인이 비판했다. "원전을 포기한 정부가 삼겹살을 구워 전기에 쓰자고 합니다. 지나가던 돼지가 웃겠습니다. 원전을 멈춰 세워도 전력 예비율과 공급에 문제없다더니 이제 삼겹살 기름까지 써야 하는 상황은 아닌지 우려됩니다."

산업부 자료 초점은 음식점 튀김 기름, 축산물 가공에서 나오는 지방 활용에 있다. 양 자체도 많고 모으기도 어렵지 않다. 삼겹살 기름 활용 문구를 포함한 게 문제가 됐다. 하필 이 부분이 눈에 잘 띄는 대목이다.

산업부 자료를 보면 삼겹살 1인분(200그램)을 구우면 종이컵 3분의 1 정도 기름이 나온다. 100인분에 6리터, 1.5리터 페트병 네 병 분량이다. 1만 인분이면 400병이다.

책상에 앉아 계산하면 답은 나온다. 문제는 실현 가능성이다. 실제 사용할 만큼 모으려면 인력과 예산, 시간이 많이 들 게 뻔했다.

정부가 국민에게 어떤 일을 하게 하려면 둘 중 하나를 선택해야 한다. 강제로 시키거나 인센티브를 주거나. 삼겹살 기름 모으기는 어떨까. 기름을 모으지 않는다고 식당이나 가정에 과태료를 물릴 순 없다. 강제로는 안 된다.

인센티브로 해결해야 한다. 정부나 협회, 대행업자, 사업자가 사들이는 식이다. 삼겹살 기름 모으기는 귀찮고 지저분하고 위험하다. 값을 많이 쳐줘야 한다. 사업 타당성이 낮다.

문 대통령은 "아무런 감각이 없는 홍보를 한 것이지. 그야말로 좋은 사업인데, 그 하나로 먹칠을 했어요"라고 말했다. 탁상행정식 문구 하나가 좋은 내용까지 갉아먹었다는 지적이다. 작성자는 억울하겠지만.

2019년 1월 7일 티타임에서는 통계청 설명 자료가 문제가 됐다. 문 대통령은 "어처구니없는 것 같다"라고 평했다.

통계청은 전날 가계 동향 조사 현장 조사에 불응하면 과태료를 부과하는 방안을 검토 중이라는 자료를 냈다. 가계 동향 조사는 가구 생활 수준 실태와 그 변동을 파악하려고 실시한다. 조사 대상이 되면 소득과 지출을 매일 가계부에 써야 한다. 안 하던 이에 게는 귀찮은 일이다.

통계청은 "현장 조사 수행을 심각하게 저해하면 합리적인 기준에 따라 과태료를 부과하는 방안을 검토해 나갈 계획"이라고 밝혔다. 이 말은 보통 시민에게 이렇게 들린다. '조사 대상으로 지정된 이가 가계부를 안 쓰면 과태료를 물리겠다.'

문 대통령은 물었다. "이 조사는 기본적으로 국민이 국가를 위해 협조하는 것입니다. 선물을 준다면 몰라도 과태료는 어디서 나온 발상입니까? 국민을 대하는 태도가 협력하는 분께 뭔가 드리는 방식이어야지 으름장을 놔서 응답률을 높이는 건 말도 안 됩니다. 군사 독재 시절에나 있는 일입니다." 언론에 알려졌더라면 '대통령이 격노했다'라는 표현이 등장했을 것이다.

이날 통계청은 "단순 조사 불응 가구에 과태료를 매기는 것은 고려하지 않았고 앞으로도 하지 않겠다"라고 밝혔다.

'공급자 마인드, 서비스 정신 부족' 현상은 엘리트 공무원들에게 많이 나타난다. 국민의 언어가 아니라 전문 용어를 보통의 언중言衆 앞에서도 거리낌 없이 혹은 유세하듯 사용한다. 부러 그러지는 않을 것이다. 그래도 이제는 바뀔 때도 됐다. 언어를 바꾸면 군림하는 관료에서 봉사하는 공복公僕으로 존재가 변모하지 않을까.

"개인적으로
안면도
없는 분이고…"

불간섭 원칙

문재인 정부는 문도 제대로 닫지 못하고 출발한 버스였다. 조심조심 운행해야 했다. 도로 사정은 더 나빴다. 여기저기 구멍이 숭숭 뚫린 얼음판 꼴이었다. 빨리 문을 닫고 좋은 길을 찾아야 했다.

사정은 이랬다. 제대로 된 선거였다면 대통령 당선 이후 취임까지 70일 정도 시간 여유가 있다. 공직선거법 제34조에 '대통령 임기 만료일 전 70일부터 첫 번째로 돌아오는 수요일에 선거를 시행한다'로 돼 있다.

1987년 이후 대통령 선거는 12월 중순에 치렀다. 취임일은 그 이듬해 2월 25일이다. 그 70일 동안 차기 정부를 운영할 막판 채비를 한다.

제19대 대선은 탄핵 심판으로 대통령이 파면돼 치러진 보궐선거다. 문재인 대통령은 당선된 다음 날 2017년 5월 10일 바로 취임했다. 앞으로 헌법이 바뀌거나 재·보궐 대선이 치러지지 않는 한 이 날이 대통령 취임일이다. 대통령직인수위원회(인수위)를 꾸리지 못한 이유다. 개문발차開門發車, 딱 그 짝이었다. 문 대통령은 그에 따른 어려움을 토로했다. 1년 가까이나.

2017년 5월 29일 문 대통령은 수석·보좌관회의를 주재했다. 장관 후보자 결격 사유가 문제가 되던 때였다. 병역 면탈, 부동산 투기, 위장 전입, 탈세, 논문 표절 등 5대 비리다. 이렇게 말했다.

5대 비리를 비롯한 중대 비리 연루자의 고위 공직 임용 배제 원칙이 공정하고 정의로운 사회와 깨끗한 공직문화를 위해서 대단히 중요하다고 생각합니다. 그래서 지나치게 이상적인 공약이었다고 생각하지 않습니다. 하지만 제가 공약한 것은 그야말로 원칙이고, 실제 적용에 있어서는 구체적인 기준이 필요합니다. 사안마다 발생 시기와 의도, 구체적인 사정, 비난 가능성이 다 다른데 어떤 경우든 예외 없이 배제한다는 원칙은 현실에서 있을 수 없는 일이기 때문입니다. 그러나 그렇다고 해서 그때그때 적용이 달라지는 고무줄 잣대가 되어서도 안 될 것입니다. 그래서 구체적인 적용 기준을 객관적이고 투명하게 마련할 필요가 있습니다. 만약에 공약을 구체화하는 인수위원회 과정이 있었다면 그런 점을 감안한 구체적인 인사 기준을 사전에 마련할 수 있었을 것입니다. 그러나 그렇지 못한 가운

데 인사가 시작되었기 때문에 논란이 생기고 말았습니다.

인수위가 있었다면 상세한 인사 기준을 마련하고 인사 후보 폭도 넓힐 수 있었다. 검증 강도도 높일 수 있었다. 이를 못 한 아쉬움이 발언에 녹아 있다.

보름 뒤인 6월 15일 수석·보좌관회의 때였다. 그는 "지금 정부는 비상시국에 인수위원회 없이 출범한 상황에서 국정 공백을 최소화하기 위해 최선을 다하고 있다"라며 "특히 인사 시스템과 인사 검증 매뉴얼이 확립되지 않은 상황에서 조속히 정부를 구성하는 데 온 힘을 모으고 있다"라고 말했다.

6월 27일 첫 국무회의에서 "인수위원회 없이 정부가 출범하고 새로운 내각이 완성되지 못한 상황에서 국정에 공백이 생기지 않도록 협조해 주신 국무위원 여러분께 감사드린다"라고 했다. 7월 19일 국정과제 보고대회에서는 "인수위원회 없이 어려운 여건에서 출발했지만 이제 나라다운 나라의 기틀이 잡혀가고 있다는 보고 말씀을 드린다"라고 했다.

이 정도 이야기했으면 끝날 줄 알았다. 연말인 12월 6일 종교 지도자 간담회에서는 "종교계 지도자 여러분을 청와대에 모시는 게 아주 늦었다. 인수위원회 없이 국정을 시작하다 보니 여러 가지 경황이 없었을 것이라고 이해해 주시면 좋겠다"라고 밝혔다. 취임 1년을 앞둔 2018년 5월 8일 국무회의에서 "인수위원회도 없이 출범해서 여기까지 오는 동안 모두 노고가 많았다"라고 말했다.

'인수위' 없는 정권 교체기?
제목만 있고 내용은 없는 보고서

인수위가 그렇게 중요한가? 모든 어려움이 인수위 때문인가?

그렇지는 않다. 여러 잘못이나 어려움에 한 가지 이유를 대는 이도 더러는 있다. '이게 다 ○○○ 때문이야'라고. 게으르고 대책 없는 변명이다. 입에 발린 변명이 아니라 실제 인식이라면 그 뒤에는 할 수 있는 게 없다.

그런데 '인수위 없는 정부 출범'은 큰일이긴 큰일이었다. 겪어보니 어려움이 이만저만이 아니었다. 인수위의 역할과 기능이 그만큼 중요하다.

임종석 비서실장은 2021년 11월 자신의 소셜미디어에 이렇게 회고했다.

상상도 못 했던 탄핵사태를 뒤로하고 문재인 정부는 그렇게 출발했다. 인수위 기간이 없는 상황을 수도 없이 가정하며 대비했지만, 탄핵받은 정부의 국무위원과 두 달이 넘게 동거하며 초기 국정의 틀을 잡는 일은 생각처럼 쉽지 않았다.

대통령직인수위원회 효시嚆矢는 노태우 대통령 시절로 거슬러 간다. 취임 준비위원회를 구성해 국정과제를 준비하고 인선 작업을 했다. 김영삼 대통령 당선인 시절 대통령직인수위원회가 처음 설치됐다. 이때 설치 근거는 대통령령이다. 노무현 대통령 당선인 시절인 2003년에는 법률로 만들었다.

인수위는 대통령 당선 직후 꾸린다. 임기 시작 이후 30일까지 존속시킬 수 있다.

네 가지 일을 한다. ① 정부의 조직·기능 및 예산 현황 파악 ② 새 정부 정책 기조를 설정하기 위한 준비 ③ 대통령 취임 행사 등 관련 업무 준비 ④ 대통령 당선인 요청에 따른 국무총리·국무위원 후보자 검증이다.

③번 취임 행사 준비는 그렇다 치자. 나머지 세 가지 업무는 국정 운영 준비의 핵심이다. 새로운 정부가 무엇을 국민께 내세울지, 정부는 어떻게 꾸리고 누구를 쓸지 정하는 일이다. 이때 성과가 임기 초반을 좌우한다.

"시간 많을 때 뭐 하고 인수위 타령이냐?"라고 물을 수 있다. 선거 때는 손에 쥔 모든 카드를 내보인다. 취임 직후 할 일과 1년 이내 할 일, 임기 내 마칠 일, 여러 임기를 거쳐야 할 일을 망라한다. 육포, 사탕, 과자, 젤리를 모두 넣은 종합선물세트처럼.

인수위는 일단 나라 사정을 살핀다. 물려받은 곳간을 점검하는 일과 같다. 인수위 일 가운데 ①번이다. 물려받은 자산이 많으면 돈 드는 사업도 일찌감치 시작하면 된다. 그렇지 않다면 돈은 적게 들면서 정책 효과가 높은 일부터 착수한다. 국민이 시급하게 요구하는 일부터 장기 계획까지 순서를 정하는 곳이 인수위다.

대통령 당선인은 인수위 일에 몰두한다. 미래 출발 시점을 기준으로 삼아 그 뒷일을 고민한다. 현안은 현직 대통령과 정부가 맡아서 처리한다. 물론 당선인과 상의하지만.

인선의 큰 그림은 미리 그려놓는다. 그러나 선거를 치르면서 상황이 달라지기도 한다. 검증 과정에서 인선 틀이 바뀌기도 한다. 인수위 때 이를 정리한다.

인수위를 거쳐 일의 맥락을 아는 사람들이 청와대와 정부, 당에 포진한다. 이들이 당·정·청의 모세혈관 역할을 한다. 재난급 상황만 발발하지 않으면 초반 국정은 잘 돌아간다. 당선 직후라 대통령 지지도가 대부분 높을 때이니.

그토록 중요한 연결 부위가 빠진 셈이다. 문재인 대통령은 인수위를 못 열자 대체 방안을 마련했다. 국정기획자문위원회의를 꾸렸다. 대통령령을 제정, 5월 22일 자문위를 출범시켰다. 위원장은 김진표 더불어민주당 의원이었다. 장하성 청와대 정책실장, 홍남기 국무조정실장, 김태년 더불어민주당 의원 등 3인이 부위원장이다. 7월 15일까지 운영했다.

"그럼, 별문제는 없던 것이 아니냐?"라고 반문할 수도 있다. 일이 엉켰다. 순차적으로 진행되지 않았다. 모든 일이 청와대로 몰렸다.

국정과제를 정하는 일도 실시간 속보처럼 진행됐다. 긴 호흡으로 봐야 할 의제는 손을 못 대고 뒤로 밀렸다. 문도 못 닫고 출발한 버스라고 한 이유다.

문재인 대통령이 자주 하는 말 가운데 이런 게 있다. "세상일이 다 좋거나 다 나쁘거나 하지는 않더라." 한 가지 일에도 장단점, 빛과 그림자가 공존한다는 말이다.

인수위 안에는 함정이 있다. '내부 정치'다. 필연이다. 인수위는 태동한 권력의 틀을 짜는 곳이다. 여권의 내로라하는 인물들이 안팎에 모인다.

당선인과 인수위원장이 일의 가르마를 잘 타야 한다. 안 그랬다가 '내 어젠다가 더 중요하다, 그 자리에는 내 사람이 낫다'라는 식의 다툼이 벌어진다. 대통령 임기 중 가장 중요한 첫해를 허비할 수도 있다. 문재인 정부는 인수위가 없으니, 이마저 없거나 적었다.

홍보기획비서관으로 임명돼 처음 출근한 날이 5월 17일이다. 일주일 먼저 와 있던 행정관들이 업무를 보고했다. 직전 정부 비서관실 매뉴얼이라고 내민 보고서는 A4 용지 두 장짜리. 언론 정책, 국정 홍보, 홍보수석실(국민소통수석실) 업무 조정 등이었다.

보고서에 제목만 있고 내용은 없었다. 가격과 음식 사진조차 없는 식당 메뉴판 같았다.

인수위가 있었다면 비서관실 과제가 정리돼 있었을 것이다. 주요 과제의 선후, 대통령 당선인 지시 사항, 여당과 논의 내용 등이다.

'지원하되 간섭하지 않는다'

문재인 정부 첫해에는 국정 홍보비서관이 없었다. 홍보 기획과 국정 홍보 일을 모두 우리 방에서 했다. 어떤 날은 내게 참석하라고 통보된 회의가 열네 개였다. 나는 분신술을 못 한다. 몇몇 회의에는 불참 통지하거나 담당 행정관을 대신 보냈다.

이따금 수석이나 비서관이 섭섭해했다. "우리 일은 중요하지 않습니까?" 그건 아니었지만, 선택해야 했다. 무슨 일이 급한지.

우리 방 일도 쌓여갔다. 진도가 안 나갔다.

방 식구들과 우선순위를 정했다. 인선이 시급했다.

홍보기획비서관실은 언론 관련 기관을 담당했다. 가장 주목받는 자리가 방송통신위원장이다. 방송과 통신이라는 두 분야의 정책과 제도를 좌우한다.

방통위원장은 어떻게 마음먹느냐에 따라 공영 방송사 사장을 골라 앉힐 수 있다. 언론의 색깔과 방향을 결정할 수도 있다. 소위 '방송 장악'의 핵심인 자리다. 정권이 바뀔 때마다 총리나 기재부 장관 못지않게 관심을 받는다.

이명박 대통령은 최측근 최시중 씨를 임기 첫 방통위원장에 앉혔다. 박근혜 대통령도 친박계 인사인 이경재 전 의원을 앉혔다. 국회에서는 방통위원장 청문회와 청문 보고서 채택을 놓고 늘 거센 다툼이 벌어졌다.

임기 첫 방통위원장 후보군을 윤영찬 국민소통수석과 협의했다. 윤 수석이 문 대통령께 보고했다. 한 달여 동안 가타부타 답이 없었다.

2017년 7월 첫 방통위원장 후보가 지명됐다. 이효성 성균관대 신문방송학과 명예교수다. 그는 선거 캠프에서 활동하지 않았다. 학계와 시민사회에서 방송 개혁 문제에 천착해 왔다.

여당에서 문의 전화가 왔다. 항의, 질책이 반쯤 섞여 있었다. "우리 사람입니까?"

야당은 '노무현 정부 시절 방송위원회 부위원장 출신으로 언론과 방송을 염두에 둔 코드 인사'라고 비판했다. 대통령 측근이나 캠프 출신 인사가 지명됐으면 어땠을까. '방송 장악 의도'라면서 반발 강도를 높였을 게 뻔했다.

김대중 대통령 때부터 민주당 정부에 뿌리내린 언론과 문화 부문의 원칙이 있다. '지원하되 간섭하지 않는다.' 당연한 말이다. 누구도 대놓고 "언론을 장악하고 문화 전쟁을 벌이겠다"라고 말하지 않는다. 그러지 말아야 한다.

2017년 10월 15일 부산국제영화제 간담회가 열렸다. 문 대통령 인사말이다.

근래에 와서 여러 가지 정치적 영향 탓에 부산영화제가 많이 위축됐다고 해서 아주 가슴이 아팠습니다. 지금도 많은 영화인들이 참여를 하지 않고 외면하는 현실이고요. (…)

도종환 문화체육관광부 장관께서 최대한 지원하겠다고 약속을 하셨는데, 저는 거기에 더해서 '지원을 최대한 하되 역시 간섭하지 않는다, 영화제 운영을 전적으로 영화인들의 자유와 독립에 맡겨드리겠다'는 약속까지 함께 드리겠습니다.

원칙을 말하기는 쉽다. 실천하기가 힘들다. 안 하면 손해 보는 듯할 때 더 그렇다. 문재인 대통령은 밀고 나갔다.

간섭하지 않는다는 원칙 표명에서 한 발 더 나갔다. 불간섭을 공표했다. 2017년 8월 8일 방통위원장 임명 때 일이다.

임명장 수여식이 끝나고 바로 옆 환담장으로 자리를 옮겼다. 문 대통령이 이효성 위원장에게 말했다. "개인적으로 안면도 없는 분이고, 그런 분을 방통위원장으로 모신 것은 방송의 정치적 독립을 유지해야겠다는 생각이었습니다. 방송 독립성을 보장해 주고 그런 가운데 언론의 자유가 회복될 수 있도록 이 위원장이 각별히 노력해 주십시오."

발언을 쉽게 풀면 이렇다. '나는 이 위원장을 잘 모른다. 그런 사람을 그 자리에 앉혔다. 내겐 방송 장악 의도가 없다.' 임명 행위와 덕담을 통해 우회해서 표시한 게 아니라 공식 석상에서 명확하게 공표한 셈이다.

오해 여지를 남기지 않는 명확한 의사 표시는 리더의 의무다. 그래야 업무에 혼선이나 차질이 빚어지지 않는다.

잘 안되는 이유? 결심을 굳히지 못하거나, 자신 없을 때, 혹은 책임을 회피하려고 두루뭉술 말하기 때문이다.

문 대통령은 이렇게 강조했다. "지난 10년간 우리 사회에서 무너진 게 많은데 가장 심하게, 참담하게 무너진 부분이 특히 공영방송 쪽이 아닐까 싶습니다. 무너진 공공성, 언론의 자유를 회복하는 것이 중요한 과제 중 하나가 아닌가 합니다. 지난 정권에서 방송을 정권의 목적에 따라 장악하려고 하다가 많은 부작용이 있었습니다. 이제는 방송을 정권이 장악하려는 일이 다시는 되풀이되지 않아야 합니다."

문 대통령 발언은 가이드라인이 됐다. 정부와 여당, 담당 공무원, 방송·통신·언론·문화 업계 관계자들에게 말이다. 설마 했는데 '불간섭'을 공표한 데다 서로 서먹서먹한 사이인 인사를 방통위 수장에 앉혔다. 행동으로 보여준 셈이다. 이보다 더 강한 메시지는 없다.

이효성 위원장이 교수 시절부터 주장해 온 게 있다. '국민 대표성이 있는 인사가 공영방송 사장으로 뽑혀야 한다.' KBS와 MBC 사장을 뽑을 때 이를 반영했다. 청와대가 낙점하면 방통위가 승인하던 예전 방식에서 벗어났다.

KBS 사장 선출 과정에서 시민자문단 의견을 40퍼센트 반영했다. MBC에서도 후보자 정책설명회를 인터넷 생중계하고 온라인으로 시민 의견을 받아 최종 면접에 반영했다.

MBC는 최승호 PD가 2017년 12월에, KBS는 양승동 PD가

2018년 4월에 각각 사장이 됐다. 두 사장 모두 선거 캠프와 무관했다. 방송 장악이나 간섭은커녕 의견도 함부로 내지 못했다. 자신들이 보기에 과하다 싶으면 "청와대에서 간섭한다"라고 공개 비판할 이들이었다.

또 다른 시급한 과제가 있었다. 해직자 복직이다. 공정 방송을 요구하며 파업을 벌였다가 해직된 지 10년 가까이 된 이들이 있었다. 내가 잘 아는 동료 기자도 여럿 있었다. MBC에서 나중에 사장이 된 박성제 기자 같은 이들이다. 문 대통령은 당 대표와 대선 후보 시절 이들 복직에 강한 의지를 보였다.

여러모로 검토했다. 방통위를 통해 방송사에 빠른 복직을 독려하는 방법이 있다. 그러나 이는 '불간섭' 원칙을 훼손하는 일이다.

방송사 스스로 해결해야 한다. 해임 또는 파면을 취소하는 방식이다. 해직자들은 빠른 처리를 원했지만, 절차를 건너뛸 수는 없었다. 해직은 잘못된 방식으로 이뤄졌다. 그랬기에 복직 절차는 정당해야 했다.

YTN 해직자들은 노사 협의를 거쳐 2017년 8월 28일 다시 출근했다. 회사에서 쫓겨난 지 9년 만이었다. MBC 해직자 문제도 노사 협의로 5년 만에 해결됐다. 12월 11일 복귀했다.

하나씩 일을 정리하자 안전 운행이 시작됐다. 엔진이 돈 지 반년 만의 일이다.

"백두산 천지에 가져간
그 물이 생수예요,
생수"

언론 대응 분투기

김대중, 노무현, 문재인 대통령의 공통점. 임기 초반 짧은 밀월 기간을 제외하고 언론으로부터 힐난에 가까운 비판을 받았다. 보수신문, 보수신문보다 더 보수적인 경제신문들이 비난을 주도했다. 노무현 대통령은 허니문이 없다시피 했다. 오죽했으면 "편지 100통을 써도 배달부(언론)가 전달을 안 한다"라고 한탄했을까.

문 대통령에게는 비판자가 늘었다. 이명박 정부 때 만들어진 보수 종합편성채널이다. 다양한 각도와 이슈로 공격이 들어왔다.

모든 권력자는 언론이 적대적이라고 여긴다. 권력 감시와 비판은 언론의 역할이자 존재 이유다. 이 기능을 하지 못하면 언론이 아니다. 소식지, 동호회지에 불과하다.

그런데 특정 정파에는 객관적(어떤 때는 우호적)이고 다른 쪽에는 시종일관 적대적이라면 이야기가 달라진다. 해설가 혹은 심판인 언론이 한쪽 편을 위해 선수로 뛰는 셈이다. 아니면 한쪽이 만만하거나.

문 대통령은 2012년 책 『사람이 먼저다』에서 언론 문제를 이렇게 썼다.

정부와 언론은 소통과 긴장이라는 두 가지의 관계를 통해서 균형감을 가져야 합니다. 먼저 합리적인 소통이 이루어져야 합니다. 정부는 언론에 왜곡되지 않은 올바른 정보를 제공하고, 언론을 통제하지 말고 자유를 보장해야 합니다. 언론 역시도 국민들의 목소리가 공정하고 왜곡되지 않게 전달될 수 있도록 노력해야 합니다(231쪽).

정부와 언론의 관계에서 가장 중요한 것은 정부도 언론도 아닌 국민입니다. 정부도 언론도 국민 앞에 섰을 때는 무한 책임을 져야 할 공적인 존재입니다. 정부도 언론도 결코 특정 집단에 사유화되어서는 안 됩니다. 사유화된 권력과 사유화된 언론이 담합했을 때 어떤 결과를 보여주는가를 우리는 이명박 정부에서 똑똑히 보고 있습니다. 정부와 언론은 국민을 상대로 경쟁하는 관계라고 보아도 좋을 것입니다(233쪽).

문재인 대통령은 취임 후 언론 관련 발언을 많이 하지 않았다. 행사 등 계기가 있을 때 내놓는 정도였다. 대통령이 언론에 요구를 많이 할수록 언론 자유는 위축되기 마련이다.

특정 언론을 향해 목소리를 높이면 여러모로 압박된다. 관료들은 힘이 센 대통령이 싫어하는 언론에는 정보를 주지 않는다. 정권 동향을 예의 주시하는 기업들도 그런 매체에는 광고를 잘 안 준다. 광고 통제를 하려는 정부도 있다. 대통령에게 찍힌 매체에는 그런 고생길이 열린다. 당해봐서 안다.

나중에 대통령 힘이 빠지면 양상이 달라진다. 관료들은 정부에 비판적인 매체에 슬금슬금 정보를 주며 관리하려고 한다. 갈수록 비판적 매체의 특종 기사가 많아진다. 기업 광고도 는다. 우습고 어리석지만, 정권 부침에 따라 이 패턴이 반복된다.

대통령이 내부 회의에서 이런저런 언급을 해도 외부 메시지는 신중하게 다뤄야 한다. 문 대통령은 그렇게 했다. 청와대 안에서 회의할 때는 몇몇 언론을 향한 속내를 드러냈지만, 공개리에 말하지는 않았다.

그나마 내놓은 발언도 원론적이었다. 언론 전체를 향한 메시지였다. 핵심은 '각자 선을 지키자'다.

2017년 6월 29일 한국신문협회 창립 60주년 기념식이 열렸다. 문 대통령 영상 축사다.

사회적 의제를 제기하고 공론의 장을 여는 것은 민주주의가 신문에 부여한 권리이자 의무라고 생각합니다. 민주주의는 시민의 참여 없이 존립할 수 없습니다. 신문의 미래가 민주주의의 미래인 이유입니다. 미디어 환경의 변화와 시민 의식의 성장이 우리 신문에 새로

운 도전이 되고 있음을 잘 알고 있습니다. 이 변화의 파고를 넘어 새로운 시대를 열어가고자 하는 신문인 여러분의 노력과 성취를 응원하고 격려합니다. 정부는 언론을 존중하고, 자유를 보장하겠습니다. 정론직필正論直筆의 정신을 지키는 언론인들을 응원하겠습니다.

존중하고 자유를 보장하겠으니 정론·직필하라. 무슨 뜻이겠는가. 신문이 정치판 선수처럼 뛰지 말고 본연의 역할을 하라는 말이다.

방송에도 요구는 같았다. 2017년 9월 1일에는 제54회 방송의 날 행사가 열렸다. 이 행사에도 서면 축사를 보냈다.

국민의 기대와 요구는 간명합니다. 우리 방송이 법이 정의하는 방송 본연의 모습으로 돌아가는 것입니다. 국민 화합과 민주적인 여론 형성, 알권리와 표현의 자유 보호, 공정하고 객관적인 보도, 이를 통한 조화로운 국가 발전은 「방송법」이 규정하고 있는 방송의 공적 책임과 공정성·공익성의 내용들입니다. 「방송법」은 특히 공영방송의 책임과 역할을 중요하고도 무겁게 규정하고 있습니다.

정부의 의지와 철학은 확고합니다. 방송의 독립성과 공영성을 보장하겠습니다. 국민 외의 어떠한 권력으로부터도 자유로울 수 있게 하겠습니다. 국민만을 위해 방송을 만들 자유, 공정한 방송을 향한 방송인들의 열망을 소중히 지키겠습니다. (…)

우리 방송의 본질은 어떠한 힘에도 흔들림 없는 방송, 기울어짐이 없는 불편부당한 방송, 관행이라는 이유로 과거의 불합리를 용납하지 않는 방송일 것입니다. 국민이 신뢰하고 사랑하는 방송, 국민의 편에서 함께 웃고 우는 친구 같은 방송이 되기 위해 함께 노력합시다.

'간섭하지 않는다. 본연의 역할과 책임을 다하라.' 신문에 요구한 내용과 같았다.

언론 관련 정책은 그가 천명한 대로 됐다. 내부 고민은 따로 있었다. 문 대통령과 청와대 참모들은 몇몇 매체가 문재인 정부를 불공정하게 대하고 사실을 왜곡해 전달한다고 봤다. 뭘 해도 좋게 쓰지 않는다고 생각했다.

취임 초기 한 회의에서 문 대통령은 이렇게 말했다. "언론 환경이 워낙 일방적입니다. 청와대에서 하는 일이 언론을 거치면서 똑바로 전달이 안 되는 것 같습니다. 국민에게 직접 알리는 게 필요합니다. 참여정부에서도 그 목표를 가졌는데 성공하지 못했죠."

이런 주문을 했다. "그래도 참여정부 때보다 훨씬 낫습니다. 정부 출범 초기라서 국민 관심도 높고, 소셜미디어로 (잘못을) 바로잡을 수도 있고요. (청와대가 콘텐츠를) 제대로 만들면 이용자를 충분히 확보하는 게 가능합니다. 관제官製로 빠지면 안 됩니다. 대통령 중심이 아니고 수석과 비서관이 (콘텐츠) 주인입니다."

그는 이런 바람도 이야기했다.

재미있어야 하고 팩트 체크도 됐으면 좋겠습니다.

어려운 과제다.

정부의 의지와 철학은 확고합니다.

방송의 독립성과 공영성을 보장하겠습니다.

국민 외의 어떠한 권력으로부터도

자유로울 수 있게 하겠습니다.

2017년 9월 1일, 제54회 방송의 날 행사 서면 축사

거짓말쟁이 청와대?
혼밥 논란, 트럼프 트위터 오역 논란, 삼다수 논란…

문재인 정부와 언론의 불화는 임기 내내 계속됐다. 국정의 방향과 신념을 놓고 충돌했다. 어쩔 수 없다. 그건 자연스러운 일이다. 정부와 언론이 늘 화기애애하다면 그 사회는 위험하다. 나치 치하 독일처럼.

그런데 문재인 정부에서는 가십 같은 일을 갖고 정책과 제도를 비판하는 일이 벌어졌다. 청와대 내부에서는 이를 '침소봉대, 건강 부회'라고 보는 시각이 있었다. 이를테면 '혼밥(혼자 밥을 먹음) 논란'이다. 소소해 보이지만, 쌓이면 타격이 크다.

문재인 대통령은 2017년 12월 중국을 방문했다. 앞서 사드 THAAD(고고도 미사일 방어 체계) 배치 이후 경제 교류가 경색됐다. 중국 관광객이 발을 끊어 명동 거리가 텅텅 비었다. 문 대통령은 남북문제의 주도적 해결 등 한반도 정책 관련 중국 측 지지를 재확인했다. 경제 교류도 재개키로 했다. 다행이었다.

일부 신문이 '문 대통령이 혼밥한다'라고 썼다. 이를 한국 홀대론으로 연결했다. 다른 매체도 따라갔다. 심층보도까지 나왔다. 한국 외교 역량이 부족한 데다 중국에 지나치게 저자세라고 꼬집었다. 보도는 양국 간 의제와 회담 성과 평가보다 '혼밥 프레임' 안에서 맴돌았다.

중국 매체는 문 대통령이 중국식 꽈배기 먹는 사진에 '서민적인 모습을 보였다'라는 설명을 달았다. 당시 맛본 음식이 '문재인 세트'로 출시됐다.

문 대통령은 '혼밥 논란'을 해명할 필요를 느낀 듯했다. 귀국 후 12월 18일 수석·보좌관회의 때다. 기자들이 회의장을 나간 뒤 비공개 회의가 시작됐다. 문 대통령은 "중국 방문으로 다들 고생했고 성과도 좋았는데 홀대니 하면서 폄훼하니까 속상하시죠?"라고 물었다. 이어 "실질 성과가 좋았기 때문에 저절로 인식이 바뀔 것이라고 봅니다. 중국 방문 마지막 날부터 그런 성과를 제대로 설명해서 국민 평가도 많이 바로잡혔다고 생각합니다"라고 말했다.

다음 날 국무회의가 열렸다. 문 대통령은 "(한중) 양국은 경제·무역 채널의 전면 재가동을 포함하여 정치·안보 등 모든 분야에서 교류·협력을 정상적으로 추진해 나가기로 합의하였습니다"라고 설명했다. 이어 "(중국 방문과 정상회담 때) 구체적 사업도 다양한 분야에서 MOU를 체결하는 등 실질적 합의가 많이 이루어졌습니다. 국민께서 이번 방문 성과를 하루빨리 체감할 수 있도록 후속 조치를 신속히 추진하고 각 부문 성과를 적극적으로 홍보해 주기를 바랍니다"라고 말했다.

'혼밥 논란'은 임기를 마친 뒤에도 논란거리로 남아 잊을 만하면 튀어 올랐다.

역사는 되풀이된다. 이번 정부 들어서도 외교 홀대 논란이 벌어졌다. 2022년 9월 윤석열 대통령은 교통 정체 때문에 영국 엘리자베스 여왕 장례식 때 조문하지 못했다. 영국 측 배려를 받지 못했다는 시비가 일었다.

대통령실은 그달 윤 대통령이 유엔 총회 연설 참석차 미국 뉴욕에 가서 한미 정상회담을 한다고 밝힌 바 있다. 정상회담은 불발됐다. 양 정상은 다른 회의에서 마주쳤다. 48초짜리 만남이었다.

외교에서 의전은 중요하다. 의전은 양측 협의의 결정체다. 일을 풀어가는 중요한 도구다. 그 자체가 메시지다. '당신을 최고로 중요하다고 생각한다'라거나 '당신은 귀찮은 존재야', 혹은 '잘 대접해 줄 테니 우리가 요구한 것을 내놓아'라고 직접 말하지 않아도 된다. 의전만으로도 전달된다.

초강대국 사이에 낀 한국으로서는 의전 못지않게 중요한 게 있다. 실질 성과 챙기기다. 너무도 당연한 이 일이 정파와 감정 다툼에다 '내로남불' 태세까지 겹치면 뒷전으로 밀리기도 한다.

영화배우 고故 강수연 씨는 "우리가 돈이 없지 '가오'가 없냐?"라고 했다. 예술인으로서 긍지를 나타낸 말이다. 그러나 외교에서 '가오' 잡으면 안 된다. 대접받기에 신경을 쓰고 '쌍 따봉two thumbs up' 칭찬받기에 매진한다? 귀국 보따리를 뒤져보니 비용 청구서만 남은 사태가 벌어질 수 있다.

2017년 9월에는 외신 오역誤譯 소동이 벌어졌다. 단지 두 단어 때문이다. 이 또한 직접 소통의 중요성을 일깨웠다.

북미 관계는 살얼음판을 걷듯 아슬아슬했다. 북한이 중장거리 탄도 미사일을 발사했다. 도널드 트럼프 미국 대통령은 9월 17일 트위터에 이렇게 썼다.

I spoke with President Moon of South Korea last night. Asked him how Rocket Man is doing. Long gas lines forming in North Korea. Too bad!

해석하자면 '지난밤 (미사일 발사 대응안을 논의하기 위해) 한국 문 대통령과 통화했다. 로켓맨(트럼프 대통령이 북한 김정은 국방위원장에 붙인 별명)이 어떻게 지내는지 물었다. (유엔의 유류 공급 제재 때문에) 북한에서 기름을 타려는 긴 줄이 늘어선다. 딱하다'이다.

연합뉴스는 이 중 마지막 두 문장을 '북한에 긴 가스관이 형성 중이다. 유감이다'로 해석해 보도했다. gas line에는 '주유 대기 중인 자동차 행렬'과 '가스관' 두 뜻 모두 있다. 연합뉴스는 '문 대통령이 지난 6일 러시아 방문을 통해 한국과 북한, 러시아를 잇는 가스관 사업 구상을 밝힌 부분에 대해 부정적 견해를 드러낸 것으로 풀이된다'라고 해설했다.

연합뉴스는 국가 기간 통신사다. 일종의 뉴스 도매상이다. 언론사들은 연합뉴스로부터 기사를 공급받아 자사 매체에 싣는다. 아니나 다를까. 많은 매체가 그대로 받아썼다. 스트레이트 기사는 물론 상보와 해설기사까지 지면을 펼쳤다. 바로잡지 않으면 외교적 파장이 올 일이다. 청와대 고위 관계자는 춘추관 백 브리핑(비공식 브리핑)에서 이렇게 하소연했다.

일부 언론의 보도가 어떨 때는 너무 아슬아슬하고, 외국과 관계가 꼬일 수 있게 하는 지점들이 여러 차례 있었다. 일부 언론이지만, 우리 당국자나 우리 정부, 우리 대통령보다 외신, 외국 당국자의 말을 더 신뢰한다는 느낌을 받았다. 트럼프 대통령 트위터 오보도 대표적 사례다. 제대로 확인하는 시간이 부족했다는 정황은 이해하지만, 언론이 우선해야 할 것은 사실에 대한 정확한 확인과 해석이다. 언론이 왜 이런 오보를 했을까 생각해 보면 뭔가 머릿속에 일부나마 프레임이 있기 때문이지 않나 생각한다. 트럼프 대통령이 우리를 비난할 것이라는 예측, 그에 따른 프레임이 있어서 영어를 잘하는 특파원이 너무나도 쉬운 내용에 오보를 낼 수밖에 없었던 것 아닌가. 단장취의斷章取義라는 말이 가슴에 와닿는다. 필요한 부분만 빼서 마음대로 해석한다는 뜻이다.

오죽했으면 하태경 바른정당 의원은 트위터에 '트럼프 트윗 오역으로 문재인 대통령이 한미동맹을 약화한다고 오해받을 뻔했다. 오역한 언론들은 문 대통령에게 사과해야 할 것 같다'라고 썼다.

누가 봐도 오역임이 분명해, 대다수의 언론은 기사를 수정했다. 사과를 한 곳은 첫 오보를 낸 연합뉴스 정도였다.

일부 언론의 공격 방법은 다양했다. 어디서 그렇게 찾아내는지 감탄이 나왔다. 특히 '생수' 논란을 보면서 든 생각이다.

2018년 9월 20일 문재인 대통령, 북한 김정은 국무위원장은 배우자들과 백두산에 갔다. 문 대통령과 김정숙 여사는 500밀리리터짜리 생수병 물을 절반쯤 천지에 뿌렸다. 이어 천지 물을 생수통에 채웠다.

몇몇 매체가 이를 쟁점화했다. 천지 방문 일정을 남북이 미리 합의해 놓고 극적으로 보이려고 깜짝 방문처럼 포장했다고 봤다. 《조선일보》는 '백두산 깜짝 일정이라더니… 등산복에 한라산 물도 챙겨'라고 보도했다. 기사에 익명의 국책 연구소 관계자가 "이미 백두산에 가려고 서울에서부터 한라산 물을 준비한 것으로 보인다"라고 말했다는 내용까지 넣었다.

청와대에 사실 여부만 확인하면 될 일이었다. 일부러 하지 않았다는 의심이 든다. 익명이지만 고위급 탈북자 A씨와 국책 연구소 관계자 코멘트를 따서 기사에 썼다. 정작 당사자인 청와대 반응은 기사에 들어 있지 않다.

'생수 논란'에 보수신문들이 뛰어들어 따라 쓰기 시작했다. 별것이 아닌 듯하지만, 이런 작은 부분이 모여 프레임이 된다. 이들 매체가 쓴 대로 '깜짝 방문처럼 포장'한 게 맞는다면 문재인 정부는 거짓말을 한 셈이다. 나중에 비슷한 일이 벌어지면 "그것 봐, 저 정부는 늘 거짓말을 해"라는 말이 나온다. '거짓말쟁이' 프레임은 정부에 치명상을 가한다.

내가 아는 한 실상은 이랬다. 방북한 뒤 현지에서 천지 방문 일정이 잡혔다. 9월 중순이지만 백두산 고지대는 춥다. 공군 1호기에 대통령 부부 외투는 늘 비치한다. 나머지 수행원이 문제였다.

국내 한 아웃도어 용품 업체로부터 재킷 200벌을 공급받아 북으로 공수했다. 수행원들이 입은 감청색 오리털 재킷이다.

합수 논란은 대통령도 어이가 없어 했다. 문재인 대통령은 9월 21일 티타임에서 이렇게 말했다. "천지 물 합수合水 기사가 있던데, 아주 단순합니다. 우리가 마시던 물이 제주 삼다수입니다. 아내가 그걸 보고 '제일 조그마한 병을 가져가서 천지에서 합수하면 좋겠다'라고 말했고요. 병을 주머니에 넣고 가서 합수했습니다. 물가 얕은 데서 합수하는데 (김정숙 여사) 발이 젖는 게 아슬아슬해 보여서 '내가 해주마' 하고 도와줬습니다. (한라산에서 떠간 물이 아니고 제주 삼다수) 생수예요, 생수."

이 내용을 기자들에게 전달했다. 몇몇은 기사를 고쳤지만, 고치지 않은 곳도 있다. 《조선일보》 기사는 이 글을 마감한 순간까지도 그대로 떠 있다. 반론도 달지 않았다. 이 기사만 읽은 독자는 청와대가 거짓말을 했다고 믿을 수밖에 없다.

불가피하다면 좋은 편향을 지향해야 한다

한국 대통령 가운데 언론 보도에 만족한 이들은 철권으로 통치한 독재자들뿐이다. 탄압으로 기자들의 굴종을 받아냈다. 모두 말로가 비참했다.

언론 비판은 고위 공직자, 특히 선출직이라면 피할 수 없다. 그래도 정도程度의 문제가 남는다. 한쪽은 '쪼찡'하고 다른 쪽은 '조진다'면 잘못이다.

한국 언론에는 일본 잔재가 많이 남아 있다. 용어가 그렇다. 쪼찡은 일본말 조친提燈에서 온 말이다. 밤에 길을 가는 높은 사람을 위해 앞에서 등불을 드는 일 혹은 그 일을 하는 사람을 뜻한다. 앞잡이처럼 칭찬하거나 선전하는 기사를 쓴다는 뜻이다. 조진다는 과하게 비난한다는 말이다.

어떤 매체가 누구에게 편향돼 있는지 어렵지 않게 재볼 수 있다. 같은 사안을 같은 크기와 강도로 썼느냐가 관건이다.

비슷한 대접을 받았는데 누구는 홀대받았다고 조지고, 다른 이에게는 소탈하다고 쪼찡하면 균형을 잃은 보도다. 누구는 지표가 조금만 나빠져도 나라가 망할 듯 쓰고, 누구에게는 나쁜 상황이 지속되는데도 아예 쓰지 않는다. 누구에게는 과실이나 상대적으로 가벼운 범죄를 대역죄처럼 쓰고, 누구는 심각한 범죄도 안 쓰거나 작게 다룬다. 누구는 집이 여러 채라고 물러나라 하고, 누구에게는 집이 몇 채인지 묻지 않는다. 누구는 균형을 맞춰 사면해도 '제 편만 챙긴다'라고 쓰고, 누구는 제 편만 사면하는데도 아예 문제 삼지 않는다. 그게 불공정이다.

사람은 편향되기 마련이다. 똑같은 잣대로 기사를 작성하고 편집하는 일은 기계나 가능하다.

누군가 '나는 완벽하게 중립과 객관을 지킨다'라고 말한다? 거짓말쟁이거나 망상 환자다. 김지혜 작가는 자신의 책 『선량한 차별주의자』에서 이렇게 썼다. "자신이 객관적이고 공정하다고 믿을 때 자기 확신에 힘입어 더 편향되게 행동하는 경향이 있다." 맞는 말이다.

불가피하다면 좋은 편향을 지향해야 한다. 누가 진실을 말하나, 누가 다중의 이익을 위해 일하는가, 누가 소수와 약자 편에 서는가, 누가 우리 아이들의 미래를 걱정하는가. 언론은 그런 이들을 편들어야 하지 않을까. 사주와 광고주 이익뿐만이 아니라.

"제가 금괴를
한 200톤 갖고 있다고
하죠?"

가짜뉴스와의 전쟁

문제 이 말은 누가 했을까? "가짜뉴스를 지속적으로, 또 조직적으로 유통시키는 것에 대해서는 정부가 단호한 의지로 대처해야 할 것입니다."

참고 거의 모든 대통령이 유사한 발언을 했다. 용어와 대응 태도는 달랐지만. 어떤 정부는 바로 공권력을 투입했다. 어떤 정부는 설명과 홍보로 대응했다. 어떤 때에는 감내했다.

정답 문재인 대통령.

문재인 대통령은 정치권에 들어온 이래 가짜뉴스로 고통받았다. 지금도 마찬가지다. 공인, 유명인이 치러야 하는 업보 같은 것이다. 무명씨는 가짜뉴스로 고통받을 일이 드무니까.

가짜뉴스 용어를 놓고 의견이 분분하다. '허위 조작 정보'라고 써야 옳다는 이도 있다. 한편에선 이미 '가짜 뉴스'가 일상 용어로 자리 잡았으니, 사용이 불가피하다고 한다. 나는 전자에 동조한다. 독자 편의를 위해 이 책에서는 후자처럼 쓰겠다.

가짜뉴스는 사실이 아닌 뉴스다. 오보誤報와 겉모습은 같다. 오보는 잘못된 취재나 취재원의 거짓말에 기반한 뉴스다. 언론이 존재한 이래로 늘 있었다. 오보임이 드러나면 기자나 언론사는 이를 수정 혹은 삭제한다.

오보와 가짜뉴스는 구분돼야 한다. 가짜뉴스는 거짓을 양분으로 삼는다. 가짜로 짜낸 뉴스다. 가짜임을 알고 혹은 가짜일 수 있다는 개연성이 있음에도 유통하는 뉴스다. 악의, 고의, 저의를 포함한다. 오보임을 알고도 뉴스라고 계속 주장하면 그땐 가짜뉴스 영역으로 넘어가는 셈이다.

콘텐츠 산업이 커지면서 가짜뉴스는 돈벌이가 됐다. 일부 유튜버, 팟캐스터, 블로거 등 나쁜 콘텐츠 생산자들이 기승을 부렸다. 돈과 명성을 노리고 밑도 끝도 없는 가짜뉴스를 생산·유통했다. 누군가의 불이익 문제가 아니다. 사회 독버섯이 돼갔다.

가짜뉴스에 대처하는 제일 좋은 방안은 시장의 선택이다. 혐오를 조장하고 비윤리적 내용을 버젓이 담은 데다 유해 물질까지 함유한 티셔츠는 안 사면 된다. 그러면 구매자뿐만 아니라 이를 지켜봐야 하는 이들의 심신을 지킬 수 있다. 그런 불량 의류 업체는 결국 시장에서 퇴출된다. 같은 이치로 가짜뉴스 생산자와 매체를 소비자와 수용자가 외면하면 된다. 가짜뉴스 여부는 독자와 시청자가 판단한다. 손해배상 등 책임 추궁은 피해자가 하는 게 맞다. 어찌 됐든 표현의 자유, 언론의 자유 영역이기 때문이다.

세상일이 꼭 그렇지는 않다. 착한 생산자·소비자가 있지만 나쁜 생산자·소비자도 있다. 가짜뉴스로 나쁜 생산자·소비자가 이익을 가로챈다. 착해서 손해를 보고 악해서 이익을 얻으면 안 된다.

가짜뉴스로 선의의 피해자는 말도 못 할 고통을 받는다. 가짜뉴스는 대부분 악담이나 추문醜聞이다. 미담보다 악담이 훨씬 잘 퍼진다. 구제는 즉각 이뤄지지 않는다. 법에 기대면 확정판결이 나기까지 길면 수년간 시달려야 한다. 스스로 목숨을 끊는 이도 있다. 끔찍한 일이다. 정부의 매우 절제된 개입이 필요한 이유다.

가짜뉴스는 위력이 강력하다. 네 가지 이유에서다. 우선 예측 불허다. 언제 어떤 내용으로 공격당할지 알 수가 없다. 대비가 힘들다.

두 번째, 주워 담기 힘들다. 권력자나 유명인의 가짜뉴스가 생기면 '아니 땐 굴뚝에 연기 나랴'는 식으로 퍼진다. 가짜뉴스는 구를수록 살이 붙는다. 점점 고약하게 변질된다.

세 번째, 삼인성호三人成虎, 세 사람이 짜면 없는 범을 만들어낼 수 있다. 더욱이 허위를 방치하면 진짜로 둔갑한다.

네 번째, 가짜뉴스는 진짜 뉴스, 진실보다 더 많이 쉽게 퍼진다. 가짜뉴스 유통에는 상대를 해치려는 생산자, 이를 믿고 싶어 하는 소비자가 개입돼 있기 때문이다.

뉴스는 사실을 전제로 한다. 뉴스 앞에 '진짜'라는 수식어를 써야 한다면 그만큼 오염이 심해졌다는 뜻이다. 아쉬운 정도가 아니라 위험한 지경이다.

가짜뉴스가 발생했을 때 우습게 보기 십상이다. "멀쩡한 사람이 그 말을 믿겠느냐?"

아니다. 믿는 혹은 믿고 싶어 하는 사람들이 있다.

초기 대응이 조금만 늦어도 막기 힘들어진다. 대표적인 예가 '문재인 대통령 가상화폐 보유'다.

평범한 사람들의 가장 비겁한 행동

문재인 대통령 취임 첫해 블록체인 기술이 주목받았다. 미래 기술이며 새로운 먹거리로 일컬어졌다. 우려도 나왔다. 블록체인 기술로 탄생한 가상화폐가 문제였다. '가상화폐는 봉이 김선달의 대동강 물 팔아먹기 같으니 규제해야 한다'라는 것이다. 가치 변동 폭이 커서 폭락 시에 대형 사고로 번질 수 있다. 청와대 내에 이 문제를 다룰 느슨한 형태의 태스크포스TF팀이 꾸려졌다.

하루는 TF 회의에 "문 대통령이 200톤의 비트코인을 보유 중인데, 값어치가 떨어질지 고민한다는 내용이 유포됐다"라는 보고가 올라왔다. 참석자들은 피식피식 웃었다. 가상화폐에 무게가 있다는 말 자체가 황당했다. 나중에 보니 이를 사실로 믿는 이들이 큰 소리로 떠들기 시작했다.

비트코인 200톤 보유설은 문 대통령의 금괴 200톤 보유설에서 유래한 듯했다. 앞서 '대통령 문재인의 구성 성분' 꼭지에서 소개한 바 있다. 2012년 대선 때 문 대통령이 금괴 1000톤을 갖고 있다는 가짜뉴스가 나왔다. 얼마 있다가 보유량이 200톤이라는 이야기가 나돌았다. 가짜뉴스 생산자조차 1000톤은 너무 많다고 생각했나 보다.

200톤이라면 한국의 중앙은행인 한국은행 보유량보다 많다. 한국은행은 2023년 6월 2일 '한국은행 보유금 관리현황 및 향후 금 운용 방향' 자료에서 "금 보유량은 2013년 이후 104.4톤이다"라고 밝혔다. 금 200톤 가격은 2023년 11월 현재 16조 원이 넘는다. 한국 부자 순위 1위에 오르고도 남을 액수다. 문 대통령이 그만큼 가졌다면 더도 말고 한 바가지만 나눠달라고 하고 싶다.

젊은이들은 문 대통령의 금, 비트코인 보유설을 유머 소재로 썼다. 2016년 1월 문 대통령이 더불어민주당 대표에서 물러났다. 당 디지털 미디어국 소속 젊은 직원들은 금화 모양 초콜릿을 퇴직금이라고 선물했다. 행사 장면을 소셜미디어에 게시하면서 "금괴는 댁에 많을 테니 금화를. 대표님 감사했습니다"라는 글귀를 올렸다.

그해 11월 대전지역 대학생들과 시국 대화 행사 때였다. 한 학생이 "금괴왕 진짜예요?"라고 물었다. 문 대통령은 "제가 금괴를 한 200톤 갖고 있죠"라고 말했다. 폭소가 터졌다. 문 대통령은 "그걸로 제가 우리 젊은 사람들 일자리 문제 다 해결해 드릴게요"라고 했다. 환호가 나왔다.

미디어 리터러시가 떨어지는 이들은 곧이곧대로 받아들였다. "문재인이 자백했다. 특검을 해야 한다"라는 주장도 나왔다.

비트코인 200톤 보유설도 마찬가지다. 우습다. 연민도 생긴다. 한편으로 절망적이다. 거짓이 사실을 이기는 현실이라니.

작가 클라이브 스테이플스 루이스는 1952년 소설 『나니아 연대기: 새벽 출정호의 항해』에 이렇게 썼다. '평범한 사람들이 하는 가장 비겁한 행동은 사실에 대해 눈감아 버리는 것'이라고. 사실을 직시하는 일은 실은 용감한 행동이다.

북풍北風식 가짜뉴스도 잊을 만하면 나왔다. 2018년 9월 평양 정상회담 때다. 북측이 송이버섯 2톤을 선물했다. 남측은 화답의 의미로 제주 귤 200톤을 군 수송기로 보냈다. 제주 귤이 풍년이어서 가격이 내렸을 때다.

야당에서 "수송기로 북에 보냈다는 귤 상자 속에 귤만 들어 있다고 믿는 국민이 얼마나 되겠느냐"라는 주장이 나왔다. 정상회담 대가를 보내지 않았느냐는 의혹이었다. 출처도, 증거도 없었다.

남북문제는 폭발력이 큰 데다 여진이 오래간다. 비공개로 진행되는 일이 많아서다. 가짜뉴스가 끼어들 여지가 많다. 국정원 출신 혹은 대북 관련자라고 명함을 뿌리면서 가짜 주장을 내놓으면 진위를 구분하기 어렵다. 분단국가의 숙명이자 고질瘤疾이다. 색깔론에 시달려 온 민주당 쪽에서는 다른 부문보다 즉각 강하게 대응했다.

청와대에서는 기자단에 '달러 북송설'을 부인했다. 여당인 민주당도 공개 부인하며 확산을 막았다. 야당은 이 주장을 오래 끌고 가지 않았다. 그러나 극우 유튜버들은 야당 주장을 근거로 정상회담 대가설을 계속 유통했다. '구독과 좋아요, 알림 설정'을 요구하고 '슈퍼챗과 별풍선' 등으로 금전적 이익을 취했다.

2018년 가을 쌀값이 뛰었다. 북한에 쌀을 몰래 보내 가격이 올랐다는 가짜뉴스가 나왔다.

정부양곡 창고에는 쌀 160만 톤이 보관돼 있었다. 쌀값이 뛸 만큼 반출하려면 몇백, 몇천 포대를 수백 번, 수천 번 몰래 날라야 한다. 어림없는 일이다. 몇십만 포대를 남의 눈을 피해 빼내기란 불가능하다. 그런데도 가짜뉴스는 번졌다. 정부는 10월 전례 없이 정부양곡창고를 언론에 공개했다.

구운 밤에 싹이 돋는다고 해도 믿을까?

'카더라'식 뉴스는 계속 나온다. 정권이 바뀌고 해를 넘긴 2023년

2월 20일 《중앙일보》에 칼럼이 하나 실렸다. 「文정부 靑인사 "성남 공항 통해 달러뭉치 北으로 나갔다"」는 제목이다.

문재인 정부에서는 대북 송금이 한 푼도 없었을까. 이와 관련, 필자는 주목할 만한 말을 들었다. 2018년 세 차례 열렸던 남북정상회담을 전후해 청와대에 근무했던 한 공직자에 따르면 대통령 전용기 등 방북 항공편이 오갔던 성남 서울공항을 통해 북한으로 규정을 초과하는 거액의 달러 뭉치가 반출됐고, 돌아오는 비행기에는 김일성·김정일·김정은 세습 정권 우상화와 공산주의 이념 서적이 가득 실려 왔다는 것이다. 당시 서울공항에는 출입국관리를 담당하는 법무부와 관세청 파견 공무원들이 있었지만, 신고 없이 반출할 수 있는 한도(1인당 1만 달러)를 넘긴 달러 뭉치가 아무런 제지 없이 북측으로 보내졌다고 한다.

기자가 취재한 내용으로 기사를 쓰는 건 문제가 아니다. 취재한 내용이 자기와 친한 측에 불리하다고 안 쓰는 게 문제다. 권력에 맞서는 기사를 쓰기는 쉽지 않지만, 마냥 어렵지도 않다. 어떤 경우에도 진실만을 쓰는 게 어렵다.

그 모든 경우를 고려해도 이 칼럼에는 결함이 있다. 민감한 팩트를 다루는 기사는 '크로스 체크'가 기본이다. 서로 다른, 그러면서도 비슷한 급의 취재원이나 자료를 대조해 보고 검사해야 한다.

해당 칼럼은 '한 공직자'라는 익명의 취재원이 내놓은 주장을 기반으로 썼다. 근거나 증거를 대지 않았다. 다른 취재원이나 당국을 통해 사실을 확인하려고 노력했는지 드러나 있지 않다. 후속 보도도 없다.

두 번째, 반론이 없다. 논란이 예상되는 기사에는 반론을 달아줘야 한다.

상대방이 "터무니없는 이야기"라고 하고 전화를 뚝 끊었다고 치자. 그러면 '청와대 관계자는 터무니없는 이야기라고 일축했다'라고 써야 한다. 여러 차례 취재했는데도 아예 응하지 않을 때도 있다. 그럼 '거듭된 취재에도 답하지 않았다'라고 쓴다. 이 칼럼에는 기자가 상대방에게 반론의 기회를 준 자취가 없다.

이 두 가지는 수습기자 시절에 배운다. 기사 내용이 그럴듯해도 크로스 체크와 반론이 없으면 교육 담당 선배에게 혼쭐난다. "기본이 안 됐어"라고.

지금도 이 칼럼은 온라인에 그대로 떠 있다. 소셜미디어에 꽤 공유돼 있다. 공유한 이들은 칼럼을 문재인 정부의 이적성을 비난하는 근거로 삼고 있다.

고마워해야 하나. 문재인 정부 능력치를 지나치게 높게 잡았다. 음모론에 등장하는 '그림자 정부'만큼 뛰어나다고.

이유는 이렇다. 거액의 달러 뭉치와 이념 서적을 '비행기 가득' 실어 나르는 게 불가능하지 않다. 전제가 있다. 관련된 이들 모두를 속여야 한다. 청와대 외교안보실과 비서실, 경호처, 출입 기자단, 법무부 출입국관리소, 관세청, 서울공항, 행정안전부 의전실 등 소속이 제각각인 이들을. 아니면 그들 모두 입을 닫게 하거나. 한국에 그런 정부는 있지도 않았고 앞으로도 없다. 2022년 7월 대통령 전용기에 수행원이 아닌 민간인이 탔던 사실도 탄로가 나는 세상이다. 정권이 바뀐 뒤 맹활약 중인 감사원이 뛰어들어 파헤치면 혹시 뭔가(?) 나올지 모르겠다.

이런 가짜뉴스를 볼 때마다 고려속요 「정석가」가 떠오른다. 이 대목이다.

'모래 벼랑에 구운 밤 다섯 되를 심습니다. 그 밤이 움이 돋아 싹 나고서야 님을 이별하겠습니다.'

불가능한 사실을, 그것도 하나가 아닌 여럿을 전제로 제 주장을 내세운다. 재미있어야 하지만, 섬뜩하다. 이런 내용을 철석같이 믿는 사람들이 있어서다.

문 대통령은 악의를 지닌 가짜뉴스에 강력하게 대처해야 한다는 견해를 피력했다. 2019년 1월 8일 국무회의에서 문재인 대통령은 이렇게 말했다.

정부 정책을 부당하게 또는 사실과 다르게 왜곡하고 폄훼하는 가짜 뉴스 등의 허위정보가 제기되었을 때는 초기부터 국민께 적극 설명해 오해를 풀어야 합니다. 가짜뉴스를 지속적으로 또 조직적으로 유통시키는 것에 대해서는 정부가 단호한 의지로 대처해야 할 것입니다. 요즘은 정보의 유통속도가 매우 빠릅니다. 특히 가짜뉴스

등 허위조작 정보는 선정성 때문에 유통속도가 더욱 빠릅니다. 초기 대응이 매우 중요하다는 것을 특히 유념해 주기 바랍니다. 효과적인 대응 방법과 홍보 방법에 대해서도 고민할 필요가 있습니다. 각 부처별로 전문성 있는 소통·홍보 전담 창구를 마련해 주기 바랍니다.

지시 사항을 정리해 보면, '지속·조직적 유통에는 단호하게 초기에 대처'토록 했다. 그러나 수사나 압수수색 등 고강도 공권력 동원이 아니라, 정보통신망법에 따른 정보 차단이나 삭제 등 제한적 대처 정도였다. 또 '국민께 설명, 소통·홍보 강화'에 방점을 찍었다.

문 대통령은 모든 가짜뉴스를 정부가 강력하게 대처할 대상으로 꼽지 않았다. 문제로 짚은 가짜뉴스는 뭘까. '이낙연 총리의 북한 지도자 충성 맹세'처럼 전제 조건이 있다. '사실관계가 다툼의 여지 없이 확정됐을 것, 실질적 피해가 발생할 것, 거짓임을 알고도 고의로 퍼트릴 것' 등이다.

앞서 썼듯 자신을 향한 '금괴 200톤 보유설'이 터무니없다는 점은 누구보다 잘 알고 있다. 그런데도 강력 대처 대상에 넣지 않았다. '내가 알기에 여지없는 가짜뉴스'지만, 그렇게 생각하지 않는 남들이 있다. 즉, 사실관계가 다툼의 여지가 없이 확정되지 않았기 때문이다. 세상에서 가장 어려운 일은 '있지도 않은 죄를 없다고 증명하기'다. 또 본인 일이니, 제척除斥 대상이라고 본 듯하다.

하지만 이낙연 총리 충성 맹세는 방명록이 근거다. 북한 지도자가 아니라 베트남 전 지도자를 향해 썼다는 사실은 확정돼 있다. 이것까지 위조됐다고 주장하면, 더 할 말은 없지만.

논평이 마음에 안 든다고 가짜뉴스로 낙인찍어 처벌하면 표현의 자유와 양심의 자유가 위축된다. 정해진 수순이다. 법원도 거짓임을 알고도 퍼뜨렸거나 사적 이익을 추구하기 위해서가 아니라면 가짜뉴스(허위에 의한 명예훼손)라는 주장을 잘 받아들이지 않는다.

가짜뉴스 대응은 주로 방송통신위원회 과제였다. 가짜뉴스가 나도는 공간이 방통위 담당인 디지털 플랫폼이기 때문이다.

당시 방통위는 요즘과 달리 가짜뉴스에 강하게 대처하지 않았다. 자신들이 가진 칼의 날카로움을 알기 때문이다. 필요한 부분보다 조금만 더 베어내도 '언론탄압'이라고 비난받게 된다.

초기 대응에서 손을 놓은 듯한 모습을 보였다. 이는 일부 콘텐츠 생산자에게 '가짜뉴스를 돌려도 큰 문제가 되지 않는다'라는 인식을 심어준 듯했다. 절제된, 그러나 명확한 대처로 일벌백계—罰百戒 해야 했다는 아쉬움은 남는다.

결론은 간단하다. 가짜뉴스는 뿌리 뽑아야 한다. 여야도, 진보·보수도, 전·현 정권의 문제도 아니다. 진짜냐, 가짜냐만이 기준이어야 한다.

현실은 그렇지 않다. 한국에서 가짜뉴스는 가장 정쟁화된 단어가 됐다. 논쟁은 유불리 여부로 흘러간다. '우리에게 불리하면 가짜뉴스'라는 식이다.

권력, 금권을 가진 이들이 불리한 주장이나 비판에 가짜뉴스로 낙인찍는 일이 흔하다. 논쟁이 일상화된 정치권에서는 가짜뉴스 판별이 정파성을 띤다. 가짜뉴스를 가리는 팩트 체크도 상대방 주장을 정치적으로 대응·반박하는 식이다. 언론도 자신 주장에 유리한 팩트 체크만 해서 결과를 내놓는다. 사실에 대해 눈 감는 꼴이다. 매우 우려되는 부분이다.

정부나 정당이 팩트 체크 역할을 자임하는 것도 바람직하지 않다. 정부 정책에 비판적이거나 다른 정당 지지자라면 아예 믿지 않는다. 팩트를 둘러싸고 정치색만 강화될 뿐이다. 팩트 체크할 근거를 제시하는 선에서 그쳐야 한다. 느리고 답답해 보여도 이게 맞는 일이다.

가짜뉴스를 점검할 때 참고할 만한 내용이 있다. 국제 팩트 체킹 연맹IFCN이라는 곳이 있다. 서울대 언론정보연구소 'SNU 팩트체크' 등 팩트 체크 기관 연대체다.

IFCN은 다섯 가지 원칙에 따라 팩트 체크 인증기관을 승인한다. '비정파성과 공정성, 취재원 투명성, 재정과 조직의 투명성, 검증 방법의 투명성, 공개적이고 정직한 수정'이다. 그런 기관이라면 믿을만하다. 국내 언론사 중 JTBC와 뉴스톱 두 곳이 승인받았다.

정파에 따라 기사를 달리 쓰고 불공정하며 잘못을 수정하지 않는 곳이라면 신뢰를 보류하는 게 낫다.

그런데 SNU팩트체크가 어려움에 빠졌다. 팩트만 나열하면 이렇다. 2023년 1월 여당이 SNU팩트체크를 강한 목소리로 성토했다. SNU팩트체크를 검증해봤더니 윤석열 대통령 등 여권 발언을 집중 검증해 대부분 '가짜뉴스'라는 결론을 내렸다는 것이다. 2023년 8월 포털업체 네이버는 SNU팩트체크에 대한 자금 지원을 중단했다.

정부가 가짜뉴스를 판정하겠다고 팔을 걷어붙였다. 가짜뉴스의 정파성 문제가 노골화한 형국이다. 전직 기자, 청와대 비서관으로서가 아니라 시민의 한 사람으로 우려된다. 그 역풍은 본인들이 감내해야 할 바다.

"친구 같은 대통령으로 남아 국민과 가까운 곳에 있겠습니다"

아쉬운 '광화문 대통령' 공약

서울특별시 종로구 세종로 1번지. 청와대 주소다. 청와대 경내에는 영빈관·비서동·경호동·춘추관·관저·헬기장이 있다. 핵심은 본관이었다. 대통령 집무실과 국무회의가 열리는 세종실 등이 있다.

높은 담장과 빈틈없는 경계, 빡빡한 출입 검사로 보호됐다. 예전에는 청와대를 포털 지도에서 검색해도 땅 경계만 표시됐다. 보안 때문이다. 기자들이 상주하는 춘추관에만 건물명이 표기됐다.

청와대 외곽을 둘러선 경비단 자동 소총에는 인마살상용 실탄이 들어 있었다. 안전장치를 풀고 방아쇠를 당기면 총알은

음속의 몇 배 속도로 날아간다. 경비단은 선글라스와 검은 제복 차림이었다. 그 위용은 당당함을 넘어서 위압적이다. 옆을 지나가면 지은 죄가 없어도 괜스레 목이 움츠러드는 듯했다.

청와대에 구중궁궐九重宮闕, 불통, 제왕적 통치 이미지가 붙은 지 오래다. 군사정권 때는 물론 문민 통치 시대에도 이어졌다. 박근혜 대통령 때 이유 모를 관저 칩거와 측근들의 비상식적인 출입은 부정적 인식을 키웠다.

문재인 대통령은 후보 시절 청와대를 나와 광화문에서 일하겠다고 공약했다. 불통과 차단의 상징 공간에서 벗어나고 싶어 했다. 2017년 4월 24일 광화문 대통령 공약 기획위원회를 출범시켰다. 문재인 후보는 "단순한 장소 이전을 넘어 불통의 시대를 끝내고 국민과 소통하는 대통령이 되겠다"라고 말했다.

5월 10일 대통령 취임사에 그 뜻을 담았다.

권위적 대통령 문화를 청산하겠습니다. 준비를 마치는 대로 지금의 청와대에서 나와서 광화문 대통령 시대를 열겠습니다. 참모들과 머리와 어깨를 맞대고 토론하겠습니다. 국민과 수시로 소통하는 대통령이 되겠습니다. 주요 사안은 대통령이 직접 언론에 브리핑하겠습니다. 퇴근길에는 시장에 들러 마주치는 시민 여러분과 격의 없는 대화를 나누겠습니다. 때로는 광화문광장에서 대토론회를 열겠습니다. 대통령의 제왕적 권력을 최대한 나누겠습니다. (…)

'광화문 시대 대통령'이 되어 국민과 가까운 곳에 있겠습니다. 따뜻한 대통령, 친구 같은 대통령으로 남겠습니다.

이 대목에서 떠오르는 목소리가 있다. 노무현 대통령이다. 그는 이렇게 말했다.

새로운 시대를 열어가는 맏형이 되고 싶었는데 지금 와서 보니 구시대의 막내 노릇을 할 수밖에 없습니다. 새 시대의 첫차가 아니라 구시대의 막차가 될 수도 있습니다.

노 대통령이 2003년 11월 5일 사회 원로 지식인과 오찬 때 한 말이다. 문재인 대통령은 노 대통령이 못다 한 꿈을 이루고 싶은 듯했다. 구시대와 결별하고 새로운 시대를 열고 싶다. 어쩌면 청와대 이전이 그 상징이었다.

'소통으로 통합하는 광화문 대통령'은 새 정부 20대 국정전략 중 두 번째 항목이다. 그만큼 중시됐다.

여민관 3층에 놓인 고동색 원탁

역대 대통령은 청와대 본관 2층 집무실에서 일했다. 비서동에서 500미터쯤 떨어져 있다. 문 대통령이 취임 첫날 결재 서류에 서명하는 장면을 연출한 곳이다. 다른 대통령들도 이 장면을 사진과 영상으로 찍어 언론사에 보도 참고용으로 배포했다.

비서동인 여민관與民館에서 본관까지는 약간 오르막길이다. 성인 걸음으로 집무실 테이블에 닿기까지 7, 8분 정도 걸린다. 한여름 땡볕 아래 비서동에서 본관까지 걸어가면 땀이 뻘뻘 났다. 소지품 검색 등 보안 절차까지 거치면 10분쯤 된다.

물리적 거리도 거리지만 심리적으로 멀게 느껴졌다. 바라다보이는 건물과 보이지 않는 곳을 찾아가는 차이가 그만큼 크다.

청와대 본관에 들어서면 절감하는 게 있다. 공간이 권력이다. 권력을 가진 자가 공간을 지배한다. 공간을 지배하는 자가 권력자다.

당신이 장관이라고 치자. 보고할 일이 있다. 대통령에게 장관실이나 동네 순댓국집으로 오라고 할 수는 없다. 천생 대통령 집무실이나 회의실로 가야 한다. 그것도 사전에 허락받아야 한다.

대통령을 무서워하지 않는 '쓴소리꾼'이라도 마찬가지다. 대면해서 따지려면 집무실로 찾아가야 한다. 그를 방에 받아들일지는 대통령이 정한다.

본관 정문을 들어서면 붉은 카펫이 눈길을 끈다. 고급 호텔에 깔렸을 법하다. 걸을 때 발바닥 충격이 둔해질 정도로 두툼하다.

천장은 높고 계단은 많다. 보통 건물의 두 배는 되는 듯하다. 거길 다 걸어 올라가면 소리가 울릴 정도로 큰 방이 나온다. 집무실이다. 그 방문이 열리기 전에, 이 나라에서 가장 강한 권력자를 만나기 전에 이미 공간에 압도된다.

군주나 독재자가 누리는 공간을 연상해 보면 이해가 쉽다. 높고 넓고 화려한 실내, 육성이 잘 들리지 않을 정도로 큰 테이블, 혼자만 서는 높은 단상.

과거 임명장 수여식 때 대통령과 피임명자 간 거리는 지금보다 멀었다. 설 자리에 작은 스티커를 붙였다. 그 거리에서 임명장을 받으려면 허리를 깊숙이 숙여야 한다. 당연히 대통령보다 피임명자가 고개를 더 숙였다.

노무현 대통령 시절 이 거리를 좁혔다. 서로 묵례하듯 가볍게 숙이면 임명장을 주고받을 수 있다. 그때 청와대 의전비서관이던 서갑원 전 의원은 이 일을 꽤 자랑스러워했다. "어떤 때 보면 임명장 받는 팔이 머리 위로 올라올 정도로 허리를 굽히지 뭐야. 그게 말이 돼? 그래서 거리를 바짝 좁히도록 했어."

문재인 대통령은 화려한 본관 집무실을 취임 첫날 잠깐 이용했다. 이후에는 국무회의나 외국 정상 등 주요 인사 접견 때만 썼다. 짐을 비서동 여민1관 3층에 풀었다. 노무현 대통령 시절 마련한 곳이다.

'여민관'이라는 비서동 명칭은 노무현 대통령 시절 붙었다. '국민과 함께하는'(與民) 곳이라는 뜻이다.

2017년 5월 24일 일자리 상황 전광판을 설치하는 날이었다. 짙은 고동색 원탁이 여민관 3층 집무실 한가운데 놓였다. 문 대통령은 흐뭇한 표정으로 바라봤다.

제가 민정수석 때 사용한 탁자인데 그간 청와대에서 사용하지 않고 보관하던 것을 찾아내 갖다 뒀습니다. 과거에 응접용 탁자나 소파가 놓인 경우가 많았는데, 이런 탁자를 두면 (직급상) 아래위 구분도 없고 실제 자료를 봐가며 일하고 회의하기가 수월해 이걸 선호합니다.

테이블에는 10명 정도가 바특이 좁혀 앉을 수 있다. 티타임 회의가 여기서 열렸다.

여민1관 대통령 집무실 밑 2층에는 비서실장실과 국정상황실, 1층에는 정무수석실 등이 있다. 내가 연설기획비서관이 됐을 때 정무수석실 한쪽에 사무실이 마련됐다.

1관과 마주 보는 여민2관에는 정책실장실 산하 수석실과 민정수석실 등이 자리했다. 1관 옆 건물 여민3관에는 국가안보실과 국민소통 및 시민사회수석실이 있다. 홍보기획비서관 1년여를 여민3관 1층에서 보냈다.

TV 드라마에 등장하는 청와대 사무실은 근사하다. 널찍하다. 푹신한 가죽 소파, 깔끔한 책상과 의자.

다 연출된 장면이다. 실제로는 비좁다. 집기는 낡았다. 내 방에서 새것은 문재인 대통령 로고를 새긴 원형 벽시계와 업무 수첩밖에 없었다.

홍보기획비서관 사무실은 네댓 평쯤 될까. 그 안에서 열 명이 일했다.

사무실 안에 따로 한 평쯤 되는 비서관 방이 있었다. 사무실 구석 두 면에 ㄱ자 형태 간유리로 임시 벽을 세웠다. 나머지 두 면은 콘크리트 벽이다. 창문도 없다. 점심을 건너뛰고 컵라면이라도 먹으면 냄새가 종일 가시지 않았다.

책상, 회의용 탁자가 공간을 빼곡하게 채웠다. 비좁은 그 방에서 대여섯 명이 회의하려고 둘러앉으면 눌러 싼 소풍 도시락 소시지가 된 느낌이었다.

바로 옆 미디어 비서관 사무실도 창 하나 없이 사방이 벽이었다. 그 방 천장에서 쥐가 들락거리는 소리가 들렸다고 했다. 시설팀에 연락해 끈끈이를 설치했다. 상대적으로 젊은 그 방 식구들은 고양이 사진을 몇 장 출력해 벽에 붙이는 '깜찍한' 조치를 취했다.

며칠 뒤 방에 가서 "쥐는 잡았어?"라고 물었다. 막내 직원이 "모르겠어요. 아무 소리도 안 나니까 더 불안해요. 저 위에서 죽은 건 아니겠죠?"라면서 진저리를 쳤다.

민경욱 전 의원은 박근혜 정부에서 청와대 대변인이었다. 그가 국회 운영위원회에서 물었다. "거기 아직도 시설이 열악한가요?" 그나마 대변인실은 한쪽 벽에 창문이 나 있다.

여민2, 3관은 안전진단에서 D등급을 받았다. 예산이 없어 못 고쳤다.

그래도 장점이 있었다. 급해서 뛰면 2, 3분 이내에 대통령과 마주 앉을 수 있었다.

문 대통령은 청와대 개방 범위를 계속 넓혔다. 시민들은 관람을 신청해 여민관 앞을 걸어서 둘러봤다. 행사를 마치고 집무실로 복귀하는 문 대통령과 마주치는 일도 종종 벌어졌다. 환호와 박수가 울리면 문 대통령도 힘을 받는 듯했다. 관람객과 인사하고 함께 사진을 찍었다.

경호원들은 난감해했다. 대통령이 사전 조치 없이 시민과 맞닥뜨리는 건 경호 측면에서 일종의 사고다. 대통령 본인이 나서서 그러니 말도 못 하고 전전긍긍했다. 별일이 벌어지진 않았다.

2018년 5월 14일 대통령 주재 수석·보좌관회의 때다. 문 대통령이 "녹지원 주변에 포장이 안 된 흙길이 있던데요"라고 말했다.

녹지원綠地園은 청와대 안에 있는 정원이다. 잔디를 심고 주위에 나무 120여 종을 둘렀다. 맑은 날 산책하기 좋다. 어린이날, 어버이날 등 야외 행사가 이곳에서 열린다.

문 대통령은 이렇게 말했다. "그 길이 과거 김영삼 대통령이 조깅하던 코스예요. 청와대 관람객 중 휠체어나 유모차 등이 그 길을 갈 때 애로가 있습니다. 날씨가 안 좋을 때 하이힐 신은 분들은 불편하기도 하고…. 비용이 얼마 들지 모르는데 좋은 재료, 탄력감이 있는 포장재로 깔았으면 좋겠습니다." 곧 붉은 우레탄 길이 조성됐다.

'커튼 옮겨 달듯 쉽게 할 수 없는 작업'

문 대통령 취임 후 광화문 이전을 거듭 검토했다. 대통령 주재 회의
나 비서실장 주재 회의에서 검토 내용이 보고됐다. '문제가 있다'라
는 단서가 따라붙었다.

대통령 시설에서 가장 중요한 요소는 안전이다. 대통령에게 어떤
종류의 위해도 일어나서는 안 된다. 위해 요소로부터 차단돼 있거
나, 위해 시도가 있어도 막을 수 있어야 한다.

청와대는 외부에서 접근 자체가 쉽지 않다. 높은 담과 벽으로 막
혀 있다. 검색과 조회, 경호 등 체계적으로 보호되고 있다.

다른 곳에서 그만큼 안전을 도모하려면 경호 조치를 강화해야
한다. 집무실을 광화문 정부서울청사로 옮기면 건물 전체 경호 조
치도 바꿔야 한다. 드나드는 사람은 제한되고 출입 절차는 어려워
진다. ·

광화문 정부청사 인근에는 높은 건물이 많다. 그곳으로부터 시
선과 접근을 차단하려면 집무실에 방탄과 경호 장치를 최고 수준
으로 설치해야 한다.

광화문 청사 인근 시위도 불허된다. 집회 및 시위에 관한 법률
때문이다. 법은 대통령 집무실과 관저, 국회 등으로부터 100미터
이내 장소에서의 옥외 집회 또는 시위를 금지하고 있다.

대통령이 관저에서 광화문 집무실로 출퇴근할 때는 교통이 혼

잡해지기 마련이다. 청와대 헬기장으로 갈 때도 교통을 통제해야 한다.

또 다른 난관도 있다. 보안 시설이다. 컴퓨터를 옮기고 랜선을 까는 차원이 아니다.

청와대 내부에는 유사시 지휘·통제하는 등 극비 시설이 있다. 안에 뭐가 있는지도 기밀이다. 20여 년에 걸쳐 쌓인 노하우로 운영되고 있다. 돈으로 살 수 없는 자산이다.

광화문 대통령 공약은 원래 '즉각 시행'이었다. 2017년 6월 19일 발표한 국정운영 5개년 계획에서 '추진 계획 마련'으로 바꿨다. 미뤄진 셈이다.

반년 뒤 2018년 2월 2일 행정안전부와 과학기술정보통신부 세종시 이전 계획이 발표됐다. 2019년 말 예정이다. 시설 활용 방안으로 대통령 집무실 이전이 다시 테이블 위로 올라왔다. 문재인 대통령은 유홍준 전 문화재청장을 광화문 대통령 시대 위원회 자문위원으로 임명해 검토케 했다.

그 반년 뒤인 2018년 8월 22일 김동연 경제부총리가 국회 예산결산특별위원회에 참석했다. 이채익 자유한국당(국민의힘 전신) 의원이 "대통령 집무실 광화문 이전 공약이 유효하냐"라고 물었다. 김 부총리는 "현재로선 예산이 편성돼 있지 않다"라고 답했다. 이 의원은 "청와대에 보안 시스템이 잘 갖춰졌는데 광화문에 또 예산을 들이는 것은 막대한 비용이 든다"라고 말했다. 사실상 반대의견을 표명한 셈이다.

그 뒤 검토 과정에서 걸림돌이 자꾸 나왔다. 문 대통령도 부정적 견해 쪽으로 기우는 듯했다. 연말 한 회의에서 이렇게 토로했다.

대통령 집무실의 광화문 이전은 공약한 것인데 지금 할 계제인지 의문입니다. '광화문 대통령'은 국민 속에 들어가고 국민과 소통하기 위한 것입니다. 앞서 구중궁궐 같은 청와대 모습을 우리 정부에서는 대폭 낮췄습니다.

경기가 좋으면 어떻게 해보겠는데…. 경제가 어렵다는 이 시기에 추진할 사업은 아닌 것 같습니다. 오히려 적절한 시기가 아닙니다.

그럼 남는 게 청와대 개방과 관저 이전입니다. 청와대 최대 개방은 찬성입니다. 북악산도 다 개방하는 것이 좋습니다. 관저는 솔직히 마음에 안 듭니다. 그러나 공사가 금방 되는 것도 아니고, 공사비만 백 몇십억 원이 듭니다. 경호체계도 새로 구축해야 하고. 이 시기에 해야 할지 의문입니다.

호황이었으면 부담이 덜하겠지만, 아무래도 어렵습니다. 수백억 원이 들어가고, 국민이 보기에도 절실하지 않습니다. 판을 새로 짜고 경호체계도 새로 짜고 그러면 국민이 불안해할 것입니다. 현재 공관은 (경비가) 철통같지 않습니까.

집무실을 옮긴다 해도 (청와대) 헬기장은 그대로 사용해야 합니다. 청와대 내 보안 시설이 있습니다. 유사시 모든 상황을 한자리에서 보고 지휘까지 할 수 있어요. 커튼을 옮겨 달듯 할 수 있는 작업이 아닙니다.

대통령 관저는 집 같지 않다. 규모가 제법 되는 식당과 회의실이 있다. 업무와 주거 공간을 합친 형태다. 편안함, 익숙함을 선호하는 사람에게는 불편할 수 있다. 문 대통령이 "마음에 안 든다"라고 한 이유다.

2019년 1월 4일 유홍준 광화문 대통령 시대 위원회 자문위원은 문 대통령에게 공약 검토 결과를 보고했다. 이어 춘추관에서 기자회견을 했다. "집무실을 현 단계에서 광화문 청사로 이전할 경우 청와대 영빈관과 본관, 헬기장 등 집무실 이외의 주요 기능을 대체할 부지를 광화문 인근에서 찾을 수 없다는 결론을 내렸습니다. 청와대 개방과 집무실 광화문 이전은 광화문 광장 재구조화 사업이 마무리된 이후에 장기 사업으로 검토하기로 했습니다."

문 대통령은 1월 7일 티타임에서 이를 거론했다. 참모들은 저간의 사정을 안다. 그런데도 자신이 직접 설명할 필요를 느낀 듯했다.

출퇴근하는 대통령 모습을 시민이 보면 대통령 문화가 많이 달라지는 의미가 있어 (집무실 이전에) 역점을 두었었습니다. 그런데 이 시기에 그걸 착수할 만한 우선 가치가 있는지 판단해 봐야 합니다. 공약을 안 지킨다고 비난할 수 있지만, 이행하면 한다고 비판할 수도 있습니다.

사실상 공약을 깬 셈이다. 마음에 걸린 듯했다. 1월 22일 국무회의에서 다시 말했다. 김부겸 행정안전부 장관이 행안부 이전 계획을 보고했다. 문 대통령은 이어받아 이렇게 말했다.

이 부분은 제가 차제에 말씀을 한번 드리고 싶습니다. 행안부의 세종시 이전과 연계해서 제가 구상했던 게 대통령 집무실을 광화문으로 이전해서 광화문 대통령 시대를 열겠다는 공약이었습니다. 정부종합청사에 이런 정도 공간이 날 기회라는 게 이런 시기 말고는 없으므로 그 계기에 할 수 있겠다고 생각하고 공약했습니다.

집무실, 비서동을 옮겨도 청와대에 있는 본관이나 영빈관 같은 의전 공간, 헬기장 또는 지하 벙커 이런 시설들은 옮길 수가 없어서 계속 사용해야 합니다. 대통령 집무실과 비서실만 옮겨도 청와대나 북악산은 더 많이 개방할 수 있고, 특별히 경호상 문제나 어려움이 있지 않으며, 출퇴근하는 대통령 모습을 국민이 본다면 대통령 문화를 바꾸는 데도 큰 역할을 하게 될 것으로 생각했습니다.

막상 여러 가지 검토를 해보니 아주 의미 있는 공약이라고 하지만 경제가 엄중하다고 하는 이 시기에 많은 리모델링 비용을 사용해야 하고 그로 인한 행정상의 불편이나 혼란도 상당 기간 있을 수밖에 없습니다. 그런 걸 다 감수하고서라도 꼭 이전할 만큼 우선순위가 있는 과제냐는 점에 국민께서 과연 공감해 주실까 회의적인 생각이 들었습니다.

야당도 집무실 이전을 보류한다는 발표에 공약 파기라고 비판하지만, 막상 이전한다고 하면 '지금이 그렇게 할 시기냐'라고 반대로 비판할 것입니다. 당분간 보류하고 서울시가 추진하는 광화문 재구조화를 봐가면서 다시 판단하겠습니다. 국무위원들이 이를 국민께 공유해 주세요.

공약을 끝내 이행하지 못했다. 3년이 흘렀다. 대통령 집무실 이전은 20대 대선에서 윤석열 국민의힘 후보도 공약으로 내세웠다. 그리고 당선됐다.

문재인 대통령 임기 말 청와대 국민 청원에 '대통령 집무실 이전 반대'가 두 건 올라왔다. 문 대통령은 2022년 4월 29일 청원 답변자로 직접 나섰다.

문 대통령은 이렇게 답변을 시작했다. "개인적으로 청원 내용(청와대 이전 반대)에 공감합니다. 큰 비용을 들여 광화문이 아닌 다른 곳으로 꼭 이전해야 하는 것인지, 이전한다 해도 국방부 청사가 가장 적절한 곳인지, 안보가 엄중해지는 시기에 국방부와 합참, 외교부 장관 공관 등을 연쇄 이전시키는 방식으로 추진하는 것이 맞는지 의문입니다."

그의 말은 이렇게 이어졌다. "차기 정부가 꼭 고집한다면, 물러나는 정부로서는 혼란을 더 키울 수가 없는 것이 현실입니다. 집무실 이전 과정에서 안보 공백과 경호 공백이 발생하지 않도록 하는 데 심혈을 기울이고 있으며 그렇게 하지 않을 수 없는 정부 입장에 양해를 구합니다. 청와대가 한때 구중궁궐이라는 말을 듣던 때도 있었지만, 전체적으로 개방이 확대되고 열린 청와대로 나아가는 역사였습니다. 우리 정부에서도 청와대 앞길이 개방되었고 인왕산과 북악산이 전면 개방되었으며, 많은 국민이 청와대 경내를 관람했습니다."

열흘 뒤 그는 청와대를 나와 고향으로 갔다.

윤석열 대통령은 공약대로 집무실을 옮겼다. 처음에는 청와대에 발길도 하지 않았다. 이제는 영빈관 등을 상시로 이용하고 있다.

이전 비용 등 논란은 계속되고 있다. 윤석열 대통령은 당선인 시절인 2022년 3월 20일 "(이전 비용이) 1조니 5000억이니 하는 이런 얘기들이 막 나오는데 그건 좀 근거가 없다. 496억 원의 예비비를 신청할 계획"이라고 말했다.

실제 비용이 이를 넘어선 지 오래다. 대통령실에 건물을 내준 합참본부 이전에만 3000억 원 가까이 든다고 국방부는 추산했다. 부대 비용까지 합치면 더 늘어날 가능성이 높다.

보안 문제는 바로 현실화됐다. 2023년 4월 미 중앙정보국CIA이 대통령실을 도청했다는 의혹이 제기됐다. 대통령실은 "악의 없는 도청"이라는 희한한 논리를 들어 방어했다. 무슨 월터의 상상력도 아니고, 왜 우려가 꼭 현실이 되는지 모르겠다.

대통령실을 이전했으면 그 이유가 실현되거나, 적어도 추구되어야 한다. 윤 대통령의 대선 공약집에 이렇게 돼 있다.

④ 대통령실 이전을 통해 국정운영의 효율성을 제고하고 제왕적 대통
  령 잔재 청산
  • 정부조직법 및 대통령실 직제(대통령령) 개정을 통한 청와대 해체
    및 조직 개편
  • 기존 청와대 부지는 국민과 전문가 여론 수렴하여 활용 방안 마련

국민의힘 대선 공약집에 자세한 내용이 나온다. '기존 대통령실
은 부처 위에 군림하며 권력을 독점, 제왕적 대통령은 궁궐식 청와
대 구조의 산물'이라고 규정했다. 이어 수석 비서관 폐지, 민정수석
실 폐지, 제2부속실 폐지, 인원 30퍼센트 감축 등 조직 슬림화, 총
리 및 장관 자율성, 책임성 확대, 청와대 해체 및 대통령실 광화문
이전으로 '제왕적 대통령' 잔재 청산 등을 약속했다.

선거가 끝난 뒤 김은혜 당선인 대변인은 "청와대라는 곳이 구중
궁궐로 느껴지기 때문에 들어가면 국민과의 접점이 형성되지 않
고 소통 부재로 흐르는 경우가 많이 있다"라고 말했다.

대통령실을 옮긴 지 1년 반이 지났다. 대통령과 국민의 소통
은 확대됐나? 국정운영에서 권위와 비효율은 제거됐나? 총리와
장관은 자율적으로, 책임 있게 일하나? 제왕적 대통령 잔재는
청산됐나?

그렇게 됐다면 다행이다. 누구나 공언했지만, 못 한 일을 해낸 셈이다. 그게 아니라면 '청와대 탈출'이라는 전시성 이벤트만 남는다. 수천억 원과 20년 넘은 보안 시스템·노하우를 비용으로 치른.

2017년 7월 3일
미국을 방문 중인 문재인 대통령이
영빈관 블레어하우스에서
참모들과 즉석 회의를 하고 있다.
윤영찬 국민소통수석이 의견을 말하자
문 대통령은 두 손을 허리춤에 올리고
그를 바라보고 있다.
당시 청와대 회의에서는 늘 벌어지는,
자연스러운 풍경이다.

ⓒ 청와대 B컷

3장

진심
眞心

언제나 누구에게나
한결같았던

大 : Smart City 개선은 있느냐

"바닥 깔 잡이는 data 이용여...

大 : 저 클라우드 장비. 식으로 좌
여러 기능 맞워서 4라(정부5).
특이건 경쟁?
(넷셋, 특이 많은 거)OK.

광의로 : 클라우드 효과로 봐야?

大 : 3가지 방안. 세심하게 고려하는
가락지나, 중앙정부서 말한
해서 더 해라하면 좋겠다 되는
Smart City化 효과 봐야한다고
한다

"나는 여러분과 유엔이
촛불이 되어주시길
바랍니다"

외교라는 기꺼운 노역

문재인 정부 출범 초기 남북 대치 상황은 심각했다. 시계를 2017년 으로 돌려보자.

북한은 핵 위협을 하고 연일 미사일을 쐈다. 북미 간에 '말 폭탄' 이 오갔다. 북한은 미국 트럼프 대통령을 "살인 악마의 후예, 정신 병자 같은, 미국 늙다리 미치광이"라고 불렀다. 트럼프 대통령은 북 한 김정은 국무위원장을 "꼬마 로켓맨! 병든 강아지a sick puppy('미 치광이'라는 뜻)"라고 맞받았다.

김정은 위원장은 2018년 신년사에서 "핵 단추가 내 사무실 책 상 위에 항상 놓여 있다"라고 말했다. 트럼프 대통령은 트위터에 "내겐 더 크고 강력한 핵 버튼이 있다"라고 맞받았다.

공포가 한반도를 짓눌렀다. 눈썹을 태울 만큼 가까이 번진 불길 같았다.

문 대통령에게 대북 문제는 여러 정책 중 하나가 아니었다. 국민 삶과 한국 미래를 좌우하는 최우선 의제였다. 장기 과제로 미룰 수 없는, 항상 현안이었다. 취임 초부터 대북 문제와 북미 갈등을 풀기 위해 고심했다.

외교관 출신 정의용 청와대 국가안보실장 역할이 컸다. 그는 청와대와 정부 일을 주관하고 조율했다. 미국 허버트 맥매스터 국가안보보좌관 등 백악관, 국무부 인물들과 수시로 접촉했다. 정세가 불안해지면 전화부터 넣었다.

주중 오전 7시 40분 청와대 여민1관 2층 회의실에서는 현안 점검 회의가 열렸다. 임종석 비서실장이 주재했다. 당일 새벽까지 벌어진 일이 보고됐다. 북한이나 미국 동향은 늘 주요 의제였다. 걱정스러운 일이 하루도 빠짐없이 올라왔다.

언론 보도도 먹구름투성이였다. 미 국무부와 싱크탱크 관계자를 인용하는 부정적 보도가 많았다. 유화론보다 강경론이 대부분이었다. 심각한 검토를 한다는 뉴스도 나왔다.

다들 걱정을 많이 했다. 평소 크렘린처럼 입이 무거운 정의용 실장도 '안 되겠다' 싶었나 보다. 조금씩 설명하기 시작했다. 하루는 정의용 실장이 "내가 어젯밤에 맥매스터 보좌관이랑 통화했는데, 그건 일부 전문가 견해이지 백악관 입장은 아니라고 하더라"라고 말했다. 다른 날에는 "알아보니까 그 정도는 아니라던데. 국무부 실무자들이 기존 정책을 되풀이해서 말하는 것이지 트럼프 대통령 생각은 아니야"라고 말했다.

미국 대통령 안보 보좌관 등과 무시로 통화하는 듯했다. 다들 놀라워했다.

어느 날 현안 점검 회의에 정의용 실장이 나오지 않았다. 그다음 날 회의에도 안 나왔다. 누군가 농담조로 말했다. "미국에 가신 거야, 북한에 가신 거야."

주말이 지나고 현안 점검 회의에 정 실장이 나타났다. "실장님, 어디 다녀오셨어요"라고 물었다. 정 실장은 "백악관이랑 국무부 사람들 좀 만나고 왔어요"라고 답했다. 부산 출장 정도 다녀왔다는 투였다.

정 실장은 자세한 사항을 발설하지 않았다. 그가 보는 문건, 만나는 사람은 대부분 기밀이었다. 그의 입에서 나오는 말도 상당 부분은 기밀이다.

문 대통령의 신임은 두터웠다. 특사로 북한에 가서 북한 김정은 국무위원장을 만난 이가 정 실장이었다. 김정은 위원장의 북미정상회담 의사를 미국 도널드 트럼프 대통령에게 브리핑한 사람도 그다. 그는 북미정상회담 진행 과정을 중국 시진핑 주석에게 전했다. 정의용 실장은 2021년 2월 외교부 장관으로 임명돼 문 대통령과 임기를 같이했다.

'평화를 구매하라!'

문 대통령의 임기 초반 대북 정책은 두 번 전환점을 맞는다. 문재인 대통령의 독일 쾨르버 재단 연설과 평창동계올림픽이다.

10년간 싸운 이웃이 있다. 줄리엣의 캐퓰렛 집안, 로미오의 몬터규 가문만큼이나 사이가 나쁘다. 오랜만에 열리는 잔치에 초대해야 한다. 계속 초청했지만, 콧방귀도 안 뀐다. 꼭 불러야 할 이유가 있다. 어떻게 하겠나.

평창동계올림픽 이야기다. 북측은 이명박·박근혜 정권 내내 적대했다. 새로운 정권이 들어섰지만, 고개만 살짝 돌려 쳐다볼 뿐 냉랭했다. 동계올림픽 참가를 요청해도 무응답이었다.

문재인 대통령의 전략은 두 가지였다. 첫째, 열릴 때까지 문을 두드린다. 둘째, 명분을 준다. 중단 없이.

문 대통령은 가는 곳마다 '평창 참가'를 호소했다. 호소할 기회를 일부러라도 만들었다. 문재인 정부 국정 초반의 승부처로 봤기 때문이다.

올림픽이나 월드컵 같은 대형 국제 경기는 국민 마음을 하나로 모은다. 국정 농단으로 생긴 상처에 몰약沒藥이 될 수 있다. 무엇보다 북한을 국제사회로 불러내는 계기로 쓸 수 있다. 북한 참가는 남북 대화와 동아시아 평화 체제 구축의 지렛대가 될 것이다. 스포츠 행사여서 당사자나 주변국에도 부담이 덜했다. 성사만 된다면 남한 분위기 쇄신을 훌쩍 뛰어넘는 가치가 있다.

두 마리 토끼를 잡을 기회다. 흘려보낼 수 없었다.

2017년 6월 24일 무주 세계태권도선수권대회 개막식 때다. 북한 장웅 국제올림픽위원회IOC 위원과 리용선 국제태권도연맹ITF 총재도 방문했다. 문 대통령은 이렇게 호소했다. "평창동계올림픽에 북한 선수단이 참여한다면 인류 화합과 세계 평화 증진이라는 올림픽 가치를 실현하는 데 크게 기여하리라고 생각합니다. 함께하고 계신 국제올림픽위원회와 장웅 위원님의 많은 관심과 협조를 부탁드립니다."

북은 냉소했다. 장웅 위원은 인터뷰에서 "정치를 체육으로써 푼다는 건 천진난만하기 짝이 없다"고 잘라 말했다. 스포츠 교류 제안에도 "한 귀로 듣고 한 귀로 흘려버리면 된다"라고 했다. 그런 보도는 청와대를 무겁게 내리눌렀다.

2017년 7월 6일 문 대통령은 독일 쾨르버 재단 초청 연설에 응했다. 독일은 동서로 분단됐다가 통일을 이뤘다. 분단국가인 한국의 통일, 대북 정책을 제시하기에 최적의 장소였다.

쾨르버 재단은 기업인 쿠르트 쾨르버가 1959년 설립했다. 시진핑 중국 국가주석 등 국가 정상과 정부 수반 초청 간담회를 개최했다. 세계가 주목한다. 북측에 호소하기 좋은 자리다.

문 대통령은 "대한민국의 보다 주도적인 역할을 통해 한반도에 평화 체제를 구축하는 담대한 여정을 시작하고자 한다"라고 선언했다. 평화적인 방식으로 한반도 비핵화를 달성하는 '베를린 평화 구상'이다.

한반도 냉전 구조 해체와 항구적 평화 정착을 위한 5대 정책 방향을 제시했다. ① 김대중 대통령과 북한 김정일 국방위원장의 2000년 6·15 공동 선언, 노무현 대통령과 김정일 위원장의 2007년 10·4 정상 선언 이행 ② 북한 체제를 보장하는 비핵화 추구 ③ 남북 간 합의 법제화 ④ 남북 철도 등 한반도 신新 경제지도 본격화 ⑤ 비정치적 분야 교류 협력 확대다.

"쉬운 일부터 시작하자"라며 4대 실천 과제를 제안했다. ① 10월 4일 이산가족 상봉 및 성묘 ② 북한의 평창동계올림픽 참가 ③ 군사분계선에서 적대 행위 중단 ④ 남북 대화 재개다.

그는 특히 '평창동계올림픽 참여'를 이렇게 호소했다.

스포츠에는 마음과 마음을 잇는 힘이 있습니다. 남과 북, 그리고 세계 선수들이 땀 흘리며 경쟁하고 쓰러진 선수를 일으켜 부둥켜안을 때 세계는 올림픽을 통해 평화를 보게 될 것입니다. 세계 정상들이 함께 박수를 보내면서, 한반도 평화의 새로운 시작을 함께 열 수 있기를 기대합니다. 북한의 평창동계올림픽 참가에 대해 IOC에서 협조를 약속한 만큼 북한의 적극적인 호응을 기대합니다.

문 대통령은 "여건이 갖춰지고 한반도 긴장과 대치 국면을 전환할 계기가 된다면 언제 어디서든 북한 김정은 위원장과 만날 용의가 있습니다"라고 정상회담을 제의했다.

두 달 뒤인 9월 21일 유엔 총회 기조연설을 했다. 각국 정상을 향한 하소연은 이랬다.

여러분, 한번 상상해 보십시오. 고작 100킬로미터를 달리면 한반도 분단과 대결의 상징인 휴전선과 만나는 도시 평창에 평화와 스포츠를 사랑하는 세계인이 모입니다. 세계 각국의 정상들은 우의와 화합의 인사를 나눌 것입니다. 그 속에서 개회식장에 입장하는 북한 선수단, 뜨겁게 환영하는 남북 공동 응원단, 세계인의 환한 얼굴을 상상하면 나는 가슴이 뜨거워집니다. 결코 불가능한 상상이 아닙니다. 그 상상을 현실로 만들기 위해 북한의 평창동계올림픽 참가를 적극 환영하며 IOC와 함께 끝까지 노력할 것입니다.

나는 평창이 또 하나의 촛불이 되기를 염원합니다. 민주주의의 위기 앞에서 대한민국 국민이 들었던 촛불처럼 평화의 위기 앞에서 평창이 평화의 빛을 밝히는 촛불이 될 것이라 믿고 있습니다.

나는 여러분과 유엔이 촛불이 되어주시길 바랍니다.

'상상에 노력을 더하면 현실이 된다.' 품고 있던 비전을 감성 어린 언어로 호소했다.

민주평화통일자문회의(민주평통)는 대통령 직속 자문 기구다. 평화통일 관련 헌법기관이다. 민주평통 전체회의는 청와대나 서울 시내 큰 호텔에서 열렸다. 2017년 10월 31일 문 대통령은 올림픽이 개최될 강릉 아이스아레나 경기장으로 위원들을 불러 모아 제18기 민주평통 전체회의를 열었다. 1987년 민주평통 창설 이래 처음이었다. 문 대통령은 이렇게 호소했다.

평화는 올림픽의 근본정신입니다. 우리 국민은 확고한 평화 의지와 평화를 이뤄낼 능력이 있습니다. 평창의 문, 평화의 길은 북한에게도 열려 있습니다. 북한이 평창을 향해 내딛는 한 걸음은 수백 발의 미사일로도 얻을 수 없는 평화를 향한 큰 진전이 될 것입니다. 남과 북이 올림픽을 통해 세계인과 만나고 화합한다면 강원도 평창은 이름 그대로 한반도 평화와 번창이 움트는 화합의 장소로 거듭날 것입니다.

'핵과 미사일 개발은 제재만 부른다. 평화를 구매하라'는 촉구였다.

북측은 무반응으로 일관했다. 문 대통령은 반년 동안 문을 두드렸다. 외국 정상을 만날 때마다 붙잡고 평창동계올림픽 개막식에 와달라고 초청했다. 흔쾌하게 답했으면 좋겠지만, "일정을 보겠다"라고 유보하는 이들도 있었다.

가망 없어 보여도 도전하기, 반응하지 않는 상대에 호소하기. 쉽지 않다. 무모하고 미련하다는 지적을 받을 수 있다. 절박하고 희망의 끈을 놓지 않는 이들이나 할 수 있는 일이다.

꺾이지 않는 마음

폐쇄적인, 외부를 적대하는 북측에 개방과 대화의 명분을 줘야 했다. 적절한 넛지nudge 혹은 부추김, 체면치레가 필요했다. 문 대통령의 집요한 초대는 이런 전략적 고려 위에서 이뤄진 일이었다.

연말이 됐다. 북한 측 반응이 나올 것 같다는 관측이 나왔다. 2018년 1월 1일 북한 김정은 위원장 신년사를 주목했다. 김 위원장 신년사는 새해 첫날 오전 10시에 나온다.

모두 초조한 마음으로 기다렸다. 조선중앙TV로 김정은 위원장 육성 연설이 나왔다. 미국을 맹비난하는 대목은 여전했다. 연설 후반부에 이르렀다.

남조선에서 머지않아 열리는 겨울철 올림픽 경기 대회에 대해 말한다면 그것은 민족의 위상을 과시하는 좋은 계기로 될 것이며 우리는 대회가 성과적으로 개최되기를 진심으로 바랍니다. 이러한 견지에서 우리는 대표단 파견을 포함하여 필요한 조치를 취할 용의가 있으며 이를 위해 북남 당국이 시급히 만날 수도 있을 것입니다. 한 핏줄을 나눈 겨레로서 동족의 경사를 같이 기뻐하고 서로 도와주는 것은 응당한 일입니다.

그 시각을 기해 청와대와 정부 거의 모든 부처가 바빠졌다.

문 대통령은 다음 날 1월 2일 신년사에서 화답했다. "북한 김정은 위원장이 신년사에서 북한 대표단의 평창동계올림픽 파견과 남북당국회담의 뜻을 밝혀 왔습니다. 평창동계올림픽을 남북 관계 개선과 한반도 평화의 획기적 계기로 만들자는 우리 제의에 호응한 것으로 평가하고 환영합니다.”

　문 대통령은 이어 “정부는 북한 참가로 평창동계올림픽을 평화 올림픽으로 만드는 것은 물론 남북 평화 구축과 북핵 문제의 평화적 해결로 연결할 수 있도록 국제사회와 협력하며 최선을 다하겠습니다”라고 말했다.

　'될 때까지 하라, 안 되면 되게 하라'는 신조가 남을 향해 동원되기도 한다. 싫다는 이를 쫓아다니거나, 어려운 일을 떠넘길 때다. 안 된다. 자신이 해야 한다. 리더로서 앞장서서 계속 두드린다. 꺾이지 않는 마음으로, 대신 무리하지 않고.

　양 정상이 신년사를 주고받은 뒤 남북 관계는 내내 급물살을 탔다. 만나서 회의하고 합의하고 실행하는 일이 이어졌다. 일은 쌓여 갔지만, 기꺼운 노역勞役이었다.

"근사한 식사를
기대했는데
혹시 실망하셨습니까?"

평창동계올림픽

'Everybody's business is nobody's business.' 모두가 해야 할 일은 누구의 일도 아니다. 서로 떠넘기다가 아무도 책임지지 않는다는 속담이다. 학창 시절 조별 과제를 떠올리면 이해하기 쉽다. 사람이 못돼서가 아니라 그저 본성이 아닐까.

국제행사, 협력 과제가 딱 그렇다. 정부 여러 부처와 조직이 함께하는 프로젝트는 리더십이 중요하다. 권한과 책임을 제대로 정립해놓지 않으면 결과는 둘 중 하나다. 많은 경우 사공이 많아 배가 산으로 간다. 아니면 아무도 떠맡지 않아 폐선이 되거나. 평창동계올림픽 때 그랬다.

평창동계올림픽은 정부가 바뀐 지 9개월 만에 치르는 행사였다.

국정 정상화의 상징 같은 이벤트다. 무조건 잘 치러야 했다.

문재인 대통령은 취임 초기부터 올림픽 준비 태세를 꼼꼼하게 챙겼다. 청와대 교육문화비서관실이 점검했다. 좋지 않았다. 아니, 사실은 나빴다. 아주.

임종석 비서실장은 2023년 8월 7일 페이스북에 이렇게 회고했다.

정부 출범 후 곧바로 평창동계올림픽 점검에 나섰을 때, 우리는 큰 충격에 빠졌다. 허허벌판에 주 경기장 공사는 지지부진했고, 올림픽 조직위와 강원도는 교통정리가 안 돼 그야말로 난맥상이었다.

악재가 켜켜이 쌓여 있었다. 국정 농단 사태 직격탄이 덮쳤다.

올림픽 주무 부처는 문화체육관광부다. 태풍이 지나간 바닷가 마을 같았다. 장·차관은 국정 농단 사태에 연루된 의혹을 받아 바뀌었다. 문화계 블랙리스트 사건에 연루된 실·국장이 수사를 받고 인사가 났다. 직원 모두 몸을 웅크리고만 있었다. 부처 전체가 헛돌았다.

올림픽은 정부 예산과 입장권, 광고 판매 수익만으로 못 치른다. 큰 기업이 후원해야 한다. 평창동계올림픽 기업 후원은 2015년 초 시작됐다. 박근혜 대통령이 기업인을 청와대로 초청했다. 대기업들은 8000억 원 이상 후원금을 내기로 했다.

국정 농단 사태가 터지고 기업들이 미르·K스포츠재단에 후원한 게 문제가 됐다. 기업들은 몸을 사렸다. 후원금 집행을 미뤘다. 추가 후원도 하지 않았다.

애초부터 동계올림픽은 하계올림픽보다 주목도가 떨어진다. 얼음, 눈과 관련된 종목만 치른다. 종목이 제한적이니 관중도 적다.

국정 농단 사태까지 겹쳐 국민 관심은 바닥을 기다시피 했다. 정부와 조직위원회 손이 묶여 있었으니 당연한 일이었다. 한반도 긴장을 이유로 외국 정상이 개회식에 불참한다는 소식까지 전해졌다. 전임자 탓을 해봐야 소용이 없었다. 무능을 자백하는 일에 불과했다.

한겨울 올림픽, 지붕 없는 경기장

2017년 늦가을 평창동계올림픽 주 경기장을 둘러봤다. 수석과 비서관, 실무자들이 평창행 버스에 올랐다. 올림픽과 관련 없는 수석과 비서관도 함께 갔다. 전문가가 아닌, 시민으로서 의견이 필요했다.

골조 공사가 진행 중이었다. 경기장 지붕이 없었다. 강원도 한겨울 추위가 어떤지 한국 사람은 다 안다. 이유를 물었다.

"예산을 아끼느라 지붕 없는 경기장으로 설계했다."

동계올림픽이니 추울 수 있다. 관중도 이해한다. 문제는 비상 상황이다. 개·폐막식 때 기온이 영하 20, 30도로 떨어지고 칼바람이 불면? 시간당 수 센티미터의 폭설이 내린다면?

설계 변경은 불가능했다. 원래 구조에 지붕을 씌우면 무게를 버틸지 의문이었다. 허물고 다시 짓기에는 시간이 부족했다.

인근에 지붕이 있는 체육 시설이 있다. 피겨스케이팅, 쇼트트랙, 하키 등을 치른다. 수용 인원이 문제다. 주 경기장에는 4만 명이 들어간다. 다른 체육관은 1만 명 남짓하다.

대책이 뭐냐고 물었다. 핫팩과 무릎담요, 모자, 장갑을 나눠주겠단다.

시설물을 둘러보고 모두 "큰일 났다"라고 입을 모았다. 비상이 걸렸다.

조직 정비가 우선이다. 정부 출범 직후 올림픽을 담당하는 문화체육관광부 제2차관으로 노태강 씨가 임명됐다. 그는 이전 정부에서 찍혀 물러났던 체육 행정 전문가다. 그러나 이 일은 혼자 대처할 수 있는 문제가 아니다.

올림픽조직위원회, 문체부, 강원도 등 따로 도는 조직을 하나로 꿸 리더십이 필요했다. 김수현 사회수석이 문 대통령 앞으로 달려갔다. 그가 청와대 담당 수석이었다.

김 수석은 "어떻게든 사회수석실 차원에서 해보려고 했지만, 안 될 것 같습니다. 여러 수석실에 걸친 문제가 있습니다. 태스크포스가 필요합니다"라고 보고했다.

헤비급 권투 선수였던 마이크 타이슨은 경기 전 사람들로부터 수많은 조언을 들었다. 어떻게 공격해 들어올 것이고, 어떻게 움직일 것이고, 어떻게 춤출 것이고, 어쩌고저쩌고. 타이슨은 이렇게 말해 그들의 잔소리를 잠재웠다.

누구든 계획을 세워놓는다. 입을 처맞기 전까지는. 그러면 쥐새끼처럼 공포에 휩싸여 멈추고 꼼짝달싹 못 한다.

모든 일에는 계획을 세운다. 잘 풀리면 아무 문제가 없다. 플랜B를 세우면 삐끗해도 대처할 수 있다. 심각하게 뒤틀어질 때가 문제다. 계획은 돌아가지 않는다. 꼼짝달싹 못 한다. 그래서 컨트롤 타워가 필요하다. 조율하고 의사결정하고 책임을 질 기구 말이다.

문 대통령도 심각성을 인식하고 있었다. TF 구성안을 재가했다. 김수현 사회수석에게 "내가 해줄 일이 있으면 뭐든 말하세요"라고 했다.

올림픽 같은 큰 행사를 치를 때 혹시라도 생길 돌발 상황은 크게 세 가지다. 수송, 위생, 날씨.

개·폐막식 때 수만 명이 밀집한다. 좁은 도로에 많은 차량이 몰리면 대책이 안 선다. 대회 중에도 체증이 생기면 운영에 차질이 빚어진다. 올림픽 중간에 폭설이 와서 교통이 막히는 일이 벌어질 수도 있다. 적절한 수송 대책이 절실했다.

위생 문제는 별것 아닌 듯해도 행사에 대형 악재다. 실제로 일이 벌어졌다. 노로바이러스 식중독 문제다.

올림픽 개막을 불과 일주일 앞두고 강원도 일대 단체 급식소에서 노로바이러스 의심 증세가 보고됐다. 즉시 격리 및 위생 점검을 시행했다. 큰일이다 싶었다. 올림픽선수촌 내에서 발생한다면 상황에 따라 일부 경기나 전체 일정을 연기하거나 취소해야 한다.

부처와 본부, 지자체 등이 책임 소재를 놓고 싸우고 있었다. "당신들 잘못이다", "우리는 책임 없다", "당신들이 조치하라", "당신들은 왜 끼어드느냐?" 하필 바이러스가 검출됐을 때 만들어 놓은 수백 인분의 식사를 어떻게 해야 할지를 놓고 고민만 하고 있었다.

TF가 개입했다. '남 탓은 나중에, 먼저 대응부터'라고 의사결정을 했다. 식사는 전량 폐기토록 했다. 민간 인력 대신 군 병력을 추가 투입했다. 이는 문체부나 올림픽조직위 차원에서는 할 수 없는 일이다. 국가 행사에 청와대, 아니면 총리실이 컨트롤 타워를 맡아야 하는 이유다.

올림픽 개막 이후에도 위생 점검을 계속했다. 일부 선수와 자원봉사자가 노로바이러스에 감염됐다. 초반에 통제가 이뤄졌고 강하게 대응했기에 확산하지 않았다.

날씨는 끝까지 TF를 힘들게 했다. 플랜B와 플랜C까지 짰지만, 결과는 운명의 손에 달렸다.

대통령의 시간을 차지하려는 경쟁은 늘 치열하다

TF가 꾸려진 뒤 관련 비서관실에서는 자신들 업무와 관련된 아이디어를 짜냈다. 우리 방에서는 외부 홍보 기획 전문가를 구했다. 김주호 전 제일기획 마스터가 물망에 올랐다. PR은 물론 스포츠마케팅, 이벤트 등 다양한 분야를 섭렵했다. 그는 올림픽 조직위 기획홍보 부위원장에 앉았다.

평창동계올림픽 개최 소식을 우리 국민과 세계에 알리는 게 급선무였다. 정부 부처와 공기업 협조를 구해 홍보를 시작했다. 해외 홍보 동영상을 제작, 방영했다. 작은 일 같지만 의미가 있었다. 혼돈을 걷어내고 정부 차원의 발동을 걸었다는 신호다.

강력한 한 방이 필요했다. 대통령을 동원하자. 마침 문재인 대통령도 "올림픽 홍보에 필요한 일은 뭐라도 하겠다"라고 밝힌 바 있다.

청와대에서는 일주일에 한 번 기획조정 회의를 했다. 대통령이 참석할 행사를 선정하고 아이디어를 모은다. 평창동계올림픽 홍보를 위한 대통령 참석 행사를 발제했다.

마침 수도권에서 동해안에 닿는 경강선이 개통될 예정이었다. 해외 관람객을 평창으로 실어 나를 노선이다. 이에 맞춰 대통령 전용 열차, 소위 '1호 기차'의 시민 탑승 행사가 결정됐다.

대통령 전용 열차 내부를 최초로 공개한다. 시민 탑승도 처음이다. 언론이 좋아하는 표현이다. '~하기는 이번이 처음이다.'

열차에 탈 시민 스무 명을 뽑았다. 평창 홍보사이트 '헬로우 평창'에 입장권 인증 사진을 올린 이들 중에서 추첨했다.

시민께 선물을 드려야 했다. 대통령 공식 시계가 첫 후보로 꼽혔다. 지지자들은 이를 문 대통령 애칭 '이니'를 붙여 이니시계라고 불렀다. 가장 인기 있는 대통령 굿즈였다.

청와대에는 통곡의 벽이 있다. 이정도 총무비서관이다. 청와대 살림을 깐깐하게 관리했다. 그가 친 장벽은 높았다. 벽을 넘기 힘들어 통곡한다고 별명이 그렇게 붙었다.

이 비서관은 이니시계를 개수 단위로 관리했다. '낭비하면 안 된다, 가치가 떨어진다'라는 이유였다. 청와대 직원들도 자기 생일 때나 이니시계를 선물로 받을 수 있었다. 2017년 9월 청와대 직원 첫 오리엔테이션에서 한 직원이 "시계 주세요"라고 요청했다. 문재인 대통령은 "시계는 저도 아직 못 받았어요"라고 답했다. 문 대통령은 3개월 뒤 생일 때 시계를 받았다

선물용 시계를 타내는 건 내 몫이었다. 어떤 일을 제안하면 제안자에게 수습할 책임이 돌아간다. 조직의 생리다.

이 비서관에게 사정을 이야기하고 시계를 배정해 달라고 했다. 부정적 답변이 돌아왔다. 대통령 행사이고 대통령도 좋다고 말했다고까지 했다. 그런데도 어렵단다.

비서실장과 수석들 옆구리를 찔렀다. '대통령 행사에 이 정도는 해야 하지 않겠느냐, 그걸 이정도 비서관이 안 된다고 한다.' 이니시

계를 확보했다.

2017년 12월 19일 서울역에서 대통령 전용 열차가 출발했다. 시민들은 문 대통령과 함께 1호 기차를 타고 강릉으로 향했다.

앞서 문 대통령이 시민과 점심을 함께 먹자는 아이디어를 냈다. 메뉴는 그냥 진수성찬이 아니다. 강원도농업기술원이 개발한 강원도 나물밥이었다. 강원을 알릴 음식이다. 대통령 행사에는 작은 부분에도 이렇게 메시지를 담는다.

문 대통령 인사말이다.

헬로우 평창 이벤트에 참가하면서 대통령과 식사에 당첨됐을 때 아마 청와대로 초청돼서 아주 근사한 식사를 할 것이라고 기대했을 것 같은데, 혹시 실망스럽지는 않습니까?

그런데 오히려 이 자리가 더 뜻깊은 것 같아요. 이 열차가 공식 개통되기 전에 대통령과 함께 탑승한 1호 승객, 굉장하지 않습니까? 대통령과 KTX 기차 안에서 함께 식사하는 이런 기회가 있겠습니까? 아마도 전무全無, 그전까지는 한 번도 없었을 것 같고, 앞으로도 영 없다는 법은 없겠지만 좀처럼 깨지지 않을 기록이지 않겠어요? 그래서 오늘 이 자리는 청와대에서 아주 큰 밥상을 받는 것보다 더 귀하고 값진 자리라고 생각합니다.

평창동계올림픽 준비를 착실히 잘하고 있고, KTX 경강선이 22일에 개통되는 등 교통 인프라도 올해 안으로 완비가 될 계획이거든요. 준비 사항은 전혀 문제가 없는데, 이제부터는 홍보와 붐업boom-up이

중요하지 않습니까? 그렇게 중요한 홍보와 붐업에 동참해 주셔서 정말 감사드립니다. 여러분 덕분에 이번 평창동계올림픽과 동계패럴림픽은 온 국민이 함께하는 축제가 될 것이라고 확신합니다.

대통령 시간을 확보하기는 어렵다. 모두 자신이 맡은 분야 행사에 대통령이 참석하길 바란다. 경쟁이 치열하다. 일단 확보하면 알차게 써야 한다. 열차 안에서만 행사 세 건을 치렀다. 시민과 오찬, 언론사 체육부장단 간담회, 외신 인터뷰다.

문 대통령은 강릉 역사에 있는 고속철도 체험형 종합전시관에 들러 건설 과정을 보고받았다. 코레일 직원을 격려하고 기념 촬영을 했다. 자원봉사자 워크숍이 열리는 강릉역사 내 교육실도 방문했다. 강행군이었다.

사달이 났다. 문 대통령은 강릉에서 서울로 돌아올 때 미국 NBC와 단독 인터뷰를 했다. 평창동계올림픽 미국 주관방송사다. 문 대통령은 "한미 양국은 올림픽 기간에 합동 군사훈련을 연기하는 문제를 검토할 수 있다"라고 말했다. 이어 "나는 미국 측에 그렇게 제안했고, 미국 측에서도 (연기를) 지금 검토하고 있다"라고 했다.

한미 연례 군사훈련 키리졸브ᴋʀ와 독수리 훈련ꜰᴇ은 매년 3월 초부터 한 달여 실시한다. 패럴림픽(3월 9~18일)과 일정이 겹칠 가능성이 있다. 그래서 연기하기로 했다. 군사훈련 연기의 여파는 한미는 물론 일본이나 중국 등 관련국을 넘어선다. 국제뉴스로서 큰 특종이다.

NBC 인터뷰 내용을 국내 언론에도 배포했다. 항의가 들어왔다. "중요한 내용을 외신에 먼저 줬다." 앞서 오전 언론사 체육부장단 간담회 때 왜 이야기하지 않았느냐는 것이다.

문 대통령은 평창 행사 이후 열린 수석·보좌관회의에서 이렇게 설명했다. "이 기회에 밝혀둘 게 있습니다. 미국 NBC와 인터뷰에서 독수리 훈련 연기 요청 이야기를 했습니다. 국내 언론은 외신에 이를 먼저 말했다고 하더군요. 평창에 갈 때 국내 언론과 인터뷰했습니다. 그 중요한 질문을 하면 (답변을) 피할 생각이 없었는데, (국내 언론사들은 질문을) 안 했습니다. NBC 기자는 초반부에 질문했고요." 부러 국내 언론을 홀대하지 않았다는 해명이다. 그는 태도와 관련된 시비나 오해는 짚고 넘어갔다. 성격인 듯하다.

'배탈도, 바가지도, 추위도 막아라'

조력자가 나타났다. 김정숙 여사였다. 문 대통령이 하도 '평창'을 외치자, 김 여사가 팔을 걷어붙였다.

2017년 7월 G20 회의가 열리는 독일에 방문할 때다. 김 여사는 평창동계올림픽 마스코트인 수호랑·반다비 인형 30쌍을 챙겨 갔다. 방독 기간 중 만난 사람마다 인형을 선물하며 홍보대사 역할을 했다. 7월 8일 함부르크 시청에서 열린 영부인들과 오찬 행사에 앞서 인형을 나눠주며 함께 사진도 찍었다. 나중에 올림픽 경기가 열릴 때 남편 없이 계속 경기장을 찾았다.

대통령 부부가 열성이니 청와대 직원들도 따랐다. 상황실과 정책실, 국민소통수석실, 자치분권비서관실 등이 달라붙었다. 매일 회의를 열고 현황을 점검했다. 부처, 위원회, 강원도와 실무를 조율했다.

2018년 1월이 됐다. 청와대에 상설 TF를 꾸렸다. 청와대 벙커에 사무실이 마련됐다. 철문과 두꺼운 콘크리트벽이 위압적이어서 놀랐던 기억이 난다.

역시 날씨가 걱정이었다. TF 단장인 김수현 사회수석은 따로 가장 추운 날을 골라 일부러 찾아가서 세 시간을 벌벌 떨었다. 다음 날 아침 회의에서 "어, 생환했어" 하며 걱정스러운 웃음을 지었다.

휴가 때 일부러 평창을 둘러보는 비서관, 행정관도 있었다. 담당이 아닌데도 그들은 KTX 역에서부터 개회식 현장까지 동선을 살폈다. 차량 흐름이 어디서 엉키는지 점검했다. 이렇게 체험한 의견은 TF로 모였다.

TF의 점검 리스트는 점점 길어졌다. 올림픽처럼 큰 행사를 치르면 별의별 일이 다 벌어진다. 행사 자체도 중요하지만, 별건도 주의해야 한다. 앞서 밝힌 노로바이러스 같은 식중독, 전염병은 물론 성희롱, 갑질 등 하나하나에 신경을 써야 한다.

미리 점검 항목을 마련해 놓았다. 올림픽 기사에서 '물의, 논란,

문제, 과제' 같은 내용을 상시로 검색했다. 이들만 잘 처리해도 급한 불은 끌 수 있다.

TF에서 계속 주시했다. 수시로 조직위원회와 문체부, 강원도와 협의했다. 다행히 크게 불거진 건은 없었다.

개막식이 다가오면서 바가지요금 문제가 기사화됐다. 평소에는 10만~20만 원이던 하룻밤 숙박비가 올림픽 기간에 70만 원, 100만 원까지 치솟았다. '한국 바가지'라는 오명을 쓸 판이었다.

조직위를 통해 강원 숙박시설 협회 등에 자제를 요청했다. 강원도는 "세무조사를 할 수 있다"라고 칼을 빼 들 참이었다.

예상 밖의 해결책이 나왔다. 경강선 개통이다. 서울에서 강릉을 두 시간 내로 오갈 수 있다. 굳이 강원 지역에서 묵을 필요가 없다. 숙박 수요가 줄었다. 요금은 떨어졌다.

2018년 2월 3일 밤 8시 개회식 드레스 리허설이 열렸다. 의상과 장비를 모두 챙겨 본개회식과 똑같은 내용, 순서로 진행했다. 청와대 TF도 참관했다. 즐겨야 하지만, 즐겁지 않았다. 매의 눈으로 문제점을 점검해야 했다.

영하 13도, 체감 온도 영하 22도. 간이 방석, 모자, 판초 우의, 핫팩을 받았다. 그래도 추웠다. 젊은이들은 몰라도 중장년은 오래 앉아 있기가 쉽지 않았다.

경기장 관람석 곳곳에 야외용 가스난로가 설치됐다. 앉아 있다가 추우면 난로로 가서 몸을 녹일 수 있게 했다. 관람객들에게 보온에 유의해 달라는 메시지를 수시로 보냈다.

청와대 고민은 따로 있었다. 다른 정상들은 짬짬이 일어나서 난로에 몸을 녹일 수 있다. 문재인 대통령은 행사 동안 꼬박 자리를 지켜야 한다. 자주 길게 자리를 비우면 구설에 오를 판이다.

다음 날 청와대 현안 점검 회의에 추위와 관련된 여러 우려가 보고됐다. TF 단장인 김수현 수석은 굳은 표정이었다. "폐막식 때까지 술도 안 마시며 기도하겠다. 덜 춥도록." 농담이었지만, 그만큼 절실했다.

동장군이 그의 기도를 들었나 보다. 2월 9일 개회식 당일 날씨가 풀렸다. 낮에는 영하 0도였다. 개막식이 열릴 땐 영하 5도 안팎이었다. 맹추위까지는 아니었다. 한시름 놓았다.

'하나된 열정Passin Connected'. 대회 슬로건이다. 입장식 맨 마지막에 남북 선수단이 한반도기를 앞세우고 함께 행진했다. 남북 교류 물꼬가 터지는 상징적 장면이다.

평창동계올림픽은 당시 역대 동계올림픽 사상 최다인 92개국 선수 2925명이 참가했다. 2014년 소치(88개국 2780명), 2010년 밴쿠버(82개국 2566명) 대회보다 많다. 총 15개 종목, 102개 세부 종목에서 선수들이 겨뤘다. 이 또한 역대 가장 많았다.

입장권 판매율은 판매 목표 대비 100.9퍼센트다. 관람객 수는 138만 7475명이었다.

준비 안 된, 무능의 상징이 될 뻔한 행사였다. 모두 달라붙어 성공적인 개최로 이끌었다. 혹한 속에서 자원봉사자들과 강원도민들의 분투는 눈물겨웠다. 국민은 대회 성공을 너 나 할 것 없이 기원해 줬다. 대회 성공의 가장 큰 공은 역시 국민에게 돌아가야 한다.

무엇보다 남북 관계가 급진전됐다. 멈췄던 바퀴가 한번 구르면 힘을 받는다. 다음 한 바퀴, 그다음 한 바퀴는 굴리기 쉽고 빨라진다.

"한 번에 모든 문제를
다 해결하겠다는 마음을
버립시다"

남북정상회담

남북 간 교류와 왕래가 여러 방면에서 진전됐다. 김여정 조선노동당 제1부부장은 평창동계올림픽을 계기로 2018년 2월 10일 청와대를 찾았다. 오빠 김정은 위원장의 구두 친서를 문 대통령에게 전했다. 친서 내용은 '문 대통령을 이른 시일에 만날 용의가 있다. 편하신 시간에 북한을 방문해 주시라고 요청한다'였다. 문 대통령은 "앞으로 여건을 만들어서 성사해 나가자"라고 답했다.

4주 뒤인 3월 5일 남측의 안보 수장 두 명이 방북했다. 정의용 청와대 국가안보실장이 수석 대북 특사였다. 서훈 국정원장이 동행했다. 이들은 조선노동당 본관에 있는 진달래관에서 북한 김정은 국무위원장과 만났다. 남측 인사의 조선노동당 본관 방문은 처음이었다. 남북정상회담 개최를 합의했다.

　방북을 마치고 돌아온 정 실장은 6일 오후 8시 청와대 춘추관에서 브리핑했다. 4월 말 판문점 평화의 집에서 남북정상회담을 연다고 했다.

　정의용 실장은 사흘 뒤 3월 8일 서훈 국정원장과 미국에 갔다. 대미 특사였다. 도널드 트럼프 대통령을 접견했다. 정의용 실장은 "김정은 위원장이 트럼프 대통령에게 가능한 조기에 만나고 싶다고 한다"라며 "직접 만나서 얘기를 나누면 큰 성과를 낼 수 있을 것"이라고 말했다. 트럼프 대통령은 "좋다. 만나겠다"라고 답했다.

　트럼프 대통령은 뜻밖의 제안을 했다. 그는 "여기까지 온 김에 한국 대표가 직접 오늘 논의 내용을 한국 대표 이름으로 백악관에서 발표해 달라"라고 요청했다. 파격 대우다.

　정의용 실장은 백악관 잔디 정원에 섰다. 백악관 출입 기자들 앞에서 영어로 브리핑했다.

Good evening. Today, I had the privilege of briefing President Trump on my recent visit to Pyongyang, North Korea.

안녕하십니까. 오늘 저는 영광스럽게도 트럼프 대통령에게 저의 최근 북한 평양 방문 결과를 브리핑했습니다.

정 실장은 영어로 브리핑을 이어 나갔다. 이런 내용이다.

(…) 저는 북한 지도자 김정은 위원장과 면담에서 김 위원장이 비핵화 의지를 갖고 있음을 언급하였다고 트럼프 대통령에게 말했습니다. 북한은 향후 어떠한 핵 또는 미사일 실험을 자제할 것이라고 김 위원장이 약속했습니다. 김 위원장은 한·미 양국의 정례 연합군사훈련이 지속돼야 한다는 점을 이해하고 있습니다. 그리고 김 위원장은 트럼프 대통령을 가능한 조기에 만나고 싶다는 열망을 표명했습니다.
트럼프 대통령은 오늘 브리핑에 고마움을 표시했고, 항구적인 비핵화 달성을 위해 김정은 위원장과 올 5월 만날 것이라고 했습니다. (…)

백악관 출입 기자들은 일제히 손을 들어 질문권을 얻으려고 했다. 카메라 플래시는 연방 터졌다. 영화 속 한 장면이 따로 없었다. 정 실장은 손을 들어 인사한 뒤 퇴장했다.
3월 12일 정 실장은 중국을 찾아 정상회담 과정을 설명했다. 시진핑 국가주석부터 양제츠 외교 담당 국무위원, 왕이 외교부 장관 등이 정 실장과 면담했다. 시 주석은 "堅氷消融 春暖花開(견빙소융 춘란화개, 단단한 얼음이 녹으면 봄이 따사로워지고 꽃이 핀다)"라는 중국 옛말을 소개하면서 "한반도 상황이 이와 같다. 적극 지지하겠다"라고 정의용 실장에게 말했다.
정 실장은 러시아를 찾아갔다. 블라디미르 푸틴 대통령은 대선을 앞두고 지방 유세 중이었다. 대신 세르게이 라브로프 외무장관 등 고위 관계자들을 만났다. 정 실장은 귀국한 날 기자들에게 "푸틴 대통령의 높은 관심과 적극적 지지 의사를 전달받았다"라고 말했다.

일본에는 서훈 국정원장과 남관표 청와대 국가안보실 2차장이 파견됐다. 3월 12일 고노 다로 외무상을 면담했다. 13일에는 아베 신조 총리에게 방북 결과를 설명했다. 아베 총리는 "문재인 대통령이 특사를 보내서 방북 결과와 방미 결과를 소상히 설명해 준 데 대해 감사를 표한다. 현재의 상황 변화는 그동안 한미일 세 나라가 긴밀하게 공조해 온 결과로 평가한다"라고 말했다.

아베 총리는 삼국 공조를 말했지만, 일본은 대체로 한국과 결을 달리했다. 북한에 강경한 태도를 견지했다. 남북 간 해빙을 기꺼워하지 않는 듯했다.

아베 총리는 2월 7일 일본을 방문한 마이크 펜스 미국 부통령과 회담한 뒤 "북한의 미소 외교에 눈을 빼앗겨서는 안 된다는 데 펜스 부통령과 의견을 일치했다"라고 말했다. 아베 총리는 또 "북한은 핵·미사일 개발을 계속하고 있으며, 문 대통령은 북한의 미소 외교에 눈을 빼앗기고 있다(2018년 2월 14일 중의원 예산위원회)"라거나 "대화를 위한 대화는 의미가 없다(같은 해 4월 9일 참의원 예산위원회)"라고도 했다. 그런 와중에 남북, 북미정상회담이 합의되자 일본에서는 '일본 왕따론'이 제기됐다.

"정부의 대북 정책이 너무 안이한 거 아닙니까?"

남북정상회담 준비에 청와대는 전력투구했다. 문 대통령은 정상회담을 준비하는 이들이 흥분해서 '오버'할까 봐 우려했다.

남북정상회담은 남북만의 의기투합으로 굴려갈 수 있는 사안이 아니다. 주변국 동의가 중요했다. 특히 트럼프 미국 대통령이 "놉 Nope" 하는 순간 회담은 물 건너갈 수 있다. 3월 20일에 열린 남북정상회담 준비위원회 2차 회의에서 문 대통령은 이렇게 말했다.

회담 자료를 준비할 때 우리 입장에서가 아니라 중립적인 입장에서 각각의 제안 사항들이 남북과 미국에 각각 어떤 이익이 되는지, 우리에게는 어떤 이익이 있고 북한에는 어떤 이익이 있는지, 미국의 이익은 무엇인지, 그리고 그 이익을 서로 어떻게 주고받게 되는지 등을 설명하고 설득할 수 있도록 준비해 주시기를 바랍니다.

회담 보름 전 4월 11일 5차 회의에서도 같은 취지로 말했다.

한 번에 모든 문제를 다 해결하겠다는 지나친 의욕으로 접근하기보다는 이번 남북정상회담을 계기로 오랜 기간 단절되었던 남북 관계를 복원하고 평화와 번영의 한반도로 나아가는 튼튼한 디딤돌을 놓는다는 생각으로 임해주길 바랍니다. (…)

남북정상회담 자체의 성공뿐 아니라 북미정상회담의 동반 성공으로 이어지는 유기적 역할을 다할 수 있도록 각별한 관심을 가져주길 바랍니다. 외교부와 안보실 등 관련 부서는 미국과 긴밀하게 정보를 교환하고 소통하고 협의해 주길 바랍니다.

남·북·미 이익의 균형이 맞아야 한다. 남북만 "얼씨구나" 하고 앞서가면 미·중·일이 반대할 수 있다. 그렇다고 그대로 놔두면 한미와 북·중으로 편 갈라 대치하는 교착 상태만 계속된다. 미·일에만 기대면 북·중·러는 더욱 밀착한다. 영리한 계산과 균형 감각은 기본이다. 때에 따라 고구마 화법, 전략적 모호함이 미덕이 되기도 한다. 한반도는 그런 곳이다.

언론 협조도 절실했다. 2018년 4월 19일 문재인 대통령은 언론사 사장단을 청와대로 초청해 오찬 간담회를 했다. 청와대에서 대통령이 언론사 사장단과 만난 건 2000년 이후 18년 만이었다. 김대중 대통령이 남북정상회담을 앞두고 같은 행사를 열었다.

문재인 대통령은 8일 뒤 열릴 정상회담의 묘수를 요청했다. 인사말은 이랬다.

남북정상회담이 일주일 앞으로 다가왔습니다. 이어서 북미정상회담도 열리게 됩니다. (…)

정상회담에 있어서 언론은 정부의 동반자입니다. 저와 정부의 상상력과 해법이 충분하지 않을 수 있습니다. 기대가 큰 만큼 부담도 큽니다. 언론사 대표 여러분의 지혜를 모아주시기를 바랍니다.

47개 언론사 대표 46명이 참석했다. 청와대 풀pool(공동 취재) 기자단이 소속된 곳이다. 언론사 사장들은 한마디씩 조언했다. 이산가족 상봉 같은 구체적 조언부터 북핵 위기 해법 같은 담론도 나왔다. 문 대통령은 사장들 발언을 꼼꼼히 메모했다. 그의 접시는 반 넘게 음식이 남은 채로 치워졌다.

한 경제신문사 대표와는 짧은 설전을 벌였다. 기자 출신인 대표는 문 대통령 대북 정책이 안이하다고 따지듯 물었다. 조언보다 공격적인 질문이 이어졌다. 문 대통령은 "대표님 생각은 무엇입니까. (질문만 하지 말고) 방법을 알려주세요"라고 다시 물었다.

잠깐 어색한 분위기가 연출됐다. '기자는 기자고, 변호사는 변호사구나'라는 생각이 들었다. 한편으로는 그게 정권과 언론의 건강한 긴장 관계가 아닌가 하는 생각도 들었다. 불가근 불가원不可近 不可遠 하는….

육백두 자 발언보다 많은 걸 웅변한 수 초의 침묵

2018년 4월 23일 오후 1시 55분 청와대 여민1관 3층 회의실. 대통령 주재 수석·보좌관회의가 열렸다. 남북정상회담을 나흘 앞뒀다. 실장, 수석, 보좌관, 비서관, 행정관들은 대통령을 기다렸다.

오후 2시. 문재인 대통령이 고동색 집무실 문을 열고 나왔다. 일고여덟 걸음, 착석. 문 대통령은 비서진을 잠시 훑어봤다. 책상에 눈길을 돌렸다. 잠시 가만히 앉아 있었다.

기침 소리 하나 안 났다. 공기는 무거웠다. 시간은 깃털처럼 느리게 가라앉았다.

몇 분 같은 몇 초가 지났다. 문 대통령이 입을 뗐다. 살짝 잠긴 목소리였다.

지난 20일 북한은 핵실험과 대륙간 탄도 미사일 시험 발사 중지를 선언하고 그 실천적 조치로 풍계리 핵실험장의 폐기를 발표했습니다. 남북정상회담과 북미정상회담을 앞둔 북한의 성의 있는 선행 조치로 높이 평가합니다. 전 세계도 일제히 북한의 전향적 조치를 환영하고 있습니다. 트럼프 미국 대통령은 북한과 전 세계에 매우 좋은 소식으로 큰 진전이라고 평가했고, 중국·러시아·일본 등 이웃 국가들도 즉각적인 환영과 지지 의사를 밝혔습니다. 유엔 사무총장도 한반도 신뢰 구축과 평화로운 한반도 비핵화에 기여하는 긍정적 진전으로 평가했습니다.

북한의 핵 동결 조치는 한반도의 완전한 비핵화를 위한 중대한 시작이 될 수 있습니다. 남북정상회담과 북미정상회담의 성공 가능성을 높이는 청신호라고도 할 수 있을 것입니다. 북한이 핵 동결로부터 출발해 완전한 핵 폐기의 길로 걸어간다면 우리는 국제사회와 함께 북한의 밝은 미래를 보장할 것입니다. 북한의 선행 조치로 그 속도가 더욱 빨라지길 기대합니다.

이제 남북정상회담이 나흘 앞으로 다가왔습니다. 군사적인 방법이 아닌 평화적인 방법에 의한 한반도 비핵화와 항구적 평화 구축의 기로에 서 있습니다. 전 세계가 주목하고 있고, 성공을 기원하고 있습니다.

정치권에서도 정상회담 기간까지만이라도 정쟁을 멈춰줄 것을 당부합니다. 남북과 북미 간으로 이어지는 정상회담의 성공을 위해 다 함께 힘을 모아주시기를 바랍니다. 핵과 전쟁 걱정이 없는 한반도를 위해 초당적 협력을 간곡히 호소합니다. 저도 정부도 여야의 초당적 협력에 상응하는 무거운 책임감을 가지고 회담에 임하겠습니다.

문 대통령 말이 끝나고 침묵이 잠시 이어졌다. 문 대통령이 "자, (회의를) 시작할까요?"라고 분위기를 돌리고서야 여기저기서 소리 없는 날숨이 터졌다. 내가 경험한 청와대 회의에서 가장 무거운 분위기였다.

인사말은 북측 핵 동결 조치에 대한 평가, 남북정상회담 성공 기원, 정쟁 중단 요청이 골자였다. 그러나 나는 이날 메시지 핵심은 다른 데 있다고 본다.

수 초의 침묵. 육백두 자 발언보다 많은 걸 웅변했다.

북의 핵무장 추구, 이전 정부와 갈등으로 남북 간 대치는 어느 때보다 가팔랐다. 연일 비상등이 깜빡였다. 국제사회는 북측에 거듭 경고를 보냈다. 무슨 일이 터져도 이상하지 않았다.

평창동계올림픽으로 남북 관계에서 몇 발짝 진전은 있었다. 한반도, 더 넓혀 동북아, 세계 평화의 주춧돌을 놓아야 했다. 문 대통령은 그 책무를 자임했다. 그 첫걸음이 남한 대통령과 북한 국무위원장의 첫 정상회담이다.

만감이 교차했을 터. 남북 협상팀이 할 수 있는 일은 다 했다. 양 정상의 결단과 담판만 남은 때였다.

침묵의 몇 초를 지켜보는 참모들은 보고서와 TV 화면 속이 아니라 실재하는 남북 관계를 절감했다. 돌이켜 보면 문 대통령이 비서진에게 보낸 가장 강하고 무거운 메시지였다. '이 일에 우리는 진력해야 한다.'

남북정상회담을 맞아 국민소통수석실은 생중계 성사에 중점을 뒀다. 북한 최고 지도자는 생중계로 대중 앞에 서지 않는다. 현지지도나 행사 참석도 시차를 두고 공개한다.

북측과 협의에서 가공되지 않은 모습을 세계에 생중계함으로써 정상 국가 면모를 보일 수 있다는 점을 강조했다. 2차 실무회담에서 모든 일정을 생중계하기로 합의했다.

국민소통수석실 인원은 회담이 열리는 판문점, 기자단이 이용할 메인 프레스센터 두 곳으로 나눠 배치했다. 프레스센터는 경기 고양시 일산 킨텍스에 마련됐다. 나는 프레스센터 담당이었다. 아쉬웠지만, 누군가는 그곳을 지켜야 했다.

한국 정부에서 대변인실 역할은 문화체육관광부가 맡는다. 문체부에 2000년 남북정상회담 때 프레스센터 운영에 참여했던 직원이 있었다. 그때 만든 매뉴얼도 있었다. 다행이었다.

국내외 언론으로부터 참가 신청을 받았다. 40여 개국 360여 언론사 3000여 기자가 프레스센터에 들어오겠다고 밝혔다. 전 세계로 생중계될 역사적 정상회담. 중계가 끊기는 사고는 생각도 하고 싶지 않았다. 온 신경은 그리로 향했다.

"우리는 찾아온 손님에게
따듯한 밥 한 끼를 먹여야
마음이 놓이는 민족입니다"

판문점 그리고 평양

2018년 4월 27일 오전 9시 30분. 세계인은 남북의 정상이 판문점 군사분계선에서 만나는 장면을 실시간으로 지켜봤다. 김정은 위원장은 군사분계선 앞에서 기다리던 문재인 대통령과 악수했다. 김 위원장은 높이 5센티미터, 폭 50센티미터 군사분계선 턱을 넘어 남쪽 땅을 밟았다. 북한 지도자의 첫 남측 방문이다.

남과 북을 향해 각각 사진 촬영을 마쳤다. 문 대통령은 "(김 위원장) 남측으로 오시는데 나는 언제쯤 넘어갈 수 있습니까"라고 물었다. 김 위원장은 "그럼, 지금 넘어가 볼까요"라고 했다. 두 사람은 손을 맞잡고 북쪽 군사분계선을 넘어 북쪽에서 다시 한번 악수했다. 남북을 가른 보이지 않는 철벽은 그렇게 순식간에 증발할 수도 있다. 마음만 먹으면.

첫 만남에서 김 위원장은 속내를 숨기지 않았다. "우리 도로라는
게 아까도 말씀드렸지만, 불편합니다. 내가 오늘 내려와 봐서 아는
데 비행기로 오시면 공항에서 영접 의식을 하고…." 열악한 인프라
를 솔직하게 고백한 셈이다.

모두 놀랐다. 북한 주민들도 보고 있을 터. 솔직하거나, 거침이 없
거나, 둘 다이거나.

김 위원장은 "대통령께서 우리 때문에 NSC(국가안전보장회의) 참
석하시느라 새벽잠을 많이 설쳤다는데 새벽에 일어나는 게 습관
이 되셨겠습니다. 대통령께서 새벽잠을 설치지 않도록 제가 확인
하겠습니다"라고 말했다. 가벼운 말투였지만, 남측이 가장 바라는
바다.

양 정상이 30분간 이어나간 도보다리 대화는 행사의 하이라이
트였다. 이 극적인 장면도 생중계로 전파를 탔다.

한 달쯤 지난 5월 24일 문 대통령은 소셜미디어에 이렇게 소감
을 썼다.

한미정상회담차 가는 미국행 비행기 안에서 주치의 송인성 박사가 한
번 읽어보라며 여러 겹 접은 신문을 건네주었습니다.

(건축가 승효상 씨가 한 신문에 쓴 칼럼에서) 도보다리 풍경의 묘사는
정말 압권이었습니다. 저는 그때 그 풍경 속에 있었고, 풍경을 보지 못

했습니다. 이 글을 통해 비로소 온전한 풍경을 보았습니다. 대화에 집중하느라 무심히 보고 들었던 나뭇잎이며 새소리까지 생생하게 살아났습니다.

"이런 곳이며, 비무장지대며 우리가 잘 보존하면서 함께 활용할 수 있다면 얼마나 좋을까요?"

나눴던 대화도 함께 떠올랐습니다.

풍경 속에서 풍경이 되었던 또 한 명의 사내, 북한의 김정은 위원장에게도 이 글을 보내고 싶습니다.

4년 뒤 문 대통령은 퇴임 직전 공영방송 KTV와 인터뷰를 했다. 도보다리 상황을 이렇게 술회했다. "처음에는 한 5분 또는 길어야 10분, 잠시 휴식하면서 가벼운 이야기를 나눌 생각이었는데, 서로 이야기가 진지해지면서 그것이 30분 정도 이어지게 됐습니다. 남북 두 정상이 통역 없이 배석자도 없이, 진솔하게 서로의 생각을 나눌 수 있다는 게 너무 좋았습니다. 장소도 좋았고요."

김 위원장의 언행은 글로벌 뉴스가 됐다. 전문가들은 북한 사정, 김 위원장 의도를 분석하느라 바빴다.

확실해진 게 있다. 그가 「스타워즈」의 다스 베이더같이 신비에 쌓인 어둠의 지도자가 아니라는 점이다.

정상회담 준비 회의 때 나도 아이디어를 하나 냈다. "기념식수를 하자. 나무를 심을 때 남과 북의 흙과 물을 합치자"라고 했다. 나

말고도 다들 비슷한 생각을 했을 것이다.

회담 당일 오후 4시 30분쯤이다. 군사분계선 인근 소 떼의 길에서 식수 행사가 열렸다. 정전협정이 체결된 1953년생 소나무를 심었다. 문재인 대통령은 백두산 흙을, 김정은 위원장은 한라산 흙을 뿌리에 덮었다. 문 대통령은 대동강 물, 김 위원장은 한강 물을 뿌렸다. 이 한 장면에 그런 상징과 의미가 담겨 있다.

이날 문 대통령 만찬사 중 일부다.

북측 속담에 "한 가마 밥 먹은 사람이 한 울음을 운다"라고 했습니다. 우리는 찾아온 손님에게 따뜻한 밥 한 끼 대접해야 마음이 놓이는 민족입니다. 오늘 귀한 손님들과 마음을 터놓는 대화를 나누고 풍성한 합의와 함께 맛있는 저녁을 갖게 되어 매우 기쁩니다. 김정은 위원장이 특별히 준비해 주신 평양냉면이 오늘 저녁의 의미를 더 크게 해주었습니다. (…)

이제 이 강토에서 살아가는 그 누구도 전쟁으로 인한 불행을 겪지 않을 것입니다. 영변의 진달래는 해마다 봄이면 만발할 것이고 남쪽 바다의 동백꽃도 걱정 없이 피어날 것입니다.

시구詩句 같은 인사말을 들으면서 '정말 그랬으면…'이라고 빌었다. 다들 같은 마음이 아니었을까. 모두 생중계로 보셨을 터이니, 더 써봐야 푸른 소沼에 돌 던지듯 쓸데없는 일 같다.

나는 새벽부터 자정 넘어서까지 프레스센터를 지켰다. 행사, 회의, 식사, 환송식. 밀려드는 보도자료를 손보고 기자들 문의에 답

이제 이 강토에서 살아가는 그 누구도

전쟁으로 인한 불행을 겪지 않을 것입니다.

영변의 진달래는

해마다 봄이면 만발할 것이고

남쪽 바다의 동백꽃도

걱정 없이 피어날 것입니다.

2018년 4월 27일, 남북정상회담 만찬사

하고 생중계를 지켜봤다.

"싱가포르 회담은 열리지 않을 것"

흥분의 하루가 지났다. 청와대 업무의 특징이 있다. 기쁨은 하루 이상 가지 않는다. 좋은 일 뒤에는 일 보따리가 따라온다.

청와대에 판문점 선언 이행추진위원회가 꾸려졌다. 임종석 비서실장이 위원장이다. 바로 뒤에 있을 북미정상회담 지원, 판문점 선언의 분야별 추진 등을 논의했다.

싱가포르에서 열릴 북미정상회담이 다음 과제였다. 암초가 나타났다. 존 볼턴 백악관 안보 보좌관이 초를 쳤다. 그는 백악관에 있는 내내 북미 간 갈등의 불씨를 흩뿌렸다. TV 화면에 그의 콧수염이 나오면 가슴이 철렁했다. 또 무슨 말을 하려나 하고.

볼턴 보좌관은 4월 29일 인터뷰에서 북핵 폐기 방식으로 리비아 모델을 언급했다. 그는 "2003~2004년 리비아 모델에 대해 많이 염두에 두고 있지만 (북한과는) 분명한 차이가 있다"라고 말했다. 차이가 있다지만, 기본적으로 '선先 핵 포기, 후後 보상'을 뜻한다.

2003년 리비아는 핵 포기를 선언했다. 미국으로부터 경제제재 해제 등 보상을 받았다.

그다음이 문제였다. 2011년 반反정부 시위로 리비아 국가 원수

무아마르 카다피가 권좌에서 축출됐다. 그는 미국 지원을 받던 반군에 의해 사살됐다. 리비아 모델을 언급만 해도 북한은 반발할 터다. 불을 보듯 뻔한 일이었다.

김계관 북한 외무성 제1부상이 포문을 열었다. 그는 5월 16일 "우리를 구석으로 몰고 가 일방적인 핵 포기만을 강요하려 든다면 우리는 그러한 대화에 더는 흥미를 갖지 않을 것"이라며 "다가오는 조미(북미) 수뇌회담에 응하겠는가를 재고려할 수밖에 없다"라고 말했다.

미국 매파는 멈추지 않았다. 이번엔 마이크 펜스 부통령. 5월 21일 인터뷰에서 "지난주 이른바 리비아 모델이 언급됐다. 트럼프 대통령이 명확히 했듯 (북한 문제는) 김정은이 협상을 하지 않는다면 리비아 모델이 끝났듯 끝나게 될 수밖에 없다"라고 말했다.

최선희 북한 외무성 부상이 5월 24일 담화를 냈다. 톤이 더욱 고약했다. 최 부상은 "핵보유국인 우리를 리비아와 비교하는 것만 봐도 (펜스 부통령이) 얼마나 아둔한 얼뜨기인가 알 수 있다"라며 "(북한이) 리비아 전철을 밟을 수 있다느니, 북에 대한 군사적 선택안이 배제된 적이 없다느니 뭐니 하고 횡설수설하며 주제넘게 놀아대고 있다"라고 비난했다.

북측은 누군가를 비난할 때 공식 논평도 욕설 수위를 넘나든다. 《노동신문》이나 조선중앙TV 등 관영매체에도 쌍욕에 가까운 문구가 나온다. 욕이 어찌나 찰진지 '욕설 전문 메시지 팀이 있지 않나' 하고 궁금하다.

최 부상은 이어 "우리는 미국에 대화를 구걸하지 않으며 미국이 우리와 마주 앉지 않겠다면 구태여 붙잡지도 않을 것"이라고 밝혔다.

트럼프 대통령은 가만히 있을 사람이 아니다. 그는 5월 24일(현지 시각) 북미정상회담을 취소한다고 전격 발표했다. 트럼프 대통령은 김정은 북한 국무위원장 앞으로 쓴 공개서한을 내보였다. 그는 "최근 당신들의 발언들에 나타난 극도의 분노와 공개적 적대감으로 인해 애석하게도 지금 시점에서 회담하는 건 부적절하다고 느낀다"라며 "싱가포르 회담은 열리지 않을 것"이라고 썼다.

북미 정상이 처음 만나는 자리인 만큼 우여곡절이 있으리라고 예상했다. 그러나 양측은 너무 나갔다. 다 된 밥에 재 뿌리는 정도가 아니라 솥을 엎는 형국이다.

다행인 점도 있었다. 양측 비난 발언을 뜯어보면 전제가 있다. 상대가 '~하지 않는다면', '~했기 때문에'라고 돼 있다. 이 조건이 해소되거나 충족되면 논의는 재개될 수 있다.

트럼프 대통령 발표에 대한 북한 반응은 생각보다 부드러웠다. 김계관 제1부상은 5월 25일 '위임에 따라' 담화를 발표했다. 김정은 국무위원장 지시에 따랐음을 시사한다.

김 부상은 "트럼프 대통령이 거론한 (최선희 부상 발언에 대한) '커다란 분노와 노골적인 적대감'이라는 것은 사실 조미(북미) 수

뇌 상봉을 앞두고 일방적인 핵 폐기를 압박해 온 미국 측의 지나친 언행이 불러온 반발에 지나지 않는다"라고 말했다. 이어 "우리는 아무 때나 어떤 방식으로든 마주 앉아 문제를 풀어나갈 용의가 있음을 미국 측에 다시금 밝힌다"라고 했다.

좋은 신호다. 누군가 나서야 했다.

북측과 연락이 닿았다. 서훈 국정원장은 5월 25일 임종석 비서실장에게 북측 메시지를 보고했다. 내용은 이랬다.

'내일 문재인 대통령과 정상회담을 했으면 한다. 정중하게 요청한다. (절차와 형식이) 너무 예외적인 줄은 안다. (당장 회담 열기가) 어려워도 이해한다.'

그날 밤 청와대 관저에서 긴급회의가 열렸다. 문 대통령은 임종석 실장, 정의용 안보실장, 서훈 국정원장 등 극소수만 불러 모았다. 보고를 받은 문재인 대통령은 "내일 다녀오겠다"라고 말했다.

수석·보좌관회의 모두 발언보다도 짧은 대통령 축하 메시지

5월 26일 오후 회색 벤츠 한 대가 청와대를 빠져나갔다. 김정숙 여사 의전 차량이었다. 교통도 통제하지 않았다. 이목을 끌지 않기 위해서다.

차는 판문점 북측지역 통일각에 도착했다. 내린 사람은 문재인 대통령이었다. 북한 노동당 김여정 제1부부장이 영접했다.

문 대통령은 오후 3시부터 두 시간 동안 북한 김정은 국무위원장을 만났다. 두 정상의 두 번째 만남. 남측 서훈 국정원장, 북측 김영철 통일전선부장이 각각 배석했다.

회담을 마치고 문 대통령은 오후 6시쯤 관저로 돌아왔다. 문 대통령은 다시 임종석 실장, 정의용 실장 등 핵심 참모만 불렀다. 정상 회동 사실을 모르고 등산에 갔다가 "관저로 들어오라"라는 말만 듣고 불려 들어온 이도 있었다.

문 대통령은 합의 내용을 알려줬다. 그러면서 "브리핑은 내일 하기로 했다. 그쪽 (김정은 위원장 보도) 전통이 그렇다. 일부만 알리라"라고 지시했다. 그리고 문 대통령은 발표할 내용을 구술했다. 이를 임종석 실장과 윤영찬 국민소통수석이 정리했다.

윤영찬 수석은 오후 7시 57분 서면 브리핑을 메신저 앱으로 기자들에게 뿌렸다.

문재인 대통령은 26일 오후 3시부터 5시까지 판문점 북측지역 통일각에서 김정은 국무위원장과 두 번째 정상회담을 개최했습니다. 양 정상은 4·27 판문점 선언의 이행과 북미정상회담의 성공적 개최를 위해 허심탄회하게 의견을 교환했습니다. 양측 합의에 따라 회담 결과는 내일 오전 10시 문 대통령께서 직접 발표할 예정입니다.

방송 메인 뉴스 시간 직전이었다. 언론사에서는 난리가 났다. 기자들 질문이 쏟아졌다. "이 시간에 이런 엄청난 뉴스를 세 줄로 알리면 어떻게 하느냐"는 항의도 나왔다.

답변은 하나였다. "내일 대통령께 물어보시라."

다음 날 오전 10시 문재인 대통령이 청와대 춘추관 브리핑장에 섰다. "우리 (남북) 두 정상은 6·12 북미정상회담이 성공적으로 이뤄져야 하며, 한반도 비핵화와 항구적인 평화 체제를 위한 우리 여정은 결코 중단될 수 없다는 점을 확인하고 이를 위해 긴밀히 상호협력하기로 했습니다. 김 위원장과 트럼프 대통령 모두 북미정상회담 성공을 진심으로 바라는 만큼 양측이 직접 소통으로 오해를 불식시키고 정상회담에서 합의할 의제에 대해 실무협상을 통해 충분한 사전 대화가 필요하다는 점을 강조했습니다. 김 위원장도 동의했고요."

문 대통령은 김정은 위원장이 일체 형식 없이 만나고 싶다는 뜻을 전해왔다고 만남의 배경을 설명했다. 또 이런 의미를 부여했다. "4월 역사적인 판문점 회담 못지않게, 친구 간의 평범한 일상처럼 이루어진 이번 회담에 매우 큰 의미를 부여하고 싶습니다. 남북은 이렇게 만나야 한다는 게 제 생각입니다. 앞으로도 필요할 경우 언제든지 서로 통신하거나 만나 격의 없이 소통하기로 했습니다."

회담 내용을 전날 공표하지 않은 이유도 있었다. 김 위원장 요청 때문이다. 문 대통령은 "북측 형편 때문에 오늘(27일) 관련 내용을 보도할 수 있다고 하면서 우리(에게)도 오늘 발표해 줬으면 좋겠다는 요청을 했습니다. 그래서 (어제) 회담 사실만 알렸고, 논의 내용은 오늘 이렇게 제가 따로 말씀드린다는 점에 양해 말씀 올립니다"라고 말했다.

남북은 뉴스 유통 체계가 다르다. 남측에서 속보는 언론사가 알아서 보도 여부를 결정한다. 북측에서는 관영매체가 정제된 정보만 내보낸다. 시간이 더 필요하다.

도널드 트럼프 대통령도 즉각 화답했다. 공식 트위터에 "우리는 정상회담 개최 논의 재개에 관해 북한과 매우 생산적인 대화를 하고 있다. 회담한다면 싱가포르에서 (예정됐던) 다음 달 12일 열릴 것이다. 필요하다면 개최 기간을 연장할 수도 있다"라고 썼다.

북미 양측은 분주히 의견을 주고받았다. 6월 1일 김영철 통일전선부장이 백악관을 방문했다. 도널드 트럼프 대통령에게 김정은 국무위원장의 친서를 전달했다. 만남이 확정됐다.

국내 기자들 관심은 다른 곳에 있었다. 혹시 싱가포르에서 북미정상회담 직후 남·북·미 3자 정상회담이 이어질지였다. 아니었다. 그래도 기자들은 '혹시나' 하면서 계속 취재했다.

싱가포르 북미정상회담 때 청와대도 대응팀을 파견했다. 내외신 기자들의 취재를 지원하기 위해서였다. 국가안보실 남관표 2차장이 팀장이었다. 나, 신지연 해외언론비서관도 비행기 트랩에 올랐다. 백태현 통일부 대변인도 함께 갔다.

청와대 '공식 입' 국민소통수석과 대변인은 국내에 머물렀다. 그제야 기자들은 "남·북·미 회담은 열리지 않는구먼"이라고 했다. 남·북·미 세 정상의 만남은 1년 뒤 판문점에서 성사됐다.

싱가포르 날씨는 습식 사우나 같았다. 길거리에 가만히 서 있어도 등 뒤로 땀이 흘렀다. 그 대신 건물 내부에는 심하다 싶을 정도로 냉방을 했다. 그곳 사람들은 그렇게 살았다.

6월 12일 오전 9시 3분 싱가포르 센토사섬의 카펠라 호텔에서 북미 정상이 손을 맞잡았다. 사상 처음이다. 초현실적이라는 느낌이 들었다. 컴퓨터 그래픽으로나 가능한 일이 TV 전파를 타다니.

두 정상은 오후 1시 42분 공동성명을 교환했다. 트럼프 대통령은 북한에 안전보장을 제공하기로 공약했다. 김정은 위원장은 한반도의 완전한 비핵화를 향한 약속을 재확인했다. 4·27 남북정상회담 합의인 판문점 선언을 재확인하는 내용도 포함됐다.

문재인 대통령은 축하 성명을 냈다. 그는 "낡고 익숙한 현실에 안주하지 않고 과감하게 새로운 변화를 선택해 준 트럼프 대통령과 김정은 위원장, 두 지도자의 용기와 결단에 높은 찬사를 보낸다"라며 "6월 12일 센토사 합의는 지구상 마지막 냉전을 해체한 세계사적 사건으로 기록될 것"이라고 말했다. 이어 "역사는 행동하고 도전하는 사람들의 기록"이라며 "우리 정부는 이번 합의가 온전히 이행되도록 미국과 북한, 그리고 국제사회와 아낌없이 협력하겠다"라고 다짐했다.

북미정상회담은 대단한 일이다. 역사책에 나올 사건이다. 그런데도 문 대통령의 축하 메시지는 짧고 담백했다. 수석·보좌관회의 모두 발언보다 짧았다.

이유가 있다. 세계 초점은 온통 북미 정상에 몰려 있었다. 둘이 주인공이어야 했다. 한국 대통령이 길고 화려한 성명을 내면 '오버'하는 셈이다. 트럼프 대통령은 관심받기를 즐겼다. 그 앞에 차린 밥상에는 숟가락을 내밀지 말아야 한다.

북미정상회담 다음 날 오전 싱가포르 거리를 완보했다. 더웠지만, 좋았다. 홀가분했다.

사우나 같은 날씨를 피해 LP 가게를 찾아 들어갔다. 스티비 레이본과 크림 음반을 샀다. 가게 주인에게 북미정상회담 내용을 아는지 물었다. 예순 줄에 들어선 듯한 주인장은 "하루 종일 그 뉴스만 나오는데 어떻게 모르겠느냐. 잘돼서 좀 조용해졌으면 좋겠다"라고 말했다. 그 음반들을 들으면 그날의 습도와 온도, 감상이 슬며시 떠오른다.

세 번째 남북정상회담은 평양 개최로 결정됐다. 4·27 판문점 선언에 '문재인 대통령은 올해 가을 평양을 방문하기로 했다'라고 돼 있다. 9월 5일 정의용 국가안보실장을 단장으로 하는 대북 특사단이 평양을 방문했다.

그새 북미 간에 알력이 다시 표면화됐다. 문 대통령 역할이 또 중요해졌다. 평양정상회담의 무게감도 한층 더해졌다.

문재인 대통령은 임종석 비서실장에게 "이번에는 정상회담 준비위원장인 임 실장도 같이 갑시다. 장하성 정책실장이 남으면 됩니다"라고 말했다. 대통령이 순방에 나서면 총리와 대통령 비서실장은 국내에 남아 국정을 챙긴다. 함께 방북하자는 말은 임 실장을 배려한 말이다. 불감청 고소원이던 임 실장은 "가겠습니다"라고 답했다.

임 실장은 나중에 이렇게 회고했다.

그런데 찜찜하더라고. 대통령과 비서실장이 자리를 다 비우는 게. 정의용 안보실장이 날 찾아와서 '우리 둘 중 한 명은 남아야 하지 않느냐. 내가 남겠다'라고 하시더라고. 거기다 대고 어떻게 '제가 갈게요'라고 하겠어? '제가 남을 테니, 정 실장님이 다녀오세요'라고 했지. 서로 양보하다가 내가 남기로 했지.

그 말을 하는 임 실장 얼굴에 섭섭함이 내비쳤다.

'우리 민족은 함께 살아야 합니다'

나도 평양에 갈 뻔했다. 당시 임종석 비서실장은 "최 비서관이 평양에 다녀오라"라며 수행원 명단에 넣었다. 피치 못할 사정으로 못

갔다. 나 대신 다른 비서관이 다녀왔다. 나중에 그의 후일담을 들으면서 '갔어야 했는데'라고 아쉬워했다. 지금도 아쉽다.

정상회담 수행원을 두고 논란이 벌어졌다. 대통령 순방에 함께 가는 이들이 수행원이다. 청와대 실장과 수석, 장관 등 정부 고위 인사는 공식 수행원이다. 실무진은 실무 수행원, 정·재계, 시민사회 인사는 특별 수행원으로 구분한다.

평양정상회담 특별 수행원 명단에 이재용 삼성전자 부회장 이름이 들어갔다. 이 부회장은 국정농단 사건 피고인으로 재판을 받고 있었다. 수행원 자격 부여가 재판에 영향을 끼칠 수 있다는 지적이 나왔다. 법원에 청와대가 '무죄 취지 압력을 가하는 셈'이라는 주장이다.

티타임 회의에 이 문제가 보고됐다. 문 대통령이 입을 뗐다. "우리가 신경 쓸 필요 없다고 봅니다." 이렇게 말을 이었다.

4대 그룹이 (평양에) 가는 것은 필요해 보입니다. 누가 갈지는 각 그룹에서 결정할 일이지요. 이재용 부회장은 안 된다고 할 일은 아닙니다. 우리가 이재용 부회장보고 가자고 한 것도 아닙니다. 대체로 앞으로 경제 협력, 미래를 내다보고 경제 발전에 집중하고자 하는 북한의 희망을 생각해 보면 개성공단 협의회나 경협 기업뿐만 아니라 4대 그룹, 언론사, 그런 식으로 기업이, 건설업(체들)이 가는 게 필요합니다. 크게 봐줬으면 좋겠습니다.

어떤 요소보다 남북 관계 개선을 최우선에 둔 고려였다. 임종석

실장은 8월 16일 특별 수행원 52명을 발표했다. 이재용 부회장도 포함됐다.

임 실장은 "2000년, 2007년 정상회담에도 4대 그룹 총수가 함께했습니다. 정부도 비핵화가 잘 진행되고 남북 관계가 진전되면 평화가 경제, 경제가 평화라고 생각합니다"라고 말했다. 이어 "재판은 재판대로 엄격하게 진행될 것이고 또 일은 일이라고 생각합니다"라고 했다.

문 대통령은 9월 18일 성남 서울공항을 출발해 평양국제비행장에 도착했다. 50분 거리다. 문 대통령은 9월 19일 한국 대통령으로서는 처음으로 북측 주민에게 대중 연설을 했다. 평양 능라도의 '5월1일경기장'에서다. '우리 민족은 함께 살아야 합니다'라는 제목의 연설문 전체를 인용한다.

평양시민 여러분, 북녘의 동포 형제 여러분!

평양에서 여러분을 만나게 되어 참으로 반갑습니다. 남쪽 대통령으로서 김정은 국무위원장의 소개로 여러분에게 인사말을 하게 되니 그 감격을 말로 표현할 수 없습니다. 여러분, 우리는 이렇게 함께 새로운 시대를 만들고 있습니다.

동포 여러분!

나와 김정은 위원장은 지난 4월 27일, 판문점에서 만나 뜨겁게 포옹했습니다. 우리 두 정상은 한반도에서 더 이상 전쟁은 없을 것이며, 새로운 평화의 시대가 열렸음을 8000만 우리 겨레와 전 세계에 엄숙히 천명했습니다. 또한 우리 민족의 운명은 우리 스스로 결정한다는 민족자주 원칙을 확인했습니다. 남북 관계를 전면적이고 획기적으로 발전시켜 끊어진 민족 혈맥을 잇고 공동번영과 자주통일의 미래를 앞당기자고 굳게 약속했습니다.

평양시민 여러분, 사랑하는 동포 여러분!

오늘 나와 김정은 위원장은 한반도에서 전쟁 공포와 무력 충돌의 위험을 완전히 제거하기 위한 조치들을 구체적으로 합의했습니다. 또한 백두에서 한라까지 아름다운 우리 강산을 영구히 핵무기와 핵 위협이 없는 평화의 터전으로 만들어 후손들에게 물려주자고 확약했습니다.

그리고 더 늦기 전에 이산가족의 고통을 근원적으로 해소하기 위한 조치들을 신속히 취하기로 했습니다. 나와 함께 이 담대한 여정을 결단하고 민족의 새로운 미래를 향해 뚜벅뚜벅 걷고 있는 여러분의 지도자 김정은 국무위원장에게 아낌없는 찬사와 박수를 보냅니다.

평양시민 여러분, 동포 여러분!

이번 방문에서 나는 평양의 놀라운 발전상을 보았습니다. 김정은 위원장과 북녘 동포들이 어떤 나라를 만들어나가고자 하는지 가슴 뜨겁게 보았습니다. 얼마나 민족 화해와 평화를 갈망하고 있는지 절실하게 확인했습니다. 어려운 시절에도 민족 자존심을 지키며 끝끝내 스스로 일어서고자 하는 불굴의 용기를 보았습니다.

평양시민 여러분, 동포 여러분!

우리 민족은 우수합니다. 우리 민족은 강인합니다. 우리 민족은 평화를 사랑합니다. 그리고 우리 민족은 함께 살아야 합니다. 우리는 5000년을 함께 살고 70년을 헤어져 살았습니다. 나는 오늘 이 자리에서 지난 70년 적대를 완전히 청산하고, 다시 하나가 되기 위한 평화의 큰 걸음을 내딛자고 제안합니다.

나와 김정은 위원장은 남과 북 8000만 겨레의 손을 굳게 잡고 새로운 조국을 만들어나갈 것입니다. 우리 함께 새로운 미래로 나아갑시다. 오늘 많은 평양시민, 청년, 학생, 어린이들이 대집단체조로 나와 우리 대표단을 뜨겁게 환영해 주신 것에 대해서도 다시 한번 감사드립니다. 수고하셨습니다.

감사합니다.

15만 평양시민 앞에서 한 연설이다. "우리는 5000년을 함께 살고 70년을 헤어져 살았습니다. 나는 오늘 이 자리에서 70년 적대를 완전히 청산하고, 다시 하나가 되기 위한 평화의 큰 걸음을 내딛자고 제안합니다"가 핵심이다. 두 문장에 남북의 과거·현재·미래를 꿰다.

문 대통령은 이 경기장 연설을 중시했다. 북한 주민 앞에서 남측 대통령이 선언하는 자리다. 육성으로 뜻을 전달할 수 있다. 늘 강조하던 직접 소통의 기회다.

앞서 문 대통령에게 다양한 경로로 연설 원고가 올라갔다. 문 대통령은 임종석 비서실장이 쓴 원고를 채택했다. 임 실장은 퇴임 후 나와 만나 이렇게 회고했다.

며칠 동안 내가 그 자리에 섰다고 생각하고 대통령에 빙의가 돼 어떻게 시작할지 고민했어. 북측에서는 연설만 하라고 했지, 아무런 이야기가 없었어. 몇 분 동안 연설하라거나, 무슨 내용으로 하라는 이야기도 없고. 원고를 미리 보여달라는 말도 안 하고.

사흘 동안 그 연설만 생각했어. 진짜 어렵더구먼. 남한 대통령이 최초로 15만 북한 주민 앞에서 하는 연설인데, 이게 역사에 남을 거 아냐.

연설비서관실에서 올라온 원고, 안보실에서 올라온 내용 등을 봤어. 대통령이 북측 소개를 받고 단상에 섰다고 쳐. 그런데 첫 마디가 안 나오는 거야. 한국에서 하듯 '존경하는 누구…' 이것도 아니고, 그렇다고 '사랑하는…'도 아니고. '북녘 동포 여러분' 이것도 다 이상하고. 그러다 나온 게 '평양시민 여러분, 북녘의 동포 형제 여러분'이었지.

호칭도 중요하지. 대통령으로서 남측에서는 스스로 '나'라고 불렀는데 거기라고 '저'라고 하면 안 돼. 그래서 '나는…'이라고 썼지. 김정은 위원장도 '여러분의 젊은 지도자' 이랬다가 별로인 것 같았고. 그래서 '여러분의 지도자 김정은 국무위원장', '나와 김정은 위원장은'이라고 썼지. 4·27 판문점 선언부터 9·19회담까지 정상 간 합의 내용을 재확인하는 내용이 제일 좋겠다고 생각했어.

신동호 연설비서관 원고는 감성적이고 서정적이었지. 그걸 많이 참고

했어. 따뜻함을 전달하려고. 그렇게 사흘 내내 원고를 고쳤어. 자료를 챙겨드리면서 내 원고도 문 대통령께 드렸지. "참고하세요"라면서.

방북 전날 밤 회의가 끝나고 나오는데 문 대통령이 내게 "임 실장이 준 거, 거의 그냥 하기로 했어요"라고 하시더라고. 스마트폰으로 작업을 했는데 초고가 남아 있어. 거의 안 고치셨어.

임 실장은 대학 졸업 후 사회생활, 의원 활동을 하며 대북 문제, 통일 운동에 매진했다. 대통령의 생각과 고민, 워딩을 가장 옆에서 접한 이도 그다. 그런 그가 쓴 원고이니 대통령 입말로도 잘 맞을 수밖에.

한번 뚫어놓은 길

내가 청와대를 나온 반년 뒤 2019년 6월 30일 판문점에서 남·북·미 정상이 한자리에 모였다. 그런 시절이 있었나 싶다.

문재인 대통령이 영국 BBC와 인터뷰한 적이 있다. 2018년 10월 12일이다. 로라 비커 특파원은 "트럼프 대통령, 김정은 위원장 둘 중 누구와 일하기가 편하냐"라고 물었다.

이 질문에는 함정이 숨어 있다. 둘 중 한 명을 택하면 다른 이는 불편한 상대가 된다. 둘 다 편하다고 답하면 두 명 모두 가치가 떨어진다. 문 대통령 답변은 이랬다.

두 사람 모두 나름대로 독특한 스타일들이 있지만 서로 결단력들을 보유하고 있다고 봅니다. 아시다시피 사상 최초로 북미정상회담이 이루어지고, 그동안 남북 간에 세 차례의 정상회담이 있었습니다. 그리고 북한의 완전한 비핵화 프로세스가 논의되고 있습니다. 실무적으로 대화에서 어려움을 겪을 때도 있지만 크게는 완전한 비핵화의 방향으로 가고 있습니다. 이것은 전적으로 트럼프 대통령과 김 위원장의 큰 결단 덕분이었다고 생각합니다. 이 두 분의 결단이 없었다면 비핵화 문제를 이렇게 대화를 통한 평화적인 방법으로 풀어낸다는 것을 생각할 수 없었을 것입니다.

어느 한 편 손을 들어주지 않았다. 양자 모두를 추켜세웠다. 함정에 빠지지 않고 자신이 하고 싶은 말을 했다. 곤란한 질문을 받았을 때 모범 답안이다.

문 대통령은 트럼프 대통령에게 우리 의견을 전달하느라 고생했다. 트럼프 대통령은 예측하기 어려운 인물이다. 기존 정치 문법, 외교 준칙에서 벗어난 일도 서슴지 않았다. 그 대신 말과 글, 얼굴에 속내가 비쳤다. 대화만 잘 진행되면 설득도 가능했다. 예측은 되지만 대화조차 잘 안되는 아베 신조 일본 총리와 다른 면모다.

2018년 9월 12일 티타임 때다. 미국 원로 기자 밥 우드워드의 책 『공포: 백악관 안의 트럼프』가 화제였다. 우드워드는 트럼프 대통령이 2017년부터 2018년 초까지 문 대통령과 여러 번 통화하면서 매번 거세게 몰아쳤다고 썼다.

책에 따르면 트럼프 대통령은 한·미 자유무역협정FTA을 격렬히 비난했다. 그는 "연간 180억 달러(20조 원)에 달하는 무역적자와 주한미군 2만 8500명에 투입되는 35억 달러를 묵과할 수 없다"라고 말했다. 트럼프 대통령은 '맘에 들지 않던' 문 대통령에게 "180일 안에 FTA를 끝내는 내용의 서한을 보내고 싶다. 당신들은 우리를 착취하고 있다. 안보와 통상을 별개 문제로 다루겠다"라고 으름장을 놨다고 우드워드는 적었다.

우드워드는 "문 대통령이 (시종일관) 유화적 자세로 '안보와 통상은 얽힌 이슈이며, 트럼프 대통령 당신과 협력하고 싶다'라는 뜻을 전했다"라고 소개했다.

티타임에서 해명을 내는 게 어떻겠느냐는 의견이 나왔다. 문 대통령은 "우리가 가세해 진실 공방에 '사실이다, 아니다' 이럴 필요는 없을 것 같다"라고 말했다.

의외였다. 잘못된 내용이라면 바로잡으라고 했을 텐데.

문재인 대통령은 일화를 소개했다. "사실 트럼프 대통령이 주변 참모들을 깜짝 놀라게도 하지 않았습니까? (한미 정상) 회담에서 기선을 잡으려고 회담장에서 그러(공세를 취하)면서, '한국인들이 너무 영악해서 이득만 보고 있다, 우리가 군대도 보내는데 한국은 돈도 많이 벌고, 협상을 조금 양보해 달라'라고 하고요. (트럼프 대통령이) '한국 사람들은 협상을 너무 잘한다. 우리는 안보도, 돈도

대주고, 경제도 손해를 보고 그런다. 한국 사람들은 장사도 잘하고 협상도 잘한다' 그러더라고요."

임기 후반기 남·북·미 사이의 마찰음은 점점 커졌다. 결실을 보지 못하고 시간이 흘렀다. 새 정부 들어 남북, 북미 관계는 악화일로다. 남북 간 의제는 미사일 이외에는 없는 듯하다.

2023년 5월 31일 북한은 예고한 우주 발사체를 쐈다. 서울에 경계경보가 울렸다. 아침결에 서울시민뿐 아니라 전 국민이 가슴을 졸였다.

일궈냈던 성과가 손가락 사이로 모래처럼 빠져나갔다. 5년 허송세월했다는 비판도 나왔다. 북측 가짜 평화 공세에 속았다는 지적도 있다. 결과론이다.

문재인 정부에서도 남과 북이 계속 대립하고 대결했다면 어땠을까. 국민은 내내 걱정 속에서 살아야 하지 않았을까. 그런 나라에 누가 투자하고 거래할까. 남북이 대화할 때만큼은 핵과 미사일, 전쟁 공포에서 벗어나 있지 않았나.

문재인 대통령은 2023년 9월 19일 퇴임 이후 첫 서울 나들이를 했다. 서울 여의도 63빌딩에서 열린 9·19 평양공동선언 5주년 기념식에 참석했다. 인사말이다.

지금 남북 관계가 매우 위태롭습니다. 북한의 계속된 도발에 더해 최근의 외교 행보까지 한반도의 위기를 키우고 있습니다. 지금은 대화를 말할 분위기가 아닌 듯이 보입니다.

그러나 되돌아보면 문재인 정부가 출범한 2017년의 상황은 지금보다 훨씬 엄중했습니다. 북한의 거듭된 핵 실험, 단거리에서 장거리까지 일본 열도를 넘어 미국 본토 거리까지 사거리를 늘려가는 연이은 미사일 도발, 그에 대응하여 점점 강력해진 유엔안보리 제재와 최대 압박을 위한 빈틈없는 한미 공조, 북미 간의 험악한 말 폭탄 등으로 인해 한반도의 위기가 갈수록 고조되었습니다. 외신들은 연일 한반도에 전쟁의 먹구름이 가득하다고 보도했습니다.

당시 미국이 군사적 옵션과 전쟁 시나리오를 검토한다는 정보들이 있었는데, 그 후 미측 관계자들의 증언에 의해 사실로 확인되었습니다. 당시 한반도의 전쟁 위기가 실제 상황이었다는 것입니다.

하지만 문재인 정부는 위기의 끝에 반드시 대화의 기회가 올 것이고, 위기가 깊어질수록 대화의 기회가 다가온다고 믿으며 대화를 준비했습니다.

남북 관계의 위기가 충돌로 치닫는 것을 막는 길은 대화밖에 없기 때문입니다.

이는 '파스칼의 내기'와 같다. 수학자이자 과학자, 철학자 블레즈 파스칼의 논증법이다.

신의 존재 여부를 놓고 내기한다. 파스칼은 존재한다는 쪽에 걸어야 이긴다고 주장했다.

① 신을 믿으면 존재하지 않더라도 잃을 건 없지만, 존재한다면 구원을 받을 수 있다. ② 신을 믿지 않으면 존재하지 않았을 때 잃

을 건 없지만, 존재한다면 지옥에 떨어진다. ③ 그러니 신을 믿는 게 최선이다.

마찬가지다. 전쟁이라는 지옥의 실현을 보고 싶지 않으면 남북 대화가 최선이다. 상대가 응하면 평화로 다가갈 수 있다. 응하지 않아도 본전은 남는다. 남북, 북미 대화가 실질적 진전을 이뤘을 때 적대 행위가 멈췄다. 대화가 모두에게 이익이 될 수 있음을 확인했다.

남북 간에는 한번 뚫은 길이 있다. 지금은 막혀 억새가 돋고 이끼가 끼었다. 그래도 다시 뚫기는 쉽다. 내기를 해야 한다면, 난 여전히 남북 대화를 한다는 데 걸겠다.

"내가 한 나라라도 더 해두면
다음 정부에
도움이 되지 않겠습니까"

신남방·신북방 정책

외교는 전체 국정에서 국민 눈에 잘 띄지 않는다. 먹고사느라 바쁜 국민에게 외교는 말 그대로 먼 나라 일이다.

해외 공관에서 비위나 부정이 터져도 관심은 그때뿐이다. 비위나 부정은 어느 곳에서도 터진다. 여행객이 대사·영사관 도움을 받지 못해 곤욕을 치렀다는 소식도 종종 들린다. 문책합네, 제도를 정비합네 하지만 또 그때뿐이다. 해외에서 대사·영사관은 영원한 갑甲이다.

외교부는 정부 안에서 독특한 위치를 점하고 있다. 검찰처럼 전문 분야로 간주해 잘 간섭하지 않는다. 독자 생태계를 유지한다. 커리어career, 즉 고시 출신과 그렇지 않은 이들 간에 장벽이 어느 부처보다 높다. 그들만의 리그에 머물기 십상이다.

외교 행위 자체가 목적처럼 보일 때도 있다. 현 상태를 유지하며 '별일 없으면 오케이'라고 만족하는 듯한 모양새다. 외부인 시선에는 말이다.

이런 평가가 섭섭할 수도 있겠다. 산 설고 물도 선 이역만리에서 국민만 보고 고군분투孤軍奮鬪 중인데….

위로가 될지는 모르겠지만, 비슷하거나 더한 곳도 있다. 정치군인은 소수였지만, 쿠데타로 집권했다. 국민을 학살하고 핍박했다. 욕은 먹어도 떵떵거리고 사는 이들도 있다. 범죄를 추적해 정의를 실현하고 억울함을 풀어준 형사부 검사보다 줄을 잘 서서 한 방을 터뜨린 특수·공안부의 소위 '정치 검사'가 눈에 띈다.

요즘 기자를 '기레기'라고 욕한다. 그렇지 않은 훌륭한 기자를 나는 많이 안다. 기레기라고 불러도 싼 이들은 소수다. 그래도 국민은 그렇게 본다.

이들에게는 공통점이 있다. 기득권층, 힘 있는 곳에 속해 있다. 잘못은 일부가 하고 욕은 전체가 먹는다. 그러니 외교부에 몸담은 분들도 너무 억울해하지 말길.

문재인 대통령은 외교에서 세 가지를 강조했다. 국익 최우선, 다변화, 진심眞心이다. 너무도 당연한 지시다.

왜 그랬을까. 너무 뻔한 말은 뒤집어 봤을 때 진심일 때가 있다. 앞의 말을 뒤집으면 이렇다. '외교를 위한 외교, 일부 국가 치중, 겉

치레.' 문 대통령은 이를 경계한 게 아닐까.

한국처럼 터무니없이 복잡한 지정학적 위치에 있는 국가는 선택을 강요받는다. 힘센 곳에 매달리느냐, 우리 길을 찾느냐. 후자가 바람직하지만, 현실은 녹록지 않다. 둘 중 한쪽을 덥석 무는 건 바보짓이다. 선택의 지렛대를 어느 정도는 당길 수 있도록 판을 짜야 한다. 그게 실력이다.

한국 외교에는 두 개의 상수가 있다. '유일한 동맹국 미국, 가장 가까우면서도 먼 나라 일본.' 이들이 마음에 들지 않는다고 드잡이만 할 수는 없다. 누구나 안다. 문 대통령도 마찬가지다. 그는 다만 외교의 무게 추를 몇 눈금쯤 옮기려고 했다.

"국익의 기준은 오로지 국민입니다"

2017년 11월 14일 필리핀 방문 중 동포 간담회를 열었다. 문 대통령은 이렇게 말했다. "그동안 대한민국 외교가 미국·일본·중국·러시아 4대국 중심이었던 측면이 있었습니다. 이번 순방으로 아세안 Association of Southeast Asian Nations (동남아시아 국가 연합)과 교류·협력을 4대국 수준으로 격상시키고 더 긴밀하게 협력해 가기로 했습니다. 북쪽으로는 러시아와 유럽, 남쪽으로는 아세안, 인도까지 우리 경제활동 영역을 넓히면서 다자안보 체제로 나아가기 위한 초석을 다졌다고 생각합니다." 다변화가 핵심이다. 그 미래상을 지도처럼 펼쳐 보였다.

세계에 흩어진 대사·총영사 등 재외공관장이 1년에 한 번 한국에 모인다. 재외공관장 회의다. 대통령은 이들을 초청해 만찬을 한다. 이때 외교정책의 골간骨幹을 메시지로 내놓는다.

2017년 12월 18일 문재인 정부에서의 첫 재외공관장 만찬 간담회가 열렸다. 문 대통령은 "여러분께 특별히 두 가지를 강조하고 싶다"라며 "새 정부 외교를 관통하는 최고 가치, 바로 국익과 국민"이라고 말했다.

또 당연한 말을 했다. 어떤 대통령이 자국 외교 최고 가치를 '다른 나라의 이익과 외국인'이라고 하겠나. 이 말을 왜 했는지가 중요하다. 외교부가 그 가치를 제대로 추구하지 못한다고 경고한 것이다.

구체적 지침을 줬다. 우선 다변화다. 한국이 미국, 일본 이외 국가와 관계에서 특별한 돌파구를 마련했다는 소식을 들어본 적이 없다. 한 세대 전 중국과 소련 등 북방 국가와 관계를 개선한 노태우 대통령의 '북방외교'가 두드러진 정도다.

문 대통령은 이날 이렇게 말했다.

국익 중심 외교를 실현하기 위해서는 우리 외교의 지평을 넓히는 한편 실사구시實事求是**하는 실용 외교를 하지 않으면 안 됩니다. 기존 우방국과 전통 외교를 중시하면서도 다변화를 모색하는 균형 있**

는 외교를 해야 합니다. 주변 4대국과 협력을 더욱 단단히 다져가면서도 그간 상대적으로 소홀했던 지역에 더 많은 외교적 관심과 자원을 투자해야 합니다. (…)

앞으로 신남방 정책과 신북방 정책을 통해, 또한 중국의 일대일로一帶一路 구상과 연계하여 우리 경제활동 영역을 넓히는 데 속도를 내주시기를 바랍니다.

'실사구시, 실용'은 무서운 말이다. 명분만 내세우지 말고 구체적인 목표를 좇아 결과를 내라는 주문이다.

그리고 '국민'이 다시 등장한다. 부처 잣대가 아니라 국민이 보기에 이익인지 따지라는 말이다.

국익의 기준은 오로지 국민입니다. 국익 중심 외교는 곧 국민 중심 외교입니다. 외교의 힘은 국민에게서 나옵니다. 저는 그간 정상외교와 다자외교를 통해 우리 국민이 외교의 힘이라는 사실을 분명하게 확인했습니다. 전 세계는 촛불혁명을 일으킨 우리 국민을 존중했고, 덕분에 저는 어느 자리에서나 대접받을 수 있었습니다. (…)

우리 국민의 역량과 수준은 아주 높습니다. 외교정책이 국민의 이해와 지지를 얻을 때 우리의 외교 역량을 결집할 수 있습니다. 그럴때 자주적 외교 공간이 넓어진다는 사실을 한시라도 잊지 말아야할 것입니다. (…)

해외에 있는 우리 동포와 국민에게 재외공관은 국가나 마찬가지입니다. 재외공관은 갑질하거나 군림하는 곳이어서는 안 됩니다.

재외공관의 관심은 첫째도, 둘째도 동포와 재외국민의 안전과 권익에 집중되어야 합니다. 그렇지 않고서는 해외여행객 2000만 시대, 재외동포 740만 시대에 국민의 눈높이를 맞출 수 없습니다.

마지막으로 진심을 강조했다. 진심을 다해 현지의 마음을 사라고.

저는 지난달 동남아 순방을 통해 마음과 마음이 통하는 사람 중심 외교의 잠재력을 보았습니다. 우리 대사가 현지어로 노래를 부르고, 현지어로 시를 낭송하면서 주재국 국민과 마음을 통하려고 노력하는 모습을 많이 봤습니다. 외교 현장은 이익과 이익이 충돌하는 총성 없는 전쟁터지만, 결정적인 순간에 공감과 지지를 끌어내는 것은 결국 상대방 마음을 움직이는 힘이고, 그것은 이제 재외공관장 여러분에게 달려 있습니다.

임지에서 무게 잡고 다니지만 말고 현지인들과 어울리라는 주문이다.

2018년 11월 6일 신임 대사 임명장 수여식이 열렸다. 재외공관장 만찬 이후 1년이 다 될 무렵이다. 이날도 문 대통령은 이렇게 말했다. "대한민국 위상이 높아지면서 외교 요구가 많습니다. 우리 외교가 4강 중심에 머물며 인적, 물적 뒷받침이 못 되는 곳도 많고요. 외교부가 나라 전체 외교 역량을 키워주길 바랍니다."

한국의 위상 이야기를 왜 꺼냈을까. 질문을 바꿔서, 한국 사람은 한국을 어떻게 생각할까.

전 세계는 촛불혁명을 일으킨

우리 국민을 존중했고,

덕분에 저는 어느 자리에서나

대접받을 수 있었습니다.

2017년 12월 18일, 청와대 영빈관 재외공관장 초청 만찬사

편을 갈라 "빨갱이", "친일파"라고 서로 욕하며 싸움으로 날을 새우는 못난 조선의 후예? 자식 교육열이 뜨겁다 못해 폭발하는 나라? 가진 건 손재주밖에 없어 잘 만든 물건을 내다 파는 제조 강국? '빨리빨리'가 대표적인 부사인 나라? 최빈국에서 선진국으로 도약 중인 나라?

어느 시기에서 어디까지 끊어 보느냐에 따라 한국은 완전히 다른 면모를 지닌다. 100년도 안 되는 짧은 세월에 그 과정을 모두 겪었으니 말이다.

국제사회에서 한국 위상은 높다. 팩트가 증명한다.

2021년 7월 2일 유엔무역개발회의UNCTAD가 열렸다. 한국을 미국, 일본, 영국 등 선진국 31개국이 포함된 B그룹으로 지위를 격상하는 안이 만장일치로 통과됐다. 한국은 그동안 아시아, 아프리카 개도국 등 99개국이 포함된 A그룹에 속했다.

지위 격상은 유엔무역개발회의 설립 이래 처음이다. 1964년 유엔총회 결의에 따라 유엔무역개발회의 회원국은 그룹 A, B, C(중남미 33개), D(러시아와 동유럽 25개)로 구분됐다.

한국의 무역이나 국내총생산 규모는 문재인 정부가 끝날 무렵 세계 10위권이었다. 제2차 세계대전 때 독립한 빈국 중 가장 발전한 나라다. 다시 말하지만, 팩트다.

한데 우리끼리 스스로 낮추는 경향이 있다. 문재인 대통령은 2019년 1월 22일 국무회의에서 이 점을 짚었다. "『한국인만 모르는 다른 대한민국』이라는 책이 있습니다. 임마누엘이라는 작가가 썼지요. 그는 한국이 바깥에서 보면 굉장한 성취를 했는데 정작 한국인은 그렇게 평가하지 않는다고 주장합니다."

저자 임마누엘 페스트라이쉬는 미국 하버드대학교에서 동아시아 문명학 박사 학위를 받았다. 한국 이름이 이만열이다. 그는 책에서 한국이 약소국 콤플렉스에서 벗어나 선진국으로서 국제사회에 나서라고 제안했다. 페스트라이쉬는 "한국이 세계 최초로 제국주의 정책을 채택한 경험이 없는 선진 모범 국가라는 영예로운 자리를 차지할 수도 있다"라며 "인구 2000만 명 이상 되는 나라 가운데 식민지 경영 등 제국주의 정책이나 유산을 받지 않고도 선진국이 된 최초 사례로 인정받을 수 있기 때문"이라고 책에 썼다.

문 대통령 말이 이어졌다. "한국은 여러 가지가 세계 수준인데 여전히 값싼 재료, 가격 대비 좋은 것, 그렇게 생각합니다. (이는) 한국의 브랜드화, 강점을 내세우는 데 방해 요인이지요. 스스로 디스카운트를 합니다. 우리 이미지를 조사해 보고 외국에 나가보면 체험이 됩니다. 이미지가 좋아졌다는 점을 많이 알리고 활용했으면 좋겠습니다."

외교는 국민을 따라간다

문 대통령은 앞서 2017년 9월 21일 유엔 총회장 단상에 섰다. 남북문제로 각국 주의를 환기하려고 했다. 연설은 이랬다.

특별히 나는 안보리 이사국을 비롯한 유엔의 지도자들에게 기대하고 요청합니다. 북핵 문제를 근본적으로 해결하기 위해 유엔헌장이 말하고 있는 안보공동체의 기본정신이 한반도와 동북아에서도 구현되어야 합니다. 동북아 안보의 기본 축과 다자주의가 지혜롭게 결합하여야 합니다. 다자주의 대화를 통해 세계 평화를 실현하고자 하는 유엔 정신이 가장 절박하게 요청되는 곳이 바로 한반도입니다. 평화의 실현은 유엔의 출발이고 과정이며 목표입니다. 한반도에서 유엔의 더욱 적극적인 역할이 필요합니다. 도발과 제재가 갈수록 높아지는 악순환을 멈출 근본 방안을 강구하는 것이야말로 오늘날 유엔에 요구되는 가장 중요한 역할입니다.

나는 여러 차례 한반도 신경제지도와 신북방경제 비전을 밝힌 바 있습니다. 한 축에서 동북아 경제공동체의 바탕을 다져나가고, 다른 한 축에서 다자간 안보 협력을 구현할 때 동북아의 진정한 평화와 번영을 시작할 수 있다고 믿습니다.

대통령은 첫 유엔 연설에서 외교정책 기조를 각국에 제시한다. 한국 대통령은 최대 이슈인 남북문제를 언급해 왔다. 내용은 구체적이고 실행 가능해야 한다.

문 대통령은 이날 유엔이 부인할 수 없는 가치를 역설했다. 공동 안녕과 평화다. 그것이야말로 한반도에서 반드시 실현되어야 할 가치라고 강조했다.

자신이 추구하는 외교 다변화 핵심 과제도 내놓았다. 한국이 한반도에만 갇히는 딜레마를 타개하려는 노력이다.

신남방 정책은 한국보다 남쪽에 있는 국가와 협력을 강화해 함께 번영한다는 게 목표다. 아세안 10개국 및 인도가 대상이다. 문 대통령은 2017년 11월 9일 한국·인도네시아 비즈니스 포럼에서 이렇게 구체화했다. 이목을 끌기 위해 '3P'를 내세웠다.

아세안과 한국의 관계를 한반도 주변 4대국과 같은 수준으로 끌어올리는 것이 저의 목표입니다. 한국 정부는 아세안과 협력관계를 획기적으로 발전시켜 나가기 위한 신남방 정책을 강력하게 추진하고자 합니다. 이를 통해 사람과 사람, 마음과 마음이 이어지는 '사람 People 공동체', 안보 협력을 통해 아시아 평화에 기여하는 '평화 Peace 공동체', 호혜적 경제 협력을 통해 함께 잘사는 '상생 번영 Prosperity 공동체'를 함께 만들어가기를 희망합니다.

2018년 8월 대통령 직속 신남방 정책 특별위원회가 설립됐다. 고위급 교류뿐만 아니라 경제 협력, 인적·물적 교류, 공공외교 등 전방위로 교류·협력을 추진했다.

문재인 대통령은 인도와 베트남, 인도네시아를 눈여겨봤다. 한국인 가운데 투자나 이민, 교역 등 직접 연관이 없는 국민은 그다지 관심을 두지 않는 곳이다. 여행지로 알려진 정도다.

왜, 하필? 2018년 11월 20일 국무회의에서 설명했다. "몇 가지 통계만 보더라도 우리 미래가 걸려 있다고 할 정도로 아세안과 인도가 중요합니다."

인구, 성장률이 키워드였다. "중국 인구가 13억 8000만 명이고 인도는 13억 5000만 명인데 몇 년 안에 역전될 수 있다고 합니다. 인도의 국민 소득은 낮지만, 연평균 7퍼센트대 성장률을 기록하고 있어 조금만 지나면 강국이 될 것입니다. G3(미국·중국·인도), 혹은 G2(미국·인도)가 될 것입니다. 지난해 인도와 교역액과 수출액도 30퍼센트 가까이 늘었습니다."

아세안을 이렇게 설명했다. "우리와 교역 규모와 수출 규모가 중국 다음으로 큰 제2시장입니다. 지난해 아세안과 교역액은 25퍼센트, 수출액은 28퍼센트 증가했습니다. 우리 국민이 가장 많이 방문하는 지역이고 한류 문화가 가장 먼저 확산하는 통로입니다."

베트남은 인구 1억 명에 경제성장률은 7퍼센트대였다. 2017년 베트남은 중국과 미국에 이어 단일 국가로는 한국의 제3수출시장이다. 인도네시아 인구는 2억 6000만 명이다. 평균 연령이 29세다. 경제 규모는 빠르게 커졌다.

문 대통령은 "이들 국가에는 우리가 오히려 아쉬워할 상황입니다. 아세안에 우리의 발전 경험을 공유할 수 있고요. 우리가 개방성, 포용성을 내세워 접근하면 좋습니다. 굉장히 중요한 때입니다"

라고 강조했다. 이어 "신남방 정책 특별위원회를 중심으로 관계부처가 구체적인 협력 사업을 발굴하고 성과를 만들어내는 데 최선을 다해주기 바랍니다"라고 지시했다.

문재인 대통령은 한국 대통령으로는 처음으로 재임 기간에 신남방 11개국을 모두 다녀왔다. 2020년에는 한·아세안 전략적 동반자 관계 수립 10주년에 맞추어 '신남방 정책 플러스 전략'도 발표했다.

신북방 정책은 신남방 정책의 대칭 개념이다. 대륙 전략이다. 러시아 중심의 한국·유라시아경제연합EAEU 자유무역협정FTA 추진과 중국 '일대일로' 구상 참여가 골자다. 2017년 9월 6일 러시아 블라디보스토크에서 열린 제3회 동방경제포럼에서 신북방 정책을 발표했다.

임기 중에 러시아와 더 가깝게, 아주 긴밀한 관계를 만들어내고 싶습니다. 그것을 한국은 신북방 정책의 비전으로 갖고 있습니다. 신북방 정책은 극동 지역 개발을 목표로 하는 푸틴 (러시아) 대통령님의 신동방 정책과 맞닿아 있습니다. 신북방 정책과 신동방 정책이 만나는 지점이 바로 극동입니다. 러시아가 추진하는 극동 개발을 위한 최적의 파트너가 한국이며, 한국이 추진하는 신북방 정책도 러시아와 협력을 전제로 한 것입니다.

2019년 중앙아시아 5개국에 수교 이래 처음으로 정상급 방문이 실현됐다. 문 대통령은 투르크메니스탄·우즈베키스탄·카자흐스탄에, 이낙연 총리는 타지키스탄·키르기스스탄에 갔다.

신남방·신북방 정책은 문재인 정부 임기 내내 추진됐다. 결과는 어땠을까. 『문재인정부 국정백서』 제18권(외교)에 이렇게 소개했다.

문재인 정부는 주변 4국 중심 외교를 넘어 '신남방 정책'과 '신북방 정책' 등을 통하여 외교 지평을 확대하였습니다. 아세안 및 인도와의 관계를 주변 4국 수준으로 강화하기 위하여 문재인 대통령은 2년여 만에 신남방 11개국을 모두 방문하였습니다. 2021년 신남방 국가들과의 교역액은 2002억 달러로 사상 최대치를 달성하였고, 러시아 등 신북방 14개국과의 교역액도 2016년 167억 달러에서 2021년 344억 달러로 급증하였습니다.

외교를 장삿속으로만 해서는 안 된다. 호혜互惠(서로 특별한 혜택을 주고받는 일)와 선린善隣(이웃하고 있는 지역 또는 나라와 사이좋게 지냄. 또는 그런 이웃)이 기본이다. 신남방·신북방 정책은 이익 추구와 선린·호혜의 중간을 시도한 것이지 않았나 싶다.

이쯤 읽은 독자는 둘 중 하나다. 무던해서 꾹 참고 읽었거나, 외교에 조금은 관심이 있었을 터다. 이 글 첫 부분에 밝힌 바대로 보통의 시민에게 외교는 관심을 끌 만한 소재가 아니다. 읽느라 고생하셨다.

이 점만은 확실하다. 외교는 외교관들만의 영역으로 남겨두기에 너무도 중요하다. 먼 나라 일이 아니다. 한국은 일거수일투족이 관심을 받는 나라가 됐다. 지켜본 이는 기록해야 하고 국민은 저간의 사정을 알아야 한다.

정치가 그렇듯 외교는 국민 눈높이를 따라간다. 관심을 거두면 그늘 속에서 그들만의 리그로 진행된다. 국민이 지켜보고 요구하면 그에 맞춰 움직인다. 국민이 호전적인 국가, 살상 무기를 파는 국가를 원하거나 용인하면 외교는 그를 실행한다. 국민이 기후 위기에 대응하고 공적개발원조ODA에 박차를 가하는 나라를 원하면 외교는 그 길로 간다. 간단한 이치다.

"그게 다 세금입니다"

외교에서 의전儀典은 중요하다. 메시지로서도 중요하지만, 국격의 문제이기도 하다.

의전은 국가·외교 행사, 국가 원수 및 고위급 인사 방문과 영접에서 행해지는 국제적 예의다. 정상이 여럿 모이는 자리에서 의전을 놓고 치열한 수싸움이 벌어진다. 자국 정상을 빛나게 하기 위해서다. 우리 정상이 중심이 되는 모임을 만들고 우리 정상을 호스트와 가장 가깝게 세우려는 등 침묵의 저강도 전투가 벌어진다.

의전비서관실 인원은 스무 명에 육박했다. 청와대 비서관실 중 인원이 많은 축이다. 의전이 얼마나 중시되는지, 일이 얼마나 많은지 보여주는 수치다.

문재인 대통령은 판에 박힌 의전, 특히 중복되는 행사를 마뜩잖아했다. 2017년 6월 미국 순방을 앞둔 회의에서 의전 간소화를 지시했다. "출국 환송, 귀국 환영 일정이 있는데 청와대에서 환송했으면 됐지, 공항까지 가서 환송합니까? 과거에 했던 대로 하는 게 맞습니까? 형식적인 의전 가운데 걷어낼 게 없는지 점검해야 합니다. 허례허식 비슷합니다. 돌아올 때도 현지 출국 보고를 실질화해서 환영은 단출하게 합시다. 더 줄일 여지가 있는지 살펴보세요."

대통령 지시라도 다 따르지 않는다. 따르지 않을 이유가 타당하다면. 한 회의 참석자가 물었다. "그래도 국민께 보고드리는 것인데 행사를 치러야 하지 않겠습니까?" 문 대통령은 이렇게 답했다. "그런 인사도 청와대에서 하면 되지 굳이 공항까지 가서…."

문 대통령 뜻대로 되지 않았다. 명분에서 '허례허식 근절'이 '국민께 보고'에 밀렸다.

한 회의에서 문 대통령이 서류를 내보이며 이랬다. "이게 나에게 오는 말씀 자료인데 의전비서관실에서 행사 시나리오로 줍니다. '모두 발언하심, 참석자와 자연스럽게 대화하심, 착석하심' 이렇게 돼 있습니다. 저에게 예를 다하는 건 좋은데 이렇게 안 해도 좋습니다. '모두 발언함, 자연스럽게 대화함' 이렇게 편하게 해주세요(써주세요)."

의전 담당자들은 "알았습니다"라고 답했다. 이 또한 고치지 않았다. 의전 담당자들에게는 자신들이 설정한 선이었다.

해외 순방만 다녀오면 기자들이 피로를 호소했다. 일정을 빡빡하게 짰기 때문이다. 기자들은 어떤 때에는 공군 1호기를 잡아타느라 실제로 뛰었다. 직전 행사 기사를 마감하고 비행기를 놓치지 않기 위해서다.

오후 느지막하게 일정이 마무리되면 하룻밤 머물고 다음 날 오전에 출발하면 좋으련만 문 대통령은 기어코 저녁 비행기에 올랐다. 일정을 줄이려고 그랬다. 순방 일정을 모두 마무리한 마지막 날에는 다들 반나절쯤 쉬고 귀국했으면 했다. 문 대통령은 서둘러 비행기를 띄웠다.

임종석 비서실장이 걱정하는 소리를 했다. "그렇게 일정을 빡빡하게 하면 무리가 갑니다." 문 대통령은 "그게(순방 비용) 다 세금인데…"라며 일축했다. 임 실장은 시무룩해했다.

내가 청와대를 그만둔 뒤 문재인 대통령은 중동, 아프리카와 관계 개선에도 힘을 쏟았다. 막 활기를 띨 참이었다. 그때 코로나가 터졌다. 외교 일정이 중단되고 순연됐다. 임기 말에는 코로나 상황이 조금 나아졌고 문 대통령은 늘 그랬듯 강행군했다.

임종석 비서실장이 청와대를 그만둔 뒤 문 대통령 순방에 따라간 적이 있다. 이렇게 물었다. "왜 그렇게 안간힘을 쓰십니까?" 문 대통령의 답은 이러했다. "내가 한 나라라도 더 해두면 다음 정부와 우리 기업에 도움이 되지 않겠습니까."

"중국은 주변국들과
어울려 있을 때
그 존재가 빛나는 국가입니다"

진심 외교

임종석 비서실장은 청와대에서 벌어지는 일의 내막을 잘 안다. 이따금 이야기보따리를 풀어놓았다. 처음에는 재미있게 들었다. 나중에 복기해 보면 비서실장으로서 내리는 지시였다.

한 해외 순방 준비 회의 때였다. 대통령은 그 자리에 없었다. 임종석 실장은 "대통령 외교정책을 우리가 못 따라가고 있다"라며 "대통령은 실용 원칙을 지키되 상대방을 더 공부하고 최선을 다한다"라고 말했다. 그러면서 "바로 진심 외교다"라고 말했다.

나는 기자로서 그를 20년 넘게 지켜봤다. 그렇게 직설적으로 남을 추켜세우는 건 처음 봤다. 비서실장 임무이기도 했을 것이다. 대통령이 진심이니 청와대 직원들도 진심으로 일하라는 지시다.

문 대통령은 상대방을 대접하는 데에는 느슨함을 허용하지 않았다. '저런 것까지 하나' 싶을 정도로 신경을 썼다. 대통령이 그러니 순방 계획을 짜거나 외국 정상을 맞는 비서진도 작은 일까지 챙기지 않을 도리가 없었다.

2017년 8월 14일 대통령 주재 수석·보좌관회의 때였다. 문재인 대통령은 "개인적 부탁이 있습니다"라고 말을 꺼냈다. 지시를 내리면 되지, 개인적 부탁이라니?

그는 "(독일 앙겔라) 메르켈 총리가 나오는 (동영상 콘텐츠) 장면을 봤는데 나는 정말 메르켈 총리를 칭찬해 줬으면 좋겠습니다"라고 했다.

사연은 이랬다. 달포 전인 7월 6일 문 대통령은 독일에서 메르켈 총리와 정상회담을 했다. 연방 총리실 청사 바깥에는 교민 수십 명이 환영 피켓을 들고 문 대통령을 기다렸다.

정상회담이 길어졌다. 교민들은 자리를 뜨지 않았다. 그들은 수행원들에게 물었다.

"대통령님 어디로 나가세요?"

"혹시 이쪽으로 와주실 수도 있을까요?"

문재인 대통령이 이 소식을 들었다. 교민을 보고 가겠다고 했다. 경호팀은 담장 주변을 살펴봤다. 대통령 동선을 바꿔도 좋다고 했다.

문 대통령은 배웅 나온 메르켈 총리에게 "관저로 먼저 가시라. 나는 교민께 인사드리고 따라가겠다"라고 권했다. 메르켈 총리는

"나도 같이 가겠다. 모두 우리(독일) 시민이다"라면서 앞장섰다.

두 정상은 청사 담장까지 걸어갔다. 두 사람은 쇠 울타리 바깥으로 손을 내밀어 교민과 악수했다. 교민들은 좋아서 어쩔 줄 몰라했다. 독일 총리실 관계자는 "이런 장면은 처음"이라고 말했다.

문 대통령은 이렇게 회고했다.

메르켈 총리와 작별하고 교민께 가려고 했습니다. 쇠 울타리까지 상당한 거리였는데도 메르켈 총리가 '함께 가겠다'라고 했고요. 담장까지 100미터가 넘습니다. 나야 (한국 교민에게 가는 게) 당연한 일이지만, 메르켈 총리는 먼 거리입니다. 이런 일은 잘 알려주세요.

청와대 관계자들은 기자들에게 이 이야기를 전하면서 "메르켈 총리가 고맙더라"라고 했다. 눈치 빠른 기자 중에 왜 지나간 이야기를 다시 하는지 묻는 이도 있었다.

2017년 12월 중국 방문을 앞둔 일정 준비 회의 때다. 주한미군 사드 배치로 인한 갈등, 대북 관계 중재 요청 등 현안이 산적해 있었다. 방중訪中 발걸음은 늘 무거웠다. 문 대통령은 이렇게 지시했다.

"내가 중국에 몇 번 다녀왔는지 알 수 있게 출입국 기록이랑, (나와 중국 시진핑 주석) 두 차례 회담 대화록, (시 주석의 중국 공산당 전국대표대회) 세 시간 연설문을 챙겨주세요."

이미 비서실과 외교부가 순방 보고서를 올렸다. 그런데도 챙겨볼 자료를 따로 고른 것이다. 한중 정상 대화록, A4 용지 68쪽 분량인 시 주석 연설문을 정독하며 회담을 준비했다.

그날은 순방 기조를 잡는 회의였다. 문 대통령 지시는 이랬다. "중국과 한국 교류가 활발하고 중국이 가장 개방적이었을 때 강대국이었습니다. 반면 중국이 폐쇄적일 때 국력이 떨어지고 한국도 폐쇄적이었고 서양이 우월한 지위였지요. 양국 간 역사 공유 등 대화거리를 찾아보세요. 아첨하지 않고 중국 사람들 마음을 사야 합니다."

일본군의 난징대학살이 벌어진 지 80년이 되던 해였다. 학살은 중일전쟁 때인 1937년 12월 13일부터 이듬해 1월까지 계속됐다. 중국은 30만 명 이상이 숨졌다고 추정한다. 피해국 중국을 위해 메시지를 내야 했다. 가해국 일본은 우리가 어떻게 하나 지켜보고 있을 터였다.

미묘한 사안이다. 난징대학살을 직접 언급하는 메시지와 '불행한 일' 정도로 에두르는 안, 두 종류가 보고됐다. 문 대통령은 직접 언급을 택했다.

중국에 도착하는 13일이 추모일이었다. 문 대통령은 노영민 주중 대사에게 베이징 서우두 국제공항에 영접하러 나오지 말고 난징의 추모 행사장으로 가라고 지시했다.

문 대통령은 그날 한중 비즈니스 포럼에서 이렇게 연설했다.

오늘은 난징대학살 80주년 추모일입니다. 한국인은 중국인이 겪은 이 고통스러운 사건에 깊은 동질감을 가지고 있습니다. 동병상련_{同病相憐}**의 마음으로 희생자들을 애도하며 여전히 아픔을 간직한 모**

든 분께 위로의 뜻을 전합니다.

사람은 누구나 존재 자체가 존엄합니다. 사람의 목숨과 존엄함을 어떤 이유로든 짓밟아서는 안 된다는 것이 인류 보편의 가치입니다. 이제 동북아도 역사를 직시하는 자세 위에서 미래의 문, 협력의 문을 더 활짝 열어야 합니다. 그러기 위해 과거를 성찰하고 아픔을 치유하는 노력이 필요합니다.

일본 제국주의 피해국으로서 동질감을 강조했다. '역사를 직시하는 자세 위에서 미래의 문을 연다.' 대일對日 관계에서도 이 태도를 임기 내 견지했다.

다음 날 한중 정상회담에서는 양국 관계를 이렇게 언급했다.

역사적으로 한중 양국은 서로 문호를 개방하고 교류와 협력을 적극적으로 추진하였을 때 공동의 번영기를 구가할 수 있었습니다. 수교 이후의 역사를 보더라도 양국은 일방의 경제 발전이 서로에게 도움을 주며 상승작용을 일으키는 관계에 있습니다. 관왕지래觀往知來라는 말이 있듯이 과거를 되돌아보면 미래를 알 수 있습니다. 양국은 가장 가까운 이웃이고 유구한 역사와 문화를 공유하고 있습니다. 저는 양국이 공동번영의 길을 함께 걸어가면서 한반도와 동북아, 나아가 세계의 평화와 번영을 위해 함께 협력해 나가야 할 운명적 동반자라고 믿습니다.

양국이 최근 일시적으로 어려움을 겪었으나 어떤 면에서는 오히려 역지사지易地思之할 기회가 되어 그간의 골을 메우고 더 큰 산을 쌓아나가기 위한 나름의 의미가 있는 시간이었다고 생각합니다. 오늘 회담을 통해 양국 관계를 한 단계 더 격상시켜 발전시키고, 평화·번영의 역사를 함께 써나가는 아름다운 동행의 새롭고 좋은 첫 발걸음을 함께 내딛게 되기를 기대합니다.

앞서 순방 회의 때 잡은 기조가 연설에 스며 있다. 관왕지래와 역지사지다.

중국 측이 듣기 좋은 말만 하지 않았다. 역사적으로 중국이 잘해야 모두에게 좋았다는 점을 강조했다. 사드로 인한 양국 긴장 등 '일시적 어려움'이 있다는 점도 분명히 했다.

이에 시진핑 주석은 "난징대학살 추모 기념식에 주중 한국대사를 참석시켜 줘서 감사하다"라고 고마움을 표시했다.

12월 15일 문 대통령은 베이징대학교를 찾았다. 중국 미래를 짊어질 동량棟樑을 상대로 연설했다. 한중 관계의 밀접함을 역설하는 데 시간을 할애했다. 18세기 베이징을 다녀간 조선 실학자 박제가, 홍대용 글을 인용해 중국 학생들 자존감을 북돋웠다.

18세기 조선의 실학자 박제가는 베이징을 다녀온 후 중국을 배우자는 뜻으로 『북학의』라는 책을 썼습니다. "중국은 말과 글이 일치하며 집은 금색으로 채색되었다. 수레를 타고 다니며 어느 곳이든 향기로운 냄새가 난다. 사람들이 활기차게 거니는 풍경은 한 폭의 그림과도 같다"라고 했습니다. 같은 시대 베이징에 온 홍대용이란 학자는 엄성嚴誠, 육비陸飛, 반정균潘庭筠 등 중국 학자들과 '천애지기天涯知己'를 맺었습니다.

다른 나라 국가 원수가 한국 대학생들에게 "100년 전 조선을 방문한 학자가 '아름다운 나라에 맑은 친구들이 산다'라고 썼다"라고 말한다면 어떤 기분일까. 어깨가 으쓱해질 것이다.

문재인 대통령은 한국인이 좋아하는 『삼국지연의』, 루쉰의 『아큐정전』, 『논어』, 『맹자』, 이백과 두보, 도연명 시를 거론했다. 마오쩌둥 주석의 대장정에 참여한 신흥무관학교 출신 김산을 소개했다. 그러면서도 중국 책임을 강조했다.

중국은 단지 중국이 아니라 주변국들과 어울려 있을 때 그 존재가 빛나는 국가입니다. 높은 산봉우리가 주변의 많은 산봉우리와 어울리면서 더 높아지는 것과 같습니다. 그런 면에서 중국몽中國夢이 중국만의 꿈이 아니라 아시아 모두, 나아가 전 인류와 함께 꾸는 꿈이 되길 바랍니다.

인류에게는 여전히 풀지 못한 두 가지 숙제가 있습니다. 그 첫째는 항구적 평화이고, 둘째는 인류 전체의 공영입니다. 나는 중국이 더 많은 다양성을 포용하고 개방과 관용의 중국 정신을 펼쳐갈 때 이 꿈이 실현 가능할 것이라고 믿습니다. 한국도 책임 있는 중견 국가로서 그 꿈에 함께할 것입니다.

중국을 높은 산봉우리로 표현했다. 국내에서는 사대주의라는 지적이 나왔다.

굳이 구분하자면 사대주의 표현이 아니라 외교적 수사다. 국빈 자격으로 방문한 상대국을 '고만고만한 산봉우리'라고 하거나 '완만한 둔덕'이라고 할 수는 없다. 미국 예일대학교 학생에게 하는 연설에서 미국을 '국제질서를 바로잡는 세계 경찰'이라고 하지 '위력을 과시하는 지구 깡패'라고 부르지 않는 것과 같다.

중국은 크고 힘센 나라다. 부인할 수 없는 현실이다.

문 대통령은 중국 위상에 걸맞게 포용·개방·관용이라는 책무를 다하라고 역설했다. 중화사상이 골수에 박힌 중국 관리라면 기분 나빴을 수도 있다.

문재인 대통령이 정성을 쏟은 정상이 또 있다. 인도의 나렌드라 모디 총리다. 모디 총리도 문 대통령에게 성의를 보였다. 두 사람은 '랜선 친구'라도 된 듯 메시지를 주고받았다.

모디 총리는 문 대통령이 당선되자 한글과 영어로 축하 메시지를 올렸다. '문재인 후보의 대한민국 대통령 당선을 진심으로 축하드립니다. 특별 전략적 동반자 관계인 한국과의 긴밀한 협력을 위해 가까운 시일 내에 만나 뵙길 바랍니다'라고 썼다. 양 정상은 다음 날 통화했다.

두 사람은 다양한 소재로 마음을 나눴다. 2018년 6월 21일은 세계 요가의 날이다. 문재인 대통령은 트위터에 글을 올렸다.

오늘은 유엔이 정한 세계 요가의 날입니다. 요가를 사랑하는 세계인의 축제날입니다. 요가의 본고장, 인도의 모디 총리님으로부터 '세계 요가

의 날'을 함께 기념했으면 좋겠다는 서한을 받았습니다. 모디 총리님과 인도 국민들에게 각별한 축하 인사를 드립니다.

ㄴ 자연과 사람뿐만 아니라 마음과 몸의 조화를 추구하는 요가는 한국에서도 큰 사랑을 받고 있습니다. 지난 일요일에는 많은 사람들이 서울 광화문광장에 모여 세계 요가의 날을 축하했습니다. 요가가 지향하는 것처럼 행복한 삶과 평화가 더욱 널리 퍼지길 기원합니다.

모디 총리도 트위터에 한글로 화답했다.

친애하는 문재인 대통령님, 세계 요가의 날을 함께 성원해 주셔서 감사합니다. 한국의 많은 분들께도 요가가 선사하는 행복과 평화가 전해지기를 바랍니다.

ㄴ 문재인 대통령님을 인도에서 만나 뵙기를 바라며, 특별 전략적 동반자 관계인 한국과 평화와 진전, 번영을 향해 함께 나아가기를 기대합니다.

문재인 대통령은 2018년 7월 인도를 국빈 방문했다. 7월 9일 동포 만찬 간담회를 개최했다. 문 대통령은 모디 총리에게 이렇게 사의를 표했다.

나는 이번 방문에서 인도 정부, 특히 모디 총리님의 아주 각별하고 따뜻한 환대를 받고 있습니다. 어제 공항에서 들어오는 길에, 또 오늘 움직이면서 거리 곳곳에 환영 플래카드, 나의 대형 사진들, 정상회담에 관한 홍보판들을 봤습니다. 외국 정상들이 오면 으레 하는 줄 알았는데 물어보니 올해 50여 차례 외국 정상들의 방문이 있었지만, 이번이 처음이라고 합니다.

모디 총리님과 나는 내일 정식으로 공식 환영식, 정상회담 등 공식 일정을 하게 되는데, 하루 먼저 친교 일정으로 간디 기념관에 동행했고, 오늘 준공하는 삼성전자 노이다Noida 신공장 준공식에도 동행해 축하를 해주셨습니다. 뿐만 아니라 노이다 공장으로 오고 갈 때 지하철을 함께 타고 이동했는데, 알고 보니 그 지하철 노선은 삼성물산이 시공하고 현대로템이 지하철 차량을 납품한 것이었습니다. 인도 국민과 함께하는 친교의 시간을 통해 우리 기업의 활약상을 보여주려는 마음을 느꼈습니다.

나는 개인이 대접받은 것으로 생각하지 않습니다. 우리 한국과 인도의 관계가 그만큼 중요해지고 또 가까워졌기 때문에 대한민국이 대접받은 것으로 생각합니다. 교민께서도 "내가 바로 대한민국 국민이야!" 하는 자부심으로 살아주시기를 바랍니다.

선물도 오갔다. 문 대통령은 인도 방문 때 모디 총리에게 초상화를 선물했다.

모디 총리는 인도 전통 조끼를 문 대통령에게 선물했다. 문 대통령은 2018년 10월 31일 소셜미디어에 이를 공개했다. 사진도 올리며 이렇게 썼다.

인도 모디 총리께서 멋진 옷을 보내왔습니다. 인도 전통의상을 한국에서도 쉽게 입을 수 있도록 개량한 모디 재킷인데, 너무 잘 맞습니다. 인도 방문 때 모디 총리의 옷이 멋있다고 했더니 특별히 저의 치수에 맞춰 보내주셨습니다. 후의에 감사드립니다. 얼마 전 한글 트윗으로 서울 평화상 수상 소감을 올리신 걸 보고, 배려심에 감동했습니다. 진심으로 축하드립니다.

문 대통령은 미국, 특히 도널드 트럼프 대통령에게 특별한 공을 들였다. 미국은 한국의 유일한 동맹국이다. 이 또한 사대주의라고 하려나?

2017년 11월 7일 도널드 트럼프 미국 대통령이 한국에 왔다. 미국 대통령의 방한은 우리에게 큰일이다. 더욱이 미국 대통령으로 25년 만의 국빈 방문이다. 문재인 정부가 맞는 첫 국빈이기도 했다.

트럼프 대통령은 한국에서 첫 일정을 평택 미군 기지 캠프 험프리스 방문으로 정했다. 그 뒤 청와대로 와서 문재인 대통령을 만나기로 했다.

문 대통령은 "내가 평택으로 가겠다"라고 했다. 참모들은 만류했다. 기존 방식대로 청와대에서 맞이하자는 의견을 냈다.

문 대통령은 평택으로 갔다. 양 정상은 캠프 험프리스에서 상봉했다. 한국군 병사를 사이에 두고 나란히 앉아 점심을 먹었다. 양국 군 통수권자 사이에서 식사하는 병사 사진은 화제를 불렀다. 군

경험이 없더라도 이 병사가 얼마나 아찔했을지 짐작이 갈 것이다.

청와대 공식 환영 행사부터 식사와 회담 등 한국이 제공할 수 있는 가장 성의 있는 대접을 했다. 문재인 대통령은 트럼프 대통령에게 공동경비구역JSA에 가자고 권했다. 남북 대치 상황을 생생하게 느끼게 하려는 의도다. 서울에서 판문점까지 헬기를 타면 15분 정도 걸린다. 판문점 전망대에 서면 북측 땅과 사람이 바라다보인다. 얼마나 가까운지 놀랄 정도다.

안개가 짙게 끼는 등 날씨가 좋지 않아 방문은 성사되지 않았다. 문 대통령은 이 일을 두고두고 아쉬워했다.

"많은 사람이 밟고 지나가면 길이 된다"

대통령 문재인의 진심 외교는 강대국이 아닌 곳에도 발휘됐다. 임종석 비서실장은 "우즈베크나 스리랑카에도 문 대통령은 건성으로 대하지 않았다"라고 말했다.

우즈베키스탄, 스리랑카는 한국 외교에서 큰 비중을 차지하는 국가가 아니다. 교류의 질과 양에서 그렇다.

우즈베키스탄은 신북방 정책 대상국이다. 천연가스와 석유, 광물자원이 풍부하다. 마침 2017년은 양국 수교 25주년이었다. 그해 11월 샵카트 미르지요예프 대통령이 국빈 방문했다.

문재인 대통령은 "(미르지요예프 대통령) 따님이 사위와 함께 우리나라에서 오랫동안 살기도 했고 손녀들이 한국말을 잘한다고 들었다"라며 "그래서 대통령님이 더 가깝게 느껴진다"라고 말했다. 미르지요예프 대통령은 "저희 막내 손녀딸은 한국 출신이다. 딸과 손녀가 한국에 살아 한국 역사를 한국 사람보다 더 잘 아는 정도"라고 답했다.

미르지요예프 대통령 둘째 사위는 우즈베키스탄 국영 자동차 기업 한국 지사에서 5년간 근무했다. 방한 중 그 사위의 생일 파티가 열렸다. 문 대통령이 소식을 전해 들었다. 심야에 자신 명의의 축하 케이크를 깜짝 선물로 보냈다.

문 대통령은 국립중앙박물관을 관람하던 미르지요예프 대통령을 예정에 없이 찾아갔다. 방한 중 공식 일정을 제외하고 친교 시간이 없었다. 그 점이 마음에 걸린 듯했다. 미르지요예프 대통령은 "한국에 와서 형님과 친구를 얻어서 매우 좋다. (문 대통령을) 아주 오래 안 듯하다"라고 말했다. 문 대통령 나이가 네 살 많다. 그래도 일국의 대통령이 상대방을 '형님'이라고 부르는 건 이례적이다.

2019년 4월 문 대통령이 우즈베키스탄을 방문했다. 타슈켄트 한국문화예술의 집 개관식에 참석했다. 미르지요예프 대통령은 "제 소중한 친구이며 형님인 문재인 대통령님과 존경하는 김정숙 여사님이 이 뜻깊은 자리를 빛내주시기 위해 함께해 주셔서 영광"이라고 말했다.

스리랑카는 더 작은 나라다. 한국과 교역량은 2022년 3억 달러가 약간 넘었다. 그해 한국 전체 교역량은 1조 4150억 달러다.

스리랑카의 마이트리팔라 시리세나 대통령이 2017년 11월 28일 방한했다. 수교 40주년이었다. 문 대통령은 미리 조계사에서 기다리다가 시리세나 대통령을 마중 나갔다. 대웅전 참배를 마친 후 총무원으로 이동하여 총무원장 설정스님과 환담했다.

참모들은 이 대면 방식도 반대했다. 환영식, 정상회담, 국빈 만찬 등 공식 행사는 다음 날 29일로 예정돼 있었다. 문 대통령은 그래도 미리 가서 만났다.

시리세나 대통령은 "내일 공식 일정이 있는데도 문 대통령께서 시간을 따로 내어 저를 만나러 와주신 것은 스리랑카와 스리랑카 국민과 저에게 큰 영광"이라고 말했다. 이어 "제가 대통령으로 취임한 후 지난 3년 동안 많은 나라를 방문했지만, 공식 일정 전에 이렇게 만나주신 정상은 처음이다. 문재인 대통령께서 얼마나 실용적이고 편안한 분인지를 보여주셔서 감사하게 생각한다"라고 말했다.

이런 일들을 놓고 임종석 비서실장은 "대통령은 자잘하게 긁히는(비판받는) 건 고려하지 않고 상대방에게 최선을 다한다"라고 말했다. 이어 "이렇게 작은 일정이 전체 일정을 덮는다(보다 의미가 있을 수 있다)"라고 평가했다.

나는 문 대통령이 외국 정상이나 국민을 대상으로 하는 연설을 꼭 챙겨 읽었다. 해당 국가 유명 작가의 글 한 구절, 속담, 현지어 인사말이 들어 있다. 공감하고 소통하려는 노력의 일환이다. 그걸 찾아 읽는 재미가 쏠쏠했다.

2017년 9월 7일 대통령은 러시아를 방문했다. 제3차 동방경제포럼EEF 전체회의에서 문 대통령은 이렇게 말했다. "러시아 속담에 '묵묵히 가면 멀리 갈 수 있다'라는 말이 있습니다. 대형 프로젝트의 추진도 중요하지만, 단기간에 실현할 수 있는 협력을 추진해 성공 사례를 많이 만든다면 양국 기업 간에 깊은 신뢰가 구축될 것입니다."

2018년 7월 12일 한·싱가포르 비즈니스 포럼 연설에서도 속담과 인사말을 넣었다. "싱가포르 속담처럼 오른손만으로는 소리를 내지 못합니다. 우리가 함께한다면 한반도를 넘어 아세안의 평화와 번영이 이뤄질 것입니다. 서로에게 배우며 미래를 향해 함께 갑시다. 마주라 싱가뿌라Majulah Singapura(전진합시다)."

이 밖에도 속담과 현지어 인사말이 담긴 연설은 여럿 있다.

"감사합니다. 뜨리마 까시(감사합니다)!"

2017년 11월 9일, 한·인도네시아 비즈니스 포럼

"아유보완(안녕하세요)! (…) 스리랑카에서는 '문 앞에서 손님을 맞을 때 가장 행복하다'라고 합니다. 오늘 우리도 귀한 스리랑카 손님을 맞아 더없이 기쁩니다." 2017년 11월 29일, 시리세나 스리랑카 대통령 국빈 방한 만찬

"베이징대학교 학생 여러분, 교수님과 교직원 여러분, 존경하는 하오핑 郝平 당서기님, 린젠화 林建華 총장님, 따지아 하오 大家好 (여러분 안녕하세요)!"

2017년 12월 15일, 중국 베이징대학교 연설

"'친구와 의지가 있으면 외롭지 않고 성공할 수 있다'라는 베트남 속담이 있습니다. 한국과 베트남은 이미 서로에게 없어서는 안 될 친구가 되었습니다."

2018년 3월 22일, 한·베트남 과학기술연구원(VKIST) 착공식

"'먼 여행을 떠나기 전에 동반할 친구를 선택하라'고 아랍의 속담은 이야기합니다. 한국을 먼 여행의 동반자로 삼아주시기 바랍니다."

2018년 3월 27일, 한·UAE(아랍에미리트) 비즈니스 포럼

"두테르테 대통령님과 필리핀 대표단 일행이 방한에서 많은 보람을 거두시길 빕니다. 마라밍 살라맛 포 Maraming Salamat Po (대단히 감사합니다)."

2018년 6월 4일, 한·필리핀 정상 공동 언론 발표

"'한 명의 지혜는 좋지만 두 명의 지혜는 더 좋다'라는 러시아 속담이 지금 우리에게 필요합니다. 한국의 지혜와 러시아의 지혜, 여기에 북한의 지혜까지 함께한다면 유라시아 시대 꿈은 대륙 크기만큼 크게 펼쳐질 것입니다. (…) 발쇼예 스파시바 Большое спасибо (대단히 감사합니다)!"

2018년 6월 21일, 러시아 하원 연설

"라세쉬 샤 인도상공회의소 회장님과 박용만 대한상공회의소 회장님, 양국 경제인 여러분! 나마스떼Namaste(존중·존경합니다). 감사합니다. (…) '반대편 네 형제의 배를 도와주어라. 그러면 네 배가 해안에 도착해 있을 것이다'라는 인도 속담이 의미심장합니다."

2018년 7월 9일, 한·인도 비즈니스 포럼

"키오라Kia ora(안녕하세요)!" 2018년 12월 3일, 뉴질랜드 동포 간담회

"테나 코우토우 카토아Tena koutou katoa(여러분, 안녕하십니까)! 아던 총리님과 나는 포용적 성장이라는 국정 비전과 목표를 공유하고 있습니다. '가장 중요한 것은 사람, 사람, 사람'이라는 마오리 속담처럼 우리는 모든 국민이 잘 사는 나라를 만들고자 합니다."

2018년 12월 4일, 한·뉴질랜드 정상 공동 언론 발표

"단냐와드Dhanyavaad(감사합니다)."

2019년 2월 22일, 한·인도 정상 공동 언론 발표

"슬라맛 뻐땅Selamat petang(안녕하십니까). (…) 뜨리마 까시Terima Kasih(감사합니다)!" 2019년 3월 13일, 한·말레이시아 공동 언론 발표

"'가벼우면 같이 들고, 무거우면 같이 짊어진다'라는 말레이시아 속담

이 있습니다. 한국과 말레이시아가 함께한다면 어떤 어려움도 가벼워질 것입니다." 2019년 3월 14일, 한·말레이시아 비즈니스 포럼

"줌 리읍 쑤어(안녕하십니까)? (…) 올해 말 한국에서 훈센 총리님을 다시 만나길 고대합니다. 이번에 받은 환대에 보답할 기회를 주시기 바랍니다. 어꾼 찌라은(대단히 감사합니다)!"

2019년 3월 15일, 한·캄보디아 정상 공동 언론 발표

"캄보디아 속담 중에 '젓가락 하나는 부러뜨리기 쉬워도 모이면 쉽게 부러지지 않는다'라는 말이 있습니다."

2019년 3월 15일, 한·캄보디아 비즈니스 포럼

"투르크메니스탄과 한국에는 '많은 사람이 밟고 지나가면 길이 된다'라는 공통된 속담이 있습니다. 사막 한가운데서 여러분이 4년여간 밟고 지나간 이곳은 이제 양국 관계 발전이라는 새로운 길이 되었습니다."

2019년 4월 18일, 투르크메니스탄 키얀리 가스화학 플랜트 현장

"'손님이 다녀간 집은 윤택해진다'라는 속담이 있습니다. (…) '아몬드를 보호해 주는 것은 껍질이고, 사람을 보호해 주는 것은 친구다'라는 속담처럼 우즈베키스탄은 한국의 형제로서 한반도 비핵화와 항구적 평화를 적극적으로 지원해 주었습니다." 2019년 4월 19일, 우즈베키스탄 의회 연설

> "앗쌀롬 알레이쿰(안녕하십니까)! 우즈베키스탄 속담 중에 '혼자서는 바위를 옮길 수 없으나, 함께하면 도시도 옮길 수 있다'는 말이 있습니다. (…) 라흐맛(감사합니다)!" 2019년 4월 19일, 한·우즈베키스탄 비즈니스 포럼

K팝 스타의 인기는 기성세대의 상상을 초월한다. 세계적으로 유명한 뮤지션만 인터뷰하던 대중문화 권위지 《롤링스톤》 표지에 한국 가수들이 나온다. 글로벌 명품 홍보대사(모델)에 한국 가수들이 선정된다.

K팝은 우리 외교의 든든한 무기가 돼줬다. K팝 스타들은 민간 외교관 역할을 톡톡히 해냈다. 외국 정상급 인사 중 K팝 스타에 '팬심'을 드러내는 이들이 많다.

2017년 11월 9일 문재인 대통령이 인도네시아를 국빈 방문했다. 조코 위도도 대통령 장녀가 K팝을 좋아했다. 아이돌 그룹 '샤이니'의 민호 팬이다. 문 대통령은 조코 위도도 대통령 장녀 결혼을 축하하는 민호 동영상과 아이돌 그룹 EXO(엑소) 서명이 담긴 CD를 선물했다. 조코 위도도 대통령은 "나도 오랜 한류 팬"이라며 감사를 표했다. 문 대통령은 "장녀의 결혼을 다시 한번 축하하며 기쁜 추억이 되길 바란다"라고 답했다. 선물을 받은 장녀 반응이 어땠는지 궁금하다.

K팝 인기는 트럼프 미국 대통령 가족에게도 통했다. 2017년 11월 트럼프 대통령이 방한했다. 영부인 멜라니아 여사는 7일 서울 중

구 정동 주한미국대사관 관저를 찾았다. '걸스 플레이2!Girls Play 2!' 행사에 참석하기 위해서다.

행사에 샤이니 민호가 참석했다. 그가 등장하자 여학생들이 환호했다. 멜라니아 여사도 환하게 웃으며 민호의 팔을 잡고 친근함을 표시했다. 늘 딱딱한 표정을 짓는 멜라니아 여사로는 이례적인 일이었다.

2018년 2월 25일 평창올림픽 폐막식 때다. 트럼프 대통령 딸 이방카 백악관 보좌관은 EXO와 가수 씨엘을 만나게 해달라고 요청했다. 문 대통령 내외와 함께 만났다. 이방카 보좌관은 EXO 멤버들에게 "우리 애들이 팬이다. 이렇게 만나다니 믿기지 않는다"라고 말했다. 유명인과 만났을 때 체면 때문에 자식 핑계를 대는 건 한국이건 미국이건 세상천지에 똑같다.

BTS는 문재인 대통령 유엔 방문에 2018년, 2021년 두 차례 동행했다. 정상들 연설보다 BTS 연설을 시청한 사람이 많았다.

정부 교체와 함께 신남방, 신북방 정책은 외교 뉴스에서 사라진 듯하다. 미국과 일본 뉴스가 다시 압도한다. 한국 현실이다.

그래도 앞서 5년간 쏟은 진심이 있다. 각국에 싹으로 남아 있기를 바란다. 꽃이 피어 홀씨가 한국으로 날아올 수도 있으니. 우리가 다시 물을 주러 갈 수도 있고.

"일본에게는
따박따박 대응할
필요가 있습니다"

내연內燃한 한일 관계

문재인 대통령 재임 기간 내내 불화한 나라가 있다. 일본이다. 악연이다.

문재인 대통령이 취임한 뒤 이전 정부가 남긴 문제를 해결해야 했다. 대체로 일본과 부딪힐 경로에 있었다.

일본은 대화보다 충돌을 택했다. 한국 요구에는 조롱조로 대꾸하기까지 했다.

문재인 대통령은 일본 총리와 전화와 만남을 계속했다. 계속 설득을 시도했다. 한 가지는 타협하지 않았다. 원칙이다. 외교에서는 상호 이익 교환, 호혜·평등이 전제돼야 한다. 한쪽만의 유불리여서는 안 된다. 역사를 직시해야 미래로 나아갈 수 있다.

정부 출범 이후 얼마 되지 않았을 때다. 화해·치유재단 문제가 도마 위에 올랐다.

재단은 복잡한 운명을 타고났다. 2015년 12월 28일 한국과 일본 외교부 장관 회담이 열렸다. 두 장관은 일본군 위안부 문제에 "최종적이고 불가역적인 합의를 했다"라고 발표했다.

기시다 후미오 일본 외무상은 기자회견장에서 "아베 신조 내각 총리대신은 일본국 내각 총리대신으로서 다시 한번 위안부로서 많은 고통을 겪고 심신에 걸쳐 치유하기 어려운 상처를 입은 모든 분들에 대해 마음으로부터 사과와 반성의 마음을 표명한다"라고 밝혔다. 대독代讀 사과다.

양국 합의에 따라 피해자를 지원할 재단을 한국 정부가 설립하기로 했다. 일본은 10억 엔을 출연했다.

일본은 '진정한' 사과나 국가의 법적 책임에는 고개를 저었다. 2016년 1월 12일 일본 중의원 예산위원회에서 야당 의원이 "아베 총리 본인에게선 (사과를) 들은 적이 없다. 한 번쯤은 자신의 언어로 말해야 한다고 생각하는데 어떤가?"라고 물었다.

아베 총리는 "박근혜 대통령에게 (사과를) 말했다. 같은 문제를 2년, 3년 뒤에도 말하라고 요구하면 위안부 문제는 최종적이고 불가역적으로 끝나지 않게 된다. 중요한 것은 책임을 갖고 이 문제에 마침표를 찍는 것"이라고 말했다. '최종적이고 불가역적 종결'에 어긋나기 때문에 직접 사과를 거부한다는 기묘한 논리다. 때린 사람이 맞은 사람에게 "미안해. 됐지? 너네 집안이랑 이야기 다 됐어. 이제 끝난 거야. 재론 금지야"라고 선언하면 사태는 종결되나? 아니면, 계기만 있으면 잘못을 사과하는 독일을 비웃은 건가? 그러고 보면 사실에 대해 눈감는 비겁한 행동은 평범한 사람만이 아니라 일국의 지도자도 버젓이 한다.

2016년 10월 3일 일본 중의원 예산위원회에서 야당 의원이 "위안부 피해자들에게 총리 명의로 사죄 편지를 보내겠느냐?"라고 질문했다. 아베 총리는 "합의 밖의 내용이다. 우리 정부는 털끝만큼도 생각하지 않는다"라고 답했다. '털끝만큼'이라는 표현은 강조 의미겠지만, 피해자에게는 조롱으로 받아들여질 법하다.

그사이 2016년 7월 화해·치유재단이 설립됐다. 피해자 할머니들은 분노했다. "돈이 중요한 게 아니야." 출연금 반환과 재단 해산을 요구했다.

'잘못을 했으면 사과하고 해를 입혔으면 물어준다'

문재인 정부가 들어섰다. 문 대통령은 양국 합의에 문제가 있다고 봤다. 외교부는 2017년 7월 31일 장관 직속으로 한일 위안부 합의 검토 TF팀을 설치했다. 여성가족부도 화해·치유재단 운영 실태를 점검했다.

TF는 다섯 달 동안 검토했다. 12월 27일 결과를 발표했다. 한마디로 '묻지도 따지지도 않고 재단을 설립했다'였다. 전시 여성 인권에 관한 국제사회 규범이 반영되지 않았다고 판단했다. '피해자 중심 접근'이 한일 협의 과정에서 충분히 반영되지 않았다는 것이다.

하루 뒤 여성가족부 조사 결과도 발표됐다. 박근혜 대통령이 "조용하고 신속하게 설립을 추진하라"고 지시한 일이 드러났다. 여가부는 외교부와 함께 민관 TF를 꾸려 재단 설립을 지원했다. 국민이 알까 봐 쉬쉬한 셈이다.

외교부와 여가부, 재단 관계자들이 생존자들을 만나 현금 수령을 권유한 정황도 확인됐다. 김태현 화해치유재단 이사장은 "받을 건 받아야죠. 할머님, 받으셔야죠. 돌아가시고 난 다음엔 해주지도 않아요. 억울하지도 않으세요? 저는 받을 건 받아야 한다고 생각해요"라고 말한 사실도 드러났다. 여성가족부는 재단 해산이 답이라는 결론을 냈다. 장관 직권으로 해산 절차를 밟았다.

한일 간 정세가 복잡해졌다. 아베 총리는 위안부 문제 합의와 관련해 "1미리(밀리미터)도 움직이지 않는다"라고 말했다. 2017년 12월 28일 《니혼게이자이신문》 보도다.

문재인 대통령은 시종일관했다. '잘못했으면 사과하고 해를 입혔으면 물어준다. 과거를 묻은 채 미래로 갈 수 없다.'

문 대통령은 취임 이튿날인 5월 11일 아베 총리와 통화했다. 문 대통령은 "우리 국민 대다수가 정서적으로 위안부 합의를 수용하지 못하는 게 현실이다. 민간 영역에서 일어난 문제에 대해 정부가 해결하는 건 한계가 있어 시간이 필요하다. 국민 정서와 현실을 인정하면서 양측이 공동으로 노력하자"라고 말했다.

이날 양자는 통성명했다. 그런 날 내놓은 발언이다. 불편한 관계가 되더라도 국민이 보기에 잘못된 점은 그냥 넘어갈 수 없다는 뜻이다. 아베 총리로서는 불쾌했을 법했다.

두 달 뒤인 7월 7일 문재인 대통령은 아베 총리와 대좌했다. 독일 함부르크에서 열린 G20 정상회담 때다. 문 대통령은 "한일 관계를 더 가깝지 못하게 만드는 무엇이 있다. 우리 국민 대다수가 정서적으로 수용하지 못하는 현실을 인정하면서 양국이 공동으로 노력해 지혜롭게 해결해 나가자"라고 말했다. 일본 처지를 고려해 '무엇'이라고 표현했다. 누구나 아는 그 무엇 말이다.

한 달 뒤 8월 15일 제72주년 광복절 경축식에서 '원칙'을 재천명했다. 양보 혹은 양도할 수 없는 부분이라는 점을 명확히 했다.

우리가 한일 관계의 미래를 중시한다고 해서 역사 문제를 덮고 넘어갈 수는 없습니다. 오히려 역사 문제를 제대로 매듭지을 때 양국 간 신뢰가 더욱 깊어질 것입니다. 그동안 일본의 많은 정치인과 지식인들이 양국 간의 과거와 일본의 책임을 직시하려고 노력해 왔습니다. 그 노력이 한일 관계의 미래지향적 발전에 기여해 왔습니다. 이러한 역사 인식이 일본의 국내 정치 상황에 따라 바뀌지 않도록 해야 합니다. 한일 관계의 걸림돌은 과거사 그 자체가 아니라 역사 문제를 대하는 일본 정부의 인식 부침에 있기 때문입니다. 일본군 위안부와 강제 징용 등 한일 간 역사 문제 해결에는 인류의 보편적 가치와 국민적 합의에 의한 피해자 명예 회복과 보상, 진실 규명과 재발 방지 약속이라는 국제사회의 원칙이 있습니다. 우리 정부는 이 원칙을 반드시 지킬 것입니다. 일본 지도자들의 용기 있는 자세가 필요합니다.

문 대통령은 '과거사 자체보다 일본 정부 인식'을 문제의 핵심으로 짚었다. 역사 문제를 매듭지어야 양국 관계가 진전된다고 못 박았다. 특히 이 문제를 자국 정치에 이용하지 말라고 경고했다. 일본은 집권 세력이 바뀔 때마다 안면을 바꿔왔다.

문 대통령은 2017년 12월 28일 소셜미디어에 글을 올렸다. 위안부 TF 조사 결과가 나온 직후다. 그는 '지난 합의가 양국 정상의 추인을 거친 정부 간의 공식적 약속이라는 부담에도 불구하고, 저는 대통령으로서 국민과 함께 이 합의로 위안부 문제가 해결될 수 없다는 점을 다시금 분명히 밝힙니다'라고 썼다.

국가 간 약속은 중요하다. 식언해서는 안 된다. 집권 세력이 바뀌었다고 이전 약속을 없던 일로 하는 나라와는 신뢰를 쌓을 수 없다. 문재인 대통령이 천명해 온 입장에 배치되는 일이다. 그럼에도 그는 위험을 무릅썼다. '국민 공감'과 '원칙'이 더 중요하다고 봤다. 협정에 하자까지 있었으니 좌시할 수 없는 일이다.

우리가 한일 관계의 미래를

중시한다고 해서

역사 문제를 덮고 넘어갈 수는 없습니다.

2017년 8월 15일, 광복절 경축사

해를 넘겨 2018년 1월 4일이 됐다. 문 대통령은 위안부 생존자를 청와대로 모셨다. 오찬 간담회를 했다. 할머니들에게 이렇게 말씀드렸다.

우리가 나라를 잃었을 때 국민을 제대로 지켜주지 못했습니다. 그때 할머니들은 아주 모진 세월을 보내야 했고 많은 고통과 아픔을 겪었습니다. 나라를 되찾았으면 할머니들의 아픔을 다 보듬어드리고 한을 풀어드려야 되는데 그러지 못했습니다. 지난 정부에서 우리 할머니들 의견을 제대로 듣지도 않고, 할머니들 뜻에 어긋나는 합의를 일본과 하게 되어서 정말 할머니들께 죄송스럽다고 말씀드리고 싶습니다. 대통령으로서 사과 말씀을 드립니다.

그 합의는 내용이 잘못됐습니다. 내용 면에서는 진실과 정의라는 원칙에 어긋나는 합의였고, 절차적으로도 피해자인 우리 할머니들 의견을 제대로 듣지 않고 정부가 일방적으로 합의를 한 것이어서 아주 잘못됐다고 생각합니다.

다들 보셨겠지만 외교부에서 TF를 통해 내용과 절차가 잘못됐다는 결과 보고서를 발표했습니다. 대통령으로서 양국 간에 공식적인 합의였다는 사실은 부인할 수 없지만 그 합의로 우리 위안부 할머니들 문제가 다 해결됐다는 것은 받아들일 수 없다고 천명했습니다. 앞으로 이 문제를 어떻게 풀어나가야 할지 그리고 우리 할머니들을 어떻게 모시는 것이 좋을지에 대한 부분도 오늘 편하게 의견을 말씀해 주시면 앞으로 방침을 결정하는 데 참고가 될 것 같습니다.

문 대통령은 원고를 읽지 않았다. 평소 생각을 말했다. 위안부 문제에 대한 가장 솔직한 의견이 아니었을까 싶다.

"일본에 특별한 대우를 요구하는 게 아닙니다"

2018년 제99주년 3·1절 기념식이 열렸다. 취임 후 첫 3·1절이었다. 문 대통령은 그때까지 일본과 겪은 갈등을 종합해 이렇게 말했다.

우리는 잘못된 역사를 우리의 힘으로 바로 세워야 합니다. 독도는 일본의 한반도 침탈 과정에서 가장 먼저 강점당한 우리 땅입니다. 우리 고유의 영토입니다. 지금 일본이 그 사실을 부정하는 것은 제국주의 침략에 대한 반성을 거부하는 것이나 다를 바 없습니다.

위안부 문제 해결에 있어서도 가해자인 일본 정부가 "끝났다"라고 말해서는 안 됩니다. 전쟁 시기에 있었던 반反인륜적 인권 범죄 행위는 끝났다는 말로 덮어지지 않습니다. 불행한 역사일수록 그 역사를 기억하고 그 역사로부터 배우는 것만이 진정한 해결입니다. 일본은 인류 보편의 양심으로 역사의 진실과 정의를 마주할 수 있어야 합니다.

저는 일본이 고통을 가한 이웃 나라들과 진정으로 화해하고 평화공존과 번영의 길을 함께 걸어가기를 바랍니다. 저는 일본에 특별한 대우를 요구하지 않습니다. 그저 가장 가까운 이웃 나라답게 진실한 반성과 화해 위에서 함께 미래로 나아가길 바랄 뿐입니다.

연설의 방점은 "일본 정부가 '끝났다'라고 말해서는 안 된다"에 있다. 피해자가 "그만하면 됐다"라고 할 때까지 사과해야 한다는 뜻이다. 피해자가 "그만하면 됐다"라고 하지 않으면? 사과가 충분하지 않다. 계속 사과해야 한다.

위안부 못지않은 의제가 튀어나왔다. 일제 강점기 강제노역 피해자 손해배상 재판이다.

강제로 끌려가 일하고도 임금을 받지 못한 한국 피해자들이 있다. 2005년 한국과 일본 법원에 소송을 걸었다. 일본 재판에서는 졌다.

한국 1, 2심 법원은 놀랍게도 일본 법원을 따라 원고 패소 판결을 했다. '일본 판결 내용이 대한민국의 선량한 풍속과 기타 사회질서에 비춰 허용할 수 없다고 할 수 없다. 일본 확정판결은 우리나라에서도 효력이 인정된다'라고 했다. 피해자들은 "어느 나라 재판부냐"라고 가슴을 쳤다.

대법원이 제동을 걸었다. 2012년 5월 24일 원심을 깨고 사건을 2심 법원으로 돌려보냈다. 대법원은 "일본 판결 이유는 일제 강점기 강제 동원 자체를 불법이라고 보는 대한민국 헌법의 핵심적 가치와 정면충돌한다. 이런 판결을 그대로 승인하는 것은 대한민국의 선량한 풍속이나 그 밖의 사회질서에 위반된다"라고 밝혔다. 이어 "1965년 6월 한일 양국이 체결한 청구권 협정에 따라 개인 청구권도 소멸했다고 보기 어렵다"라며 "강제 동원 등 불법 행위는 한일 청구권 협정에서 다뤄지지 않았으므로 배상 책임은 일본 정부와 기업에 있다"라고 판단했다.

피고 기업인 구舊신일철주금은 상고했다. 대법원은 2018년 10월 30일 상고를 기각했다. 피고 기업이 원고들에게 위자료를 주라는 원심판결이 확정됐다.

일본 반발은 전례 없이 거셌다. 총리부터 장관, 의원들이 총출동했다. 이들이 입을 모은 지점이 있다. 1965년 한일 청구권 협정으로 양국과 국민 간 청구 문제는 최종 해결됐다는 주장이다. 한국에 제공한 무상 3억 달러, 유상 2억 달러로 책임을 다했다는 것이다.

일본은 한국 대법원 판결이 청구권 협정 위반이라고 했다. 한국 정부에 이를 시정할 책임이 있다고 압박했다. 아베 총리는 그해 11월 1일 중의원 예산위원회에 나갔다. 그는 "구舊조선 반도(한반도) 출신 노동자 문제는 1965년 한일 청구권 협정으로 완전하고 최종적으로 해결됐다"라고 말했다. 이어 "(일본) 정부는 '징용공'이라는 표현이 아닌 옛 한반도 출신 노동자 문제라고 말씀드리고 있다. 국제재판을 포함해 모든 선택지를 시야에 두고 의연한 대응을 할 방침"이라고 밝혔다. 노역이 강제가 아니었다는 말이다. 당한 이들로선 기가 막힌 노릇이다.

고노 다로 외무상은 더 나아갔다. 외교 책임자 처신으로 보기 힘든 언행을 했다. 선전포고 직전 국방 각료인 양 험한 말을 쏟아 냈다. 11월 6일 그는 한국 대법원 판결을 "폭거이자 국제질서에 대한 도전"이라고 말했다. 그는 "한국 측이 적절하게 대응할 것으로 믿는다. 그러지 않으면 모든 수단을 취할 준비가 돼 있다"라고 단언했다. 누가 봐도 국내용이다. 일본 내부를 향한 정치적 둔사遁辭다.

스가 요시히데 관방장관도 마찬가지였다. 그는 "한국 정부가 적절한 조치를 마련하지 않으면 국제재판도 포함해 모든 선택지를 시야에 두고 의연하게 대응하겠다"라고 말했다.

문재인 대통령은 여러 번 "따박따박 대응할 필요가 있다"라고 주문했다. '따박따박'이라는 말은 문 대통령이 자주 쓰는 용어다. 반듯하고 또렷하다는 '또박또박'의 부산 사투리다.

문 대통령은 일본의 인식이 잘못됐다고 봤다. 민주주의 원칙에 어긋난다는 것이다. 사법부 판단을 행정부가 뒤집으라는 요구는 '삼권 분립'에 반한다. 그는 11월 7일 티타임에서 "사법부 판결은 외교가 아니다. 사법부는 법적으로 판단했고 정부는 개입하지 않는다. 그게 민주주의의 근간"이라고 말했다. 이어 "일본도 마찬가지다. (한국) 사법부 판결에 대해 외국 정부가 외교 문제화하는 건 현명치 못한 일이고 유감스러운 일"이라고 했다.

문 대통령은 판결 취지를 이렇게 설명했다. 그의 직업적 알맹이는 변호사니까.

사법부 판단은 한일 협정 효력을 부정하는 것이 아니에요. 그 근

간을 해석하면서 적용 범위가 어디까지 미치나, 한국인 피해자, 강제 징용해 불법 행위를 가한 일본 기업의 배상 효력이 미치나를 판단한 겁니다. 피고가 일본 기업이라서 (일본이) 이런저런 논평을 말할 수는 있으나 외교적 대응은 현명하지 못합니다. 우리가 제대로 대응해야죠.

이후에 이낙연 총리나 강경화 외교부 장관이 유감을 표명했다. 일본에 자제를 촉구했다.

문재인 대통령은 11월 12일 티타임 때 "법률가 입장에서 봐도 국가가 개인 위임을 받지 않으면 대통령이라도 개인 고유 권리를 소멸시킬 권리가 없다. 그러려면 국민적 동의 같은 절차를 거쳐야 한다"라고 말했다.

일본 의원들에게도 같은 취지로 설명하며 협조를 구했다. 그해 12월 14일 문 대통령은 청와대에서 누카가 후쿠시로 일한의원연맹 회장 등 일본 대표단을 접견했다. 문 대통령은 "대법원 판결은 한일 기본 협정을 부정하는 것이 아니다. 기본 협정은 유효하지만, 노동자 개인이 일본 기업에 대해 청구한 손해배상 청구권까지 소멸된 건 아니라고 본 것"이라고 말했다.

이어 "강제징용 노동자 문제는 사법부 판결이다. 일본도 그렇듯이 한국도 삼권 분립이 확고해 한국 정부도 이를 존중해야 하는 상황"이라고 밝혔다. 또 "이 문제가 양 국민의 적대 감정을 자극하지 않도록 신중하고 절제된 표현이 필요하다. 양국 간 우호 정서를 해치는 것은 한일 미래 관계 발전에 도움이 되지 않는다"라고 덧붙였다.

공은 일본으로 넘어갔다. 일본은 어떻게 했을까.

"주객이 전도된 상황인데
왜 그걸
겪고만 있습니까?"

욱일기 게양 논란부터 일본 초계기 사건까지

일본은 양보하지 않았다. 오히려 공세를 강화했다. 우선 역사 공세에 나섰다. 이전보다 거침이 없었다. 도발하듯 했다.

　내가 청와대 있는 동안에만 역사 교과서를 세 차례 고쳤다. 2017년 6월 초등·중학교 학습지도요령 해설서, 2018년 3월 고교 교과서 학습지도요령, 같은 해 7월 고교 교과서 학습지도요령 해설서를 각각 고쳤다. 독도를 '일본 영토'라고 했다. 위안부 피해자 및 강제노역 관련 사안은 불명확하게 기술하거나 강제성을 희석했다.

　그때마다 우리 정부는 항의했고, 일본은 반응하지 않았다.

　'군함도' 문제도 수면 위로 올라왔다. 일본 나가사키 항에서 남서쪽 17.5킬로미터 지점에 무인도가 있다. 모양이 군함을 닮았다. 탄광 도시였다. 일제 치하 조선인 강제 동원과 노동착취 현장이다.

2015년 7월 유네스코 세계유산위원회가 열렸다. 군함도 등 일본 스물세 개 근대산업 시설을 세계유산으로 등재한다고 결정했다. 세계유산위원회는 일본에 각 시설의 전체 역사를 이해할 수 있게 해야 한다고 권고했다. 일본 대표는 강제노역 시설이었음을 알리고 희생자를 추모하는 등 후속 조치를 하겠다고 약속했다.

일본은 2017년, 2019년 세계유산센터에 이행 경과 보고서를 냈다. 후속 조치는 포함하지 않았다. 오히려 강제 동원이 아니었다고 여론전을 폈다. 지금도 약속을 지키지 않고 있다.

독도 문제에는 신경질적 반응을 보였다. 2017년 11월 도널드 트럼프 미 대통령의 한국 방문 때다. 독도 새우를 넣은 복주머니 잡채가 만찬 메뉴에 포함됐다. 국빈 만찬에는 위안부 피해자 이용수 할머니를 초대했다. 이용수 할머니는 트럼프 대통령과 포옹하며 인사했다.

일본은 대사관을 통해 독도 새우를 문제 삼았다. 스가 요시히데 관방장관도 "왜 그랬는지 의문이 든다. 일·미·한의 밀접한 연대에 악영향을 끼치는 듯한 움직임은 피할 필요가 있다"라고 말했다. 다음 날 고노 다로 외무상도 "항의를 포함해 이번 기회에 (우리 의사를) 확실하게 전했다"라고 했다.

2018년 2월 평창동계올림픽 때 남북 선수단이 함께 입장하며 한반도기를 들기로 했다. 일본은 "한반도기에 독도가 들어가서는 안 된다"라고 주장했다. '정치적 메시지로 올림픽 정신에 반한다'라는 것이다. 국제올림픽위원회IOC에 압박을 가했다. IOC도 일본을 편들었다.

한반도 깃발에서 독도를 뺐다. 당시로서는 평창동계올림픽의 성공적 개최가 가장 절실했다.

2018년 4월 27일 남북정상회담 만찬 메뉴에도 시비를 걸었다. 이번엔 망고 무스였다. 장식으로 들어간 한반도기에 독도가 그려져 있다. 일본 외무성은 주일 대사관을 통해 만찬에 망고 무스를 제공하지 말라고 했다. 남의 잔칫상에 감 놔라 배 놔라 하는 격이다. 이번에는 일본 요구를 무시했다.

2018년 10월 일본 원자력규제위원회는 후쿠시마 원전 오염수 해양 배출을 검토하겠다고 발표했다. 한국 정부는 아홉 개 부처를 망라하는 관계부처 TF팀을 구성해야 했다. 안전성이 확인되기 전까지 오염수를 방류해서는 안 된다는 우려를 일본에 거듭 전달했다. 국제 원자력 규제자 회의 등 다자회의와 한일 각급 회의에서 일본에 설명을 요구했다.

일본은 우리 측 요구에 어떻게 대했을까. 아베 총리 말마따나 어떤 사안이든 1밀리미터도 양보하지 않았다.

한반도기 논란과 비슷한 일이 벌어졌다. 욱일기 문제다.

일본은 공세, 한국은 수세

2018년 10월 11일 제주에서 제3회 해군 국제관함식을 열기로 했다. 관함식觀艦式은 군 통수권자가 군함 전투태세와 장병 군기를 검열하는 사열 의식이다. 다른 나라 함정을 초청하는 국제관함식은 군사 교류 성격도 있다.

일본 해상자위대는 욱일기를 달고 올 예정이었다. 욱일기는 일본군이 제2차 세계대전 때 사용했다. 피해국에는 일본 제국주의 침탈의 상징이다. 아시아 피해국에서도 혹독하고 오래 착취당한 한국인 반감이 특히 강했다.

욱일기 논란이 2018년 9월 7일 티타임에서 보고됐다. 문재인 대통령이 물었다. "일본 군함이 욱일기를 다는 부분에서 뭐라고 대응하기는 합니까? 해상자위대 깃발이니 어쩔 수 없다는 것입니까?"

'이전 관함식에서 일본이 욱일기를 게양한 적이 있다'라고 보고됐다. 문 대통령이 다시 물었다. "욱일기를 달고 올 때 못 들어오게 막을 수는 없을 것 같은데 (우리가 일본에) 일본 국기를 달라고 하면 되지 않습니까? 일본이 말을 듣든, 듣지 않든 공문 같은 것으로 보내세요. '한국 사람들은 욱일기를 받아들일 수 없는 정서다'라고 한국 정부가 정식으로 요청해야 합니다. (일본이 받아들이지 않으면) 입항 자체는 막지 말아도 (욱일기를 달지 말라고) 요구는 해야 하는 것 아닙니까?"

한국 해군은 9월 26일 각국에 공문을 보냈다. 해상 사열에 참여할 함대는 자국 국기와 태극기를 달아달라고 했다.

일본은 반발했다. '일본 국내법상 자위함기(욱일기) 게양은 의무로 돼 있다'라는 주장이다. 유엔 해양법 조항상 군함 소속을 나타내는 외부 표지에 해당한다고 밝혔다. 오노데라 이쓰노리 일본 방위상은 9월 28일 기자들에게 "자위함기 게양은 국내 법령상 의무다. (제주 국제관함식에 갈 경우도) 당연히 달 것"이라고 말했다.

일본은 오랫동안 욱일기를 써왔고 법적으로 문제가 없다고 주장한다. 만일 독일이 나치 상징인 하켄크로이츠(卐)를 군 기장, 혹은 해군기로 지정하려고 했다면 용인됐을까.

어림없는 이야기다. 유럽은 공소시효 없는 수사와 재판으로 나치 전범을 치죄해 왔다. 하켄크로이츠 문양 옷만 입어도 문제가 된다. 독일이나 프랑스 공공장소에서 나치 차림을 하면 징역형이나 벌금형을 받는다.

2005년 영국 해리 왕자(당시 20세)는 나치 제복 차림에 하켄크로이츠 완장을 차고 친구 생일 파티에 참석했다. 그 사진이 신문 1면을 장식했다. 영국 왕실이 발칵 뒤집혔다. 해리 왕자는 "잘못된 판단으로 국민을 불쾌하게 한데 죄송하게 생각한다"라는 사과문을 냈다.

일본은 패전 이후 욱일기 사용을 중단했다. 1954년 육상자위대와 해상자위대를 창설하면서 욱일기를 자위대기로 사용하기 시작했다. 아시아 피해국들이 제2차 세계대전 후유증에서 벗어나느라 정신이 없을 때다. 일본은 이후 욱일기 사용을 공식화했다.

국내에서 자위대 함정의 욱일기 게양 반대 목소리는 갈수록 높아졌다. 10월 3일 서울 종로구 옛 일본대사관 앞에서 '일본군성노예제 문제 해결을 위한 정기 수요시위'가 열렸다. 92살이던 김복동 할머니는 "아베한테 똑똑히 말을 전하라. 어디 괜히, (욱일기) 들고 못 들어온다고. 주의하라고 전해 달라. 그냥 있을 것 같으냐"라고 말했다.

일본은 버텼다. 한국 해군은 독도함을 좌승함座乘艦으로 삼는 방안을 검토했다. 좌승함에는 대통령과 외국 대표 등 주요 인사가 탄다. 각국 함정은 사열 중 좌승함에 경례한다. 욱일기를 단 일본 함정이 자기 땅이라고 우기는 독도 이름을 딴 좌승함에 경례할 판이다.

앞서 2008년 국제관함식 때 해군은 독도함을 좌승함으로 지정할 계획이었다. 일본이 "참가를 거부하겠다"라며 반발했다. 해군은 강감찬함을 좌승함으로 지정했다.

해군은 국제관함식 개최에 공을 들여왔다. 10년 만의 행사다. 독도함을 좌승함으로 삼으면 일본 자위대 반발은 더 심해질 게 뻔했다.

행사 1주일을 앞둔 10월 4일 양단간에 결론을 내야 했다. 티타임에서 문 대통령은 이렇게 지시했다. "일본이 욱일기를 달겠다면 우리도 독도함을 좌승함으로 쓰겠다고 하세요. 적절한 시기에 원만하게 합의하고 (일본이 욱일기를) 내리든, 우리는 독도함을 좌승함으로 하고 일본은 욱일기를 달고 오든, 입장을 공식화해서 일본에 맡기든 하세요."

일본에 최종안이 전달됐다. 10월 5일 이와야 다케시 방위상은 국제관함식에 해상자위대를 참가시킬 계획을 취소했다고 공식 발표했다. 욱일기를 단 일본 배는 들어오지 않았다.

10월 11일 국제관함식에서 문재인 대통령은 좌승함 일출봉함에 승선해 국내외 해군 함정의 해상 사열을 받았다. 독도함에는 초청된 국민 800여 명이 탑승했다.

일본의 시비는 배에서 비행기로 옮아 붙었다. '초계기 사건'이다. 초계기는 해상 공역에서 경계 및 정찰 임무를 수행하는 비행기다. 적을 발견하면 공격한다.

2018년 12월 20일 북한어선이 구조 신호를 보냈다. 독도 북동쪽 100킬로미터 부근 대화퇴 어장 인근 공해상이었다. 해군 소속 광개토대왕함과 해양경찰 함정이 출동했다. 일본 해상자위대 소속 대잠 초계기가 거리 500미터, 고도 150미터로 접근했다가 물러났다.

일본은 광개토대왕함이 화기 관제(사격 통제) 레이더를 작동 후 조사照射(비춤)했다고 주장했다. 국방부는 "화기 관제 레이더 조사는 없었다"라고 부인했다.

이후 내내 일본은 공세, 한국은 수세를 취했다. 국방부 이진우 부대변인은 24일 "우리 군은 인도주의적 구조를 위해 정상적인 작전 활동을 했다"라고 말했다. 그는 "일본 측이 위협을 느낄 만한 어떠한 조치도 없었다"라며 "일본 측이 오해하는 부분이 있다면 통상적인 절차대로 양국 당사 간에 소통과 협의를 통해 해소하면 된다"라고 설명했다.

일본 방위성은 성탄절인 12월 25일 반박 성명을 냈다. "화기 관제 레이더 특유의 전파를 일정 시간 동안 계속해 여러 번 조사당한 것을 확인했다"라고 했다. 한국 국방부는 재반박하지 않았다.

일본은 29일 초계기에서 촬영했다는 13분 7초 분량 동영상을 공개했다. 기장과 대원이 나눈 대화도 녹음돼 있다. 결정적 증거인 화기 관제 레이더 주파수 데이터는 공개하지 않았다. 팥소 빠진 찐빵 꼴이다. 방위성 간부는 "기밀이라서 공개할 수 없다"라고 말했다고 지지통신이 보도했다. 전형적인 언론 플레이다. 믿고 싶은 사람만 믿게 하는.

일본 언론은 동영상 공개를 지시한 이가 아베 총리라고 30일 보도했다. 아베 총리가 앞서 27일 이와야 다케시 방위상을 비공식적으로 관저로 불러 지시를 내렸다고 했다. 이 또한 언론 플레이다. 총리 관저는 일본 내에서 최고 등급의 보안 시설이다. 그런 총리 관저에서 내린 비공식적인 지시가 언론에 나갔다? 관계자가 팩트를 리크(누설)했기에 가능하다.

2018년 12월 31일 대통령 주재 수석·보좌관회의가 열렸다. 보고 안건은 포용국가 정책, 국민 청원 개선 방향이었다. 회의가 끝나갈 때였다. 문재인 대통령이 "한 가지만 더, 일본 초계기 문제인데…"라고 말을 꺼냈다. "우리는 '레이더 조사를 안 했다, 북한어선 구조에 필요한 레이더를 가동했다'고 계속 해명하는데 일본은 지속적으로 문제 삼고 있어요. 국방부가 100퍼센트 옳다면 일본 초계기가 150미터 저공비행 하는 게 오히려 위협 비행이 아닙니까. (일본이) 우방 국가라고 현장에서 믿는다고 해도 현장 대응이 적절한 건지 모르겠습니다. 오히려 (우리가) 일본에 강하게 항의할 필요가 있는데 우리는 해명만 하고 일본은 계속 공격 모드입니다. 납득이 안 가요."

담당자는 '일본과 대화를 통해 조율을 희망하고, 그렇게 대응하고 있다. 합참 현장 조사는 광개토대왕함의 북한어선 구조에 집중하고 있다'라는 취지로 답했다.

문 대통령 질문이 계속됐다. "현장에서 아무리 우방국 비행기라도 그렇게 근접해 저공비행을 했으면 '목적이 뭔가' (하고) 경고 등 현장 대응을 해야 했습니다. 당시 구조에 급급하고 (상대방의) 다른 적의가 없더라도 사후에 강한 항의해야 하지 않습니까? 주객이 전도된 상황인데 왜 그걸 겪고만 있나요?"

'24일 현장에서 강력하게 문제를 제기했고 27일 당국 화상회의에서 문제를 제기했다'라는 답변이 나왔다. 문 대통령은 답답해했다. "그런 건 왜 보도가 안 되고 일본 측 항의만 나갑니까? 상황이 끝났으면 몰라도 일본은 영상을 계속 공개하고, 그런 것도 대응했어야 합니다."

문 대통령은 근본적 문제를 들췄다. "현장이 카디즈Korea Air Defense Identification Zone(한국 공군의 방공식별구역) 바깥이라도 초계기는 고도의 정보 기능이 있어 멀리서도 볼 수 있는데 우리 영토에 그렇게 근접하는 게 온당한지 모르겠습니다. 우리도 초계기를 띄워서 (일본) 영내를 다 들여다보면 일본이 아무 말이 없겠습니까? 우리 함선은 영해와 같은 것인데 의도가 없더라도 150미터까지 근접하는 것 자체가 문제입니다."

그러면서도 사태가 악화일로를 걷는 데 우려를 표명했다. 이렇게 주의를 줬다. "이런 문제를 갖고 분쟁으로 확대하는 것은 바람직하지 않습니다. 절제가 필요합니다."

일본의 강경한 대응은 해를 넘겨 계속됐다. 2019년 1월 1일 아베 총리 인터뷰 기사가 나왔다. 그는 "화기 관제 레이더를 조사하는 것은 위험한 행위로, 재발 방지책을 확실히 해주기를 바란다"라며 "한국 측도 받아들여 주기를 바란다"라고 말했다.

한국 국방부는 1월 2일 대응 보도자료를 냈다. "일본은 더 이상 사실을 왜곡하는 행위를 중단하고 인도적 구조 활동 중이었던 우리 함정에 대해 위협적인 저공비행을 한 행위를 사과해야 한다"라는 내용이다.

일본은 1월에만 세 차례 한국함에 근접 비행으로 도발했다. 540~3600미터 거리로 저공비행했다. 그때마다 한국 국방부는 항의했다. 일본은 적절한 비행이었다고 맞받았다. 그래서는 안 되지만 만일 북측 초계기가 그랬다면 "왜 경고사격조차 않느냐"라고 여론이 들끓을 사안이다.

문 대통령은 그래도 일본과 관계 복원 노력을 멈추지 않았다. 2017년 7월 아베 총리와 첫 만남에서 '정상 간 셔틀 외교'를 복원하기로 합의했다. 그해 8월 7, 25, 30일 아베 총리와 통화하며 북한 미사일 도발 방안을 협의했다.

남북정상회담을 앞두고 2018년 3월 16일과 4월 24일 아베 총리와 통화했다. 회담이 끝난 4월 29일 정상회담 결과를 통화로 공유했다. 2018년 9월 25일 미국 뉴욕 유엔 총회에서 양 정상이 회담했다. 남북정상회담의 성과와 '김대중-오부치 공동 선언' 20주년을 평가했다.

'어차피 받아들이지 않을 텐데 저렇게 공을 들이나' 싶었다. 아베 총리에게 대한對韓 관계는 외교뿐만 아니라 일본 내부 정치까지 긴 고차 방정식이다. 조롱과 막말에 가까운 언사는 자국 내부를 겨냥한 조처다. 한국 때리기는 일본 여권의 지지율 하락을 막는, 혹은 상승시키는 '불량 구급약'이다. 문 대통령이 바꿀 수 없는 일이다.

방법이 있기는 하다. 일본 요구를 들어주면 된다. '원칙 훼손과 국익'의 교차점이 어딘지를 알면 해볼 수도 있다. 이를 계량하기가 어려웠다. 더욱이 상대방은 "1미리(밀리미터)도 움직이지 않"으려고 했다. 일본 요구만 들어주고 우리는 아무것도 얻지 못할 수도 있었다.

사과를 요구하지 않는 상대에게 먼저 사과를 한다는 것

'잘못했으면 사과하고 해를 입혔으면 물어준다.' 앞서 밝힌 바 문재인 대통령 원칙 중 하나다. 이는 베트남에도 그대로 적용됐다. 이번엔 우리가 가해국이다.

베트남전에서 한국군은 민간인을 학살했다. 베트남에 사과해야한다는 목소리가 한국 시민사회에서는 꾸준히 나온다.

한데 이는 외교 문제만은 아니다. 국내 보수층은 사과를 반대한다.

2001년 쩐 득 르엉 주석이 방한했다. 김대중 대통령은 정상회담에서 "본의 아니게 베트남 국민에게 고통을 준 데 대해 미안하게 생각한다"라고 말했다.

한나라당 박근혜 부총재가 문제를 제기했다. 그는 "대한민국이 월남전에 참전해서 월남인들에게 고통을 줬다는 대통령의 역사인식은 과연 무엇인가"라고 물었다. 이어 "김 대통령의 말대로라면 6·25전쟁 때 우리를 도운 16개국도 북한에 사과해야 하느냐"라고 맹비난했다.

김대중 대통령은 적시하지 않았지만 민간인 학살 부분을 사과했다. 박근혜 부총재는 이를 '한국의 베트남전 참전 자체'로 확대해 비난했다. '논점 비틀어 때리기'다. 교묘해서 잘 먹히는 공세였다.

노무현 대통령도 사과했다. 베트남을 국빈 방문한 2004년 10월 9일 쩐 득 르엉 주석에게 "우리 국민은 마음의 빚이 있다. 그만큼 베트남의 성공을 간절히 바라고 있다"라고 말했다.

문재인 대통령도 사과 의사를 내비쳤다. 그의 본질은 인권 변호사다. '군의 민간인 학살은 마땅히 사과해야 한다.'

2017년 11월 아시아태평양경제협력체APEC 정상회의 때 베트남과 정상회담이 예정됐다. 순방 준비 회의에서 문 대통령은 "베트남과 우리에게 불편한 역사가 있다"라며 "심정적으로는 유감을 표시하거나 진심 어린 사과가 필요하지 않을까 싶다"라고 말했다.

회의에 참석한 외교부 사람들은 긴장하는 눈치였다. 문 대통령은 "외교부는 베트남이 원하지 않는다고 (사과를) 반대한다"라며 "베트남 돕기 운동을 하는 한국 사람들은 '(베트남 사람들에게) 깊은 상처가 있다. 이를 치유할 사과를 하면 베트남도 긍정적으로 받아들인다'라고 한다"라고 전했다.

문 대통령은 "우리나라 같으면 사과를 요구하지 않겠냐. 우리는 일본에 진심 어린 사과를 원한다"라며 "베트남이 원해서가 아니고 한 걸음씩 진심 담긴 사과가 필요하다"라고 말했다.

문 대통령은 "(노무현 대통령이) '마음의 빚'이라고 했는데 나는 좀 더 나가야 한다고 본다"라며 "베트남이 사과를 요구하지 않는 것은 일종의 도광양회韜光養晦(자신의 재능이나 명성을 드러내지 않고 참고 기다림)로, 과거는 덮고 성장하자는 것"이라고 했다. 이어 "사과를 요구당해서가 아니라 선제적으로 하자는 것이니 (사과 여부를) 판단해 달라"라고 말했다.

문재인 대통령은 11월 11일 베트남을 방문했다. 쩐 다이 꽝 국가주석과 정상회담을 했다. 이 자리에서는 특별한 언급은 없었다.

같은 시각 호찌민시 응우옌 후에 거리에서 '호찌민-경주 세계 문화 엑스포 2017' 개막식이 열렸다. 문재인 대통령 영상 축전이 상영됐다. 문 대통령은 "한국은 베트남에 마음의 빚을 지고 있습니다. 그렇지만 이제 베트남과 한국은 서로에게 가장 중요한 경제 파트너이자, 친구가 되었습니다"라고 말했다. 노무현 대통령의 언급 수준이다.

한국 시민사회는 '부족하다, 왜 직접 사과하지 않느냐'고 비판했다. 문재인 대통령도 부족한 듯했다. 베트남을 국빈 방문한 2018년 3월 23일 반걸음 나아갔다. 문 대통령은 쩐 다이 꽝 주석과 정상회담에서 "한국과 베트남이 모범적인 협력관계를 발전시켜 가는 가운데 우리 마음에 남아 있는 양국 간 불행한 역사에 대해 유감의 뜻을 표한다. 양국이 미래지향적인 협력 증진을 위해 함께 힘을 모아가기를 희망한다"라고 밝혔다. '사과'까지는 안 갔지만, '유감'을 표명했다.

꽝 주석은 비공개 회담에서 "베트남전 과거사에 대한 한국 정부의 진심을 높이 평가한다"라고 말했다. 그는 "과거 아픔을 치유하고 양국 간 우호 관계를 공고히 하며 상생 협력을 강화하기 위해 한국 정부가 더 노력해 주길 바란다"라고 말했다.

베트남전을 둘러싼 베트남 내부 인식은 편차가 있다. 그 사연을 문 대통령에게서 들을 수 있었다. 2019년 1월 21일 티타임에서다. 베트남이 2차 북미정상회담 개최지로 대두될 때였다. 문 대통령은 이렇게 말했다.

월남전 참전 파병 과정에서 (빚어진) 민간인 학살 문제에 계속 사과해야 한다고 한국 시민사회가 주장합니다. 그래서 나간 표현이 '마음의 빚을 갖고 있다'지요. 베트남 지도자들은 사과를 원하지 않아요. 과거 문제를 거론하는 것 자체를 원하지 않는다는 게 베트남 입장입니다.

사석에서 (베트남 측에) 물어봤는데 우리나라 시민사회와 인식 차이가 있어요. '(베트남에) 베트남전은 한국만의 문제가 아니고 미국 등 모든 국가와의 문제다. 베트남전은 우리가 이긴 전쟁이다. 프랑스, 일본, 미국도 이겨냈다.' 강대국을 상대로 이겨내 자랑스러운 역사로 봅니다. 베트남 지역 주민은 사과 이야기를 하지만, 국가 차원에서 원치 않아요.

새 정부 출범 이후 한일 간에 부글부글 끓던 문제는 잠잠해졌다.

갈등은 멈추거나 봉인됐다. 강제노역 피해자에 대한 제3자 변제, 초계기 갈등 봉합 등의 방식이다. 대신 대일 외교를 놓고 국내 갈등이 커졌다. 일본은 한국 정부의 적극적 옹호를 받으며 후쿠시마 오염수를 방류하기 시작했다.

정확한 대차대조표는 시간이 흐른 뒤에 확인할 수 있을 터.

- 대한민국은 호혜·평등의 원칙하에 모든 국가에게 문호를 개방할 것이며, 우리와 이념과 체제를 달리하는 국가들도 우리에게 문호를 개방할 것을 촉구한다.
- 대한민국의 대외 정책은 평화 선린에 그 기본을 두고 있으며, 우방들과의 기존 유대 관계는 이를 더욱 공고히 해나갈 것임을 재천명한다.

누가 한 말일까. 보수가 자랑스러워하는 박정희 대통령이다. 그는 1973년 6월 23일 평화통일 외교정책에 관한 특별선언에서 그렇게 선언했다.

박 대통령 말대로 외교는 선린, 호혜와 평등이 기본 아닌가. 무조건의 짝사랑이 아닌, 서로 이해하는 사랑 말이다. 현재 일본과 선린은 분명해 보인다. 그렇다면 호혜와 평등도 실현되고 있나. 우리가 내준 만큼 일본으로부터 받아낸 것은 무엇인가. 잘 모르겠기에 하는 말이다.

2018년 9월 26일
문재인 대통령은 미국 워싱턴에서 열린
제73차 유엔총회 기조연설에서
한반도 비핵화를 위해 국제사회가 노력해달라고 역설했다.
연설을 앞두고 문 대통령은
주유엔 한국 대표부 갤러리에 걸린 그림을 감상하며
자신을 짓누르는 긴장감을 풀었다.

"바깥에 나가면
더 잘 보일 테니
의견을 많이 주세요"

2019년 초 청와대가 개편됐다. 21대 국회의원 총선거를 앞두고다.
나도 이때 나왔다.

청와대에서는 일이 싫다고 안 할 수도 없고, 하고 싶다고 다 할
수도 없다. 장관급 실장부터 9급 행정요원까지 결국에는 비서다.
나는 청와대에 있으면서 이 규정에 나를 강하게 묶었다.

박지원 전 국정원장이 한 이야기가 있다. 2001년 가을 여당 새
천년민주당에서 쇄신 요구가 빗발쳤다. 김대중 대통령은 그해 11
월 당 총재직에서 물러났다. 당 안팎의 대통령 가신과 측근도 물러
났다. 당시 청와대 정책기획수석 비서관이자 DJ의 오른팔이던 박
지원 전 원장도 청와대를 떠나야 했다. 심경을 묻는 기자들에게 그

는 "비서는 입이 없다"라고 말했다. 그의 말에 전적으로 공감한다.

청와대에 있으면서 나는 기자들 앞에서 마이크를 잡지 않았다. 내 역할이 아니기 때문이다. 업무 이외에 관련 부처나 여당 인사, 기자들과 접촉하지 않았다. 나를 알릴 필요가 없었기 때문이다.

대통령 비서가 뭘 했는지 부처와 여당 사람들, 기자들이 안다면 그는 비서 일을 그만둬야 한다. 자신을 드러내는 다른 일을 찾아야 한다. 선악, 호오의 문제가 아니다. 일의 성격 때문이다. 나는 지금도 '비서는 대외적으로 입이 없어야 한다'라고 믿는다.

마지막 업무로 대통령 주재 수석·보좌관회의 모두 발언문을 썼다. 설을 앞두고 인사말을 골랐다. 귀향, 귀성길 교통안전 문제로 초를 잡았다.

다른 한 꼭지는 '온누리상품권, 지역사랑상품권'을 이용해 달라는 당부다. 그냥 끝내면 밋밋할 듯했다. 대형 할인점에 밀려 고전하는 재래시장과 골목 상점을 응원하면 어떨까. 감성을 반 숟가락쯤 넣어서.

국민께서도 제사용품이나 설빔을 살 때 대형마트만이 아니라 우리 이웃들이 언 손을 녹여가며 장사하는 전통시장이나 골목골목의 가게를 찾아 값싸고 신선한 물품을 사면서 따뜻한 정을 나눠주시길 부탁드립니다.

'언 손을 녹여가며 장사하는' 문구는 아는 사람만 안다. 재래시장에는 난방이 안 된다. 겨울에 손이 시리다. 물이 계속 닿으면 빨

갖게 튼다. 그곳에서 물건 구매는 정情을 나누는 일이라는 점을 강조했다. 난 어머니 덕분에 그 사정을 잘 안다. 어머니는 내가 퇴직하기 한 달 전에 돌아가셨다.

1월 29일 회의에서 문 대통령은 이 모두 발언문을 읽었다. 청와대에서 내 일도 끝났다.

근무 마지막 날 2019년 1월 31일 문재인 대통령과 점심을 함께 했다. 내가 문 대통령에게 스트레스 해소법을 물었던 그곳에서.

선물도 받았다. 푸른 색깔 '이니(문 대통령 애칭) 블루' 넥타이, 대통령 서명이 새겨진 시계와 명함 지갑. 내가 가져간 문 대통령 책에 사인도 받았다.

문 대통령은 "바깥에 나가면 더 잘 보일 테니 의견을 많이 주세요"라고 말했다. 나는 "힘껏 해보겠습니다"라고 답했다. 이날 나는 질문을 하지 않았다.

사무실로 와서 짐을 챙겼다. 겉장이 닳은 수첩, 텀블러, 버려도 그만인 기념품, 문방구. A4 용지 상자와 배낭 가방 하나 분량. 20개월 남짓 청와대 흔적이다.

기자들이 상주하는 춘추관에 갔다. 객쩍게 작별 인사를 했다. "앞으로 뭐 먹고 살거야?", "출마는 하세요?", "나중에 소주 한잔해요." 걱정 어린 말들에 "일단 쉬고…"라고 답했다.

삼청동 총리공관 옆에서 마을버스를 타고 나왔다. 광화문에서 지하철로 갈아타고 집에 갔다. 해가 중천에 있었다.

나가며

몸 관절 몇 개는 빠진 느낌이었다. 한바탕 푸닥거리한 듯. '있는 동안 의견을 더 낼걸'이라는 약간의 회한은 남았다.

문재인 대통령의 마지막 요청을 들어드리지 못했다. 바깥에서 봐도 기자 시절만큼 잘 보이지 않았다. 당사자 경험을 했기 때문일까. 훈수하다가 대국자가 되면 잘 안 보이는 것처럼.

이런저런 코멘트하기도 힘들었다. 메커니즘을 알게 되니, 오히려 입이 잘 안 떨어졌다. 챙기지 못한 이슈나 바로 내야 할 메시지가 이따금 보였다. 함께 근무했던 이들에게 의견을 전달했다. 그 정도에 그쳤다.

두 가지 이유에서다. 경험치가 좀 있다고 이래라저래라 하는 건 내가 탐탁지 않다. 물어보면 알려줘도 된다.

나는 거의 모든 사안에 회의懷疑한다. 확실해질 때까지 결론을 유보留保한다. 돌다리도 두드린다. 본래 성격에다 20년 넘는 기자 생활로 얻은 습벽習癖이다. 의견을 강하게 주장하지 않았다. 듣기에 치중했다. 그러니 이것도 내 한계로 치자.

이 책의 성격은 앞서 밝힌 바와 같다. 헌법기관 대통령 문재인의 말과 글을 기록한 것이다. 대부분 직접 접한 대목이다. 칭송하려는 의도도, 부인하려는 의도도 없다. 그때 일을 가능한 한 그대로 옮기려고 했다.

스스로 경계하는 뜻에서 형용사와 부사 사용을 자제했다. 대체할 단어를 구하지 못할 때나 썼다. 그마저 분위기 묘사를 위해서였지, 한 일을 강조하기 위해서는 아니다.

국정은 거대한 빈 석판이 아니다. 경험과 서사가 이어 내려가는 대하소설이다. 굽이와 반전, 심지어 반동이 있지만 한국만의 맥락을 품고 미래를 향해 유유히 흘러간다.

국정은 대한민국 헌법의 실현을 목적으로 한다. 헌법은 한국이 어떤 나라여야 한다는 규정을 담고 있다. 1조 1항에 '대한민국은 민주공화국이다'라고 돼 있다. 2항에는 '대한민국의 주권은 국민에게 있고, 모든 권력은 국민으로부터 나온다'라고 썼다. 이 두 조항이 헌법의 기본 가치다.

국민에게 약간의 의무를 지우지만 '인간으로서 소중함'을 중시한다. 존엄과 가치, 행복 추구권, 평등과 자유, 권리를 누려야 마땅한 존재라는 것이다. 입법, 사법, 행정부 내용도 있다. 국민이 잘살게 하려면 3부가 무엇을 할지를 짚어놓았다. 국정은 그중 하나인 행정부의 일이다.

국정을 맡은 이는 이전 것을 이어받아 자기 것을 보태 다음으로 넘겨줘야 한다. 잘한 것은 잇고, 잘못된 것은 고쳐서. 이 책은 그 긴 흐름에서 20개월의 미세사를 다룬다.

내가 몸담은 국정은 전체 판에 비춰보면 미미하다. 거창하게 따져 단군왕검이 개국한 이래 계속된 국정에서는 1만1000분의 1에 불과하다. 문재인 정부로 쳐도 60개월 중 3분의 1이다. 전체가 아니라 홍보기획과 연설기획 부문이었으니, 더 좁다.

그래도 기록해야 한다는 의무감을 느꼈다. 코끼리 전체 모습은 아니어도 코나 귀쯤은 본 게 아닐지 싶어서다. 연부역강한 이들이라면 이 정도로도 코끼리 전체 모습을 그려낼 수 있지 않을까 생각한다.

다루지 못한 내용도 있다. 부동산이나 경제 정책, 인사 문제 등이다.

아는 바가 적다. 홍보·연설기획비서관 시절 접하지 않은 부문이다. 무엇보다 내가 청와대를 떠난 이후 변곡점을 돈 이슈들이다. 변명으로 들릴 것이다. 안다. 그래도 나로서는 어쩔 수 없다. 실제가 그러니.

'카이사르의 것은 카이사르에게.' 성경 구절처럼 해당 분야를 맡았던 이들의 기록, 전문가 평가와 분석이 있지 않을까 싶다.

좋은 면만 본 것이 아니냐? 그러지 않으려고 했다. 결과적으로 그렇게 비칠 수도 있겠다.

단, 이런 팩트가 있다. 대통령 임기 5년 마지막 주간 직무 수행 평가에서 문재인 대통령은 직선제 부활 이후 가장 점수가 높았다.

한국갤럽이 2022년 5월 첫째 주(3~4일) 전국 만 18세 이상 1000명에게 '문재인 대통령이 대통령으로서 직무를 잘 수행하고 있다고 보는지, 잘못 수행하고 있다고 보는지' 물었다. 45퍼센트가 긍정 평가했다. 부정 평가는 51퍼센트다(이 조사는 전화조사원 인터뷰 형식으로 진행됐다. 표본오차는 95퍼센트 신뢰수준에서 ±3.1퍼센트포인트다. 응답률은 11.3퍼센트다. 자세한 내용은 한국갤럽 또는 중앙선거여론조사심의위원회 홈페이지에 있다).

같은 방식 조사에서 다른 대통령 긍정 평가는 노태우 12퍼센트(1992년 5월), 김영삼 6퍼센트(1997년 12월), 김대중 24퍼센트(2002년 12월), 노무현 27퍼센트(2007년 12월), 이명박 24퍼센트(2012년 10~12월 평균)였다. 박근혜 대통령은 국회에서 탄핵 소추안이 통과되던 2016년 12월 둘째 주 긍정 평가가 5퍼센트였다.

어떤 대통령도 국민 모두를 만족시키지 못한다. 대통령은 모든 세력으로부터 개혁 요구를 받는다. 그들에게는 자신이 요구한 개혁이 평가 기준이다. 기준은 각자 하나씩 있다. 누구는 언론 개혁을 최고 가치로 둔다. 어떤 이는 검찰 개혁이, 다른 이는 선거 승리가 최우선이다. 장바구니 물가, 매출액 증가, 집값 상승, 집값 안정, 교육의 수월성, 교육의 평등성 등 상반된 요구도 있다. 아마 5000만 개쯤 되려나. 그러니 늘 불만이 만족을 압도한다.

문 대통령은 2018년 12월 28일 신임 대법관 임명식에서 고충을 토로했다. "개혁의 역설이라는 말이 있습니다. 개혁하면 할수록 그 이상의 개혁을 요구하는 것입니다. 원래 상황에 비춰보면 많이 개혁한 것이고 차근차근 가면 되는데 더 많은 개혁 요구가 쌓입니다. 이미 한 것(개혁)은 당연하게 생각하고…." 힘들어하고 있었다.

한 동창은 문 대통령을 지지했다. 열성적이었다. 요즘은 소셜미디어에서 문 대통령을 향해 저주를 퍼붓는다. '탁란托卵(다른 새의 등지에 알을 낳음) 정치'의 등지 역할을 했다고, 정권을 넘겨줬다고, 그러고는 홀로 유유자적悠悠自適한다고. 나는 동창을 위로하지도, 용서를 구하지도 못했다. 그런 비난의 과녁이 되는 것 또한 선출직 공직자의 운명이다.

청와대 가보니 인재라고 부를만한 사람들이 넘쳐났다. 그들에 비하면 내 경력은 평범 그 자체다. 평범한 시민이자 직장인이었고, 평범한 공무원이었다. 하지만 문재인 대통령이 말하지 않았나. 평범한 사람들의 소소한 선의가 역사를 바꾼다고. 용기를 내서 펜을 든 이유다.

책을 낸다고 하자 하나 같이 물었다. "어디로 출마하는데?"

초반에 썼듯 정치는 숙명과 소명 의식에 접점이 생긴 이들이 해야 한다고 믿는다. 안 그러면서 정치에 뛰어드는 이들도 있다. 명예를 탐하거나 권력 욕구에 빠진 사람들이다. 난 접점, 명예나 권력 욕구 그 어디에도 해당하지 않는다. 접점에 닿은 선량들이 좋은 결과를 얻기를 기원한다.

바람이 하나 있다. 내가 기록한 문 대통령의 언행이 누군가에게는 사표師表, 누군가에게는 반면교사反面教師가 됐으면 한다. "반면교사가 될 대목이 뭐냐"라고 묻는 이도 있을 것 같다. 내가 나를 봐도 못마땅한 구석이 있는데 하물며 남의 일이다. 개나리 노란 꽃을 보지 못하고 봄 한철 내내, 또 축축한 장마철을 책상 위에서 보낸 내 노고는 그 정도로 보상될 듯하다.

훌륭한 저자들 가운데 겸양의 의미로 자신 글을 졸고拙稿라고 부르는 이도 있다. 내용이 보잘것없는 원고라는 뜻이다. 나는 그러지 않겠다. 고생해서 썼고, 보잘것없다고 생각하지 않는다. 책이 완성되도록 노력한 이들도 있다. 이게 졸고면 그들도 형편 없었다는 것 아닌가.

이 책이 읽을만하다면 공은 다산북스 편집진에게 돌아가야 한다. 그들은 두서없이 늘어놓은 기록 조각을 개롱총하게(내 고향 충남 보령 사투리. 가지런하다는 뜻이다) 엮었다. 이 기록을 세상에 내준 다산북스에도 감사드린다. 이 책으로 그들이 쌓은 명성에 흠집이 나지 않기를 바랄 뿐이다.

배우자 이미정은 내 첫 독자다. 맑은 눈으로 결정적 흠 몇 가지를 잡아내 완성도를 높여줬다. 가족과 죽마고우들은 내가 책을 쓰도록 용기를 줬다. 다 빚이다.

마침표를 찍었으니 막걸리 한 되를 아껴 마시며 낡은 LP 몇 장을 들으면 될 듯하다.

나가며

– 이 책에서 사용한 사진은 세 종류다. 언론사 저작물, 저자가 직접 찍은 수첩 사진, 그리고 이른바 '청와대 B컷'이다. 페이스북, 인스타그램 등 소셜미디어에 올라와 있는 청와대 비공식 사진인 B컷은 대통령기록물이 아니다. 변형하거나, 사진 자체 판매를 목적으로 하거나, 기록 취지를 왜곡·호도하지 않는다면 제한적으로 상업적 이용이 가능하다.

– 청와대 홈페이지에 올라온 사진 가운데 공식 사진(이른바 'A컷')은 대통령기록물이다. 대통령기록관이 넘겨받아 관리한다. 저작권법 제24조의2(공공저작물의 자유 이용)에 따라 청와대 홈페이지에서 저작재산권의 전부를 보유한 저작물은 별도 이용 허락 없이 자유 이용이 가능하다. 단, 출처를 표시해야 하고, 무단으로 변형하면 안 된다. 특히 상업용으로 사용할 수 없다.

"대통령님,
스트레스를 많이 받으실 텐데
어떻게 푸시나요?"

"참지요."

"참아도
스트레스가 안 풀리면
어떻게 하세요?"

"그래도 참지요."

"대통령님,
그래도 스트레스가 남으면요?"

"뭐…
그래도 참지요."

대통령의 마음

초판 1쇄 인쇄 2023년 12월 4일
초판 1쇄 발행 2023년 12월 12일

지은이 최우규
펴낸이 김선식

경영총괄이사 김은영
콘텐츠사업본부장 임보윤
책임편집 성기병 **책임마케터** 이고은 배한진
콘텐츠사업1팀장 한다혜 **콘텐츠사업1팀** 윤유정, 성기병, 문주연
편집관리팀 조세현, 백설희 **저작권팀** 한승빈, 이슬, 윤제희
마케팅본부장 권장규 **마케팅2팀** 이고은, 양지환, 배한진
미디어홍보본부장 정명찬 **브랜드제휴팀** 안지혜
브랜드관리팀 오수미, 문윤정, 이예주, 김은지, 이소영
지식교양팀 이수인, 염아라, 석찬미, 김혜원, 백지은
크리에이티브팀 임유나, 박지수, 변승주, 김화정, 장세진, 박장미
뉴미디어팀 김민정, 이지은, 홍수경, 서가을, 문윤정, 이예주
재무관리팀 하미선, 윤이경, 김재경, 이보람, 임혜정
인사총무팀 강미숙, 김혜진, 지석배, 황종원
제작관리팀 이소현, 최완규, 이지우, 김소영, 김진경, 박예찬
물류관리팀 김형기, 김선진, 한유현, 전태환, 전태연, 양문현, 최창우, 이민운
외부스태프 표지 및 본문 디자인 데일리루틴 표지 일러스트 한차연 교정 김정현

펴낸곳 다산북스 **출판등록** 2005년 12월 23일 제313-2005-00277호
주소 경기도 파주시 회동길 490
대표전화 02-704-1724 **팩스** 02-703-2219 **이메일** dasanbooks@dasanbooks.com
홈페이지 www.dasan.group **블로그** blog.naver.com/dasan_books
용지 아이피피 **인쇄** 정민문화사 **코팅 및 후가공** 제이오엘엔피 **제본** 정민문화사

ISBN 979-11-306-4939-9 (03810)